Mi final de Wattpad

MI FINAL DE WATTPAD

ARIANA GODOY

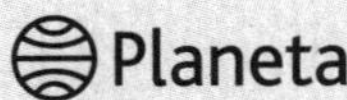

Planeta

Título original: *Growing up*

Diseño de portada: Planeta Arte & Diseño
Fotografía de portada: © iStock
Lettering de portada: David López
Fotografía de Ariana Godoy: Cortesía de la autora
Traducido por: Ariadna Molinari Tato y Alejandro Romero Álvarez
Diseño de interiores: Víctor M. Ortiz Pelayo

Bajo el sello editorial PLANETA M.R.
Avenida Presidente Masarik núm. 111,
Piso 2, Polanco V Sección, Miguel Hidalgo
C.P. 11560, Ciudad de México
www.planetadelibros.com.mx

Primera edición en formato epub: agosto de 2024
ISBN: 978-607-39-0424-7

Primera edición impresa en México: agosto de 2024
ISBN: 978-607-39-0391-2

Impreso en los talleres de Litográfica Ingramex, S.A. de C.V.
Centeno núm. 162-1, colonia Granjas Esmeralda, Ciudad de México
Impreso y hecho en México - *Printed and made in Mexico*

PRÓLOGO

Hola, nos encontramos después de tanto tiempo. Bienvenidos de nuevo a esta historia, una de las primeras que escribí cuando empecé en Wattpad, han pasado ochos años desde que ***Mi amor de Wattpad*** *salió en papel, y diez desde que terminé estas historias. Fue mi primer libro en físico, y es extraño caer en cuenta de cómo ha pasado el tiempo, y todo lo que he escrito y lo que he crecido como escritora desde que escribí estas novelas.*

Creo que para un autor un libro nunca estará perfecto y siempre podrá ser mejorado, en especial, esos libros que escribimos hace tanto tiempo. Queremos reescribirlo todo e incluso cambiarlo. Sin embargo, sé que muchos lectores se leyeron estos libros cuando comenzaron en la lectura, muchos los guardan con cariño en sus corazones y modificarlos demasiado no sería justo con los recuerdos de esas emociones que sintieron mientras leían las torpezas de Jules y su viaje para descubrir el amor, la amistad, el perdón, etc. Así que intenté mantener la esencia de este libro mientras lo editaba. Le tengo un cariño enorme a estos personajes, cada uno de ellos fue un aprendizaje para mí en mis inicios en la escritura y espero que los reciban con amor nuevamente.

Quiero darles las gracias por estar aquí, por leer esta segunda parte que se tardó ocho años en llegar, por su lealtad y por su paciencia. Y ahora nos preparamos para ver qué pasó con Jules y Evan, con Shane y con todos los demás. De todo corazón, espero que disfruten la lectura.

Ariana Godoy
2024

PREFACIO

Ya quiero ser grande.

¿Nunca dijiste eso durante tu infancia? Yo sí. ¿En algún momento de la vida te has arrepentido de haber crecido? ¿Has deseado poder volver a ser niño y no tener preocupaciones? Seguramente sí. A todo el mundo le ha pasado.

Entre más creces, más grandes son los desafíos, los obstáculos, el dolor. La vida se vuelve muy seria. Te vuelves una persona muy seria. Se te olvida sonreírle al sol de la mañana que te alumbra la cara. Estás tan absorto en tus problemas que no te fijas en el hermoso mundo que te rodea.

Y, cuando las cosas se ponen difíciles, lo que más añoras es volver en el tiempo y volver a ser ese niñito que no tenía idea de nada cuando exclamaba: «¡Ya quiero ser grande!».

Claro que no todo es terrible. Las cosas también se van volviendo más intensas conforme avanzas en la vida. Experimentas cosas nuevas, y siempre hay algo que aprender. Así es la vida. Crecer puede ser difícil y doloroso, pero no olvides que... es indispensable.

Terminé la página y solté un largo suspiro. Apenas estaba empezando. Tenía mucho que escribir después de todo lo que había vivido en el último año.

—¡Jules! ¡La cena está lista!

—¡Ya voy! —contesté y me puse de pie.

¿Estás listo para otro capítulo de mi vida? Las cosas se van a poner un poco feas, pero así es la vida. Y finalmente, podrás saber cómo termina mi historia.

¿ESTÁS COSIENDO TU ROPA? ¡DIJISTE QUE DIEZ MINUTOS!

BESAR A MI NOVIO se había convertido en mi afición favorita.

Podría escribir ensayos de varias páginas al respecto: la forma en la que podía sentir su amor en cada roce de nuestros labios, la calidez, etc. Sin embargo, la textura de su boca era un poco extraña ¿acolchada? Y ¿olía a jabón de ropa?

—¡Julie Ann Jones!

Abrí los ojos y me di cuenta de que había estado besando mi almohada. Escupí pelusas y me limpié la boca.

—¡Julie! —La voz de mamá venía desde el piso de abajo.

—¡Ya desperté! —aullé en respuesta, con voz rasposa y adormilada, buscando mi celular entre las sábanas. Cuando vi la hora, maldije.

Bajé las escaleras corriendo y me dirigí de prisa a la cocina. Llegué jadeando. Mamá estaba sacando algo del horno, pero volteó a verme y sonrió.

—Buenas tardes —saludó.

—¿Por qué no me has despertado? —Me quejé de mala gana.

—Buenas tardes —repitió con cierta aprehensión.

Suspiré.

—Buenas tardes, mamá —dije, pasándome la mano por el pelo.

—Mucho mejor.

—Hoy salía el libro que llevo meses esperando, mamá.

—Vas a estar bien —aseguró mientras me daba la espalda para sacar otra charola del horno—. Podrás comprarlo más tarde.

—Pero no será primera edición. —Hice un puchero—. La primera edición venía con un póster precioso, ya no deben quedar.

—Oh, no —respondió mientras asentaba la charola en la mesa—. Mi pobre hija no sobrevivirá, ¿qué debo hacer?

—Qué cruel.

«Qué bien, mamá. Este año seguro te llevas el premio a la mejor madre del mundo».

Me senté a la mesa a tomar el desayuno. Mamá se secó las manos con un trapo después de lavárselas.

—En serio, debiste despertarme.

Por un instante, su expresión denotó culpabilidad.

—¿Crees que no lo intenté? Todo el verano ha sido difícil sacarte de la cama. Es más de mediodía, y eso no es sano —me explicó. Abrí la boca para defenderme, pero al final guardé silencio porque ella tenía razón. Llevaba todo el verano desvelándome por culpa de mi sensual y arrogante novio. No pude disimular la sonrisa al pensar en él.

Evan...

El recuerdo de sus ojos oscuros era hipnótico. No nos habíamos visto desde el día en que nos quedamos en su casa, hace dos semanas. Primero porque vivíamos en ciudades distintas; además, él había aceptado un empleo veraniego que no le dejaba tiempo para conducir hasta acá y, como yo no tenía auto, no teníamos opción. Era espantoso y cada día me ponía más triste de lo mucho que lo extrañaba. Claro que hablábamos a diario por mensajes y llamadas, pero ya no era suficiente. Con algo de suerte, podríamos volver a vernos el siguiente fin de semana. Solté un largo suspiro de desilusión, mamá carraspeó y eso me trajo de vuelta a la realidad en la que estaba mirando fijamente la comida.

—Te la acabas —ordenó mamá con voz seria y me dio un beso en la frente antes de salir de la cocina.

Mientras terminaba de desayunar, la puerta trasera se abrió de golpe. Casi me ahogo del susto. Jason entró a la cocina, con una enorme sonrisa.

—¡Estoy de vuelta! —anunció con un fingido acento británico que recibí con una mirada de hastío. ¿Hasta cuándo iba a seguir fingiendo ese acento? Le salía fatal—. ¡Caramba, te ves tan...! —Le lancé una mirada asesina—... ¡divina! —concluyó y se sentó frente a mí.

—¿Qué haces aquí? —No estaba del mejor humor del mundo.

Jason agarró una manzana del tazón de la mesa y le dio un mordisco.

—¡Ay! —gimoteó cuando la manzana artificial le lastimó los dientes. Se me salió una risotada—. Podrías haberme dicho que no era una manzana de verdad.

Me encogí de hombros.

—No es mi culpa que seas tan tonto —respondí.

—Alguien se levantó de malas, ¿no? —Se alborotó el cabello y se puso de pie para buscar una manzana de verdad en el refrigerador—. ¿Qué tienes?

—Eh, nada. —Le di picotazos al desayuno con el tenedor—. Tengo una mamá tan considerada que decidió no despertarme temprano y me perdí de ir por la primera edición de un libro que llevo meses esperando.

Jason suspiró.

—Aliviánate, brujilda. Tenemos planes divertidos para hoy.

—¿Planes? —Me puse de pie, agarré el plato y fui al fregadero a lavarlo.

—Sí, eso explica mi presencia a esta hora de la mañana —dijo—. Supongo que no creíste que vine hasta acá para nada.

—Ajá.

—No seas floja y ve a ponerte ropa decente. Vamos a salir. —¿Sonaba emocionado?

—¿Adónde vamos? —pregunté. Ahora tenía curiosidad.

—Es sorpresa —dijo, moviendo las cejas. Entrecerré los ojos y lo miré fijamente. Las sorpresas de Jason no siempre eran agradables. ¿Qué se traía entre manos? Su sonrisa se ensanchó.

—Deja de sonreír así, es perturbador —comenté y me di la vuelta para ir a mi cuarto—. Vuelvo en diez.

Mientras me vestía, sonó mi celular. Lo tomé y me senté en la cama. Era un mensaje de Evan.

♥Evan♥: Linda tarde, Melocotón 😉

Sonreí como una idiota porque saber de él me ponía de buen humor, le contesté.

Yo: Hola, poeta oscuro ☹

Él: ¿Por qué pones carita triste?

Yo: Mi mamá no me despertó a tiempo para ir por el libro que esperaba.

Él: Ah, claro, la primera edición.

Yo: Exacto.

Él: Estarás bien.

Yo: No sabes cuánto quería ese póster.

Él: Lo sé.

Yo: En fin, ¿qué haces?

Él: Estoy trabajando. ¿Tú?

Yo: Me estoy vistiendo.

Él: ¿Vas a salir?

Yo: Sí, vino Jason. Al parecer, me va a sorprender con algo.

Él: Ya veo. Pórtate bien.

Miré la pantalla con los ojos entrecerrados.

Yo: Siempre me porto bien.

Él: 😉

—¡Jules! —gritó Jason desde la cocina—. ¿Estás cosiendo tu ropa? ¡Dijiste que diez minutos!

Suspiré y me puse los zapatos.

Yo: Ya me voy. 😔 Te escribo al rato.

Él: Está bien.

Yo: Que te la pases bien en el trabajo. 😊♥

Él: Lo haré. Por cierto, Jules…

Yo: ¿Qué?

Él: Te extraño.

Sentí mariposas en el estómago.

Yo: Yo a ti, tontito poeta oscuro.

Él: 😉 Dirás SENSUAL poeta oscuro.

Solté una risotada.

Yo: Sí, eso también.

Me levanté y guardé el celular en el bolsillo de los *jeans*. Jason me estaba esperando al pie de la escalera. Se quejó de lo mucho que me había tardado, pero no le puse atención. Le avisé a mamá que saldría con él, y nos fuimos. Era un día soleado y caluroso. Agradecí haber elegido un vestido veraniego sin mangas. Y me había hecho una coleta sencilla, pues hacía demasiado calor como para soltarme el cabello. Al parecer, a Jason no le importaba porque traía una camiseta oscura y una chamarra.

—Sí sabes que hace calor, ¿verdad? —comenté mientras me subía al auto.

Jason arrancó.

—Sí sabes que existe el aire acondicionado, ¿verdad? —Presionó unos botones para enfriar el auto.

—¿Entonces no planeas bajarte del auto hoy? —Arqueé una ceja. Jason lo consideró.

—Tal vez sí. Tal vez no. —Se encogió de hombros y emprendió el viaje. Cuando decidí encender el radio, Jason volvió a hablar—. Tengo que hablar contigo —susurró. Apenas si alcancé a escucharlo. Lo miré y noté cómo se tensó. Siempre había sabido interpretar sus expresiones; no por nada era mi mejor amigo. Se veía nervioso, como si algo le preocupara.

—¿Qué pasó? —pregunté finalmente cuando llegamos a la avenida central.

Jason se tomó su tiempo. No servía de nada insistirle en que contestara, así que esperé su respuesta con absoluta paciencia.

—Es Lau —dijo en voz baja.

Fruncí el ceño.

—¿Qué tiene Lau?

—Es que... —Guardó silencio un momento—. Es sólo que... No sé, Jules. —Apretó el volante con fuerza.

—¿Qué está pasando?

Se pasó una mano por el cabello mientras conducía con la otra.

—No te vayas a sacar de onda, ¿de acuerdo?

—A ver, ahora sí ya me espanté. —Me volteé por completo hacia él, pero él siguió mirando fijamente el camino.

—Creo que... —se rascó la nuca.

—Ya, Jason, habla —le supliqué con impaciencia.

—Creo que me gusta o algo así —contestó.

Abrí muchísimo los ojos y casi se me cae la quijada al suelo.

—¡¿Qué?!

—No me hagas repetirlo —masculló, avergonzado.

—¿Qué? Pero ¿cómo...? —No logré formar una oración coherente. Cerré la boca e intenté organizar mis ideas. Jason me miró de reojo, consternado. Sabía que le atemorizaba mi reacción—. Está bien —dije finalmente y exhalé con fuerza.

—¿Está bien? —Jason arrugó las cejas—. ¿Eso es todo? ¿No me vas a pegar o a sermonearme?

—¿Serviría de algo que lo hiciera?

—No —contestó Jason con una sonrisa melancólica.

—Entonces no nos haré perder el tiempo. ¿Desde cuándo?

—¿Eh?

—¿Desde cuándo... sientes eso?

—No sé. Lau y yo siempre nos hacemos bromas. Yo creía que sólo era un juego para los dos hasta que...

Me le quedé viendo, intrigada.

—¿Hasta que qué?

—Hasta que me enteré de que está saliendo con Jordan. Desde ese momento he estado furioso con ella, pero no entendía por qué.

—Estabas celoso —afirmé.

—Sí.

Guardé silencio un rato. Eso complicaba bastante las cosas. Laura y Jason eran mis mejores amigos y ambos tenían pareja. Que a Jason le gustara Laura vaticinaba un desastroso drama grupal porque todos éramos amigos.

—¿Qué planeas hacer? —pregunté, inevitablemente.

—Nada —dijo con un suspiro—. En serio quiero mucho a Helen. Y sé que Lau está loca por Jordan. No voy a arruinar las cosas. —Por primera vez desde que éramos niños, Jason actuaba con madurez—. Me alejaré un poco de Lau hasta que deje de sentirme así cuando estoy con ella.

—No va a ser fácil. Prácticamente estamos juntos todos los días.

—Lo sé. Perdón por meterte en esto. Sé que Lau es tu amiga y que para ti debe ser incómodo —dijo mientras se estacionaba frente a la casa de Laura.

—Tú también eres mi amigo, baboso. —Le di un puñetazo en el hombro—. Y siempre puedes confiar en mí. —Le sonreí. Él volteó a verme y me devolvió la sonrisa.

—Lo sé —se inclinó y me besó la frente. Al retroceder, se veía aliviado, como si se hubiera quitado un peso de encima.

—¡Hola, chicos! —dijo Lau al subirse al asiento trasero. Traía un vestido veraniego azul que la hacía verse radiante. Y se había hecho dos trenzas, una a cada lado de la cara—. El calor está insoportable —se quejó mientras se ponía los lentes oscuros. Jason la miró de reojo por el retrovisor, con un dejo de añoranza en los ojos. Lo miré con algo de compasión hasta que bajó la mirada y meneó la cabeza—. ¿El ratón les comió la lengua o qué?

«No, lo que pasa es que veníamos hablando de ti».

Lau se metió por el espacio entre nuestros asientos.

—¿Qué hay de nuevo? —pregunté con torpeza. Cualquier cosa era mejor que ese silencio incómodo. Jason arrancó en silencio.

—¿Qué traes, Jay-Jay? —le preguntó Lau en tono burlón, poniéndole una mano en el hombro, pero Jason se sacudió para quitársela de encima—. ¡Uy! ¡Cuidadito!

—Es que no desayunó —intervine para justificarlo y llamar la atención de mi amiga. Lau se encogió de hombros.

—En fin, ¿estás lista para un día increíble? —me preguntó con una sonrisota boba.

—¿Adónde vamos?

—¡Velo con tus propios ojos! —exclamó emocionada, y señaló hacia el frente. En ese momento vi el letrero enorme a la entrada de la carretera: River Town: 25 km.

—¡¿Vamos a River Town?! —Sentí que el corazón me iba a explotar de alegría.

—¡Sí! ¡Sorpresa! —gritó Lau y me sonrió.

Iríamos al pueblo de mi novio. ¡Iba a ver a Evan! Los dragones de mi estómago gruñeron de entusiasmo.

¡No podía esperar!

¿CÓMO QUE «TAMBIÉN»? ¿ERES PROVEEDORA DE CONDONES?

EN SEGUNDO GRADO APRENDÍ DOS COSAS: una, que las nubes no estaban hechas de gomitas de osito (¡qué pena!, ¿verdad?); y dos, que Laura adoraba las paletas de miel por encima de todas las cosas. Eran su fascinación, le encantaban esas paletas. A mí en lo personal no me gustaban porque sabían a medicina. Claro que nunca se lo confesaría. No quería que me diera un puñetazo en la cara. Lau parecía indefensa, pero sabía dar una buena pelea. Me enteré de eso cuando estábamos en séptimo grado, pero esa es otra historia.

Como fuera, nos detuvimos a la mitad del camino porque mi queridísima mejor amiga había visto una tiendita donde vendían miel y toda clase de productos derivados: galletas, caramelos, pan y, evidentemente, paletas. Me recargué sobre el auto e intenté ser paciente con ella.

—¡Apúrate, mujer! —le grité mientras la veía dar brinquitos frente a la amplia gama de paletas de miel que tenían en la tienda. Moría por ver a mi novio. Hacía dos semanas que no lo veía. DOS semanas eternas. Así que perdón por impacientarme. Jason también se recargó en el auto, junto a mí.

—Le encantan esas cosas, ¿verdad? —dijo, meneando la cabeza—. A mí no.

—Nunca se lo digas porque te va a matar —contesté con seriedad.

Jason soltó una risotada.

—Gracias por la advertencia. Entonces... —empezó a ponerse en pie—, ¿te gustó tu sorpresa?

Esbocé una sonrisa a medias.

—Sí, pero preferiría que ya estuviéramos en River Town.

—Te gusta mucho ese chico, ¿verdad? —preguntó, como si no fuera obvio.

Suspiré.

—¿Se nota mucho? — Jason asintió.

—Si te lastima de alguna manera...

Lo interrumpí.

—Le vas a partir la cara y te asegurarás de que no pueda tener descendencia. Sí, ya lo sé. —Recordaba sus palabras a la perfección. Jason esbozó una sonrisa dulce.

—Así es. Quizá sea más alto y más fuerte que yo, pero soy feroz como un león —afirmó y se dio una palmada en el pecho, lo cual me hizo reír.

—No te ves muy agresivo, ¡eh! —dije, y Jason arqueó una ceja—. Más bien pareces un minino.

—¿Un minino? —Jason sonaba ofendido—. ¡Ay! ¡Mi masculinidad! —exclamó y se agarró el pecho con gesto dramático. No pude contener las risas hasta que escuché un claxon atrás de nosotros. Junto al auto de Jason se estacionó una camioneta que me resultó muy familiar.

—Ya llegó por quien lloraban —anunció Shane, asomándose por la ventana. No lo había visto desde el día de la cabaña. Se veía tan guapo como siempre, con su camiseta blanca sin mangas. Su cabello castaño claro estaba despeinado, lo que contribuía a la apariencia desaliñada que tan bien le sentaba.

Traía puestos lentes oscuros y, para ser sincera, parecía modelo de Abercrombie. Y la verdad, no entendía por qué yo le interesaba.

—Hola, Idiópido —le respondí, con los brazos cruzados sobre el pecho.

Shane esbozó una sonrisa coqueta y se quitó los lentes.

—Cuánta dulzura, Jones. —Sus ojos color avellana me recorrieron de arriba abajo con absoluto descaro. Lo miré con cara de «¿Es en serio?». ¿De verdad se atrevía a mirarme así en público?

—¿Idiópido? —intervino Jason mientras estrechaba la mano de Shane.

—Es una combinación entre...

—Es un secreto —me interrumpió Shane—. ¿Verdad, renacuaja?

Me paralicé.

Te amo, renacuaja.

Recordaba sus palabras a la perfección. Pasé saliva. Lo que no sabía era si él recordaba que me había confesado su amor eterno. En el fondo no quería averiguarlo. Pero, por alguna razón, la forma en que me miraba me hacía creer que sí.

—¿Ah, sí? —me preguntó Jason, observándome de cerca. Era hora de mentir, y quienes me conocen saben que soy pésima para hacerlo.

—Sí, es que... es algo como... —me quedé callada un momento—. Es como un código entre nosotros. Como el que tenemos tú y yo —expliqué.

¡Cielos! Al menos salió mejor de lo esperado.

No sé por qué no me atreví a decir la verdad. Tal vez me daba miedo hacer enojar a Shane. ¿Y si le contaba a todo el mundo que me había dicho que me amaba? Además de incómodo, sería vergonzoso para todos los involucrados. Jason mantuvo la mirada en alto, con gesto reflexivo.

—¿O sea que a él también le das condones? —especuló.

—¡No! ¡Claro que no! —Agité las manos para enfatizar la negativa.

Shane frunció el ceño.

—¿Condones? —Parecía confundido—. ¿Cómo que «también»? ¿Eres proveedora de condones? —bromeó y me dio un picotazo en la cintura que me sobresaltó.

—¡No! ¡Nada que ver!

Shane sacudió la cabeza, riendo un poco y aproveché para cambiar el tema.

—Bueno, como sea, ¿qué haces aquí, Shane? —pregunté.

—Jordan me invitó —contestó Shane.

—¿Y dónde está Jordan?

—¡Buuu! —exclamó alguien a mis espaldas y me sacó un susto monumental. Grité y me di vuelta de golpe, y entonces vi a Jordan con una sonrisota. Su cabellera rubia casi me deslumbra.

—¡Jo! —exclamé y me lancé a sus brazos, y Jordan me abrazó con fuerza. En las últimas dos semanas nos habíamos vuelto muy cercanos, ya que él siempre estaba con Lau, y Lau siempre estaba conmigo. Es increíble lo mucho que puedes encariñarte con alguien en tan poco tiempo.

—Hola, solecito. —Jordan me alzó y me dio vueltas por los aires.

—¡Qué bien que hayas venido! —le dije con absoluta sinceridad. Jordan me bajó al suelo y me sonrió.

—Perdón por interrumpir su alegre reencuentro, pero ¿me dejan pasar? Necesito estacionarme —dijo Shane. Sonaba molesto.

—Aliviánate —le recomendó Jordan mientras nos quitábamos del camino—. ¿Dónde está mi novia? —preguntó con entusiasmo.

—Enterrada entre paletas de miel. —Señalé la tienda.

Alcanzamos a verla a través de la ventana transparente. Lau estaba paseando felizmente por el local y llevaba dos bolsas en las manos. Jordan se le quedó viendo con una expresión de profundo anhelo que me hizo sonreír. Estaba perdidamente enamorado de ella.

Creo que me gusta o algo así.

Las palabras de Jason retumbaron en mi cabeza. Apreté los labios, ¿por qué se tardó tanto en darse cuenta de que le gustaba? Jason ya tenía novia, y Lau tenía a Jordan. Los sentimientos que acababa de descubrir servirían para crear drama y complicaciones. Aunque sé que seguramente le estaba dando demasiada importancia, así es como veía las cosas: que a Jason le gustara Lau no sería un gran problema porque me constaba que era incapaz de hacer algo que pusiera en riesgo el noviazgo de ella. El problema era que no me parecía que fuera unilateral. ¿Por qué lo digo? Pues porque Lau era mi mejor amiga y la conocía mejor que cualquiera. Y sabía que Jason no le era del todo indiferente. Suspiré y crucé los dedos mentalmente, esperando que esto no se convirtiera en un enorme rectángulo amoroso porque básicamente todos eran mis amigos y no quería que nadie saliera lastimado. Ni siquiera Helen, que era una chica muy simpática y agradable.

—Planeta Tierra llamando a Jules —me susurró Shane al oído y me sacó de mis pensamientos.

En ese momento me di cuenta de que estábamos solos. ¡Peligro! ¡Peligro! No habíamos estado solos desde el día en que me confesó su amor.

¡Maldición! No entres en pánico, Jules. No entres en pánico y ya.

Lo empujé.

—Estaba pensando en algo importante, ¿sí?

Shane se cernió sobre mí.

—¿Ese «algo importante» tiene que ver con nosotros?

Apreté los labios.

—Ya déjame en paz —dije y me alejé de él—. Me niego a hablar de eso contigo. —Empujé la puerta de la tienda para entrar. Pero, por desgracia, eso no detendría a Shane. Vi a Lau a unos metros, acompañada de Jordan, quien sonreía, entusiasmado.

Necesitaba avanzar un poco más para llegar a donde estaba Lau y librarme de Shane. Pero era obvio que no lo iba a lograr. Shane me agarró del brazo y me giró hacia él. Lo encaré con las mejillas sonrojadas y sentí la intensidad de su mirada, pero no me atreví a verlo a los ojos.

—Deja de huir de mí. —Su voz era dulce, con una sutil capa de frustración. Me mordí el labio inferior y me zafé de su agarre—. ¿Por qué no me miras?

Alcé la cara, y por fin nuestras miradas se encontraron. El silencio fue largo y tenso, así que me aclaré la garganta.

—¿Podemos hablar un segundo? —pidió con una amabilidad a la que no estaba acostumbrada.

—Estamos hablando.

—¿De verdad quieres que hablemos aquí? —Él ojeó a Lau y a los demás, y la verdad, tenía razón. No era el mejor lugar para una posible conversación incómoda.

—Salgamos —dije y me dirigí a la puerta.

Shane me siguió en silencio y tomé una respiración profunda mientras me daba ánimos mentalmente, Shane no querría hablar de su confesión, ¿o sí?

ME CONFESASTE TU AMOR MIENTRAS ESTABA EBRIO, ¿VERDAD?

¿POR QUÉ SIEMPRE termino en situaciones incómodas sin querer? ¿Tengo un imán o algo así? Shane me observaba como si estuviera intentando encontrar algo en mi cara. Lo miré fijamente. El silencio era insoportable:

—Bien, aquí estamos —dije después de caminar un poco dentro del bosque a un lado de la tienda—. ¿De qué querías hablar?

—¿Por qué me estás evitando? —preguntó con absoluta seriedad, lo cual me tomó por sorpresa. Shane sabía a la perfección por qué estaba tratando de evadirlo, pero no me atrevía a decirle abiertamente: «Estoy tratando de evadirte porque en tu borrachera me dijiste que me amabas».

Ya de por sí la situación era muy incómoda. Preferí tomar el camino fácil.

—No te estoy evitando —contesté, meneando la cabeza. Shane apretó los labios.

—Claro que sí. ¿Por qué? —Hizo una pausa—. ¿Tu novio tiene algo que ver? ¿Te prohibió hablar conmigo?

Fruncí el ceño.

—Se llama Evan. Y no, para nada. ¿Por qué haría algo así?

Shane se encogió de hombros.

—Quizá está celoso. Y con justa razón —agregó, señalando su propio cuerpo.

Puse los ojos en blanco.

—¡Ay, ya quisieras!

—¡Jules! —gritó Lau desde el camino—. ¡Ya estamos listos! ¡Vámonos!

¡Gracias, Dios!

Me di la vuelta, pero Shane me tomó del brazo.

—No. No nos iremos de aquí hasta que me digas por qué.

¡Por todos los Ruffles! ¡Bájale a tu intensidad!

—No te estoy evitando —repetí y traté de zafarme. Pero Shane se veía angustiado. Suspiré—. ¿Te... te acuerdas de lo que me dijiste en la casa de Evan? —Tenía que preguntárselo. Me estaba carcomiendo por dentro. Shane frunció el ceño aún más.

—¿Qué te dije? —Ladeó la cabeza.

—Cuando estabas ebrio... —insistí con voz nerviosa. No podía creer que tuviera que recordárselo.

—¿Hablamos cuando estaba ebrio? —preguntó. Se veía genuinamente confundido. Bueno, ya era oficial: Shane no recordaba haberme dicho que me amaba. Fue un alivio descubrirlo, porque así las cosas entre nosotros serían más sencillas—. ¿Por qué tienes cara de alivio? —Entrecerró los ojos antes de poner cara de susto—. ¡Ay! Me confesaste tu amor mientras estaba ebrio, ¿verdad?

¿Cómo se atrevía a decir algo así?

—¿Qué?

—Claro, eso fue. Por eso me estás evitando. ¡Renacuaja traviesa! —dijo con una sonrisita y me dio un picotazo en la frente.

Hice una mueca de desprecio.

—¡Claro que no! ¿Por qué iba a...? ¡No!

—Por eso estás tan preocupada sobre si lo recuerdo o no —anunció con arrogancia.

Me quejé y le di un puñetazo en el hombro.

—¡Claro que no! En realidad, tú fuiste el que... —me detuve en seco.

Shane arqueó una ceja.

—El que... ¿qué?

—Nada —dije rápidamente.

—¡Jules! ¿Qué diablos están haciendo? —nos gritó Jason. Percibí la desesperación en su rostro, y entonces lo entendí todo: se había quedado a solas con Lau y Jordan. Mi mejor amigo me necesitaba.

—Deberíamos volver.

—¿Estamos bien entonces? —Shane me tendió la mano.

Asentí y le estreché la mano.

—Estamos bien. De verdad.

—¡Canta con nosotros, Jay-Jay! —exclamó Lau y puso un puño frente a la boca de Jason, como si fuera un micrófono.

—No voy a cantar —contestó Jason, sin dejar de mirar el camino.

—¡Que aguafiestas eres, Jay-Jay! —le recriminó Lau y quitó la mano.

—¡Esta es mi parte favorita! —exclamé, emocionada.

—Vamos a cantarla juntas. —Lau se metió tanto entre los asientos que parecía que las dos íbamos en el asiento del copiloto.

—Don't you ever say I just walked away. I will always want you! —cantamos al ritmo de la canción que sonaba en la radio. Luego vino una pausa, y Lau y yo nos preparamos para gritar a todo pulmón.

—¡Dios mío! —masculló Jason.

—I came in like a wrecking ball! I never hit so hard in love! All

I wanted was to break your walls. All you ever did was wreck me. Yeah, you, you wreeeeeeeck me.

No éramos fans de Miley Cyrus, pero tengo que reconocer que esa canción era pegajosa.

—Bueno, ¡ya estuvo! —Jason apagó el radio.

—¡Oye! —le reclamé.

—¡Aguafiestas! —añadió Lau, haciendo pucheros.

—¡Tengan piedad de mí! —suplicó Jason—. Me están sangrando los oídos, señoritas.

Lau soltó un resoplido.

—¿Qué dices? ¡Somos excelentes cantantes! —contesté entre risas.

Jason miró a Lau por el retrovisor.

—¿Seguras?

—¡Por supuesto que sí! —contestó ella con una sonrisa.

—¡Choca esos cinco! —le dije. Jason meneó la cabeza.

—¿Se les olvida que el año pasado rechazaron su solicitud de ingreso al coro de la escuela? —nos recordó Jason—. El profesor dijo que su voz era lo más cercano al apocalipsis.

—¡Tenía gripa! —protesté—. Mi voz no estaba en su mejor momento, ¿de acuerdo?

—Jules tiene razón. Las dos nos enfermamos esa semana —intervino Lau—. Déjanos en paz. Tú... ¡tú eres pésimo para los deportes!

—Ser hombre no significa que debo ser buen deportista.

Sonreí. En el fondo, tenía razón.

—Pues deberías aprender de Jordan —contestó Lau con añoranza. Jason se puso serio, y a mí se me borró la sonrisa—. Es un futbolista extraordinario, pero también tiene un lado sensible. Dibuja muy bonito —suspiró. Jason se puso tenso y estrujó el volante.

—Nadie quiere oírte hablar de tu novio perfecto —le reclamó Jason de mala gana.

«¡Qué sutil, Jason!», pensé. Lau se le quedó viendo, desconcertada.

—¿Qué diablos te pasa? —le preguntó Lau.

—Nada. Sólo creo que podríamos hablar de cosas más importantes que tu novio.

—¡Jason! —lo reprendí. Las cosas se estaban saliendo de control. Jason me miró de reojo y cayó en cuenta de su error.

—¿Qué te pasa? —insistió Lau.

—Nada —repitió Jason y recobró la compostura—. Perdón. Es que... no dormí bien anoche. ¡Lo siento!

—Está bien —contestó Lau, con una sonrisita triste.

—¿Y tú que hacías con Shane fuera de la tienda? —me preguntó Jason, en lo que supuse era un intento para cambiar el tema.

—Nada, nos pusimos al día sobre algunas cosas.

—¿Desde cuándo son tan cercanos? —agregó Lau y me puse nerviosa.

—No lo somos. —Antes de que pudieran decir algo, hablé de nuevo—. ¿Otra canción?

Pensé que el resto del viaje sería incómodo o silencioso, pero todo volvió a la normalidad cuando puse otra canción y volvimos a cantar a todo pulmón.

Al pasar junto al señalamiento de «Bienvenidos a River Town», se me hizo un nudo en la garganta y me empezaron a sudar las manos. Y sentí algo raro en el estómago, a pesar de no tener hambre.

Por fin iba a ver a Evan.

Tan pronto vimos su casa, me puse tan nerviosa que temí vomitar sobre el tablero del auto de Jason. Inhalé profundo, intentando calmarme. Quisiera poder explicar cómo me sentía. Era una sensación abrumadora que empezaba en el pecho y se extendía al resto de mi cuerpo. Es increíble cómo reacciona el cuerpo a las emociones. Mi corazón bombeaba sangre muy rápido; la garganta se me secó de pronto. La idea de verlo frente a frente me mareó.

¡Contrólate, Jules!

Era mi novio, así que no podía andar toda nerviosa y ser torpe en su presencia. No quería que pensara que yo era una inmadura e inexperta; y aunque lo era en algunas cosas, él no tenía por qué saberlo. Evan no sólo era mayor que yo, sino que además había vivido un montón de cosas por las que la mayoría de la gente jamás tiene que pasar.

Jason se estacionó frente a la casa y me miró de reojo.

—¿Lista?

Asentí con entusiasmo. Sabía que no me acompañarían, lo cual me puso mucho más nerviosa.

—Estaremos en el restaurante del centro —dijo Lau y me dio un apretón en el hombro—. Shane y Jordan nos están esperando ahí. Mándame un mensaje cuando estés lista para volver. Sin prisa, ¿eh?

Tenía los mejores amigos del universo. Me habían llevado hasta allá en auto y estaban dispuestos a esperarme en lo que yo pasaba tiempo con mi novio.

—¿Y si no está en casa? —pregunté y me mordí el labio.

—Helen dice que su turno termina a las tres, y son las... —Jason miró su reloj— las tres y media.

Lau me dio un pellizco en la mejilla.

—No te pongas nerviosa, todo va a estar bien. Ahora ve a buscarlo. Llevas una semana entera lloriqueando porque no lo has visto.

Me quité el cinturón de seguridad y abrí la puerta.

—No saben cómo se los agradezco, amigos —dije con una gran sonrisa.

Jason sonrió también e hizo un saludo militar.

—Estamos para servirle, señorita.

Me reí y cerré la puerta del auto. Jason y Lau se fueron.

Todavía hacía bastante calor. Oleadas de viento cálido me rozaban la piel y no hacían más que empeorar el asunto de las manos sudorosas. Respiré profundo unas cuantas veces antes de voltear a ver la casa de Evan, atravesé el jardín delantero despacio y me maravillé con la belleza de las flores. Sin duda alguien las cuidaba mucho, a diferencia del jardín de mi casa. Me estremecí al recordar los girasoles secos de mamá, la jardinería no era lo suyo.

Pasé las manos por encima de las flores y lo visualicé regando el jardín, sin camisa, con el *sexy* torso cubierto de sudor, echándose agua en la cara para refrescarse un poco. Estoy casi segura de que al llegar a las escaleras de la entrada venía babeando a tal grado que casi me caigo de rodillas.

¡Dios mío! ¿Qué hago pensando en eso?

Me enderecé y me alisé el vestido al llegar a la entrada principal. Toqué a la puerta, segurísima de que el corazón me iba a explotar en el pecho. Escuché movimiento en el interior, lo que significaba que Evan estaba en casa.

Mi expectativa: esperaba ver a mi novio sin camisa y con una dulce sonrisota al verme gritar: «¡Sorpresa!», como la tarada enamorada que soy. Pero la vida te da sorpresas, y eso no fue precisamente lo que ocurrió.

Una chica de cabello oscuro abrió la puerta con una sonrisa cordial. Sentí un hueco en el estómago y me quedé muda exactamente cinco segundos hasta que ella habló.

—¿Puedo ayudarte? —La chica estaba toda despeinada.

¿Acaso mi vida era una telenovela o algo así?

Nunca creí que mi vida fuera a ser un cliché: la novia decide sorprender a su novio y lo encuentra con otra chica. No estaba lista mentalmente para lidiar con una situación como esta, así que me quedé ahí, sin poder moverme ni nada. Y apenas si puede hablar.

—Hola. —Me obligué a sonreír.

—¿Puedo ayudarte en algo? —preguntó y me miró con cierta impaciencia.

—¿Está Evan?

—No, pero probablemente viene en camino —me explicó mientras tecleaba algo en su celular. Luego volteó a verme—. ¿Quién lo busca?

—Jules.

La chica abrió los ojos de forma exagerada.

—¿Tú eres Jules? —Me examinó con absoluto descaro—. ¡Guau! Pensé que serías más... —guardó silencio, pero eso bastó para que me sintiera ofendida—. Pasa, Evan no debe tardar en llegar. —Se hizo a un lado para cederme el paso. Pero yo me quedé donde estaba—. Por cierto, yo soy Jane, la mejor amiga de Evan.

—Evan nunca me ha hablado de ti —señalé.

—Así es Evan. No es muy comunicativo, ¿verdad? —comentó y me acompañó a la sala—. Siéntate. ¿Quieres algo de beber? —preguntó con una sonrisa. Asentí y me senté en el sofá más grande.

—¿Té verde está bien? Ya nos acabamos la Coca-Cola.

En ese instante, mi mundo dejó de girar. *Ya nos acabamos la Coca-Cola...*

NOS ACABAMOS.

No podía dejar de escuchar ese plural que me dejaba un sabor amargo en la boca. Ese «nosotros» que implicaba que vivían juntos. ¿La chica vivía ahí? Sentí que me golpeaba una bola de demolición. Por eso estaba vestida así. Por eso no le perturbó mi llegada. Ella estaba en su casa; la intrusa era yo, no ella.

Jane salió de la cocina con una taza de té caliente que me entregó mientras yo le daba las gracias en voz baja. Luego, se sentó en el sillón de enfrente.

—Por fin te conozco —dijo y volvió a observarme con atención.

—¿Vives aquí? —No pude seguir conteniendo la pregunta que al parecer desconcertó a Jane por un segundo.

—Sí. ¿Evan no te dijo nada? —Su tono ocultaba algo. ¿Victoria, quizá? Tal vez sólo era mi imaginación. Negué con la cabeza, y su rostro se suavizó—. Supongo que no le ha dado tiempo de contarte. Apenas me mudé la semana pasada.

—¿Por qué? —¡Dios mío! Quizás sonaba como una novia intensa, pero tenía derecho a indagar al respecto. Era una chica que vivía con mi novio, y pasaban el día solos en esta casota. Solos...

Inhala y exhala, Jules.

Jane frunció el ceño.

—Llevo varios meses durmiendo en casas de amigos. Pero es temporal. Pronto encontraré un lugar propio, espero. Estoy ahorrando para eso.

Me le quedé viendo.

—¿Y tus papás?

Jane frunció el ceño aún más, y sus ojos color avellana reflejaron una gran tristeza.

—Perdón. Es raro que apenas nos conocimos y ya me estás haciendo un montón de preguntas.

—Lo siento —dije en voz baja y le di un sorbo al té.

—No pasa nada —contestó y esbozó una gran sonrisa. Luego hubo un largo silencio, pero no fue incómodo. En realidad, no había mucho que decir porque acabábamos de conocernos. Y por fortuna en ese momento se abrió la puerta.

—¡Jane! —exclamó Evan al entrar—. Traje tus panecillos favoritos. Me debes la cena. —Traía una bolsa de papel en una mano, mientras con la otra guardaba las llaves en el bolsillo. Me sentí fuera de lugar, como si estuviera interrumpiendo algo. De reojo, alcancé a ver la sonrisa dulce de Jane—. Podríamos pedir comida china ma... —En ese instante alzó la mirada, y sus ojos oscuros se percataron de mi presencia. Era más *sexy* de lo que lo recordaba. Traía *jeans* oscuros y una camisa azul de vestir. Le había crecido el cabello y le enmarcaba el rostro de la forma más sensual posible. ¡Qué hermoso hombre, Dios mío! Me dejaba sin aliento. Me olvidé de Jane y de todo lo demás. El mundo a mi alrededor desapareció por completo.

Nos miramos a los ojos durante una eternidad, y el recuerdo de todo lo que habíamos vivido me inundó la mente: los apodos, las bromas, las sonrisas, los poemas, los besos, el dolor... todo. Lo amaba tanto que se me estrujaba el corazón. Evan no dijo una sola palabra ni habría necesitado hacerlo. La oscuridad de sus ojos lo decía todo. Se me dibujó una sonrisa en la cara. Estaba frente a mí, por fin.

Me quedé sin aliento al verlo soltar la bolsa de papel y acercarse dando zancadas. Con sus fuertes brazos me tomó de la cintura y me alzó por los aires. Me abrazó con tanta fuerza que sentí que no podía respirar, y luego hundió la cara en mi cuello. Olía delicioso, como siempre. Se alejó apenas lo suficiente para besarme, el roce de sus labios con los míos fue eléctrico y sucumbí al anhelo, lo había extrañado muchísimo. Me tomó la cara con las manos, sin dejar de besarme como si no hubiera un mañana. Me estremecí, sintiéndolo todo y cuando él giró el rostro para profundizar el beso, le seguí el ritmo. Nuestras lenguas se encontraron, y sentí una descarga eléctrica que me recorrió de pies a cabeza. Evan me estrujó, presionándome contra su cuerpo cálido.

Me encantaba besarlo.

Evan retrocedió para que ambos recobráramos el aliento. Estábamos jadeando, como si acabáramos de correr un maratón.

Me perdí en sus ojos oscuros y susurré:

—Sorpresa.

EL AMOR NOS TRANSFORMA EN MONSTRUOS, AMIGOS. HAY QUE TENER CUIDADO

SABES QUE ESTÁS ENAMORADA cuando estás frente a tu persona favorita y el resto del mundo parece esfumarse. Es como si nada más importara, el mundo entero se vuelve una decoración. Te sientes completa, después de pasar la vida siendo una mitad. Y esa sensación de entereza te emociona y te hace feliz. No puedo explicar de otra forma cómo me sentía en ese momento: completa. Por lo regular me habría incomodado que hubiera una tercera persona en la habitación y me habría hecho sentir acomplejada e insegura, pero esta vez fue todo lo contrario. Evan estaba conmigo, y eso era lo único que importaba. Y por un momento, olvidé por completo a la chica que estaba ahí con nosotros, la que vivía con mi novio y decía ser su mejor amiga, de la cual yo no sabía nada hasta ahora. Todo volvió a estar bien, y mi corazón se negó a arruinar el momento con celos.

Estaba de puntitas, besándolo, sintiendo la calidez de sus labios contra los míos. Me di cuenta de que siempre me sentiría así en su presencia. Mi corazón siempre latiría a ritmos poco saludables y me quedaría sin aire. Y el estómago se me llenaría de dragones furiosos. Esa era la reacción que me provocaba Evan, y no había nada que hacer al respecto. Él se separó y me miró directo a los ojos, tomándome la cara con manos firmes, como si temiera que fuera a desaparecer entre sus brazos.

—No sabes cómo te extrañé —susurró y me dio un último beso corto. Luego, sus pulgares acariciaron mis mejillas sonrosadas.

—Eh...

—Guau —me interrumpió Jane—. Eso fue... —Se quedó callada y empezó a aplaudir. Evan y yo nos separamos torpemente. Fingí que me alisaba el vestido mientras Evan le sonreía a su amiga.

—Supongo que ya se conocieron —afirmó. Jane nos concedió una sonrisa rígida.

—Sí, ya somos mejores amigas, ¿verdad, Jules? —contestó y me sonrió. Había un brillo en su mirada que me era imposible descifrar.

Volteé a ver a Evan y luego miré de nuevo a Jane.

—Sí, claro.

Evan me soltó la mano y se dirigió a la puerta. Una vez ahí, recogió la bolsa de panecillos, volvió y se la ofreció a Jane.

—Perdón por tirarlos.

—No pasa nada —le contestó ella con una sonrisa reconfortante. Hice una mueca. ¿Jane lo estaba mirando con admiración? ¿Le gustaba? El tigre de los celos rugió, a pesar de que jamás imaginé que podía ser una novia celosa. Jane me volteó a ver, e instintivamente le lancé *la* mirada. Esa mirada que dice: *Ten cuidado. Es mi novio, ¿de acuerdo?* Nunca creí ser capaz de ver a alguien de esa manera.

El amor nos transforma en monstruos, amigos. Hay que tener cuidado.

Jane se nos quedó viendo un instante antes de meter las manos a los bolsillos.

—En fin, los dejo solos. Imagino que tienen mucho de qué hablar. Gusto en conocerte, Jules —dijo y me guiñó un ojo—. Estaré en mi cuarto devorando estos —señaló la bolsa—. Gracias, E.

—De nada —contestó Evan entre risas.

«¿Gracias, E?». La confianza entre ellos era obvia, definitivamente eran muy buenos amigos. ¿Por qué Evan no la había mencionado antes?

—¿Jules? —La voz de Evan me trajo de vuelta a la realidad—. ¿Estás bien? —Alcé la mirada y vi que tenía el ceño fruncido.

—Sí, de maravilla —contesté y traté de esbozar una sonrisa torpe.

—¿De verdad?

—Sí.

—¿Hay algo que quieras decirme?

—No, definitivamente no. Para nada. En absoluto. Nada de nada.

Diarrea verbal...

Evan soltó una carcajada que hizo eco en la sala. Hasta su risa tenía un timbre muy *sexy*. Luego dejó de reír y se me quedó viendo.

—No sabes mentir ni aunque tu vida dependa de ello, ¿verdad? —dijo y se mordió el labio inferior.

Suspiré, frustrada.

—Soy un caso perdido.

Se me acercó despacio.

—Es una de las cosas que me encantan de ti. —Me acomodó un mechón tras la oreja—. No soporto a la gente mentirosa. —Me pellizcó la nariz. Solté un chillido y retrocedí—. Entonces, ¿me vas a decir qué te está molestando o tendré que descifrarlo?

Arqueé una ceja.

—¿Perdón?

—Ya me oíste, Melocotón. —Al oír su voz, sentí un escalofrío en la espalda. Escuchar los apodos que me ponía era mucho más intenso y personal que leerlos en la pantalla. Evan me miró con una sonrisa maliciosa. Andaba de un ánimo muy juguetón. Seguí retrocediendo hasta que pude escudarme con el sofá grande—. ¿Por qué retrocedes, cobarde?

—No soy una cobarde —le reclamé.

Evan arqueó una ceja y empezó a juguetear con el anillo que llevaba en el dedo índice.

—Entonces quédate quieta. —Para entonces nos estábamos persiguiendo alrededor del sillón.

Negué con la cabeza.

—No.

—¿Por qué no? ¿Tienes miedo? —preguntó en tono juguetón, con una enorme sonrisa—. Te juro que no muerdo —agregó y alzó las manos en son de paz—. Al menos no mucho. —Me guiñó el ojo, y sentí que las piernas me temblaban por completo.

Lo señalé con un dedo.

—¡No te acerques, peligroso poeta oscuro!

—Entonces dime qué es lo que te molesta, y tal vez contemple la posibilidad de no besarte —dijo y se encogió de hombros, con expresión despreocupada y cínica. Su oscura cabellera desaliñada apuntaba en todas direcciones.

—Nada me molesta. Estoy bien, en serio —mentí y esbocé mi mejor sonrisa falsa.

—Respuesta incorrecta —contestó y se me abalanzó, así que retrocedí de prisa, dando pequeños gritos—. Eres muy veloz —reconoció Evan y esbozó una sonrisa perversa. Me sentía como un venado perseguido por un feroz león.

—No estoy mintiendo —insistí mientras le daba vuelta al sofá. Evan bajó la mirada, ensanchando la sonrisa. Luego alzó la cara, y sus penetrantes ojos oscuros se clavaron en los míos. Pasé saliva. Tenía la garganta seca. Evan empezó a arremangarse.

—No me dejas otra opción —comentó con voz risueña.

—¿Qué vas a...? —empecé a decir, pero de nuevo se me abalanzó. Esta vez, alcanzó a rozarme con una mano, pero me incliné hacia atrás y logré esquivarlo por pura suerte. Evan volvió a intentarlo varias veces mientras corríamos alrededor del sillón. Cuando al fin los dos nos quedamos sin aliento, nos detuvimos.

—Bueno, esto ha sido divertido, pero ya es hora de que te atrape, ¿no crees? —Miró de reojo el sofá que nos separaba, y al instante entendí cuáles eran sus intenciones. Evan saltaría encima de él, y ahí acabaría todo. Cuando se preparó para saltar, me di media vuelta.

¡Corre!

Subí corriendo las escaleras tan velozmente como pude, y lo escuché maldecir a mis espaldas. A pesar de mi torpeza, las subí bastante rápido, para ser sincera.

La adrenalina es una bendición. Es capaz de hacer milagros.

—¡Jules! —lo escuché gritar a mis espaldas. Estaba peligrosamente cerca. Me adentré en el pasillo, sin que me importara hacer un escándalo. Jane podía irse al diablo, francamente. En ese momento yo era una presa que huía para salvar el pellejo. Alcancé a ver la puerta de Evan y la empujé con todas mis fuerzas. Una vez adentro, la cerré y me recargué en ella. Me envolvió una oscuridad absoluta que me devoró por completo. Había olvidado que el cuarto de Evan se oscurecía de esa forma. No veía nada, ni mis propias manos, aunque las tuviera enfrente.

¿Qué sigue?

En algún lugar debía haber un interruptor, pero ¿dónde? Escuché sus pisadas en el pasillo. Al parecer, no tenía prisa, pues estaba convencido de que me atraparía. ¡Cuánta arrogancia la suya! Pero no me daría por vencida sin antes pelear. Ese león nunca olvidaría lo difícil que fue cazar a este ciervo. Julie Ann Jones nunca será presa fácil.

Me separé de la puerta y avancé a ciegas. Tenía la esperanza de que mis ojos se ajustaran a la oscuridad y lograran distinguir algo. ¿Dónde están las malditas ventanas cuando las necesitas? El sol se estaba poniendo del otro lado de la casa, así que no había luz natural enmarcando las cortinas negras.

¡Mi celular! ¡Eso era!

Lo busqué en los bolsillos inexistentes, pues se me olvidó que traía puesto un vestido. Me dieron ganas de abofetearme por haber dejado mi bolsita en el piso de abajo, con mi teléfono adentro.

Ya perdí. Al menos di una buena batalla, supongo.

Los pasos se oían cada vez más cerca, así que entré en pánico como si de verdad estuviera en peligro. Corrí por el cuarto hasta que me pegué con algo en la cabeza. Lo toqué: era madera. Una puerta. La abrí y me metí en el mismo instante en el que Evan abrió la puerta de la habitación. Sentí ropa a mis espaldas; estaba en su clóset.

Evan entró al cuarto y cerró la puerta. Apenas alcancé a verlo a través de la puerta entreabierta del clóset, pero desapareció tan pronto nos quedamos a oscuras de nuevo. ¿Acaso él era capaz de ver en la oscuridad? ¿Era un vampiro o algo así? Sentí que mis jadeos y latidos acelerados retumbaban en todo el cuarto.

—Sé que estás aquí —dijo la voz, proveniente del centro de la habitación—. Dejaste un dulce rastro en el aire, señorita Fresita. —Me escondí lo mejor posible en las profundidades del clóset—. Podría encender la luz para encontrarte, pero así es más interesante. Me dejaré guiar por tu aroma...

¿Mi aroma?

¿En serio no era un vampiro? Ojalá que no. Claro que sería un Edward Cullen *supersexy* y atractivo, pero la sangre y yo no éramos buenas amigas. Me mareaba nomás de verla, así que tener un novio vampiro no me emocionaba mucho que digamos. Lo escuché olisquear; luego, pasos. ¡Cielos! ¡Me iba a encontrar! Me apretujé tanto como pude entre la ropa, pero fue lo peor que pude hacer. Quizá se pregunten por qué. ¿Han visto las películas de *Destino final*? Donde se mezclan sucesos insignificantes que le provocan la muerte a alguien. Bueno, pues esta era una escena típica de esa franquicia. Cuando me moví, la ropa colgada se meció y provocó que una cajita de polvo que estaba en lo alto del clóset cayera al suelo a mi lado con un golpe seco. Por si fuera poco, la fuerza de la caída provocó que se abriera y que todo se llenara de polvo. Tan pronto llegó a mi nariz, supe que todo había acabado.

¡No estornudes! ¡No estornudes!

¡Achúúúú!

¡Nariz traidora! Puesto que mi escondite ya no era secreto, abrí la puerta del clóset y corrí hacia la puerta del cuarto. O eso creí.

Un fuerte brazo me agarró de la cintura.

—¡Te atrapé! —susurró Evan con voz triunfal y me jaló hacia él.

—¡No! —Me estremecí salvajemente entre sus brazos. No me rendiría aún. Pero Evan me estrujó con más fuerza entre risas macabras.

—No creíste que te dejaría escapar, ¿verdad? —Su aliento me hizo cosquillas en el cuello. Se me escapó una risa, pero seguí forcejeando.

—¡Suéltame! ¡No es justo!

Evan se rio y retrocedió, llevándome con él.

—¿Por qué no es justo?

—Había una cajita con polvo en tu clóset. ¡Me hizo estornudar! Iba a...

—¿En serio crees que no sabía que estabas ahí? —Me dio media vuelta. Supongo que estábamos frente a frente, pero no había luz suficiente como para distinguir su silueta—. Estabas jadeando muchísimo.

—No es cierto que me escuchaste jadear.

Me empujó hacia atrás.

—¿Por qué no? —preguntó, y la parte de atrás de mis rodillas chocó con la orilla de su cama. Me tenía acorralada. Alcé las manos e intenté empujarlo, como si eso fuera a funcionar—. Te daré una última oportunidad para que me digas qué te molesta.

—Estoy bien. No es na... —Evan me empujó con gentileza. Caí de espaldas sobre la cama e intenté levantarme, pero en ese instante él se subió encima de mí. Con una sola mano, sostuvo las mías por encima de la cabeza y las presionó contra la cama.

—¿Cuáles serán tus últimas palabras? —dijo y se me acercó aún más. Su aliento tentador me rozó los labios.

—No lo hagas —le supliqué. Evan soltó una risotada.

—Más vale que empieces a hablar —dijo, y me puso la mano libre sobre el estómago. Saber lo que se avecinaba me puso los nervios de punta. No alcancé a decir ni media palabra antes de que sus dedos empezaran a picotearme las costillas y a sacarme grititos y risitas.

—¡No! —exclamé, pero Evan siguió haciéndome cosquillas sin piedad. Ni siquiera me dio tiempo para recobrar el aliento—. ¡No! ¡Por favor! —Me estremecí bajo su cuerpo—. ¡Ya, Evan! ¡Por favor! —Se detuvo un segundo, y nuestros jadeos se mezclaron en la oscuridad.

—¿Lista para confesar, Melocotón? —su voz sonaba más rasposa que de costumbre. Hice una lista de mis opciones: podía mentirle de nuevo, pero eso no me ayudaría en nada, ¿o sí?

Evan interpretó mi silencio como un «no», y las cosquillas se intensificaron.

—¡Ay! ¡No! ¡Está bien! ¡Está bien! ¡Te lo diré! —le supliqué mientras me retorcía como una anaconda salvaje bajo su cuerpo. Evan se detuvo. Mi pecho subía y bajaba de prisa. Ambos nos habíamos quedado sin aliento. Me di cuenta de que el vestido se me había subido hasta los muslos y que las piernas de Evan estaban entre las mías. Me sentí expuesta, pero también muy cálida de pronto. ¿Qué me estaba pasando?

—Cielos —exclamó Evan, rozando mi nariz con la suya—. ¿Lo sientes? —Era obvio que se refería a la tensión entre nosotros.

—Sí —asentí con entusiasmo. Pero me pareció que se estaba conteniendo—. ¿Evan?

—¿Sí? —Sus labios rozaron los míos.

—Bésame —pedí y sus labios se fusionaron con los míos. Fue un beso que rápidamente se volvió apasionado, salvaje. Él succionó mi labio inferior, entreabrí los labios para permitir la entrada de su lengua, Dios, Evan besaba de maravilla. Nuestras lenguas se entrelazaron, y sentí punzadas de deleite de los pies a la cabeza. Evan presionó su cuerpo contra el mío hasta hundirme en la cama. Sus tersos labios se alejaron de los míos y me empezaron a besar el cuello. Era una sensación exquisita.

—Hueles delicioso —susurró, y su aliento me acarició el cuello. Sentí algo duro en el muslo, y estoy segura de que me sonrojé, pero por fortuna las luces estaban apagadas. Emití un suspiro cuando su lengua húmeda me recorrió el cuello. Arqueé el cuerpo para sentirlo más cerca, ansiando el contacto con él. Lo único que podía pensar era que la ropa nos estorbaba y que quería sentir su piel contra la mía. Quería más. Necesitaba más. Cuando su boca volvió a la mía, los besos se volvieron más agresivos, posesivos. Evan metió la mano que tenía libre por debajo de mi vestido, y sus dedos acariciaron con suavidad uno de mis muslos, lo cual era contradictorio en comparación con la forma tan apasionada en la que me estaba besando. Y en ese momento lo sentí. Mis labios se separaron de los suyos.

—Evan, estás vibrando —dije, casi sin aliento.

—Lo sé. Perdón. Es que eres irresistible —susurró y trató de besarme de nuevo.

—No —contesté y giré el rostro—. Estás vibrando *literalmente* —dije, haciendo énfasis en la última palabra. Evan dejó de moverse, y ambos sentimos la vibración en la zona inferior del cuerpo.

—Ah, es mi teléfono —dijo y se rodó a un costado. No pude contener la risa. Evan intentó sacar el celular de su bolsillo, sin mucho éxito. Cuando por fin logró sacarlo, había dejado de vibrar. La luz de la pantalla nos deslumbró un instante—. Es Helen. —Me recargué en los codos—. Perdón, tengo que devolverle la llamada.

—Sí, no te preocupes —contesté con absoluta franqueza. Evan se levantó y empezó a marcarle—. ¿Podrías encender la luz? —le supliqué. Su cuarto me desorientaba. Segundos después, las luces volvieron y me tomó unos segundos acostumbrarme. Me senté y me froté los ojos. Era como si acabara de despertar de un sueño, un extraordinario y sensual sueño. Sonreí como tonta mientras veía a Evan caminar por su cuarto y hablar por teléfono. Se veía muy bien; estaba más desaliñado que de costumbre y tenía las mejillas sonrosadas. Sus labios se veían más carnosos y apetitosamente rojizos. Y su tatuaje... se veía increíble con la camisa desfajada. Todo parecía indicar que la conversación con Helen sería larga, pues empezaron a discutir por algo. Observé las sábanas púrpuras de satín en las que estaba sentada y descubrí que la laptop de Evan estaba sobre la cama.

Me ganó la curiosidad y la levanté y abrí. De inmediato, la pantalla se encendió. El escritorio era negro, típico de Evan. No esperaba menos de él. Entré a la carpeta de Documentos para revisar algunos de sus escritos, y abrí los ojos por la sorpresa al ubicar una carpeta llamada Poemas para Jules. La abrí. ¡Cielos! ¡Contenía un montón de archivos! Había escrito más de una docena de poemas sobre mí. Me llevé la mano al pecho mientras leía los títulos. Intenté abrir uno de ellos, pero estaba protegido con contraseña. Todos lo estaban. Volteé a ver a Evan. Me estaba dando la espalda y parecía muy concentrado en su llamada. Cerré esa carpeta y abrí la de imágenes. Eran puras fotos de su madre y él. Se veía joven, llena de vida. Pero también había una subcarpeta llamada Jules. ¿Tenía fotos mías?

Al abrirla, encontré un montón de capturas de pantalla de nuestra llamada de Skype. Yo sonriendo tímidamente; yo sonrojada; yo cubriéndome la cara. Eran muchas, pero lo más enternecedor eran los títulos de las fotos: Su hermosa sonrisa. Su dulce rubor. Enterarme de lo mucho que yo le atraía antes de que fuéramos novios me aceleró el corazón. ¡Yo le gustaba tanto como él a mí!

—¿Qué haces? —La voz de Evan me sobresaltó. Al voltear, lo descubrí observándome con una expresión confusa.

Cerré la computadora.

—Estaba... —Me relamí los labios—. Admirando el diseño. Es una *laptop* muy linda. —La coloqué de nuevo en la cama.

—Sí, claro —contestó. Obviamente no me creyó, pero lo dejó pasar y se sentó a mi lado—. Helen quiere que vaya a una cosa familiar. Ya no sé ni cuántas veces le dije que no, pero no deja de insistir.

—¿Es de la familia de tu mamá? —pregunté, mirándolo fijamente.

Evan se puso muy serio.

—De la de mi papá.

—Oh —dije, pues entendía por qué el cambio de humor. Evan ya no estaba de ánimo—. Y, ¿de qué se trata?

—El aniversario de bodas de oro de mis abuelos —contestó y me pasó un brazo por encima del hombro para jalarme hacia él.

Apoyé la cabeza en la curvatura de su cuello.

—¿Cuándo fue la última vez que los viste?

—Hace seis meses.

—Es bastante tiempo —señalé, mientras él me acariciaba el brazo.

—Sí, pero no me gusta estar en contacto con ellos. Rechazo sus cheques, llamadas y correos. Han enviado a todas mis tías a que intenten convencerme de que los visite una vez por semana. Y siempre les digo que no.

Pasé saliva.

—¿Te llevabas bien con ellos antes de... de lo que ocurrió?

—Sí, era su favorito. —Su tono nostálgico me partió el corazón.

—Evan...

—No.

Me enderecé para verle la cara. El dolor en su mirada era desgarrador. Sus ojos eran demasiado hermosos como para contener tanta tristeza.

—Lo que pasó no fue su culpa.

Evan desvió la mirada y esbozó una sonrisa amarga.

—¿Crees que no lo sé? Es lo que dice todo el mundo: Helen, mis tías... hasta mi terapeuta. No soporto estar con ellos. Sé que no son responsables de lo que hizo mi papá, pero simplemente no puedo. Es como si una parte inconsciente de mí los culpara. No puedo evitarlo. Mi abuelo se parece demasiado a él. Ni te imaginas. Creo que hay muchas cosas que nunca podré superar, y esa es una de ellas —dijo y profirió un largo suspiro.

—Oye —dije y tomé su cara entre mis manos para obligarlo a mirarme—. Sé que puedes. Tengo fe en ti y estoy a tu lado. Ya no estás solo. No tienes que lidiar con todo tú solo. Me tienes a mí. Y aquí estaré siempre, ¿de acuerdo?

Evan se me acercó aún más.

—Jules, hay partes de mí que no conoces y que probablemente te van a ahuyentar.

—¡Nada me va a ahuyentar! Soy muy necia, ¿recuerdas? —Ambos sonreímos como tontos mientras nos mirábamos a los ojos—. Nos complementamos el uno al otro. Tú eres el poeta oscuro y yo soy la autora cursi.

Evan se rio.

—Bastante cursilona, por cierto.

Puse los ojos en blanco.

Evan suspiró y apoyó su frente contra la mía.

—¿Qué debo hacer?

—Creo que deberías ir —contesté con toda honestidad.

—El simple hecho de pensarlo me pone mal.

—¿Sería más tolerable si te acompaño?

Evan puso cara de sorpresa.

—¿Harías eso por mí?

—Por supuesto.

—Tendrás que enfrentar los interminables cuestionarios de mis tías y la evaluación de mis abuelos.

Hice una mueca dramática.

—Si lo pones en esos términos, suena terrible.

—No tienes que...

—Te voy a acompañar y punto —lo interrumpí y le di un beso tierno que le sacó una sonrisa.

—Gracias. —La sinceridad en su voz me hizo sonreír también—. En fin... —dijo después de un rato—, estabas a punto de decirme qué te molesta.

—¡Ay, no! —Me tiré de espaldas hacia la cama.

—Ay, sí. Dilo de una vez.

—No es nada importante.

—Jules... —me advirtió Evan con voz seria. Me quejé y me senté de nuevo.

—Es que... ¿por qué no me habías hablado de Jane? —pregunté con timidez.

Evan se frotó la cara.

—Se me pasó. Además, no sabía cómo ibas a reaccionar. No quería hacerte sentir incómoda.

—Pero está viviendo en tu casa —señalé con voz seria—. ¿Cuándo planeabas decírmelo?

—En algún momento.

—¿En algún momento? ¿Hay otras amistades de las que tenga que enterarme? —pregunté. Evan asintió—. Me dijiste que no tenías amigos.

—Algunas personas de la escuela. Y Jane.

—¿Desde hace cuánto son amigos?

—Tres años. Nos conocimos en terapia de grupo.

—¿Terapia de grupo?

Evan me miró de reojo.

—Sí, estuve en un grupo después de lo que pasó.

—Ya veo. Y, ¿Jane por qué estaba ahí?

—Tuvo un pasado difícil.

—¿Qué le pasó?

—No me corresponde andar contando cosas de su vida, Jules. —Se frotó las sienes—. En fin, no estará aquí mucho tiempo. Es temporal.

Ojalá.

—Está bien.

—¿En serio está bien?

—Confío en ti —dije de todo corazón—. Pero tienes que prometer que no habrá otras sorpresas de este tipo.

—Te lo prometo. —Se inclinó hacia adelante y me besó la frente.

Pasamos el resto del tiempo hablando de cualquier cosa.

Mientras me contaba sobre su trabajo, recargué la cabeza en su pecho. Disfrutaba muchísimo estar con él. Después de un rato, me levanté de la cama con la idea de limpiar su clóset que estaba lleno de polvo. Evan dijo que iría al baño, pero antes de salir su celular empezó a vibrar de nuevo.

Miró la pantalla y frunció el ceño.

—Es Jason. —Qué raro. Cuando empecé a desempolvar la alfombra del clóset, Evan contestó y me pasó el teléfono—. Es para ti. —Lo tomé y vi a Evan salir de la habitación.

—¿Sí?

Después de una pausa, escuché la voz de Lau al otro lado de la línea.

—¿Jules? —Algo no estaba bien.

—Hola. ¿Qué pasó?

—Perdón por interrumpirte, pero no contestabas tu teléfono, y Jason tenía el número de Evan, así que...

—¡Lau! ¡Basta! —la interrumpí. Lau siempre se desviaba del tema—. ¡Concéntrate! —dije y sacudí la alfombra para tratar de quitarle el polvo, lo cual me hizo estornudar con fuerza. Por eso no alcancé a escuchar lo que dijo Lau.

—¿Me escuchaste?

—¡Espera! Primero tengo que salir del clóset.

—¿Es en serio? —me reclamó.

—¿Qué está pasando?

—Tenemos un problema —susurró.

—¿Qué tipo de problema?

—Es un código H o como sea que les dicen Jason y tú a las emergencias.

—No tenemos ningún código H. —¿O sí?

Lau suspiró, frustrada.

—¿Podemos volver al tema?

—Tú eres la que siempre se desvía. Dime qué está pasando. ¿Estás bien? —pregunté, consternada.

—Yo sí. El problema son Jason y Shane.

—¿Qué hicieron?

—Están ebrios.

—¿Qué? Pero si son como las seis de la tarde o algo así.

—Ya lo sé. Pero están muy borrachos.

—No han pasado más de tres horas desde que los vi. ¿Quién se embriaga en tres horas?

—Al parecer, ellos.

—¿Cómo puede alguien embriagarse en tres horas?

—Combinando tequila, vodka y Jack Daniels.

—¿Qué tienen en la cabeza? ¡Ni siquiera es fin de semana!

—No sé. Pero así no pueden conducir. ¿Le preguntarías a Evan si podemos ir a su casa para que duerman un rato?

—Sí, yo le pregunto. ¿Y Jordan?

—¿Quién crees que se está haciendo cargo de ellos?

—¡Lau! —gritó Jordan a lo lejos.

—De acuerdo. Mira, tráelos de una vez. Estoy segura de que Evan dirá que sí.

—Bueno, ya me voy porque Shane está tratando de pelear con alguien.

—¿Qué? ¡Ay, no! —Me llevé una mano a la frente—. Nos vemos pronto.

¿En serio habían hecho eso? ¿En serio se habían emborrachado a mitad de semana? Mientras bajaba las escaleras, tuve una revelación.

Jason estaba borracho con Lau y Jordan. ¡Cielos! ¿Y si se le iba la lengua? ¿Y si les confesaba lo que sentía por Lau? Seguro no incomodaría a nadie, ¿verdad? Y Shane... la última vez que se embriagó me dijo que me amaba. ¿Por qué no podía tener una tarde tranquila? Esperaba que fuera un día relajado y normal, pero era demasiado pedir, ¿no? El tarado de mi mejor amigo tenía que emborracharse con el otro idiota arrogante justo hoy.

Tampoco sabía qué pasaría cuando llegaran, pero supuse que no sería nada bueno.

—¿Jules? ¿Eres tú? Estoy en la cocina, haciendo café —gritó Evan desde la cocina. Suspiré y me asomé por la puerta.

—Ojalá esté muy cargado. Dos borrachos vienen en camino.

Dos borrachos con el corazón roto, por cierto.

Qué bonito día.

LA NOCHE ES JOVEN, AMIGA DEL ALMA, Y NOSOTROS TAMBIÉN

NUNCA ME HABÍA PUESTO tan ansiosa esperando que alguien tocara el timbre o la puerta. Me la pasé caminando nerviosamente de un lado a otro del salón, mordiéndome las uñas. Evan estaba recargado en el sofá grande, sorbiendo su café. No se veía tan preocupado como yo; de hecho, hasta parecía indiferente, la verdad. No podía culparlo. No tenía idea del desastre del que eran capaces esos dos borrachos.

—Ya siéntate, Jules —dijo y asentó la taza en la mesita junto al sofá—. Estoy seguro de que están bien.

—Ah, *me consta* que están bien —contesté con amargura. No era su salud lo que me preocupaba, sino su gran bocota.

—Entonces, ¿por qué estás tan ansiosa?

—Porque... —En ese momento, el timbre me interrumpió. En una fracción de segundo, salí corriendo hacia la puerta y la abrí de golpe.

—¡Julie! —Jason fue el primero en entrar a mi campo de visión. Jordan venía a su lado, sosteniéndolo de la cintura. Al parecer, mi mejor amigo ni siquiera podía caminar por sí solo. Traía la ropa toda arrugada y los ojos rojísimos—. ¡Te extrañé mucho!

—Soltó a Jordan y se tambaleó hasta donde yo estaba, dejé que me abrazara torpemente. Cuando se separó, me agarró de los hombros para no perder el equilibrio—. Eres mi mejor amiga en el mundo entero, ¿lo sabías? —Trató de esbozar una sonrisa dulce, pero más bien fue perturbadora, como de asesino en serie.

—Lo sé —sonreí en respuesta. Jordan saludó a Evan mientras yo intentaba mantener a Jason en pie.

—Tú sabes todos mis secretos —me susurró con un gesto de complicidad. Luego Jordan salió, posiblemente para ir por Shane. Laura llegó a la puerta. Se veía exhausta.

—¡Cielos! Pensé que no lo lográbamos —dijo al entrar—. Hola —le sonrió a Evan, quien se había apoyado en una pared—. Gracias por recibirnos en tu casa... *de nuevo*. —Lau enfatizó esa última parte para resaltar lo avergonzada que se sentía.

Evan le contestó con una sonrisa.

—No hay problema.

—¡Ya llegó por quien lloraban! —anunció Shane al entrar. Venía tambaleándose y con una botella de vodka en la mano. Se veía peor que Jason. Traía la ropa desgarrada y el ojo se le estaba poniendo morado. También tenía el labio inferior hinchado. Pero no parecía importarle—. ¡Aquí está el alma de la fiesta, amigos!

Lau puso los ojos en blanco.

—La fiesta ya se acabó, Shane.

Él negó con la cabeza.

—¡Ni al caso! ¡Oh...! —Sus ojos se posaron en mí, y en ese instante se le iluminó la cara y sonrió como un tonto. Nerviosamente, miré de reojo a Evan, quien observaba la escena en absoluto silencio.

—Hola —saludé a Shane de lejos, pero él no dejó de acercarse. Por fortuna, Jason se atravesó en su camino.

—¡Te extrañé, amigo! —exclamó Jason y abrazó a Shane,

y él, a su vez, le devolvió el abrazo con el mismo entusiasmo exagerado. ¿Desde cuándo eran tan cercanos?

—¡Yo también, compadre! —contestó Shane y lo soltó—. Ten, dale un trago. —Le ofreció la botella, y Jason estaba a punto de agarrarla cuando Lau intervino y les arrebató el vodka—. ¡Oye!

—Creo que ya fue suficiente —comentó ella y se llevó una mano a la cintura.

Jason se le quedó viendo con profunda añoranza.

—Me encanta cuando es así de mandona —trató de susurrarle a Shane, pero todos lo escuchamos. Jordan frunció el ceño, y yo carraspeé.

—Chicos, creo que es hora de una siesta —dije y di unas palmaditas.

—¿Siesta? —Jason resopló—. La noche es joven, amiga del alma, y nosotros también.

Shane y él chocaron palmas.

—¡Cómo quiero a este compadre! —confesó Shane entre risotadas.

Al parecer, el alcohol crea lazos de amistad más fuertes que los normales.

—Además, no podemos dormirnos sin contarles nuestro mayor secreto, ¿verdad, amigo? —Jason volteó a ver a Shane en busca de apoyo.

—Adelante, compadre. —Shane asintió para alentarlo. Jason se relamió los labios y miró a Laura. De hecho, se le quedó viendo más tiempo de lo debido. El silencio se estaba volviendo insoportable.

Laura se percató de su mirada.

—¿Qué? —preguntó, confundida.

—Tengo que decirte una cosa. —Jason se acercó, titubeando. Eso encendió todas las alarmas en mi cabeza.

—¡Ya estuvo! —Me interpuse en su camino—. Creo que

mañana tendremos mucho tiempo para compartir secretos, ¿no creen? —Miré de nuevo a Lau. Lo maravilloso de los mejores amigos es que no necesitas palabras para comunicarte con ellos. Una mirada lo dice todo.

—Totalmente de acuerdo —dijo Lau para respaldarme y agarró a Shane de la cintura—. Hora de dormir —agregó y fingió un bostezo—. Todos estamos muy cansados.

—*Supercansados* —intervine y alejé a Jason de ella. Pero entonces una mano fuerte me tomó del brazo y me alejó de Jason.

—Renacuaja —susurró Shane y me jaló hacia un rincón de la sala. De inmediato miré a Evan, quien tenía las cejas arqueadas y nos observaba con detenimiento.

Me quité a Shane de encima.

—Shane, ya vete a dormir. Ma...

—Tengo algo que decirte —dijo en voz baja, arrastrando las palabras. No estaba consciente de que, dado que estábamos en un espacio pequeño, todo el mundo lo escuchaba.

—¡Cállate! —le susurré con furia.

—No, tengo que decirlo. —Estaba decidido a hacerlo.

¡Ay, Dios! ¡Sálvame, por favor!

—¿Qué demonios está pasando? —preguntó una voz. Nunca creí que me alegraría tanto la intromisión de Jane. Venía bajando las escaleras, con una mano en el barandal, pero se detuvo al descubrir que Evan y yo no estábamos solos. La sala estaba llena de desconocidos... o eso creí. Al ver a Shane, entrecerró los ojos—. ¿Qué demonios hace él aquí? —Su voz estaba cargada de ira. Atravesó el salón dando zancadas furiosas y no nos dio tiempo ni de contestarle.

Al llegar a Shane, lo abofeteó con fuerza.

En su borrachera, él perdió el equilibrio de inmediato y cayó de espaldas en el sofá.

Jordan fue a su rescate.

—¿Qué carajos? —Trató de contener a Jane, pero ella se lo quitó de encima.

—¡Fuera de mi camino! —le gritó, lo cual nos tomó a todos por sorpresa.

Fue a abofetear de nuevo a Shane, pero Jason se atravesó en su camino.

—¡Ya! ¡Ya! ¡Calma!

—¡Lárgate de aquí, Shane! —le exigió. Shane abrió los ojos al máximo cuando la reconoció.

—¡Ay, Jane! —exclamó y se puso de pie.

—No sé qué está pasando —murmuró Lau. Jordan asintió en respuesta.

—¿Quién es Jane, amigo? —le preguntó Jason con curiosidad.

—Cogimos hace tiempo —contestó Shane con descaro. Todos nos quedamos boquiabiertos. Nota mental: los borrachos *en efecto* siempre dicen la verdad. El enojo de Jane se transformó en furia desbocada.

Silencio.

Me dieron ganas de abofetear a Shane también. ¡Era un desgraciado insensible! Estaba a punto de sermonearlo cuando Jason abrió la bocota.

—Shane se cogió a Jane —canturreó entre risas—. ¡Un verso sin esfuerzo! —Mentalmente me di una palmada en la frente.

Jane se abalanzó sobre Shane otra vez, pero en esta ocasión fue Evan quien la contuvo.

—Ven, ven —dijo y la jaló hacia las escaleras—. Ese tipo no vale la pena —agregó con desprecio.

Evan acompañó a Jane a su cuarto, y los demás suspiramos, exhaustos. Yo sólo quería pasar la tarde con mi novio; nada más. No era mucho pedir, ¿o sí? Claro que no podía tener un día tranquilo sin que alguien lo arruinara. En este caso, los protagonistas eran Jason y Shane.

Salgan al escenario y hagan una reverencia, chicos. Si es que no se caen antes.

Lau, Jordan y yo aprovechamos la distracción para arrastrar a los otros dos por el pasillo que llevaba a un cuarto vacío. Jason se quedó dormido tan pronto apoyó la cabeza en la almohada. Shane, en cambio, sólo se sentó y se me quedó viendo.

Lau y Jordan salieron del cuarto, cansados de todo esto. Y Shane se veía muy vulnerable, como un cachorrito abandonado y golpeado. Su mirada era intensa y penetrante. Pasé saliva.

—Duérmete, Shane —dije y crucé los brazos.

—Jules, es que...

—Duérmete, por favor —lo interrumpí. Shane asintió, se recostó en la cama y cerró los ojos. Estaba a punto de darme media vuelta cuando lo escuché mascullar algo.

—Sí me acuerdo. Sí me acuerdo de lo que te dije la otra vez que estuvimos aquí —dijo. Me paralicé—. Sí me acuerdo, renacuaja —susurró y se quedó dormido.

Me le quedé viendo un momento en lo que procesaba sus palabras. Sí se acordaba. Entonces, ¿por qué me mintió? Shane empezó a roncar un poquito. Sonreí y me di media vuelta. Pero, para mi sorpresa, Evan estaba en el umbral de la puerta. Me sobresalté.

—Ay, no te oí entrar —dije, con voz nerviosa. Evan me miró con suspicacia. Su expresión era indescifrable, carente de emociones. Me hizo pensar en el día en que lo conocí. No me agradó en absoluto. Pasé a su lado y salí al pasillo. Huiría de ese cuarto antes de que Evan preguntara qué había dicho Shane. No sabía si había alcanzado a escucharlo, pero no quería averiguarlo.

Entré a la cocina, frotándome los ojos. Jordan y Lau estaban ahí, sentados en la barra, tomando café. Ambos alzaron la mirada al escucharme llegar. Me senté frente a ellos.

—Está muy rico —dijo Lau acerca del café que hizo Evan.

—¿Estás bien? —preguntó Jordan al verme.

Suspiré.

—Sí, estoy bien.

—¿Quieres? —Jordan me ofreció café, y yo asentí, gustosa. Nos sentamos a beberlo en silencio, mientras procesábamos todo lo que había ocurrido. Luego miré a Lau, que fue la primera en soltar la carcajada. Jordan le siguió, y en cuestión de segundos los tres estábamos doblados de la risa. Al parecer, nos gustaba ver el lado positivo de las cosas, y en este caso era que había sido algo bastante gracioso.

—¿Qué diablos le pasó a Shane? —pregunté cuando pude controlar un poco mis risas.

—Se peleó —contestó Lau, meneando la cabeza—. Según él, el cantinero se burló de él cuando le entregó su bebida.

—¿En serio?

Jordan asintió.

—No creo que sea cierto, pero esa fue su explicación en medio del caos.

—Ah, y te perdiste de la actuación de Jason en el escenario del bar —agregó Lau entre risas al recordar el suceso—. Cantó a todo pulmón. Mira, lo grabé —dijo y me lanzó su celular.

—Eres lo máximo —contesté y reproduje el video. Jason apareció en el escenario. Se movía con torpeza, sin coordinación alguna. Me doblé de risa mientras veía a mi mejor amigo hacer el ridículo. En el público había una mujer mayor aplaudiéndole—. Creo que tenía una fan —comenté.

—Sí, esa mujer hasta le pidió su teléfono cuando nos íbamos —dijo Lau. Escuchamos un trueno, pero decidimos ignorarlo.

—Tenía como sesenta o algo así —intervino Jordan. Seguimos conversando sobre lo que pasó en el bar hasta que de pronto Jordan se puso serio—. Creo que deberíamos pasar la noche aquí —comentó—. Ya oscureció y parece que va a llover. Además, esos dos necesitan dormir un rato para recuperarse.

—Tienes razón —dijo Lau—. Pero me da pena. Siento que ya nos aprovechamos de la hospitalidad de Evan. Es la segunda vez que le pedimos que nos deje quedarnos en su casa en menos de un mes.

Jordan se encogió de hombros.

—Yo no creo que le moleste porque así estará más tiempo con Jules. Si yo fuera él, no me importaría si eso implicara estar con mi chica. —Abrazó a Lau y le besó la cabeza. Ella sonrío.

—Yo tampoco creo que le moleste. Aunque ya vieron lo que pasó con Jane. No creo que ella quiera estar cerca de Shane —comenté.

—Bueno, pero ¿ella quién es? —preguntó Lau con curiosidad.

—La mejor amiga de Evan —contesté simple y llanamente.

Lau arqueó una ceja.

—¿Y vive aquí?

—Sip —contesté, tronando los labios al enunciar la «p».

Lau no daba crédito.

—¿Vive aquí con él? ¿Viven solos en esta casota?

—Creo que eso es justo lo que dijo Jules, muñeca —corroboró Jordan y le alborotó el cabello.

—¿Y no te molesta? —preguntó Lau, poniéndose de pie.

—Creo que no tengo voz ni voto en este asunto. La casa es de Evan, no mía.

—Claro que tienes voz y voto. ¡Eres su novia, por Dios!

—Laura... —Jordan intervino.

—Dime que al menos te preguntó qué opinabas antes de invitarla a mudarse. —Lau se cruzó de brazos. Mi silencio dijo más que mil palabras—. ¡Cielos! Te hacen falta un par de pelotas, amiga.

Puse los ojos en blanco.

—Para empezar, eso es imposible a nivel biológico. En segundo lugar, no es mi decisión, Lau. Es casa de Evan, y al parecer su amiga está pasando por un mal momento.

—Jules tiene razón, muñeca, Evan sólo está ayudando a una amiga en problemas.

—Oye, eres mi novio y se supone que debes estar de mi lado —dijo. Jordan le pidió perdón en voz baja.

En ese momento escuché el golpeteo de las gotas de lluvia en la ventana de la cocina. Había empezado a lloviznar. La cocina era acogedora y cálida, en comparación con el frío del exterior. Jamás pensé que fuera a llover con un aire fresco en verano, pero al parecer no era imposible.

Evan nos alcanzó en la cocina.

—Creo que sería mejor que se quedaran hasta mañana. Sus amigos no están en condiciones de manejar, mucho menos con este clima.

—Sí, eso era justo lo que estábamos diciendo —dije e intenté encontrar su mirada, pero él mantuvo sus ojos sobre Jordan. Algo no andaba bien.

—No queremos importunarte —intervino Jordan y se puso de pie. Evan sólo sonrío, apretando los labios.

—No hay problema. Lau y tú pueden compartir la misma habitación que la vez pasada —señaló con frialdad.

—Gracias —contestó Lau con franqueza. Evan asintió y salió de la cocina.

Después de conversar un rato más con Lau y Jordan, subí al cuarto de Evan. Algo me tenía inquieta. Necesitaba ver a Evan y asegurarme de que todo entre nosotros estaba bien, porque tenía el presentimiento de que no era el caso. Además, tampoco podía dejar de pensar en el consejo que me dio Lau con respecto a la situación de Jane. Toqué a la puerta y apoyé todo mi peso en un solo pie porque estaba muy nerviosa.

—Adelante. —La voz de Evan hizo eco desde el interior. Abrí la puerta y me sorprendió que la habitación estuviera completamente iluminada. Era algo inusual. Evan estaba sentado en su escritorio, frente a su *laptop*.

—Hola —lo saludé con voz vacilante. Pero él ni siquiera me volteó a ver.

—Hola. —Su voz era fría, muy distinta a como había sido antes.

Era evidente que algo no andaba bien.

Me mordí el labio inferior y me senté en su cama. Era agradable sentir las sábanas de satín en las manos y los muslos. Observé su espalda en silencio y alcancé a ver que estaba en Wattpad.

—¿Qué haces? —Necesitaba ver su cara.

—Leyendo.

—Qué bien. ¿Qué lees? —Traté de aparentar interés genuino.

—Algo.

Que no respondiera con más de una palabra me puso los nervios de punta.

—¿Pasó algo? —pregunté finalmente.

—No —contestó de forma brusca. Miré a mi alrededor, sin saber qué decir.

Después de un rato de frío silencio, me levanté y me puse atrás de él. Le tomé los hombros con las manos y les di un ligero masaje. Evan se zafó. En ese instante, su rechazo me atravesó el pecho y me hirió. Retrocedí. Quise salir corriendo, pero me contuve.

—Mírame, Evan —le ordené y lo jalé del hombro. A regañadientes, giró la silla y me miró a los ojos. Su expresión era imperturbable, tan ilegible como antes. ¿Cómo le hacía para ocultar sus sentimientos con tanta facilidad? Si acaso estaba enojado, no se le notaba. Clavó sus ojos oscuros en mí.

—¿Qué?

No soportaba que me hablara con tanta frialdad.

—¿Me vas a decir qué está pasando o planeas ignorarme toda la noche? —pregunté, fingiendo que no me importaba.

—No sé. ¿Tienes algo que decirme? —Ladeó la cabeza mientras buscaba algo en mi expresión facial que me delatara.

—No, no tengo nada que decirte —contesté con absoluta seguridad. Evan, en cambio, esbozó una sonrisa amarga.

—Entonces no tenemos nada de qué hablar. Puedes dormir en mi cama. Yo dormiré en el sofá. —Se puso de pie y cerró la *laptop* de golpe.

¿En serio?

Me le quedé viendo, boquiabierta, mientras se dirigía a la puerta. Ni siquiera me dio oportunidad de frenarlo.

¡De acuerdo!

Si así quería que fueran las cosas, no le suplicaría que durmiera conmigo. Yo no había hecho nada malo, y él no tenía derecho a tratarme así. Apagué la luz principal, pero dejé encendida una lamparita. No quería volver a perderme en el cuarto oscuro de Evan. Me quité las sandalias y me metí entre sus cómodas sábanas. Olían a él. Hundí la cara en su almohada y gimoteé. Evan siempre olía exquisito.

Basta, Jules.

Mi conciencia me reprobaba. Sonreí y me giré para quedar boca arriba. Qué suave era su cama. Estaba a punto de quedarme dormida cuando la puerta se abrió de golpe y Evan entró dando zancadas, lo que me obligó a sentarme en la cama. Su expresión seguía siendo indescifrable.

Cerró la puerta despacio, se acercó a la cama y se sentó en la orilla, dándome la espalda. Se quedó un rato en silencio. Observé su perfil, pero su rostro pálido era inexpresivo. No quería hablar ni hacer nada que lo ahuyentara de nuevo. El corazón se me aceleró. ¿Por qué no decía nada? ¿Había vuelto porque quería acurrucarse conmigo? Tardó una eternidad en animarse.

—Te lo voy a preguntar una sola vez. —Su tono era tan frío como antes—. Y espero que seas honesta, ¿de acuerdo?

—De acuerdo —dije y me relamí los labios. Evan me miró por encima del hombro y me examinó con sus ojos oscuros. Y entonces llegó la pregunta:

—¿Qué está pasando entre Shane y tú?

Uy.

¡SOS! ¡SOS!

¡Diablos! Ahora sí estaba en problemas.

ROMEO ESTARÍA AVERGONZADO DE TI

SILENCIO.

Evan me estaba viendo fijamente, esperando mi respuesta. Me quedé paralizada, sin saber qué decir. Se veía un poco molesto, así que supe que debía elegir mis palabras con cuidado. Pasé saliva e intenté armarme de valor. No había hecho nada malo, así que todo iba a estar bien, ¿verdad?

—Nada —contesté con franqueza—. No está pasando nada entre Shane y yo.

Evan hizo una mueca.

—No soy idiota, Jules —dijo con absoluta seriedad—. Me doy cuenta de cómo te mira. Y, por la forma en la que te comportaste hoy frente a él, sé que te dijo algo y es hora de que me digas qué fue.

Esto va en serio.

Tenía que ser sincera con él si no quería que pensara que de verdad estaba pasando algo entre Shane y yo.

—Está bien. El otro día que estaba ebrio... me dijo que... —Guardé silencio. No tenía las agallas para decirlo en voz alta.

Evan estaba perdiendo la paciencia.

—¿Qué te dijo? —Me estaba observando con mucho detenimiento, como si estuviera analizando cada centímetro de mi rostro.

—Me dijo que yo le gustaba.

Evan no parecía sorprendido.

—¿Y? ¿Qué hizo después de eso? —insistió.

—Nada. Dijo que no se acordaba de nada, pero hace rato... —Volví a quedarme sin palabras.

Evan, en cambio, no tenía reparos en decir las cosas como eran.

—Te dijo que sí se acordaba. Lo escuché —intervino en tono casual—. ¿Intentó pasarse de listo? ¿A ti también te gusta?

Negué con la cabeza.

—No. Sólo es mi amigo. Nada más —contesté. Evan asintió, aún con expresión seria. Me sentía como una ladrona siendo interrogada por un policía. ¿Por qué me ponía tan nerviosa si no había hecho nada malo? Pero la siguiente pregunta de Evan lo explicó todo—. ¿Por qué no me dijiste?

Suspiré y relajé los hombros tensos.

—No... no sé. Pensé que era una tontería de borrachos. No quería hacer un escándalo.

Evan apretó los labios durante un rato antes de volver a hablar.

—Debiste habérmelo dicho.

—Y tú debiste haberme dicho lo de Jane —contesté con toda franqueza. Evan desvió la mirada. Observé su perfil y me percaté de lo tensa que tenía la quijada.

—No es lo mismo —dijo, sin mirarme.

Bufé, incrédula.

—¿No? A mí me parece lo mismo.

Evan volteó a verme con expresión seria.

—Jane es mi amiga.

—Y Shane mi amigo —argumenté.

—Es obvio que él no te ve como una amiga —señaló, con gesto impasible.

—No ha intentado nada, Evan —dije.

Él inhaló profundamente.

—No entiendo por qué me lo ocultaste.

—Ni yo por qué ni mencionaste a Jane.

—No uses lo de Jane para desviar esta conversación.

Me cansé de su descaro y me puse de pie.

—¿Sabes qué? Eres un hipócrita, ¿con qué cara vienes a reclamarme que te oculté lo de Shane? Hace un par de horas me tuve que enterar que vivías con alguien al venir a visitarte de sorpresa.

—¡Un chico te dijo que le gustabas y me lo ocultaste!

—Y tú me ocultaste a Jane. ¿Qué es esto, Evan? —dije confundida—. ¿Por qué nos ocultamos cosas de esta forma? Es... se siente horrible.

Empecé a retroceder hacia la puerta y Evan se levantó de la cama.

—Espera... Jules...

—Necesito aire fresco —contesté con voz helada y salí del cuarto.

Me dirigí a la habitación donde sabía que se quedarían Lau y Jordan, y toqué la puerta.

—Adelante —gritó Jordan.

Al entrar, los encontré acurrucados en la cama, viendo tele. Cuando Lau me vio, se enderezó.

—¿Estás bien? —preguntó, preocupada.

—¿Puedo quedarme con ustedes un ratito? —Me pasé los dedos por el cabello.

Jordan me sonrió.

—Claro que sí, ven acá. —Le dio una palmada al espacio que había entre ellos.

Me sentí como una niña que acababa de tener una pesadilla y quería acurrucarse con sus papás.

Me acomodé entre Jordan y Lau, y me eché encima la cobija. Pasamos un rato en silencio, viendo un episodio viejo de *Friends*, lo cual me ayudó a olvidar el pleito que acababa de tener con Evan. Cuando empezaron los comerciales, Lau fue quien rompió el silencio.

—Tengo mucha sed, amor. ¿Me traerías agua de la cocina? —le pidió a su novio. Jordan, como el buen mandilón que era, salió del cuarto para complacerla. Poco después, Lau fue directo al grano—: ¿Qué pasó? —Volteó un poco para verme a la cara.

—Nos peleamos.

—¿Por qué?

—Es algo complicado.

—Pues explícamelo —contestó.

No eran tan sencillo. Aún no le contaba lo que me había dicho Shane.

—Es *muy* complicado —insistí y la miré con seriedad.

Lau frunció el ceño.

—Me estás espantando, Jules.

—A ver, lo voy a simplificar lo más que pueda. Shane me dijo algo el otro día que llegó aquí ebrio.

—Okey. Pero ¿qué tiene que ver Shane con esto? A menos que... —Lau guardó silencio un segundo—. ¡Ay, no! ¡No me digas que te dijo lo que creo que te dijo!

—¿Ya lo sabías? —pregunté, desconcertada.

Lau asintió, sintiéndose culpable.

—Jordan me contó, pero tuve que prometerle que no te diría nada. Lo siento.

—No te preocupes, debí contártelo antes.

—No pasa nada. Pero sigo sin entender qué tiene que ver tu sudadera favorita con Evan.

Fruncí el ceño.

—¿Qué?

Lau puso los ojos en blanco.

—Sí, tonta. Shane se robó tu sudadera favorita.

—¡¿Shane hizo qué?! —Sentí que los ojos se me iban a salir de las cuencas. Lau parecía confundida.

—¿Por qué te sorprende tanto? Pensé que de eso estábamos hablan... ¡Ay! —En ese momento se dio cuenta—. No te referías a eso, ¿verdad?

—No —dije y meneé la cabeza—. ¿Qué carajos hizo con mi sudadera?

—La quemó. En venganza porque lo hiciste reprobar mate.

—Nunca me lo va a perdonar, ¿verdad? —me quejé.

Lau esbozó una sonrisa triste.

—Al parecer es un hombre vengativo. —Lau me acarició el brazo para reconfortarme.

—Shane no es normal.

Lau me pasó un brazo por el hombro.

—Por si no lo sabías, no tienes amigos normales, querida.

—Lo sé. —Era verdad. Lau apoyó la cabeza en mi hombro, sin dejar de masticar su chicle.

—Entonces, si no te confesó su venganza secreta, ¿qué te dijo?

—Me dijo que me amaba. —Arranqué la curita de golpe.

Lau se atragantó con el aire y abrió la boca de forma exagerada para gritar:

—¿Qué? —Grave error. Se tragó el chicle y empezó a toser como loca.

—¿Estás bien? —pregunté. Lau se levantó de un brinco, sin poder respirar. Empecé a entrar en pánico. Se estaba poniendo roja por la falta de aire. ¡Dios mío! La alcancé y empecé a darle fuertes palmadas en la espalda—. ¡Escúpelo, Lau! ¡Vamos! ¡Escúpelo! —Lau la estaba pasando muy mal.

¡Concéntrate, Jules!

¿Qué me había enseñado mamá a hacer cuando alguien se ahogaba? Algo sobre una maniobra... Me puse atrás de ella y le envolví el pecho con los brazos antes de estrujarla. Al fin escupió el chicle y jaló aire con desesperación. Caí de nalgas sobre el colchón, con las manos temblorosas. Lau, por su parte, cayó de rodillas, jadeando.

—¡Dios mío! —exclamó, con voz ronca—. ¡Casi me muero! —Estaba aterrada. ¿Quién se habría imaginado que el chicle era tan peligroso?

O quizás era una de esas cosas que sólo le pasaban a Lau.

Miré al potencial asesino en el suelo.

—Es un montón de chicle —señalé al ver la gran pelota.

—Es sabor miel. —Lau se encogió de hombros—. Mi favorito.

Nos sentamos juntas en el suelo, como si siguiéramos sin creer lo que acababa de ocurrir. Acabábamos de aprender una lección de vida importantísima.

El chicle no es tan inofensivo como parece.

—¡Dios mío! ¿Shane te dijo que te amaba? —Lau volvió a la realidad. Al parecer, mi vida amorosa le resultaba más interesante que su propia cercanía a la muerte.

Muerte por chicle. ¡Qué elegancia la de Francia!

—¿Te das cuenta de que estuviste así de cerca de morir? —pregunté, haciendo un gesto con el pulgar y el índice.

Lau sonrió sin la menor preocupación.

—Pero no morí. Entonces... —dijo y gateó hasta alcanzarme—. Quiero saber hasta el último detalle de la confesión de Shane.

Tardé un rato en contárselo, sobre todo porque me interrumpía con sus reacciones dramáticas. Como verán, yo no era la única dramática del grupo. Cuando al fin terminé, Lau se estaba mordiendo las uñas. Me di cuenta entonces de que Jordan ya se había tardado bastante en volver. Tal vez había intuido que Lau y yo necesitábamos algo de privacidad.

Como estábamos sentadas en el suelo, una frente a la otra, me di cuenta de lo precario que era el atuendo de mi mejor amiga. Mientras Lau se tomaba su tiempo para asimilar lo que acababa de contarle, examiné la ropa que traía puesta.

Usaba una camiseta roja enorme y *shorts* que le quedaban demasiado grandes. ¿Se los había prestado Evan?

—¡Caray! —exclamó al fin—. ¡Estás con todo, amiga! —agregó y alzó un pulgar—. Traes a dos galanes muertos por ti. Te envidio un poquito.

Puse los ojos en blanco.

—¿En serio, Lau? ¿Esa es tu conclusión de todo lo que acabo de contarte?

Ella se encogió de hombros.

—Pero es la verdad —contestó—. Además, creo que hiciste lo correcto con Evan. No tiene derecho a reclamarte lo de Shane, cuando él te ocultó lo de Jane.

—Lo sé. Pero... no soporto pelear con él. Lo detesto —confesé y bajé la mirada. Lau profirió un largo suspiro.

—Es su primera pelea. No le des tanta importancia —sugirió Lau—. Habrá otras peleas y discusiones como esta, en especial porque apenas empezaron a ser novios.

Me froté los ojos cansados.

—No estoy segura. Se veía furioso.

Lau se encogió de hombros de nuevo.

—Está celoso.

En ese momento, Jordan decidió regresar, pero aguardó un segundo en el umbral de la puerta. Luego, nos miró con una expresión inusual.

—¿Qué hacen en el piso? —preguntó, confundido.

—Nada. Estábamos platicando —contesté. Al verlo, me di

cuenta de que no traía el solicitado vaso de agua. Y no fui la única en notarlo.

—¿Y mi agua? —preguntó Lau.

—Olvida el agua. Tienen que ver esto. —Nos hizo una seña para que lo siguiéramos. Lau y yo nos miramos mutuamente y nos pusimos de pie.

Bajamos las escaleras, siguiendo a Jordan, quien nos guio al cuarto donde Shane y Jason dormían. Shane estaba desparramado en la cama como un títere sin cuerdas. Estaba profundamente dormido y babeaba sobre la almohada. Y ahora sí tenía el ojo bien morado. Esbocé una sonrisa compasiva. Volteé a ver a Jason, quien, para mi sorpresa, estaba despierto y sentado en la cama. Estaba abrazando una almohada y rasgándola como si fuera una guitarra.

—¡Corazón! —cantó con gesto dramático y voz aguda—. ¡Ay, mi gran amor! ¡Nos veremos en las estrellas! ¡Nos veremos en la luna! —Su voz me estaba dando dolor de cabeza.

Lau soltó una carcajada.

—¿Qué diablos está cantando?

—Ni idea —contesté con toda sinceridad—. ¿Qué hace despierto?

—No sé. Vine a echarles un ojo y lo encontré así —nos dijo Jordan entre risas—. Traté que volviera a dormirse, pero dijo que me odiaba y me empujó.

Uy.

Me obligué a sonreír.

—Seguramente no era su intención. Está borracho —expliqué para justificarlo, aunque sabía que eso era justamente lo que mi mejor amigo sentía.

—Lo sé —contestó Jordan sin la menor preocupación—. Me iré a hacer un sándwich. Tengo muchísima hambre. ¿Quieres algo, muñeca?

Lau meneó la cabeza.

—No, estoy bien. Jules y yo nos encargamos de esto —dijo y señaló a Jason.

Una vez que Jordan se fue, me acerqué a Jason.

—Jason —dije en voz baja. Al fin sus ojos desorbitados se percataron de nuestra presencia.

—¡Jules! ¡Viniste! —exclamó con una sonrisa. Se veía adorable, como un niñito.

—¡Sí, vine! —le seguí la corriente y me senté en la cama. Lau se puso a mi lado.

—Laura —dijo Jason con añoranza.

—Hola, amigo —Lau le sonrió. Él le hizo una seña para que se sentara a su lado, y ella obedeció.

—¡Qué bueno que estás aquí! —dijo él, sonriendo como un bobo. Con dulzura, le puso una mano en la mejilla.

Me paralicé. Esto no va a terminar bien.

—Eres muy cariñoso cuando estás borracho —dijo Lau y le tomó la mano.

Jason suspiró y la miró como borrego a medio morir.

—Eres muy bonita, Lau.

Ella se sonrojó.

—Ya estuvo, Casanova —lo interrumpí—. Tienes que dormir. —Jason siguió mirando a Lau un poco más.

—No pasa nada —dijo Lau, encogiéndose de hombros y mirándome de reojo—. Sólo está borracho.

Ay, Lau, si supieras...

Jason la jaló hacia él.

—Ojalá pudiera... —Jason se quedó a media oración y apoyó la frente en la de Lau. Luego, le acarició un poco la mejilla.

Observé la escena con miedo a que Jason vomitara en cualquier momento.

¿Qué hago? ¿Lo detengo?

Lau se separó y le dedicó una dulce sonrisa.

—Estás borrachito, Jay-Jay —le dijo ella en tono juguetón, pero yo percibí la intensidad con la que Jason la miraba.

Jason meneó la cabeza, entre risas.

—Jay-Jay —repitió, como si eso le trajera un buen recuerdo.

—En serio tienes que dormir, Jason —intervine con voz seria.

Él miró a Lau en silencio. Ella pasó saliva.

—¿Lo amas? —Jason le preguntó de forma repentina.

Lau se sobresaltó.

—Eh... —Volteó a verme.

Jason esbozó una gran sonrisa.

—No lo amas. ¡Qué bueno!

—Espera...

Jason le puso un dedo sobre los labios para silenciarla.

—Ya es demasiado tarde, Lau. Tengo que decirte esto. Te... Te... —Antes de poder terminar, le vino una arcada. Después se inclinó para vomitar.

—¡Qué asco! —Lau se levantó de un brinco y se alejó tanto como pudo.

Lo reprobé con la mirada y arrugué la nariz.

—Qué romántico, Jason.

—Romeo estaría avergonzado de ti —agregó Lau, frunciendo el ceño por el asco.

Al parecer, lo único que Jason necesitaba para volver a dormirse era vomitar, porque en cuestión de segundos empezó a roncar en un ángulo inusual. Lau se apretó la nariz para no percibir el olor.

—Me niego a limpiar esto —me notificó.

—Yo también. —Ni loca me iba a acercar a la piscina de vómito. No tenía el estómago para hacerlo.

Huimos de ahí como unas cobardes. Luego dejé a Lau en la cocina con Jordan y subí las escaleras. Me detuve frente a la puerta de Evan.

Y me quedé ahí, titubeando. Después de la escena de Jason, sentí la necesidad de arreglar las cosas con Evan, aunque no sabía por qué. Tal vez el intento romántico fallido de mi mejor amigo me hizo desear algo de romanticismo propio.

No salía luz por el marco de la puerta. ¿Estaría dormido? No me parecía que fuera capaz de dormirse después de nuestra acalorada discusión.

Me armé de valor y decidí no tocar; simplemente abrí la puerta y entré. Evan estaba en la cama, recostado boca arriba. Tenía las manos en la nuca y los ojos cerrados. No traía camiseta, y la lamparita de noche apenas si iluminaba su piel pálida. ¿Estaría dormido? Rodeé la cama para verlo mejor. Su cabello oscuro y despeinado enmarcaba su hermoso rostro. Se veía apacible, con una expresión muy distinta a la que tenía durante nuestra pelea. Sin la menor prisa, abrió los ojos. Pero luego se levantó de un brinco y se me abalanzó. Yo retrocedí.

—Evan, quiero...

—Shh, no digas nada. —Me tomó un mechón de cabello y me jaló hacia él. Sus labios chocaron ansiosamente con los míos. Ahogué el jadeo que me provocó esa situación tan repentina y lo besé con las mismas ansias con las que él me estaba besando. Nuestros labios se fusionaron con pasión, y eso me hizo olvidar el mundo a mi alrededor. Me acorraló contra la pared, sin darme espacio para escapar. Claro que no habría querido hacerlo. Era increíble acariciar su piel tersa con las manos. Nos seguimos devorando con anhelo, casi sin aliento. Su mano izquierda me soltó el cabello y me tomó la cara, en respuesta, lo abracé amorosamente.

No quería que ese instante terminara. En cuanto su lengua se adentró en mi boca, me traicionaron las piernas. La forma en que me exploraba me provocó un ligero mareo.

¡Dios! Estos besos deberían ser ilegales.

Nos separamos, casi sin aliento. Sus jadeos acariciaban

mis labios húmedos. Sus ojos oscuros me observaron con una profunda voracidad, y sentí que el corazón me daba un vuelco. Con la lengua me acarició el labio inferior, lo que me provocó cosquilleos en todo el cuerpo. Lo tomé del cuello y lo jalé de nuevo hacia mí. Mis labios cubrieron de nuevo los suyos, y sentí la vibración de sus gemidos en mi boca. Me tomó de los muslos para cargarme, así que instintivamente lo abracé con las piernas. Le agarré el cabello con desesperación mientras sentía su cuerpo contra el mío. Evan empujó su cadera contra la mía, y me di cuenta de lo excitado que estaba. No pude contener el gemido que deseaba escapar de mi boca.

Se separó sólo para decirme algo.

—Eres increíble —murmuró, y su boca se deslizó por mi cuello, besándolo y chupándolo. Al sentir sus labios en mi piel, perdí el piso. Tenía el vestido por encima de los muslos. Quizás debíamos detenernos, pero todo se sentía tan bien... La boca de Evan se apoderó de nuevo de la mía y aceleró todos mis sentidos.

Lo amo.

Lo deseo.

Sin darme cuenta, levanté las caderas para presionarme contra él. Evan gimió, detuvo el beso y descansó su frente sobre la mía.

A regañadientes, Evan se separó de mí.

—Jules... —susurró, pero volvió a morderme el labio inferior.

—Evan —contesté, jadeando.

—Es una tortura —comentó y me tomó la cara con dulzura—. Te quiero.

—Yo también te quiero.

Evan se relamió los labios.

—Perdón por comportarme como un patán. Es que...

Lo miré directo a los ojos.

—No pasa nada, lo entiendo.

—Es que... —Guardó silencio y apoyó su frente sobre la mía—. Eres lo único bueno que tengo. La idea de que alguien te aleje de mí...

—Oye —lo interrumpí—, nadie va a alejarme de ti. No lo permitiré jamás.

—No sabes lo que significas para mí, Jules. Eres la luz que llevo años esperando en silencio. Me das esperanza, a pesar de que creía que nunca sería capaz de tenerlas. Te necesito. —Sus palabras eran tan sinceras que me estrujaron el corazón—. Y haría lo que fuera con tal de que estés a mi lado.

—No planeo ir a ningún lado, tontito —le aseguré.

—¿Me lo prometes?

Esbocé una sonrisa franca.

—Te lo prometo.

¿ESTÁ COQUETEÁNDOME, SEÑOR?

EL VERANO SE FUE y se llevó consigo cualquier oportunidad de broncearme.

Lau y yo pospusimos varias veces ir a la piscina con el pretexto de que no teníamos tiempo. En realidad, sí lo teníamos, porque ¿quién no tiene tiempo en vacaciones? Sólo éramos perezosas y preferíamos quedarnos en casa y ver repeticiones de *Friends*.

Después del fiasco en casa de Evan, volvimos a nuestras casas al día siguiente, pero tardamos horas en llegar porque Jason y Shane tuvieron que detenerse varias veces a vomitar. Sí, traían una resaca de los mil demonios. Hablando de vómito, me pregunté si Jason habría limpiado su chistecito en el cuarto de visitas de Evan. Si no lo hizo, mi pobre novio se llevaría una desagradable sorpresa pronto.

—¡Jules! ¡Vas a llegar tarde! —gritó mamá desde el piso inferior.

Me quejé, agarré mi bolso y bajé las escaleras con pereza. Mamá me estaba esperando en la sala. Traía una blusa blanca y una falda negra, y del brazo izquierdo colgaba su bata médica.

—Buenos días —dije, a sabiendas de que acababa de llegar de su guardia en el hospital. Mamá me dio un beso en la mejilla.

—¿Por qué traes esa cara? —preguntó, observándome con detenimiento.

—No puedo creer que ya se acabó el verano —gimoteé y me quité un mechón de la cara de un soplido.

Mamá meneó la cabeza con expresión reprobatoria.

—No sé a quién saliste tan perezosa, porque a mí no fue.

Hice pucheros.

—¿No podrías llamar a la escuela y decir que estoy enferma? —La miré como un cachorrito abandonado.

Mamá cruzó los brazos.

—No. No voy a mentir por ti.

—¡Mamá! —gimoteé y di patadas en el suelo.

—Ya estás en último año. Deja de ser tan infantil y vámonos —ordenó y me empujó hacia la puerta.

—A la directora le caíste bien desde que le diste una consulta gratis en el hospital. Estoy segura de que no le importará que falte —argumenté.

—Es tu primer día de clases. Anímate —insistió.

—¿Cómo quieres que me anime? ¡Tengo que obtener tres créditos de matemáticas este año! —protesté mientras salía al pórtico—. No sé si lo recuerdas, pero soy pésima para las matemáticas.

—Te irá bien. —Mamá le echó llave a la puerta y se encaminó al auto—. Venga, ten tantita fe.

—Dice la mujer que sacó el promedio más alto de su clase.

Mamá suspiró.

—Eres muy lista, Jules. Nada más eres perezosa. Estoy segura de que te irá bien en precálculo, estadística y trigonometría.

—¿Trigo qué?

—Súbete al auto, Jules —ordenó mamá mientras abría la puerta. A regañadientes, obedecí.

Último año, ¡allá vamos!

Miré fijamente el pizarrón blanco que tenía enfrente. El salón acababa de vaciarse así que me había quedado sola, mirando los símbolos y problemas escritos en él.

«No entiendo un pepino», reconocí para mis adentros. ¿Acaso tenía cerebro de pez? No, porque me iba bien en las otras materias. ¿Por qué me costaban tanto trabajo las matemáticas?

Salí del salón sintiéndome aún más deprimida que antes con respecto a mi vida escolar. Pero luego se me ocurrió algo que definitivamente me alegraría. Era hora de enviarle un mensaje dramático a mi novio.

> Esto no está funcionando.
> -J

Su respuesta llegó casi de inmediato.

> En serio espero que no estés hablando de nuestra relación. Por cierto, ¡buenos días, novia! Otra vez se te olvidaron tus modales.
> -E

Sonreí al ver la pantalla.

> Perdón. Es el primer día de clases y me estoy volviendo loca.
> -J

Déjame adivinar. ¿Mate?
-E

Sí. La primera clase de trigonometría fue como estar en un planeta desconocido o algo así.
-J

Si quieres, te ayudo a estudiar.
-E

¿Hablas de darme clases privadas?
-J

Sí. Aunque no prometo que no coquetearé con mi alumna. ☺
-E

¿Ah, sí?
-J

Definitivamente, Melocotón. Entonces, ¿sí o no?
-E

Lo pensaré. ☺
-J

¿A eso estamos jugando? ¿Te estás haciendo la difícil?
-E

No es un juego. Soy difícil.
-J

Mañana que nos veamos lo confirmaré. ☺
-E

¿Mañana? ¿Vas a venir?
-J

Sí. Te extraño. Paso por ti a la escuela.
-E

El estómago me dio un vuelco violento.

OK. Yo también te extraño, *sexy*. Tengo otra clase. Hablamos luego.
-J

Pórtate bien, mi futura alumna. ☺
-E

Sonreí como una boba.

—¡Caray! —La voz de Lau me hizo alzar la mirada—. Es la primera vez en todo el día que te veo sonreír —comentó y me tomó del brazo para que camináramos juntas—. Supongo que tu sensual novio tuvo algo que ver.

Mi sonrisa se ensanchó.

—Sí. Mañana vendrá por mí a la escuela.

—¡Qué bueno! Para ser sincera, ya me estaba cansando de tus quejidos y gimoteos —confesó Lau con un suspiro de alivio.

—No gimoteé —dije en mi defensa.

—Sí, claro. Lo que tú digas.

Volver a casa ese día fue una pesadilla. El auto de Lau estaba en el taller, Jason se esfumó antes de que pudiera pedirle que me llevara a casa, y ninguna ruta de transporte público pasaba por mi casa.

Al final pagué un taxi. Estaba furiosa y lo que le sigue; mis ahorros eran para comprar Ruffles y planear visitas a mi novio, no para pagar taxis.

Me dejé caer sobre la cama y me quedé viendo el techo sin prestarle mucha atención.

Mi celular vibró a mi lado. Era una llamada.

—¿Bueno?

—¡Jules! —exclamó Lau al otro lado de la línea.

Hice una mueca de dolor.

—No es necesario que grites.

—¿Te acuerdas de que el otro día hablamos de lo increíble que sería que fuéramos vecinas?

—Claro que me acuerdo. Fue ayer —señalé, con el ceño fruncido.

—Bueno, pues podría hacerse realidad.

Arqueé una ceja.

—¿Cómo?

—Mis vecinos van a poner su casa en renta, con opción posterior a compra —contestó, emocionadísima—. ¡Tu mamá y tú podrían mudarse aquí, y estaríamos juntas y seríamos felices!

Suspiré.

—Lamento informarte que mi mamá no va a querer mudarse. Ya sabes cómo es.

—¡Ay, vamos! Ya le diste gusto viviendo ahí más de una década. Es momento de que ceda un poco.

—No sé...

—El último año de bachillerato va a ser difícil, Jules. Y vivir en el pueblo te facilitaría las cosas. Estarías más cerca de la escuela, de la biblioteca... —hizo una pausa—. Y de mí.

Lo pensé, pero no quería hacerme ilusiones porque mamá era obstinada.

—Hablaré con ella.

—¡Genial! Llámame tan pronto tomen una decisión. No me gustaría que mis vecinos le rentaran su casa a alguien más.

—Está bien —dije y terminé la llamada.

Esa noche, embosqué a mamá en el cuarto de lavado. Tardé dos horas en armarme de valor.

—Tenemos que hablar, mamá —dije, mordiéndome el labio inferior.

—¿Qué pasó? —preguntó mientras metía sus blusas y sacos a la lavadora.

Me rasqué la cabeza.

—He estado pensando que quizás es hora de mudarnos a otro lado.

—Pensé que ya habíamos dejado atrás ese tema —afirmó mientras agarraba otra canasta llena de ropa.

—No, mamá. En serio no entiendo por qué quieres quedarte en esta casa. Estamos aisladas. Si viviéramos en el pueblo, podríamos...

—Ya te dije que me gustan la naturaleza y la paz. En el pueblo no hay eso. Hay puro ruido en todas partes, a toda hora —argumentó con expresión impasible.

—¿Es en serio, mamá? Ni siquiera riegas tu propio jardín. Y el otro día casi se me clava un tallo de girasol seco en el pie —señalé.

Mamá suspiró.

—A veces no me da tiempo de regar las flores, pero eso no significa que no me importen.

Alcé las manos al aire, frustrada.

—Además, nunca estás aquí. Yo soy la que se la pasa sola en este desierto.

—Tus amigos vienen a verte todo el tiempo. —¿En serio tenía respuestas para todo? Me dio la espalda—. Fin de la discusión.

—Quedarnos aquí no hará que vuelva —espeté bruscamente. Mamá se paralizó, sin voltear a verme—. Ya sé que por eso no quieres irte de aquí. Es la única explicación, porque ambas sabemos que vivir en el pueblo nos facilitaría las cosas a las dos. Tú estarías más cerca del hospital y yo de la escuela. —Mamá volteó al fin, con una expresión de profunda tristeza.

—Mira, Jules...

—Ya esperaste lo suficiente, mamá —agregué con pesar—. Sé que aún tienes la esperanza de que vuelva, pero no lo hará. Papá nos dejó hace muchos años. No puedes seguirte aferrando a esa esperanza. ¡No es sano!

Mamá bajó la mirada.

—Tienes razón. —Asentó la canasta sobre la lavadora.

—No lo digo para lastimarte, mamá. —Suspiré—. Pero ya no quiero verte perder el tiempo de esta forma. Él no lo merece —dije con absoluta franqueza. Mamá volteó a verme, con lágrimas en los ojos. Al verla, se me estrujó el corazón.

Ver a tu mamá llorar es como si te apuñalaran varias veces en el pecho.

—Era el amor de mi vida —me explicó, con voz entrecortada. Sentí compasión por ella—. Me prometió que estaríamos juntos hasta que fuéramos viejitos y que les contaríamos historias de nuestra vida en pareja a nuestros nietos.

—Mamá...

—Y estaba tan feliz cuando naciste. —Me miró con una sonrisa triste—. Ambos estábamos muy felices, Jules. —Se limpió una lágrima—. Nunca imaginé que nos dejaría. Lo siento, muñeca. En serio pensé que podía darte una familia. —En ese momento, empezó a sollozar.

—Mamá... —Me acerqué y le tomé la cara—. Tú no hiciste nada malo, ¿de acuerdo? —Yo también había empezado a llorar—. Yo nunca lo necesité. Con una mamá como tú, nunca me hizo falta un padre.

El labio inferior le temblaba.

—Todos los niños necesitan un padre. Y sé que lo extrañas. Sé que te acuerdas de él, aunque intentes bloquear esos recuerdos.

—Estoy bien, mamá —dije con firmeza—. Mientras te tenga a ti, estaré bien.

Mamá me jaló hacia ella y me abrazó con fuerza. Yo también la abracé.

—No sabes cómo te quiero —susurró—. Te quiero muchísimo.

—Yo también te quiero, mamá.

Segundo día de clases

Llegamos a la primera clase del día hablando de tonterías. Como de costumbre, Lau se sentó a mi lado. Sacamos los cuadernos. Me sorprendió ver los mismos rostros del año anterior: Anne, la gótica; John, el sonriente; los cerebritos; los deportistas; Santa María y hasta Peter, el payaso de la clase.

¡Uy! ¡Cuánto cambio!

Creo que había tenido los mismos compañeros desde el kínder, salvo por algunas variaciones. Pero el grupo en general parecía ser el mismo de siempre.

—Buenas tardes a todos—dijo el profesor Satty al entrar al salón. Gruñí para mis adentros. ¿Era en serio? No podía creer que me fuera a tocar el mismo maestro que tuvo Shane el año anterior—. Algunos quizá ya me conocen. Soy Carl Satty y seré su maestro de precálculo este año. —Al levantar la mirada, vi a un chico y a una chica parados junto al escritorio del profesor Satty. Eran hermosísimos e idénticos. ¿Serían gemelos? Ambos tenían cabello negro y lacio, enormes ojos azules y cuerpos esbeltos—. Quiero presentarles a Nash y Nadia Sullivan. Sé que la mayoría de ustedes han estado juntos desde primer año, así que consideré necesario hacer este paréntesis. Estos jóvenes tienen calificaciones impecables, así que espero que los hagan sentir bienvenidos —concluyó el profesor Satty con voz cortés. Hannah, la chica más popular del grupo, alzó la mano—. ¿Qué pasó, señorita Park? —El profesor Satty le lanzó una mirada de advertencia para evitar que dijera algo inapropiado.

—¿Son gemelos? —preguntó mientras los observaba con atención.

La chica sonrió.

—¿En serio esa es tu pregunta?

Hannah se encogió de hombros.

—Sí, somos gemelos —contestó el chico con voz tersa y educada, pero carente de emociones.

—¡Qué genial! —exclamó Hannah con una sonrisa.

Lau me dio un ligero codazo.

—Es guapo.

Me quedé callada mientras lo observaba. Tenía un aura misteriosa, fría. Su cabello era oscuro; sus ojos, azules; su piel, blanca, pero bronceada. Lau tenía razón: era atractivo, sin duda alguna. Ambos lo eran, pero también tenían algo raro. El chico pareció percatarse de mi interés porque me miró directo a los ojos.

—¡Diablos! —mascullé y desvié la mirada.

—Te atrapó echándole ojo. —Lau soltó una risita a mi lado.

—No le estaba echando ojo.

Alguien me dio una palmada en el hombro. Miré hacia atrás.

—¡Esa chica es preciosa! —susurró Jason.

—Los dos son hermosos —reconocí.

—Pero el chico es más guapo —intervino Lau.

—No, ella es más guapa —contradijo Jason, con el ceño fruncido.

Puse los ojos en blanco.

—Son gemelos. Esta discusión es ridícula.

—No estábamos discutiendo —se defendió Lau.

—A ver, señoritas Jones y Peterson —nos interrumpió el profesor Satty—. ¿Me van a obligar a separarlas?

Ambas negamos con la cabeza.

—No, señor.

—Eso pensé. —Les hizo una seña a los gemelos para que se sentaran en la última fila. Luego de eso, empezó la clase.

El profesor Satty explicó el mismo tema una y otra vez. Lo observé, con la barbilla apoyada en las manos. No pude evitar parpadear varias veces.

—No entiendo nada —me quejé.

—Yo tampoco —susurró Jason a mis espaldas.

Lau suspiró.

—¿Hablan en serio? ¡Si es un repaso de lo que vimos el año pasado!

—Apenas si pasamos mate el año pasado, Lau —le recordé y me quité un mechón de cabello de la cara con un soplo.

—Hablarás por ti. —Lau arqueó una ceja—. Yo saqué A.

—Me refería a Jason y a mí.

—Ah.

—¿Señorita Jones? —dijo el profesor Satty.

Volteé a verlo, sorprendida.

—Dígame.

—Dado que hoy tiene muchas ganas de hablar, ¿por qué no pasa al pizarrón?

—¿Yo? —Me señalé el pecho.

El profesor asintió.

—Sí, pase a resolver este problema. Es lo que vieron el año pasado, así que no debe ser difícil para usted.

Todo el mundo se me quedó viendo, incluidos los gemelos Sullivan. Pasé saliva y me quedé mirando el pizarrón. No tenía idea de cómo resolverlo, y no quería levantarme y hacer el ridículo. Bajé la mirada y me preparé para admitir mi ignorancia cuando escuché una voz.

—Lo haré yo —afirmó Nash y se puso de pie. Lo vi pasar a mi lado de camino al pizarrón.

—No es necesario, señor Sullivan...

—No hay problema, profesor. —Nash tomó el marcador y empezó a escribir en el pizarrón a toda prisa. En menos de un minuto, terminó el ejercicio. Todos nos quedamos boquiabiertos, incluido el profesor Satty.

Nash puso el marcador en su lugar y emprendió el camino de regreso. Mientras se acercaba a mi banca, se me quedó viendo. Al llegar a mi lugar, se detuvo.

—Por nada, Jules —dijo y siguió su camino.

¿Por qué sabía cómo me llamaba?

—¿Sabe cómo te llamas? —preguntó Lau, tan perpleja como yo.

—Eso parece —afirmé, confundida.

—¿Traes a otro guapo babeando por ti? —comentó Lau con una sonrisa—. Definitivamente estás con todo, amiga.

—¡Ay, ya no digas eso! —exclamé, irritada. No había parado de decírmelo desde que le conté lo de la confesión de Shane.

—¡Pero es la verdad! Primero fue Evan. Luego, Shane. Ahora, el Doctor Sensualidad.

—¿Cómo que Shane? —Jason intervino—. ¿Shane te confesó su amor?

—Sólo esto me faltaba —mascullé.

Lau se dio media vuelta para ver a Jason de frente.

—¡Tsss! ¡Yo sí lo sabía y tú no! —dijo y le sacó la lengua.

—¡Uy, qué madura!

—¡Se acabó! —exclamó el profesor Satty con impaciencia y nos cambió a los tres de lugar. A mí me puso junto a Larry, el calladito. Cuando la clase estaba por terminar, sentí que alguien me observaba. Al alzar la mirada, descubrí que era Nash. ¿Qué quería de mí? Ni siquiera nos conocíamos. ¿Por qué me ayudó? En ese momento vibró mi celular e interrumpió nuestro duelo de miradas.

Con disimulo, saqué el celular. Era un mensaje de Evan. De inmediato se me iluminó el rostro.

Ya estoy en el estacionamiento.
Traje Ruffles y Coca-Cola. ¿Noche de pelis?
-E

Con una sonrisa boba, le contesté.

Sí. Mamá tiene guardia.
La Coca-Cola es toda tuya. Las Ruffles, por otro lado…
-J

Traje suficientes para los dos. 😊
-E

Perdón, pero no comparto mis Ruffles con nadie. 😊
-J

Está bien.
Sal de una vez para que lleguemos a un acuerdo.
-E

Planeas seducirme para quitarme las Ruffles, ¿verdad?
-J

¿Qué tendría de malo? 😉
-E

Eres malévolo.
-J

Y tú eres hermosa. 😉
-E

No pude evitar sonrojarme mientras contenía una risita.

Sus tácticas siniestras no funcionarán, señor.
-J (sonrojadísima)

Ya veremos. 😉
-E (empeñadísimo)

—Bien, señores, eso es todo por hoy. Nos vemos mañana —anunció el profesor Satty para concluir la clase. Me puse de pie y agarré mi mochila y mi cuaderno. Salí de prisa, a pesar de las protestas de Jason y Lau.

El maravilloso nerviosismo y la emoción me aceleraron el corazón, con Evan siempre me había sentido así. Siempre.

PORQUE SOY TU NOVIA Y ME AMAS

—¡**LIBERTAD**! ¡**YEY**! —declaré con alegría mientras salía de la última clase.

A mi lado, Lau soltó una risotada.

—Para ser el segundo día de clases, no fue tan terrible.

—Estoy de acuerdo, pero me alegra que se haya terminado.

Lau me pasó una mano por encima del hombro mientras cruzábamos el pasillo.

—¿Quieres que te lleve a casa? —preguntó mientras me acariciaba el cabello.

—No —contesté entre risitas—. Ya tengo quien me lleve.

Lau se detuvo y arqueó una ceja.

—¿Ah, sí?

—Sí. Mi novio vino por mí. —Me fascinaba decir esa frase en voz alta.

Mi novio.

Mi Evan.

Mío.

Me reí.

—¡Ya no te rías! —me reprendió Lau en tono juguetón. Al parecer, las risitas se escaparon de mi cabeza.

—No puedo evitarlo —dije y me encogí de hombros—. Ven, salgamos de aquí. Seguramente ya me está esperando.

—Pues que te espere un poco más —dijo Lau cuando reemprendimos el camino—. Que te anhele y se ponga nervioso.

—¿Desde cuándo eres experta en estas cosas? —pregunté.

—He aprendido bastante últimamente. Nunca creí que diría algo así —hizo una pausa—, pero una aprende muchas cosas al pasar tiempo con Shane. Es como una biblioteca de información masculina.

—Nunca creí que escucharía las palabras «Shane» y «biblioteca» en la misma oración —contesté con absoluta franqueza.

—Shane es un estuche de monerías —comentó mientras salíamos del edificio.

—¿Cómo está, por cierto? —pregunté con curiosidad mientras buscaba a Evan en el estacionamiento.

—Está bien. Aunque se la pasa de fiesta y bebiendo. Jo está preocupado. —Que Lau le dijera «Jo» a su novio me hizo sonreír. ¡Qué ternura! Claro que la sonrisa se apagó cuando entendí lo que me estaba diciendo.

—¿De fiesta y bebiendo? —repetí con cierta preocupación.

—Sí, como si quisiera evadir el mundo que lo rodea. —Lau me miró a los ojos, y con eso nos dijimos todo, como hacen las mejores amigas.

—Debería hablar con él, ¿verdad? —especulé en voz alta.

Lau suspiró.

—Creo que sí. Es un buen tipo, aunque vaya por la vida con bandera de patán.

—Lo sé —dije y me pasé los dedos por el cabello—. Pero... en este momento se me complica.

—Lo sé, Jules, pero no nos hace caso ni a Jo ni a mí. Ni siquiera escucha a sus papás. Tal vez a ti te haría más caso.

—Porque soy la causa de su hundimiento, ¿no?

—No. —Lau meneó la cabeza—. Yo no dije eso. Esto no es tu culpa. El corazón decide a quién ama y no lo puedes convencer de lo contrario.

Suspiré y volví a buscar a Evan con la mirada. Por fin vi su auto negro, y el corazón se me aceleró de nuevo. ¡Qué emoción!

—¿Ese no es tu novio? —preguntó Lau y señaló a un grupo de personas a unos cuantos autos de distancia. Entrecerré los ojos para ver mejor la escena. Había tres chicas rodeando a Evan, quien evidentemente destacaba por su altura. Por un instante, ignoré a las chicas y empecé a babear por él.

Se veía más *sexy* que de costumbre.

Se había puesto unos *shorts* blancos, una camisa negra de manga larga y tenis Vans blancos. Traía el cabello lacio medio despeinado, lo que contribuía a su apariencia desenfadada y le enmarcaba el rostro a la perfección. Estaba conversando con las chicas, con las manos metidas en los bolsillos. ¡Dios! Con esa iluminación, sus labios eran sumamente tentadores.

¿En serio es mi novio?

Creo que soy la chica más afortunada del mundo.

—¿Jules? ¡Planeta Tierra a Jules! —Lau agitó una mano frente a mis ojos.

—¿Qué?

—Ya sé que te trae embobada, pero tienes que hacer algo con su séquito. ¿Esa no es Claudia, la de nuestro grupo?

Observé a las chicas y confirmé las sospechas de Lau. Era Claudia James, una chica guapísima, de enormes ojos verdes, pestañas infinitas y rizos pelirrojos indomables que coronaban su cuerpo escultural. Las otras dos chicas eran sus mejores amigas: Liana y Haley.

Lau me bajó de la acera de un empujón.

—¿Qué haces? ¡Ve!

Me tambaleé y casi me caigo de boca.

—¡Qué sutil, Lau! —exclamé y la fulminé con la mirada.

—Perdón. Pero ve de una vez —dijo y me ahuyentó con la mano.

Inhalé profundo y me dirigí hacia el grupo. Me peiné con los dedos y me acomodé el cabello a ambos lados de la cara. Por fortuna, traía puesto un vestido de verano muy bonito.

Aunque el verano se hubiera acabado, los atuendos de temporada no.

Conforme me acercaba, sentía que el corazón me iba a explotar. Pero entonces pasó lo que tenía que pasar: Evan me vio. Sus infinitos ojos oscuros se encontraron con los míos, y se me olvidó cómo respirar. Sonrió, y entonces se asomaron los hoyuelos de sus mejillas. Las chicas siguieron su mirada y fruncieron el ceño al verme.

—Hola —agité la mano con timidez.

—Hola —contestó con su *supersexy* voz. Se abrió paso entre las chicas, sin prestar atención a sus protestas, hasta quedar a centímetros de mí. Ladeé la cabeza y lo miré fijamente—. ¿Así saludas a tu novio? —Me tomó la cara con una mano.

—¡¿Novio?! —repitieron las chicas a gritos.

Le sonreí con timidez.

Evan meneó la cabeza.

—Tendré que enseñarte cómo saludar a tu novio. —Se inclinó hacia el frente, y entonces contuve el aliento. Sus labios rozaron los míos y me dieron un besito tan tierno que se me erizó la piel. Retrocedió, me besó la frente y me abrazó—. Así está mejor —susurró y me besó la cabeza—. Te extrañé muchísimo, Melocotón.

Sentí que el corazón me daba un vuelco. Ser tan feliz debía ser ilegal.

—Yo también te extrañé. —Hundí la cara en su pecho.

Olía delicioso, como siempre, a suavizante de lavanda. Nunca olvidaría ese olor. Nos separamos, y no pude contener un suspiro de alegría. Evan me tomó de la mano, y luego volteamos hacia donde estaban las chicas.

—Ella es mi novia, Jules. Gracias por acompañarme mientras la esperaba.

Claudia se me quedó viendo, sin poder creerlo.

—¿Tu novia es la cavernícola? —me señaló.

—¿Cavernícola? —pregunté, confundida.

—Sí —Haley respondió por su amiga—. Siempre traes cabello de cavernícola.

Evan me apretó la mano.

—¿Qué dijiste? ¿Cómo la llamaste? —preguntó, furioso.

Claudia pareció espantarse.

—Ay, es una inocente bromita. No te enojes —se apresuró a decir.

—Más les vale —contestó con voz seria.

Claudia miró a Haley con insistencia.

—Sí, es broma. El cabello de Jules es... bonito... de una forma poco convencional.

Evan asintió.

—Su perfección es poco convencional y por eso la amo —dijo y me llevó al auto—. Es decepcionante que a una persona le falte originalidad, aunque tenga belleza.

Dicho eso, nos fuimos.

¿Cavernícola?

¡Cuánta crueldad!

Nos subimos al auto y nos reímos de lo que acababa de pasar. Evan sacó el auto del estacionamiento como todo un profesional.

—Gracias por eso —afirmé con toda franqueza.

—Haría lo que fuera por ti, Melocotón —contestó y me lanzó una sonrisita antes de clavar la mirada en el camino.

Lo observé en silencio. Tenía una mano en el volante y el otro brazo apoyado en la ventana abierta. La brisa le mecía el cabello despeinado con suavidad. ¡Era guapísimo! ¿Cómo era posible que un hombre así anduviera conmigo? A veces sentía que estaba soñando.

«Tu historia es demasiado femenina, ¿no crees? No me parece buena. No entiendo por qué es tan famosa. El argumento ni siquiera es original».

Me reí al recordar el comentario cruel que hizo sobre mi historia. Y pensar que ese comentario fue el principio de todo...

Evan volteó a verme.

—¿Qué te da risa?

—Nada. Me acordé del comentario que hiciste sobre mi historia. Fuiste muy grosero conmigo al principio —contesté, mirándolo a la cara.

Evan esbozó una sonrisa triste.

—Sí. Fui un patán, ¿verdad?

—Un poco. Pero un patán guapo, así que se te perdona —bromeé.

Volteó a verme con vergüenza.

—Lo lamento mucho.

—No pasa nada.

—Es que... eras muy diferente a mí. Tu forma de ver la vida era muy optimista y colorida. Y te envidiaba porque yo no podía ver el mundo de esa forma. Para mí, todo era tristeza y remordimiento —me explicó con seriedad.

—No tienes que explicarme nada. —Giré sobre mi asiento para darle un beso en la mejilla.

—¿Y ese beso?

—Te lo ganaste por disculparte —contesté, complacida.

—Más vale tarde que nunca —contestó entre risas mientras conducía hacia el sol poniente.

—¡Qué odiosa mujer! —le grité a la tele con furia—. ¿Cómo puede hacer eso?

Evan estaba sentado en el sofá, a espaldas de mí. No sé cómo terminé sentada en el suelo, entre sus piernas.

—No tiene alternativa —argumentó Evan mientras comía Doritos—. Tiene que proteger al rey.

—¡Su rey es un maldito! ¿No viste lo que les hizo a Leónidas y sus hombres en la primera película?

Evan se encogió de hombros.

—Él quiere dominar el mundo, y ellos eran un obstáculo.

—¿Por qué los defiendes? ¡Son los malos de la película! —exclamé, haciendo puchero.

Evan suspiró, cansado de discutir.

—Ya sabía que no iba a ser una buena elección. ¿Por qué te dejé escoger la película?

—Porque soy tu novia y me amas —contesté con arrogancia.

—Buen punto —reconoció y me pasó la bolsa de Doritos. Me le quedé viendo—. Ay, los Doritos también son ricos. —Volví a mirar la pantalla—. Ay, está bien —dijo y me pasó una bolsa de Ruffles Extra Queso.

¡Mis favoritos!

Agarré la bolsa de inmediato y seguí viendo la película. No esperaba que la secuela de *300* fuera buena, pero entonces ocurrió lo inesperado.

Una escena sexual.

¿En serio?

¿Los griegos son incapaces de pelear una batalla sin acostarse con alguien en el camino?

Por si fuera poco, no fue una escena cualquiera; fue una

escena salvaje y violenta en la que a la chica la pusieron contra la pared y contra la mesa. ¿No les pasó por la cabeza que alguien comería en esa mesa?

Palidecí y me quedé con la boca abierta, llena de Ruffles a medio masticar.

Hubo gemidos, forcejeos, gruñidos, más gemidos.

Atrás de mí, Evan se quedó completamente quieto. Él tampoco lo había visto venir.

—Qué cosa... —No sabía qué decir.

Sólo a mí se me ocurría elegir una película con una escena de sexo violento.

Evan me masajeó los hombros y soltó una risita.

—¿Qué te da risa? —pregunté con curiosidad.

—Tu reacción. Eres muy inocente —dijo y me besó la cabeza. En respuesta, le di un ligero codazo juguetón.

Después de ver la película, nos sentamos en el sofá a conversar de cualquier cosa. Mientras le contaba sobre los gemelos Sullivan, Evan se inclinó hacia mí.

—¿Qué ha...?

Me dio un beso pausado y tierno que me aceleró el pulso. Nunca me acostumbraría a la suavidad de sus labios ni a su sabor acidulado. Empecé a perderme en ese beso. Nuestros labios se movían en sincronía y se devoraban con pasión.

Quería pasar el resto de mi vida besándolo.

Le agarré el cabello para acercarlo más a mí. El beso se volvía cada vez más salvaje a medida que se cargaba de deseo. Y todo empeoró cuando su lengua empezó a explorar mi boca. Sin pensarlo, me subí encima de él. Evan me tomó de las caderas con fuerza mientras me besaba cada vez con más furia.

Al parecer, la escena sexual de la película nos había inspirado.

Gemí al sentir algo duro que rozaba mi entrepierna. Me

quedaba muy claro que no era su celular. Nos separamos un instante y nos miramos fijamente a los ojos. Nuestra respiración era errática. Aunque estuviéramos completamente vestidos, era muy excitante sentir su cuerpo contra el mío. Evan me acarició los costados de las piernas, alzándome el vestido. El contacto con su piel me prendió de pies a cabeza.

Era como si los dragones de mi estómago estuvieran volando en torno a un volcán activo.

Evan me besó de nuevo y me dejó sin aliento. Inconscientemente empecé a frotarme contra él, contra una parte *dura* de él. Evan me estrujó los muslos con firmeza.

—No —susurró cerca de mis labios—. No hagas eso.

Su voz sonaba más *sexy* que nunca.

—¿Por qué? —gimoteé, rozando sus labios con los míos.

—Es una tortura. —Me dio una mordidita en el labio inferior—. No sé cuánto pueda aguantar.

—Pero me gusta.

¿Es en serio, Jules?

—Créeme que a mí también me gusta. —Me jaló una vez más hacia él, lo que me hizo gemir de placer—. Pero temo perder el control —agregó y me besó el cuello—. Estoy a nada de arrancarte el vestido y tomarte aquí, ahora.

Sus palabras me calentaron aún más.

Con la lengua, Evan dibujó círculos sobre mi piel.

—¡Dios! —exclamé y eché la cabeza hacia atrás, frotándome de nuevo contra él.

—Jules —gimió Evan en tono de advertencia, mientras me estrujaba las caderas.

En ese momento, alguien tocó la puerta. Nunca había brincado tanto ni tan rápido para alejarme de alguien como en ese instante.

—¡Jules! —La voz de Jason resonó del otro lado. Evan se quedó paralizado. Yo me bajé el vestido y empecé a acomodarme el cabello. Estaba a punto de ir hacia la puerta cuando Evan me agarró de la muñeca.

—¡Espera! —exclamó con ansiedad.

—¿Qué pasó? —le pregunté en voz baja.

—Necesito unos segundos —dijo en tono suplicante y con expresión avergonzada.

—¿Por qué? —pregunté, frunciendo el ceño. Evan se señaló el vientre. Debo confesar que su erección era muy notoria—. ¡Cielos! —exclamé, sorprendida—. ¡Es enorme!

Evan arqueó una ceja.

—¿Gracias?

—No. O sea, sí, pero no me refería a eso —dije con voz nerviosa.

—¿O sea que se ve chiquito? —preguntó Evan en tono juguetón.

—Te divierte hacerme sufrir, ¿verdad? Eres...

—¡Jules! ¡Sé que estás ahí! ¡Te estoy oyendo! —gritó Jason entre risas.

—¡Ya casi termino! —contesté.

—¿Quieres terminar antes de abrirle? —bromeó Evan.

Agarré un cojín y se lo aventé.

—¡Tápate! —le ordené, frustrada, y fui hacia la puerta.

Al abrir la puerta, descubrí que Jason venía con Helen.

—Hola. —Ambos me saludaron con una sonrisa.

—Perdón por venir sin avisar. Lau me dijo que verías pelis con Evan, así que se nos ocurrió acompañarlos y tener una cita doble o algo así —me explicó Jason de inmediato. Luego se acercó y me susurró—: Además, Helen quiere que pasemos tiempo con su hermano.

Les sonreí.

—Por supuesto. Bienvenidos.

—Trajimos pizza —anunció Jason con una sonrisa triunfal, alzando la caja por los aires.

—Y Ruffles —añadió Helen y me sonrió.

—Uy, con eso ya se ganaron el boleto de entrada. Adelante, por favor —dije y les cedí el paso.

Esperaba que mi novio ya hubiera resuelto su problema anatómico, porque de otro modo las cosas se pondrían incómodas.

Curiosamente, nos la pasamos increíble esa noche, en especial al ver las caras que pusieron Helen y Jason con la escena sexual de la película.

Fue una velada muy divertida.

—¡Vamos, Jules! ¡Tú puedes! —me animó Laura, aplaudiendo con entusiasmo. La miré de reojo, con una sonrisa titubeante—. ¡Yo sé que puedes! —insistió, asintiendo.

Inhalé profundamente y agarré el bate con fuerza.

«Concéntrate en la pelota. Tú puedes», me repetí una y otra vez.

—¡Strike!

¡¿Qué?!

Parpadeé y me di cuenta de que la cácher tenía la pelota. Ni siquiera la vi pasar.

—¿Acaso está ciega, señorita Jones? —me gritó el entrenador Miller desde su lugar junto a la primera base.

Entra al equipo de softbol, dijeron. Será sencillo, dijeron.

Pasé saliva y apreté el bate con toda la fuerza de la que era capaz.

—¡Mira la pelota! —gritó Lau desde la banca. Como se imaginarán, nuestro equipo iba perdiendo el juego de práctica.

Mira la pelota.

Definitivamente lo puedo hacer.

Suena fácil. Claro que puedo...

—¡Strike dos! —gritó la árbitra a mis espaldas.

—¿Qué? —protesté—. ¡No es justo! —me quejé y bajé el bate antes de volver a la caja de bateo. La capitana del equipo corrió hacia mí; era nada más y nada menos que Nadia Sullivan. En las últimas semanas habíamos descubierto que los gemelos Sullivan eran expertos en todo.

Nadia me alcanzó, con una sonrisa comprensiva.

—Todo está bien. No te pongas nerviosa —dijo con absoluta calma—. Disfruta el juego. Diviértete. Si te preocupas mucho, no verás la pelota. La finalidad del juego es divertirse, ¿de acuerdo?

—Pero vamos perdiendo —dije, angustiada.

—No pasa nada.

—Y es la última entrada.

—Jules...

—Y tenemos una chica en tercera.

—Lo sé, pero...

—Y ya llevamos dos outs.

—Sí, pero...

—¿Y si...?

—¡Basta! —Me agarró de los hombros y me miró con seriedad. Los ojos de Nadia tenían un inesperado efecto tranquilizante. De hecho, toda ella tenía un efecto tranquilizante. Emanaba confianza y compostura—. Ten fe en ti misma. Te he observado las últimas semanas y sé que tu problema no es la falta de habilidad, sino de confianza. No crees en ti misma. No crees que eres capaz de hacer las cosas bien, y por eso no las haces —hizo una pausa y me estrujó los hombros—. En este momento necesito que tengas fe en ti. Eres capaz de pegarle a la pelota y lo harás, ¿de acuerdo?

—De acuerdo —asentí mientras Nadia me soltaba. Cuando iba de regreso a la caja de bateo, me llamó de nuevo—. ¿Qué pasó?

—Si no le pegas, no pasa nada. Quiero que te diviertas. —Me guiñó un ojo, y no pude evitar sonreír.

Sí puedo.

Todo ocurrió en cámara lenta. Miré a la pícher, quien miró a la cácher y asintió ante la seña que le hizo la primera antes de lanzar la pelota. Agité el bate y me sorprendí al escuchar cómo se estrellaba con la pelota.

—¡Corre! —me gritaron las otras chicas de mi equipo, y yo obedecí. Corrí como si mi vida dependiera de ello. Llegué a primera base, y la chica que estaba en tercera llegó a home, y anotamos.

Tan pronto terminó el juego, las demás chicas me felicitaron y alzaron las manos para que chocáramos palmas. Por primera vez sentí que era buena en algo, y en cierto modo había sido gracias a Nadia.

Cuando nos dirigimos a los vestidores, corrí a alcanzarla. Sabía que hasta ese día no había hecho amistades.

—Hola —le dije y caminé a su lado.

—Lo hiciste muy bien —afirmó con una gran sonrisa.

—Gracias, pero no lo habría logrado sin ti.

—No es nada —contestó, meneando la cabeza—. Sólo necesitabas un empujoncito.

—Como sea, muchas gracias.

—Cuando quieras —dijo y volvió a sonreír.

—En fin —dije cuando llegamos al estacionamiento—, ¿tienes planes para esta noche?

—No realmente —contestó en voz baja.

—¿Quieres venir a mi casa a ver películas con nosotros?

—¿Quiénes son «nosotros»? —preguntó con curiosidad genuina.

—Mis amigos y yo —dije mientras los buscaba en el estacionamiento. Lau había salido de los vestidores antes que los demás para ir por su auto—. Están un poco loquitos, pero son buenas personas.

—Suena bien. Pero no sé dónde vives.

—Podrías irte con nosotros desde aquí —sugerí.

—¿Puedo invitar a Nash? —preguntó, esperanzada.

¿Cómo iba a decirle que no después de que me ayudó durante el juego?

—Claro. ¿Dónde está?

Sentí una presencia a mis espaldas, como si el cielo hubiera querido responder mi pregunta. Me asomé por encima del hombro y vi a Nash caminando hacía nosotras.

—Fue un gran juego —dijo, felicitándonos. Por alguna razón, Nash no me intimidaba ni me atraía. Los gemelos Sullivan emanaban paz. Qué extraño, ¿no?

—Avísale a papá que no llegaremos a cenar —dijo Nadia con entusiasmo.

Nash frunció el ceño.

—¿Por?

—Porque iremos a casa de Jules a ver películas.

—¿En serio? —Nash no pudo disimular la emoción en su mirada.

—Sip —intervine con alegría. No sé por qué, pero su emoción era contagiosa.

—¡Jules! —gritó Lau desde su auto.

—Hora de irnos —dije y me encaminé hacia el auto de Lau. Esa noche de pelis iba a ser memorable.

¡VIENEN POR NOSOTROS!

—¡LAS SEGUIMOS! —dijo Nadia al subirse a la camioneta Range Rover de Nash. Era un vehículo hermoso que me dejó boquiabierta.

De camino al auto viejo de Lau, caí en cuenta de que los gemelos venían de una familia pudiente. Nunca antes le había prestado atención a su ropa de marca, además de que derrochaban elegancia y clase. ¿Por qué habrían venido aquí a terminar el bachillerato? Supuse que podían pagarse una escuela privada, pero en vez de eso eligieron esta. No tenía sentido.

—¿Estás bien? —preguntó Lau cuando me subí a su auto.

—Sí, es que... ¿viste la camioneta? —le pregunté.

Lau asintió.

—Sí, yo pensé lo mismo. Son riquillos, ¿no?

—Sí, pero algo no termina de encajar.

Lau arrancó.

—¿Por qué lo dices? ¿Porque tienen dinero?

—No sé, pero me dan una vibra rara.

—No seas paranoica, Jules.

Suspiré.

—Tienes razón. —Me volteé para ver por la ventana. La camioneta venía siguiéndonos, y alcancé a ver a Nadia conversando animadamente por teléfono mientras Nash conducía en silencio. Cuando sus ojos azules se encontraron con los míos, pasé saliva y me reacomodé en mi asiento.

Cuando por fin llegamos a la casa, lo primero que hicimos fue acomodar un poco las cosas de la sala. ¿No les ha pasado que tienen que recoger y acomodar justo antes de que entren las visitas?

—¡Bienvenidos! —dije y los invité a entrar.

—Qué bonita casa —aduló Nadia cortésmente—. Pero ¿por qué vives tan lejos del pueblo? —preguntó mientras su gemelo examinaba la casa con detenimiento.

—Pues, mi mamá... —hice una pausa—. La próxima semana nos mudaremos, así que supongo que será nuestra última noche de pelis aquí —les expliqué. No quería entrar en detalles relacionados con eso de que mi mamá estaba esperando a mi papá ausente—. Siéntense —dije y señalé el sofá más grande. Lau estaba en la cocina haciendo quién sabe qué. Supongo que se estaba comiendo mi comida.

¿Por qué las mejores amigas siempre son las primeras en atacar el refrigerador?

—¡La espera terminó! —exclamó Jason al entrar.

—¿En serio tienes que hacer tanto escándalo cuando llegas? —pregunté con hartazgo.

Jason sonrió.

—Claro que sí. Es parte de mi personalidad encantadora —afirmó y me entregó unas bolsas de dulces y botanas. Helen entró después que él, sonriendo con timidez.

—Hola, Jules —dijo, agitando la mano. Se veía divina con su vestido veraniego de flores verdes, que resaltaba sus ojos.

Descubrí que no era la única que seguía sacando provecho de sus atuendos de verano.

—Adelante —dije y me dirigí a la sala, donde encontré a Jason, paralizado detrás de los sofás. Carraspeé—. Chicos, él es Jason, y ella es su novia, Helen. —Miré a Jason y le presenté a los gemelos. Todos se sonrieron mutuamente—. Siéntense —invité a mis amigos y señalé uno de los sillones individuales. Luego fui a la cocina a examinar los contenidos de las bolsas de Jason—. ¡Ajá! —exclamé al encontrar a Lau con la cabeza metida en el refrigerador. Tenía un yogur en una mano y un plátano en la otra—. Tienes que dejar de comerte mi comida cada vez que vienes —le reclamé antes de poner las bolsas en la barra.

—¡Olvídalo! Es una regla entre mejores amigas —me explicó y cerró la puerta del refrigerador con la punta del pie—. «Partirás el pan con tu mejor amiga» —dijo con gesto dramático—. Está en la Biblia y todo.

Puse los ojos en blanco.

—Eres capaz de inventar un mandamiento con tal de seguir arrasando con la comida de mi refri.

Lau me ignoró y se terminó el yogur antes de pelar el plátano. Suspiré y saqué las botanas de las bolsas. En ese momento, Jason entró a la cocina, con cara de sorpresa.

—Me hubieras dicho que venían los gemelos —me reclamó. Pero su expresión se suavizó al ver a Lau—. Hola —dijo y se ruborizó un poco.

Lau frunció el ceño, pero lo dejó pasar.

Al parecer, el plátano que estaba comiendo le interesaba más que nosotros.

—Fue de improviso. Pero no te preocupes, son agradables —le expliqué mientras terminaba de vaciar las bolsas. Pero Jason no me puso ni un gramo de atención. ¿Cómo lo sé? Pues porque estaba muy ocupado mirando la forma en que Lau comía su plátano.

Digamos que mi amiga se los comía de forma muy interesante.

—¡Lau! —la reprendí. Volteó a verme, aún con medio plátano en la boca.

—¿Qué? —balbuceó—. Me gusta lamerlo antes de comerlo.

—¡Cielos! —murmuró Jason.

Lo saqué de la cocina a empujones.

—Bueno, ¡fuera de aquí!

Agarré unas cuantas bolsas de Ruffles y Cheetos y le lancé una a Lau.

—Vámonos, Garganta Profunda.

Lau soltó una carcajada y me siguió.

Tan pronto entramos a la sala, el corazón se me paralizó.

Evan estaba sentado en el reposabrazos del sofá en el que estaba Helen. Traía *jeans* deslavados y una camiseta negra que combinaba con su tatuaje del cuello. Aún tenía el cabello un poco húmedo, supongo que porque se había bañado hacía poco. Qué *sexy* era.

—Se nota que te mueres por el plátano de Evan —susurró Lau en tono juguetón a mis espaldas.

—¡Lau! —exclamé y me puse roja como tomate.

—¿Qué tiene de malo? ¡Es la verdad! —dijo, encogiéndose de hombros.

Al llegar a donde estaba Evan, me incliné para darle un beso de piquito, que le sacó una sonrisa instantánea.

—Hola, hermosa —me saludó, y las piernas se me hicieron de gelatina. Estaba a punto de presentárselo a los demás, pero él se me adelantó—. Ya nos conocimos. Helen nos presentó —dijo y me acarició la mejilla con dulzura.

Empezamos a distribuirnos, por fortuna la sala de mi casa era bastante grande. Lau terminó sentada entre los gemelos Sullivan en el sofá más grande, Helen y Jason en uno de los sillones individuales, y Evan y yo en el otro.

Como era viernes de pelis de terror, decidimos ver *El conjuro* para averiguar por qué había causado tanta conmoción.

Afuera había truenos y relámpagos, lo que le dio un peculiar toque escalofriante a la velada.

¿Alguna vez has visto pelis de terror con tus amigos?

Todo empezó bien: todos estaban en su lugar, comiendo botanas y demás. Treinta minutos después, estábamos todos en el sofá más grande, apretujados o sentados unos encima de los otros.

—¡Ay, no! —Lau, que estaba sentada en mis piernas, se tapó los ojos.

Pero yo le hice bajar las manos.

—¡Ah, no! ¡Ahora lo ves! —Me negaba a ser la única que tuviera pesadillas y quedara traumada después de esa experiencia. Un trueno retumbó afuera y nos hizo gritar a todos. Luego empezó a diluviar.

—Está cayendo una tormenta —susurró Helen entre los gemelos. Sonaba asustada—. Creo que es una señal. Deberíamos parar la peli.

A mi lado, Evan soltó una risita. Estaba sentado en el reposabrazos. Jason estaba en el suelo, entre mis piernas.

Hasta hoy, sigo sin entender cómo cupimos todos en un sillón.

—Tengo que ir al baño —dijo Jason e intentó ponerse de pie.

—No dejaré que huyas, cobarde. —Helen lo jaló de la camiseta.

—En algún lugar del mundo esto se considera tortura —gimoteó Jason. Se avecinaba una escena de suspenso, y estábamos tan callados que se alcanzaba a oír nuestra respiración. Un espíritu salió disparado de un clóset, y todos saltamos en nuestro asiento—. ¡Se acabó! —Jason se puso de pie—. Me largo —dijo, pero Helen, Lau y yo lo obligamos a sentarse de nuevo.

—¡Siéntate! —le ordenamos con seriedad.

Yo estaba estrujando la mano de Evan con tanta fuerza que seguramente le estaba cortando la circulación. Evan se acercó y me dio un beso en la cabeza.

—¿Tienes miedo? —me susurró al oído. Asentí—. Entonces no pienses en la película.

—¿Cómo? —pregunté en voz baja para que nadie me oyera.

—Recuerda lo que hicimos en este sofá —contestó en tono juguetón y con una sonrisa.

Me atraganté con mi propia saliva y empecé a toser como loca.

—¡Shhhhh! —me silenciaron los demás. Era como si estuviéramos en una sala de cine de verdad. El comentario de Evan me hizo sonrojarme sin remedio.

El sofá...

Si el sofá hablara, nos sentiríamos muy avergonzados.

La música de fondo era cada vez más tensa, lo que significaba que se avecinaba otra escena aterradora. Contuve el aliento mientras veíamos a uno de los personajes caminar hacia una puerta en medio de la oscuridad.

Y entonces ocurrió.

Las luces se apagaron. Todos gritamos al unísono, rodeados de oscuridad absoluta.

—¡Dios!

—¿Qué está pasando?

—Vienen por nosotros.

Todos entramos en pánico y nos adherimos a la persona que teníamos a un lado. Sentí que el corazón me iba a explotar.

—No pasa nada —exclamó Evan y se puso de pie—. Se fue la luz. No es para tanto.

—No es coincidencia —intervino Jason en tono dramático.

—¡Vienen por nosotros! —afirmó Lau con miedo. Yo estaba demasiado aterrada como para hablar. La oscuridad y yo no éramos buenas amigas, y después de ver esta peli nunca lo seríamos.

Los rayos y los truenos hacían eco a nuestro alrededor y alimentaban el miedo que corría por nuestras venas.

—Debe ser por la lluvia —intervino Nash—. No tardará en volver.

—Eso les pasa por no dejarme ir —afirmó Jason y se aferró a mi pierna como si su vida dependiera de ello.

—Nash tiene razón —dijo Nadia, aunque también se oía asustada—. No perdamos la calma.

Lau soltó un resoplido.

—¿Por eso me estás estrujando tanto el brazo que me lo vas a arrancar?

Yo seguía sin decir una palabra. Y Evan se dio cuenta.

—¿Estás bien, Jules?

—Más o menos —balbuceé.

—¿Helen?

—Estoy bien —murmuró.

Evan suspiró.

—Deberíamos buscar unas velas.

—Ve tú por ellas, hombre de acero. Yo me quedo aquí —le informó Jason, sin despegarse de mi pierna. Entonces la agité para intentar zafarme.

—¡Suéltame!

—¡Jamás!

Puse los ojos en blanco y le jalé un mechón de cabello.

—¡Suéltame!

—¡Ay! —gritó Jason, adolorido.

—¿Podemos concentrarnos, por favor? —intervino Nash con fastidio.

—¿Dónde están las velas, Jules?

Solté el cabello de Jason y contesté:

—¿Velas? No creo que tengamos velas.

—¿En serio? —preguntaron los demás al unísono.

—¿Por qué les sorprende? Esto no es un cementerio ni un santuario, ¿de acuerdo? —argumenté en mi defensa.

—¿No ibas a hacerles un altar a las Ruffles? —preguntó Lau.

—¡Era una broma! —dije, avergonzada. ¿Cómo se le ocurría creer que de verdad me atrevería a hacer algo así?

Un relámpago cegador, seguido de un fuerte trueno, iluminó la sala por un breve instante. Las ventanas se volvieron aterradoras porque las ramas de los árboles de afuera parecían sombras espeluznantes al otro lado del cristal.

—Típico de peli de terror —dijo Jason, apoyando la cabeza en mi rodilla—. Un grupo de adolescentes decide pasar un rato divertido en una escalofriante casa aislada del resto del mundo.

—¡Oye! ¡Mi casa no es escalofriante! —reclamé.

—Nada más un poquito —dijo Nadia—. Pero es por las flores secas del jardín delantero.

—Sí, de acuerdo —argumentaron los demás. Cerré la boca, pues supuse que sólo lo decían porque estaban asustados.

—Jason tiene razón —intervino Lau con voz de narrador dramático—. Así es como empieza, amigos. Vienen por nosotros.

—¡Cállate! —respondí y le di una palmada recriminatoria en la espalda—. Y ya quítate que se me durmieron las piernas.

Pero Lau se quedó donde estaba.

Ya no éramos individuos aislados; éramos un amasijo inseparable de adolescentes asustados.

—Necesito aire —gimoteé e intenté quitarme a mis dos mejores amigos de encima.

—Hay que levantarnos del sofá —declaró Nash, también adolorido. Supuse que entonces no era la única que había perdido la sensibilidad de las extremidades inferiores.

—No estoy de acuerdo —contestó Jason.

—Yo tampoco —dijo Lau, con voz temblorosa.

Decidí armarme de valor y empujarlos para librarme de ellos. Luego me puse de pie, junto a Evan.

—Todo está bien —afirmé, viendo el sofá de frente, a pesar de que no alcanzaba a distinguir la cara de nadie—. Iré a buscar la linterna de mamá. Seguramente tiene una en la cocina. ¿Quién me acompaña?

—Yo —contestó Evan de inmediato.

—No deberíamos separarnos —declaró Nadia y se puso de pie—. Eso hacen en las películas y son a los primeros que matan.

—No es cierto —argumentó Jason—. A los primeros que matan es a los que están cogiendo, a menos que Evan y tú estén planeando... —Guardó silencio y dejó la insinuación en el aire.

—¿Qué? ¡Claro que no! —exclamé mientras también lo negaba agitando las manos frente a mí.

—Deberíamos ir todos juntos —intervino Lau.

—Ay, amigos, la cocina está aquí al ladito.

—¿Qué no los celulares tienen linterna? —Nash nos iluminó con su sabiduría. Todos exhalamos, frustrados. Qué tontos éramos. Todos sacaron su celular para iluminar la sala. Aunque no fuera mucha luz, me hacía sentir más segura—. Igual hay que buscar la linterna. La pila de los teléfonos no es eterna —agregó Nash.

Por fin me estaba relajando cuando escuchamos un fuerte estruendo.

El ruido vino del piso de arriba, como si algo hubiera caído al suelo. Me paralicé y volteé a ver a Evan, quien se veía igual de sorprendido.

—¿Oíste eso? —pregunté y me mordí el labio inferior. Evan asintió.

—¿Qué habrá sido? —especuló Nadia.

Luego, del techo salió el sonido rastrero más espeluznante que hubiera escuchado jamás. Como si en el cuarto de arriba estuvieran arrastrando algo pesado en círculos.

—¡Cielos! —dije y abracé a Evan.

—Jules —intervino Nash—, ¿hay alguien más en tu casa?

Negué frenéticamente con la cabeza.

—No.

—¡Vamos a morir! —exclamó Jason, aterrado.

¡Pobre Helen! Al menos a mí Evan me reconfortaba, mientras que su novio era una gallina.

El sonido continuó.

—Definitivamente hay algo allá arriba —dijo Nadia con voz temblorosa.

—Tal vez sea un gato —intervino Helen.

—¿Un gato haciendo qué? ¿Jugando Twister? —preguntó Lau en tono sarcástico.

—Cálmense, por favor —pidió Evan mientras me acariciaba el cabello—. Deberíamos subir a averiguarlo.

—No me incluyas —negó Jason—. Yo paso.

—Los primeros en morir son los cobardes, ¿sabes? —le recordé con malicia.

—Qué mala eres —masculló Jason.

—Vamos de una vez —dijo Evan y me tomó la mano. Todos lo seguimos en una línea recta. Cuando llegamos a las escaleras, escuchamos que algo venía bajando. Todos miraron hacia arriba e iluminaron el camino con las linternas de sus celulares.

Una pelotita cayó rebotando por las escaleras hasta llegar a nuestros pies. Todos gritamos, aterrados, salvo por Evan y Nash.

—¡Aborten la misión! —gritó Jason y nos jaló hacia la sala. Evan tomó la pelotita.

Una vez que estuvimos a salvo en el campamento (que era la sala de mi casa), examinamos la pelota.

—¿Es tuya? —me preguntó Evan.

—No.

—¿Hay niños viviendo cerca de aquí?

—No —contesté. Alcancé a percibir la inquietud en su mirada.

Era demasiado extraño que estuvieran pasando estas cosas.

¡Ayúdanos, Dios! Te juro que no volveré a escoger una sola película en mi vida, porque al parecer siempre meto la pata.

Escuchamos más ruidos que venían de arriba.

—Tenemos que subir a ver qué es —me informó Evan.

Pasé saliva.

Escaleras del infierno, ¡allá vamos!

VAYA, SABÍA ELEGIR A MIS MEJORES AMIGOS

—¡SHHH!

—No dije nada.

—Estás respirando muy fuerte —susurró Jason.

—El que está haciendo eso eres tú —contesté.

Estábamos a la mitad del pasillo, caminando como si fuéramos siameses. Habíamos sido los elegidos para revisar el piso de arriba. ¿Por qué? Porque alguien tuvo la grandiosa idea de sugerir que jugáramos Verdad o Reto.

Y ese alguien fui yo.

Lau me retó a subir con la persona más cobarde del grupo y no hubo duda, todos voltearon a ver a Jason.

«¿Por qué será?», pensé sarcásticamente.

Evan protestó, pero había que seguir las reglas, y para empezar yo fui quien propuso que jugáramos.

Jason se detuvo de golpe, y me estrellé contra su espalda.

—¡Ay! —me quejé y me froté la nariz—. ¿Por qué te detuviste?

—Jules —su voz era fría y seria.

—¿Qué?

—No entres en pánico —balbuceó.

—¿Por qué entraría en pánico? —Traté de asomarme por encima de su hombro, pero él me lo impidió.

—No mires.

El miedo me inundó las venas. Pasé saliva.

—¿Qué es?

—Hay alguien parado al final del pasillo —susurró tan discretamente como pudo, y eso me paralizó.

—¿Qu-qué? —tartamudeé. Atemorizada, por fin logré asomarme por encima del hombro de Jason para ver el pasillo oscuro. Se me aceleró el pulso y me quedé sin aliento.

En efecto, había alguien parado al final del pasillo.

Por si fuera poco, ese alguien estaba parado frente a una ventana. Cada vez que había un relámpago, la luz enmarcaba su silueta. No se alcanzaban a distinguir sus facciones. Parecía un hombre, pero era imposible saberlo a ciencia cierta.

—¿Por qué no salimos corriendo?

—No puedo moverme. ¿Y tú? —preguntó Jason y me miró de reojo.

Meneé la cabeza.

—Yo tampoco.

El miedo nos paralizó. Siempre había creído que, llegado el momento, saldría corriendo para salvar el pellejo. Pero, al parecer, ante una situación aterradora era de esas personas que se congelaban.

—Hola —Jason saludó a la figura.

Le di un fuerte golpe en la espalda.

—¡No le hables!

Jason avanzó un paso.

—¿Podemos ayudarte en algo?

—¡Jason! —protesté—. ¿Qué estás haciendo?

Jason profirió una risita nerviosa.

—No tengo la menor idea.

Así que eso le provocaba el pánico a mi mejor amigo. La figura ladeó la cabeza y empezó a trotar hacia nosotros.

Eso bastó para sacar a Jason del trance. Se dio media vuelta y salió corriendo, sin llevarme con él.

Vaya, sabía elegir a mis mejores amigos.

Me quedé quieta, mientras la figura corría hacia mí.

¡Muévete, Jules! ¡Haz algo!

Quería gritar y correr, pero me quedé parada como una idiota. Al fin la adrenalina hizo su trabajo y logré dar media vuelta y bajar las escaleras corriendo. Por gracia divina no me descalabré.

Evan me tomó entre sus brazos cuando al fin llegué a la sala.

—¿Qué pasó? —preguntó mientras corroboraba que no estuviera herida.

—Hay alguien allá arriba —dijo Jason entre jadeos.

—¿Qué? —preguntó Lau, atónita—. ¿Sí es cierto, Jules?

Asentí y escondí la cara en el pecho de Evan, quien me acarició el cabello.

—¿Estás segura? —preguntó Nadia con incredulidad.

—Seguramente fue una sombra —intervino Nash, encogiéndose de hombros y metiendo las manos a los bolsillos del pantalón.

—Si Jules dice que vio a alguien, yo le creo —Evan me defendió. Me alejé y le sonreí, agradecida—. Vamos a confirmarlo. Vamos en parejas a revisar la casa.

Nos dividimos en tres grupos: Nadia, Laura y Helen; Jason y Nash; y Evan y yo. Las tres chicas prefirieron estar juntas porque ninguna quería hacer equipo con Jason. Y no las culpaba. Era un cobarde que claramente me había abandonado en el piso de arriba.

Evan y yo subimos las escaleras, con Laura, Nadia y Helen como respaldo. Jason y Nash quedaron a cargo de la sección principal.

Cuando llegamos al primer piso, Evan volteó a ver a las chicas.

—Quédense aquí. Jules y yo revisaremos las habitaciones —susurró.

—¿Y si vemos algo? —preguntó Lau con voz temblorosa.

—Griten.

La respuesta de Evan me sacó una ligera sonrisa.

—Ah, bueno, eso no es complicado —contestó Lau, aliviada.

—Es una tontería —protestó Nadia—. Deberíamos llamar a la policía o algo así.

Evan suspiró, frustrado.

—Si ven algo y ese algo las ataca, lo primero que deben hacer es gritar para que los chicos de allá abajo y yo vengamos a ayudarlas. Una vez que estén a salvo, pueden llamar a la policía. ¿De acuerdo?

Nadia asintió.

Dejamos a las chicas atrás y nos adentramos en el pasillo. Recordé destellos de la figura que se me abalanzó y pasé saliva. Por fortuna, esta vez no había nadie en el pasillo. Nos detuvimos frente a la primera puerta.

—¿Lista? —preguntó Evan, con la mano en la perilla.

—No —contesté con absoluta franqueza.

Evan suspiró y volteó a verme.

—No permitiré que te pase nada —prometió, tomando mi cara entre sus manos.

—Lo sé.

Me miró directo a los ojos.

—¿Confías en mí?

—Sí, claro. Es que... tengo miedo. Eso es todo.

Con el pulgar, me acarició la mejilla.

—¿Sabes qué? —dijo de pronto—. Quédate aquí. Yo entraré a revisar.

Sentí un profundo alivio, pero se esfumó tan pronto Evan se metió al cuarto.

Lo esperé afuera, muerta de los nervios.

De pronto, un brazo fuerte me tomó de la cintura, y una mano me tapó la boca. Me arrastraron hasta el final del pasillo, y mis talones resintieron el roce con el piso. Lo único que logré emitir fueron gemidos de negación. Me empujaron dentro de la pequeña alacena donde mamá guardaba las cosas de la limpieza, la cual me recordaba a la del conserje de la escuela.

Adentro estaba completamente oscuro. Me empujaron contra la pared. Estaba a punto de gritar a todo pulmón cuando sentí su aliento en mis labios y escuché su súplica.

—Sólo un beso, por favor —susurró. Le empujé el pecho para tratar de ampliar el espacio entre nosotros, pero no se movió—. Te lo ruego —balbuceó con profunda desesperación. Esa voz... era...

No sé si fue la adrenalina o mera lástima, pero accedí. Le quité las manos de encima del pecho. Y lo besé.

Mis labios se movieron al lento compás de los suyos, y esta vez sus gruñidos fueron de satisfacción. Me chupó el labio inferior con tanta fuerza que hasta me dolió un poquito. Luego metió la lengua en mi boca, mientras sus manos se aferraban a mi cara como si temiera que me fuera a desvanecer en cualquier momento. Era un beso con sabor a dolor y desesperación profunda. Se me estrujó el corazón.

Nos separamos para recobrar el aliento. Me dio un beso en la frente, abrió la puerta de la alacena, y se fue tan rápido como vino.

No sé cuánto tiempo me quedé ahí, pasmada. Sabía que lo que acababa de hacer estaba mal, lo besé por pura lástima. Suena cruel, pero es la verdad.

Lo único que sentí por el chico que me robó ese beso fue lástima.

¡EINSTEIN ESTÁ ENTRE NOSOTROS!

GUARDÉ SILENCIO.

No dije una sola palabra, ni siquiera cuando volvió la luz y nos reunimos de nuevo en la sala.

Estuve callada como veinte minutos. Cada vez que Evan me preguntaba si estaba bien, yo sólo asentía. No me atrevía a mirarlo a los ojos porque me sentía la peor persona del mundo.

Aunque hubiera sido un beso por compasión y no hubiera sentido nada por la otra persona, sabía que lo había traicionado. Evan no merecía eso. Suficiente tenía con todo lo que había vivido. Siempre había despreciado a la gente infiel, así que esto me convertía en la peor hipócrita del universo. Por fortuna, Evan se había ido a la cocina a hacer café.

Mientras me ahogaba en el autodesprecio, la puerta principal se abrió de golpe. Volteé a ver a los dos tipos altos parados en el umbral. Eran los chicos populares de la escuela, los mejores futbolistas del pueblo. Ambos venían vestidos de negro, lo cual me pareció extraño. No solían vestirse así; de hecho, era la primera vez que los veía con ropa tan oscura.

—¡Sorpresa! —exclamó Jordan al entrar. Tenía el cabello un poco húmedo por la lluvia. Shane venía atrás de su amigo, pero no dijo nada al entrar, lo cual también fue muy raro. Shane no era nada tímido. Entrecerré los ojos para verlos mejor. Al fin, Lau se animó a decir lo que todos estábamos pensando.

—¡Fueron ustedes! —dijo y los señaló con el dedo—. Nos jugaron una broma, ¿verdad?

Jordan esbozó una sonrisa inocente.

—No sé de qué hablas. —Volteó a ver a Shane—. ¿Verdad, hermano?

—Ni idea —contestó Shane y se encogió de hombros—. Acabamos de llegar.

—¿Ah, sí? Y da la casualidad de que ambos vienen vestidos de negro. —Lau emitió un resoplido y se cruzó de brazos.

—Venimos de una fiesta con temática de oscuridad —contestó Shane sin atreverse a mirarme. Quería decir algo, pero mi voz no servía.

Jason se quejó.

—Nos sacaron el alma del susto.

—¿Nos? —intervino Nadia—. No hables por los demás.

Jason le lanzó una mirada asesina.

—Todos estábamos asustados. Pero yo fui el único que lo reconoció abiertamente.

—Hay una diferencia entre reconocerlo y mostrarlo —aclaró Nash mientras se sentaba en el sofá.

Lau puso los ojos en blanco.

—Ya, chicos, en serio, ¿ustedes organizaron todo esto?

—¿En serio lo dudas? —intervino Nash de nuevo, con cara de fastidio—. Claro que fueron ellos.

—De verdad no sé de qué están hablando —dijo Jordan y se acercó a Lau para darle un besito, pero ella retrocedió. Luego intentó acercarse a ella de nuevo, pero Lau lo detuvo poniéndole una mano en el pecho.

—Se suspenden los besos para ti —le informó Lau. Jordan hizo un puchero.

—No hicimos nada —dijo Shane en defensa de su amigo—. No tienen pruebas.

Nash se puso de pie y se sacudió un polvo imaginario de los pantalones. Luego, se acercó a Shane con paso confiado. Los demás los observamos en absoluto silencio.

—Déjalo, Nash. —Nadia intentó detener a su hermano, pero ya estaba frente a Shane.

—¿Quieres pruebas? Te daré pruebas —afirmó Nash—. Ignoremos por un momento la ropa negra que sirve de maravilla para camuflarse en la oscuridad, por cierto. —Nash irradiaba confianza—. Tienen el cabello muy mojado, lo cual no tiene sentido si de verdad acaban de llegar. ¿Por qué lo digo? Porque ir del auto a la puerta principal toma aproximadamente diez segundos, si no es que menos. Ya no está lloviendo tan fuerte; de hecho, es una mera llovizna. Cinco segundos bajo la llovizna no bastan para mojar el cabello de esa forma, mucho menos la ropa. Eso significa que estuvieron un rato afuera, bajo la lluvia. —Hizo una pausa—. Por lo que veo, esta es una casa estilo bohemio, que seguramente se construyó en los ochenta. Por lo regular, la caja de los fusibles suele estar afuera. Por ende, se empaparon al ir y venir del cobertizo a la casa. —Para entonces yo ya estaba boquiabierta—. Además, tienen los pantalones manchados de pintura café del cobertizo. Quizá no sea muy notoria, pero soy un individuo muy observador. Apuesto a que, si revisamos sus bolsillos, encontraremos el desarmador que usaron para abrir la caja de los fusibles y que no se molestaron en esconder porque estaban convencidos de que no los descubrirían.

Y así es como dejas a siete personas sin habla.

Nadie dijo una palabra, ni siquiera Shane, que parecía un venado paralizado por los faros de un auto. Como era de esperarse, Jason fue quien rompió el silencio.

—¡Einstein está entre nosotros!

Nash suspiró.

—Eso sería imposible.

—Nash —lo reprendió Nadia y le hizo una seña para que se acercara. Él obedeció y se sentó junto a su hermana. Todos lo seguimos con la mirada, como si fuera un extraterrestre caminando entre simples seres humanos.

—Me presumo inocente hasta que alguien demuestre lo contrario —dijo Shane, alzando la mano en son de paz.

—Entonces saca todo lo que traes en los bolsillos —le ordenó Lau. Shane palideció al instante.

—A lo mejor trae un desarmador por si se descompone su auto —lo defendió Jordan, pero ya era demasiado tarde. Todos sabíamos que, si revisábamos sus bolsillos, encontraríamos un desarmador.

—¡Qué crueles! —Lau les empezó a aventar los cojines de la sala—. ¡¿Cómo se les ocurre?! ¡Estuvimos a punto de llamar a la policía!

—Espera, muñeca, déjame te explico —dijo Jordan mientras retrocedía para esquivar los cojines.

—¡No me digas muñeca! —gruñó Lau. En ese instante alcancé a ver que Jason estaba presenciando la escena con un aire de satisfacción.

Evan volvió de la cocina, confundido.

—¿Qué está pasando?

—Te perdiste el espectáculo —contestó Helen mientras se pasaba los dedos por el cabello y procedía a poner a su hermano al tanto de las cosas. Miré de reojo a Evan de vez en cuando, pero, cada vez que sus ojos se posaban en mí, yo desviaba la mirada.

—¿Ya está el café? —balbuceé. Evan asintió—. Iré por tazas para todos —agregué, en un intento por huir. Sin embargo, cuando pasé a su lado, me agarró del brazo.

—¿Quieres que te acompañe?

Negué con la cabeza y salí disparada hacia la cocina.

«No puedo escapar por siempre», pensé. Cerré los ojos y apoyé la espalda en la pared.

—No puedes escapar por siempre —dijo una voz. Al abrir los ojos, vi a mi mejor amiga apoyada en la barra de la cocina, con los brazos cruzados. Tenía el ceño tan fruncido que sus cejas bien depiladas casi se tocaban. Su expresión era sumamente inquisitiva—. No has dicho una palabra desde que bajaste. Algo pasó, y no me moveré de aquí hasta que me digas qué fue. —No me sorprendió que se hubiera dado cuenta, pues no por nada era mi mejor amiga.

Exhalé largo y tendido.

—Metí la pata.

La expresión de Lau se suavizó.

—¿Qué pasó? —preguntó. Me froté la cara con las manos y le conté todo—. ¿Qué qué? —gritó, prácticamente escupiéndome en la cara.

—¡Shhhh! —Volteé a ver la puerta de la cocina por temor a que alguien se asomara para preguntar qué estaba pasando.

—Nunca pensé que pudieras hacer algo así, Jules —dijo Lau, aún sin poder creerlo.

—Lo sé. No sé qué me pasó —admití y bajé la mirada.

—Está bien. Todos cometemos errores. —Nos quedamos calladas un instante, hasta que la expresión de Lau se transformó. Era como si acabara de tener una revelación—. Pero sí sabes quién era —declaró y alzó la barbilla con orgullo, como si acabara de resolver el misterio más misterioso del planeta—. Sabes que fue Shane y lo confirmaste cuando lo viste en la puerta. —Asentí—. Y por eso lo besaste. La Jules que yo conozco no besaría a un intruso nada más porque sí. Sin embargo, sí besaría a alguien conocido por pura compasión. Sobre todo, si ese alguien se lo suplica.

Esbocé una sonrisa triste. Lau me conocía a la perfección.

—Pero sigue estando mal.

—Lo sé, y me siento un poco responsable por ello —suspiró Lau y se frotó las sienes.

—¿De qué estás hablando?

—Pues te conté que se la pasa de fiesta y bebiendo todo el tiempo, y que su familia está muy preocupada por él. Tal vez eso te hizo sentir lástima por él.

—No quiero tenerle lástima. Eso me hace sentir fatal. Y con esto lastimé a dos personas.

—Jules...

—No era mi intención herir a Evan. Pero en ese momento tampoco quería rechazar a Shane y lastimarlo de nuevo. Sonaba demasiado vulnerable cuando me lo pidió «por favor». Nada que ver con el patán engreído que conocemos. Hasta parecía humano. ¡Dios! No sé ni qué estoy diciendo.

—Te entiendo, amiga. No te preocupes. —Lau se acercó y me pasó una mano por encima del hombro—. Todo estará bien. —Dicho eso, apoyó la cabeza de lado contra la mía.

—¿Y ahora qué hago?

—¿En este preciso instante? Llevar tazas de café para todos los que están en la sala —dijo Lau entre risas y me soltó. Y yo fingí mirarla con desprecio.

—Pues ayúdame entonces. —Fui a los gabinetes a buscar las tazas.

—Hablando en serio, sí sabes qué tienes que hacer, ¿verdad? —preguntó a mis espaldas.

—Sí.

—Bueno. —Oí que abrió el refrigerador y emitió un gruñido—. ¿Ya no tienes plátanos?

Puse los ojos en blanco.

Sólo Lau pensaría en plátanos en circunstancias como estas.

Mientras los autos se alejaban, me despedí de ellos agitando la mano. Había salido a despedirlos a todos, salvo a Evan, que seguía en la sala con su tercera taza de café. Me abracé a mí misma en el pórtico para protegerme un poco del viento frío que me envolvía.

Estamos solos.

Convenientemente, Lau convenció a los demás de que era hora de irse tan pronto les entregamos sus tazas de café. Entendí que quería que Evan y yo nos quedáramos solos para que pudiéramos hablar. No obstante, el valor del que me había armado casi se esfuma por completo cuando vi que las luces rojas de los autos desaparecieron en medio de la oscuridad.

Ha llegado la hora.

Puedo hacerlo.

Traté de darme ánimos, pero la verdad era que no estaba funcionando. Corría el riesgo de perder al hombre que amaba por un beso que ni siquiera disfruté.

Qué tonta fui.

Volví a la casa, con los brazos aún cruzados. Evan estaba en el sofá grande, y al verme asentó su taza en la mesita.

—Hola —dijo con una de esas sonrisas que resaltaban sus hermosos hoyuelos. El corazón se me estrujó.

Me obligué a sonreír.

—Hola.

No podía explicarle lo difícil que era todo esto para mí. ¿Cómo podía decirle algo a sabiendas de que lo había lastimado? De toda la gente que conocía, él era la última persona a la que habría querido herir. Evan había tenido un pasado difícil y tenía cicatrices que lo acompañarían por siempre; y no me refiero a las de su espalda, sino a las de su alma. Bajé las manos y entrelacé los dedos nerviosamente.

¿Cómo pude hacerle esto?

—¿Qué pasa? —preguntó y se puso de pie. Me le quedé

viendo, embelesada. La profundidad de sus ojos oscuros me mostró mi reflejo. El cabello negro le cubría la frente y las orejas. Y apretó sus carnosos labios rojos mientras esperaba mi respuesta. Evan emanaba misterio, el tipo de misterio que te absorbe y no te suelta hasta que estás tan metida que ya no te acuerdas por dónde salir.

Era mi poeta oscuro. Hermoso por siempre.

¿Y si me deja?

¿Y si no me perdona?

¿Qué voy a hacer?

Pasé saliva.

—Tengo que decirte algo.

Al parecer, Evan ya lo veía venir.

—Lo sé. Estás muy rara desde que subimos. —Dio un paso al frente, pero alcé la mano para frenarlo.

—No, quédate ahí —le ordené, con el corazón estrujado—. No sé si podré decírtelo si te tengo cerca. —Intenté inhalar profundo, pero el nudo en la garganta me lo impidió.

Evan frunció el ceño más que antes.

—Jules...

—Escúchame, por favor. Prométeme que escucharás todo lo que tengo que decir —le supliqué. Evan ladeó la cabeza y me observó con detenimiento—. ¿Me lo prometes?

—Te lo prometo —contestó, pero su voz se había vuelto seria.

—Cuando subimos y me quedé sola en el pasillo... alguien me arrastró a la alacena de limpieza.

Evan abrió los ojos al máximo.

—¿Qué? ¿De qué hab...?

—No me interrumpas, por favor. —Me estaba costando mucho mantener la compostura—. Esa persona me rogó que lo besara... y lo besé. —El rostro de Evan se trastornó por completo, y sentí que los ojos se me llenaban de lágrimas—. No sentí nada, te lo juro. Sólo lo hice por lástima. —No fui capaz de disimular la desesperación en mi voz.

Evan bajó los hombros, como si se hubiera dado por vencido.

—Era Shane, ¿verdad? —Se le saltó una vena en el cuello en cuanto apretó los puños a los costados. Su respiración se aceleró.

—Sí, pero...

—¡Mierda! —gritó y pateó el sofá.

—Evan... —empecé a decirle. Él se frotó furiosamente la cara con ambas manos. En cuestión de segundos, las lágrimas me nublaron la vista. Se veía herido, destrozado. Era insoportable—. No era mi intención lastimarte...

¿Qué más podía decirle?

Evan me miró fijamente. La ira y desilusión en su mirada fueron como un puñetazo en el vientre. Las lágrimas se me salieron de los ojos y me cayeron por las mejillas sin freno.

Evan desvió la mirada.

—Tengo que salir de aquí —afirmó y pasó junto a mí de camino hacia la puerta.

Entré en pánico y fui tras él.

—Evan, espera —le supliqué y salí de la casa. Seguía lloviznando un poco. Se dirigió a su auto—. No puedes conducir así. —Me apresuré a alcanzarlo. No estaba en condiciones para manejar. —Espera, por favor... —Lo agarré del brazo, pero él se zafó de un jalón y volteó a verme.

—Quítate, Jules. —Se cernió sobre mí de forma amenazante. Su tono era más frío que el hielo.

—Es que... —se me quebró la voz—. Por favor, tranquilízate y luego te vas a tu casa. Te lo ruego. —Me partía el alma verlo así.

—¿Me estás mirando con lástima? —preguntó con absoluta frialdad—. ¿También me vas a regalar un beso? —Se estaba desquitando, pero no podía culparlo, así que me tragué mi dolor.

—Evan, por favor...

—Mírame —me ordenó—. Imaginarlo besándote hace que me hierva la sangre.

—Evan, yo...

—Sabía que esto era demasiado bueno para ser cierto. Sabía que no merecía tenerte, que no merecía ser feliz. Pero me aferré a la esperanza. Todo lo bueno que he tenido termina arruinado de una o de otra forma. —Se pasó los dedos por el cabello.

—No digas eso. —Sus palabras me rompían el corazón—. Fue un error, Evan. No... —Intenté impedirle que abriera la puerta del auto, pero él me quitó del camino.

—Jules, vete. Necesito estar solo. —¡Insúltame! ¡Grítame! Pero no conduzcas así, por favor. —Evan abrió la puerta del auto, y yo volví a cerrarla. Gruñó y me acorraló. Su aliento iracundo soplaba sobre mi rostro cubierto de lágrimas. Lo escuché apretar los dientes con furia.

—Tengo que irme. Quítate de una vez por todas —vociferó y no me quedo de otra que hacerme a un lado. Él se subió al auto, cerró la puerta con seguro y arrancó el motor.

—¡No, no, no! —Golpeé su ventana varias veces—. ¡Evan, espera!

Se fue. Me dejó sola, a la intemperie.

Me consumieron los sollozos. Caí de rodillas y me llevé las manos a la cabeza, desesperada. Lloré como nunca en la vida. Los destellos de su rostro herido me acecharían hasta el fin de los tiempos.

Herí a la persona a la que más amaba, y eso me estaba destrozando el corazón.

ESTO ES MEJOR QUE UNA TELENOVELA EN HORARIO ESTELAR

EVAN

El marcador de velocidad del auto resplandecía con un número absurdo y se activó la alarma de exceso de velocidad. La había activado para evitar multas por ir demasiado rápido, pero esa noche simple y sencillamente no me importó.

Jules...

Estrujé el volante. No podía dejar de imaginarla besando a ese imbécil descerebrado. Y esa imagen me torturaba y atizaba la ira que me consumía.

Era la primera persona a la que había dejado entrar desde la muerte de mis padres. La primera persona en la que había confiado. ¡Maldición! Había sido la primera persona con la que me había sincerado y a quien le había contado todo lo que sucedió esa noche.

Me acechó el recuerdo de sus ojos llenos de lágrimas. No podía negar que me dolía verla llorar, pero no podía pasar un segundo más en esa casa. Tenía que salir de ahí. Tenía que calmarme. Además, tenía derecho a ser egoísta.

Jules lo besó.

Me dieron náuseas de sólo pensarlo. Yo la amaba. Quería ser todo para ella.

Cuando llegué a la desviación hacia Crookwell, la llovizna había empezado a convertirse en una tormenta. Me detuve en un semáforo en rojo. Mi respiración se había acelerado. A la izquierda estaba la calle que me llevaría a River Town. A la derecha estaba Crookwell. Alcancé a ver las luces borrosas del pueblo desde donde estaba. Vi un destello de la cara angustiada de Jules en mi mente.

Ella tenía razón. No estaba en condiciones para manejar, así que me dirigí hacia Crookwell. Era un lugar cercano y apacible. La carretera que llevaba a River Town era larga, y la tormenta debía haber cubierto el pavimento de piedras, ramas y lodo.

Me estacioné frente a una casa verde de estilo victoriano, con la esperanza de que fuera la casa correcta.

Jules lo besó.

Poco a poco, la amargura me fue recorriendo las venas. Apagué el motor y apoyé la frente en el volante.

«Inhala y exhala, Evan. Piensa en un lugar apacible».

Recordé las palabras de mi terapeuta. ¿Cómo podía visualizar un maldito lugar apacible si no podía dejar de imaginar a Jules en los brazos de Shane, los suaves labios de mi novia presionados contra los de ese desgraciado?

—¡Mierda! —golpeé el tablero del auto tres veces antes de reclinarme en mi asiento.

Exhalé profundo y me sacudí el cabello. Miré de reojo la casa; no sabía si había hecho lo correcto al ir ahí, pero estaba demasiado alterado como para manejar. Agarré una sudadera del asiento trasero y me la puse. Afuera llovía a cántaros.

Me bajé del auto y corrí por el caminito del jardín que

llevaba a la entrada. Una vez que estuve a salvo bajo el pórtico, toqué a la puerta.

—¡Voy! —gritó una voz de mujer, y al instante me tranquilicé. Era como volver a casa. Cuando abrió la puerta, casi se le salen los ojos al verme—. Evan —susurró y me observó con detenimiento—. ¿Estás bien?

Negué con la cabeza.

Frunció la cara, con profunda tristeza. Sin decir una palabra, dio un paso al frente y me abrazó. Yo hundí la cara en su cuello.

No sólo su voz me recordaba mi hogar. Su olor tenía el mismo efecto.

A fin de cuentas, ella era lo que quedaba de mi hogar.

JULES

El tiempo se detuvo, me quedé quieta. Ni siquiera reaccioné cuando empezó a diluviar con tal fuerza que me golpeaba la piel desnuda. Luego empezó el frío que me envolvió y me hizo tiritar.

Me quedé parada a la mitad del camino, empapada, sollozando. Sabía que tenía que meterme a la casa, pero en cierto modo me estaba castigando por lo que había hecho. No obstante, no había dolor físico que se comparara con lo mucho que me dolía el alma.

Tenía algo hermoso, algo perfectamente imperfecto, y lo destruí. Lo pisé. Lo traicioné.

¿Para eso quería saber lo que era el amor? ¿Para destruirlo después con mis propias manos?

«No seas tan dura contigo misma», dijo mi conciencia con voz triste.

Caminé de regreso a la casa, temblando y frotándome los brazos con las palmas de las manos.

Lo perdí.

Esa idea me hacía sentir como si me hubieran apuñalado en el pecho. Cerré la puerta y me dejé caer hasta quedar sentada en el suelo y empezar a empapar el tapete. Si algo le pasaba a Evan, viviría para siempre con esa culpa. Le envié varios mensajes, pidiéndole que por lo menos me avisara que había llegado bien.

Día tres sin Evan

Querido Evan, esta mañana me desperté nostálgica, recordando los mensajes tan odiosos que me mandaste al principio en Wattpad. Me hiciste enojar tantas veces, y es tan extraño ver cómo lo qué empezó con un mensaje odioso terminó en algo tan bonito como lo que tenemos. Lamento haberlo arruinado, de verdad.
-Jules

Enviarle mensajes cada dos días a Evan me ayudaba a no extrañarlo tanto, calmaba mi ansiedad. Sobre todo ese día porque los sábados solían ser mi día favorito de la semana. No había clases, así que podía pasar más tiempo con mi novio o hablando por teléfono con él. Desde que conocí a Evan, me acostumbré a hablar a diario con él. Era un hábito, una necesidad. Así que desprenderme de ello estaba siendo muy doloroso. Y no tener noticias de él me estaba matando.

¿Estaría bien? ¿Nuestra relación se había acabado?

Intenté llamarlo, pero no contestó. No le había contado a nadie lo que había pasado; en vez de eso, evadía las preguntas que hacían Lau o Jason con respecto a Evan. Laura sabía lo que yo había hecho, pero no sabía que ya se lo había confesado a Evan.

—¿Estás bien, cariño? —me preguntó mamá mientras desayunábamos.

Sonrisa fingida, activada.

—Sí.

Mamá frunció el ceño.

—Entonces, ¿por qué estás mirando fijamente la fruta en lugar de comértela?

—Ay. —No me había dado cuenta de que llevaba un rato mirando las fresas picadas, pero al descubrirlo se me estrujó más el corazón—. No tengo hambre.

—Come de cualquier manera —me ordenó.

—Mamá, es que... —guardé silencio, en un intento por suplicarle que no insistiera. Mamá suspiró y arrastró su silla más cerca de mí.

Con el tenedor pinchó un trozo de fresa y me lo ofreció.

—Abre la boca.

—Mamá, no tengo cinco años.

—Pero sigues siendo mi bebé —dijo, con una gran sonrisa—. Y siempre estaré aquí para levantarte cuando te caigas.

Los ojos se me llenaron de lágrimas.

—Es que...

—Shh, está bien. No tienes que contarme. Lo entiendo. —Abrí la boca para recibir el trozo de fruta—. Muy bien hecho —dijo y me limpió una lágrima prófuga.

Aunque mi mamá me estaba alimentando, no me sentí inmadura ni como una niña. Me sentí comprendida. Querida.

Fue un momento muy íntimo, muy profundo. Me di cuenta de que siempre estaría a mi lado mientras viviera. Podía contar con ella. No tenía que enfrentar esto sola.

Nadie quiere estar solo cuando está herido.

Cuando terminé de desayunar, apoyé la cabeza en su hombro y me solté a llorar en silencio. Necesitaba ese abrazo más que cualquier otra cosa en el mundo.

Día ocho sin Evan

Querido Evan,
No puedo evitar recordarte cada vez qué mamá pone las fresas picadas del desayuno, y sé que estos mensajes tal vez te parezcan muy intensos, pero nos conocimos por mi escritura, así que esto me hace sentir conectada contigo, aunque no me respondas. Espero que tengas un día lindo.
-Jules

—Lo siento —dijo Lau, sentada en su cama. Me invitó a pasar el rato luego de que mi mamá y yo lleváramos algunas cosas a nuestra nueva casa. Le conté todo. Necesitaba compañía para superarlo—. Lo lamento mucho, pero hiciste lo correcto.

—Lo sé.

—Con razón llevas toda la semana como zombi, sólo respondías con monosílabos —dijo. ¿Por qué me resultaba tan difícil sonreírle?—. Todo va a estar bien —agregó. Me costaba trabajo creerlo. Evan seguía sin contestar mis llamadas y mis mensajes. Hacía tres días que había tomado la decisión de desistir con las llamadas. No tenía caso llamarle si él no quería saber nada de mí—. Ven. —Lau me ayudó a ponerme de pie—. Deja de tirarte al drama como Bella Swan y ten tantita dignidad.

Suspiré y la miré a los ojos.

—Es que... nunca había vivido esto. Me está matando.

—Sí, pero no es el fin del mundo, Jules. —Me tomó de los hombros—. Si algo he aprendido de la vida, es que sigue su curso. —Su mirada tenía un brillo tenaz.

—No es tan fácil cuando sabes que todo es tu culpa. No estoy acostumbrada a sentirme culpable.

—Con el tiempo dejarás de sentirte así. Todo pasa. El tiempo lo cura todo, ya lo verás. Date tiempo para sanar.

Esbocé una sonrisa triste.

—Evan no va a volver, ¿verdad?

—No lo sé, pero lo mejor es que no esperes nada de él. Así te dolerá menos si al final no vuelve —dijo. Exhalé con fuerza, y Lau me miró con compasión—. Todo va a estar bien —me aseguró.

—¿Me lo prometes?

—Sí, te lo prometo —asintió.

Día 10 sin Evan

~~Querido Evan, te extraño, por favor, hablemos.~~

No lo envié y borré el mensaje. Ya había sido suficiente.

—Esta es la última caja —afirmó Jordan, apoyado contra la pared. Habíamos pasado todo el día llevando nuestras cosas a la casa nueva, y ya era medianoche. Era una casa hermosa, más grande que la anterior, así que probablemente me sentiría más sola cuando mamá se fuera al trabajo. Lo bueno era que Lau estaría al lado. De hecho, alcanzaba a ver su cuarto desde la ventana del mío.

Agradecí que hubiéramos decidido mudarnos ese fin de semana, pues así podía distraerme. Hacía el esfuerzo por no pensar en Evan cuando no tenía otra cosa que hacer, pero era imposible. Por lo tanto, necesitaba mantenerme ocupada. Y créanme que, cuando te estás mudando, no tienes tiempo para pensar en otra cosa.

La casa nueva tenía un jardín hermoso; esta vez, prometí que regaría las flores. No quería volver a tener un cementerio de flores en lugar de un jardín delantero.

—¡Jules! —exclamó Lau, entusiasmada—. Tu mamá está

conversando con un guapo en la calle. —Fruncí el ceño y la seguí hasta la ventana.

Jordan nos lanzó una mirada reprobatoria.

—No sean chismosas, niñas —nos regañó. Abrimos la cortina para asomarnos. En efecto, mamá estaba conversando con un hombre alto y atlético a quien le sonreía con timidez—. Se nota que tu mamá se lo quiere cenar —intervino Jordan, asomándose por encima de nuestras cabezas porque era más alto que nosotras.

—¡Cállate! —lo reprendí, pero seguí dándole rienda suelta a mi curiosidad.

El hombre le acarició la mejilla con ternura. Se veían muy cómodos el uno con el otro, como si fueran...

¿Pareja? ¿Llevaban tiempo saliendo?

¿Era el cardiólogo que mamá mencionó hace unos meses?

—¡Cielos! ¡Va a besarla! —anunció Lau y se llevó una mano a la boca. Yo me quedé boquiabierta. En efecto, mi mamá y el desconocido compartieron un beso breve y cariñoso.

—Esto es mejor que una telenovela en horario estelar —balbuceó Jordan.

—¿Ves telenovelas? —pregunté con incredulidad.

—Eh, este... —Jordan carraspeó—. No, claro que no.

Lau y yo volteamos a vernos.

—Sí ve telenovelas —dijimos al unísono.

—¡Ahí vienen! —gritó Jordan.

Si alguna vez han espiado a alguien, entonces sabrán que es común entrar en pánico cuando corres el riesgo de que esa persona te descubra.

Los tres entramos en pánico y corrimos por la sala como elefantitos extraviados. Nos veíamos ridículos, la verdad.

Cuando mamá abrió la puerta, fingí que estaba quitándole el polvo a un sofá invisible porque me di cuenta demasiado tarde de que no tenía nada enfrente. Lau estaba posando como modelo de pasarela, y Jordan estaba haciendo curls de bíceps.

Mamá nos miró con cara de «¿qué demonios?», pero se sobrepuso e hizo lo que planeaba hacer.

—Jules, te presento a John. John, ella es mi hija Jules, y sus amigos, Jordan y Laura.

Mis amigos agitaron la mano para saludarlo mientras yo me acercaba a estrecharle la mano. Necesitaba mirarlo más de cerca. Sobre todo, después de que lo vi explorar el interior de la boca de mi madre afuera de nuestra casa. Estaba en todo mi derecho.

—Mucho gusto, señor —dije, con una sonrisa educada. John era un tipo alto, rubio, atlético y de piel clara. Tenía ojos color avellana y pestañas enormes. Me recordaba a alguien. Era increíble lo mucho que se parecía a Shane. Una versión treintañera de Shane.

—Tu madre habla maravillas de ti —dijo y sonrió también.

—¿Ah, sí?

—Sí. Dice que te gusta escribir —afirmó y dio un paso al frente—. Tengo un amigo que da un taller de creación literaria. ¿Te interesaría?

Se me iluminó el rostro.

—¡Sí!

—Perfecto. Su clase es todos los días a las siete de la noche en las instalaciones de Colton. Están cerca de aquí. Le llamaré para que empieces este lunes.

—Pero ¿cuánto cuesta? —pregunté, a sabiendas de que mi mamá se negaría si era demasiado costoso. No tendríamos suficiente estabilidad económica hasta que vendiéramos la casa vieja.

—No te preocupes por eso. Yo invito —dijo y metió las manos a los bolsillos.

Ah, así que está tratando de congraciarse conmigo.

Me encogí de hombros mentalmente. No me molestaba asistir gratis a un taller de escritura creativa. Además, me percaté del profundo enamoramiento con el que mamá lo miraba. Si ella estaba feliz, yo aprobaba su elección.

—Bueno, está bien —contesté con una enorme sonrisa.

Día 12 sin Evan

Ya tengo que dejar de contar los días. Es patético.

Ya había anochecido. Entré a las instalaciones de Colton acompañada de la fresca brisa nocturna. Era una escuela vieja en la que daban clases para adultos. Y eso le daba un toque de nostalgia.

¿Es mi imaginación o las escuelas sin estudiantes son deprimentes?

Un grupo de personas iba caminando hacia donde yo estaba. Todas siguieron de largo, salvo por una.

—Hola. ¿Vienes al taller de CL? —me preguntó. Asentí—. Es al final del pasillo.

—Gracias.

—No hay de qué. Yo soy Fred —dijo y me ofreció una mano.

Se la estreché.

—Yo soy Jules.

—Soy el administrador. Si tienes alguna duda o problema, avísame.

—De acuerdo —contesté.

Fred siguió su camino, y yo seguí el mío. Al fin llegué al salón, pero estaba vacío. Consulté la hora en la pantalla del teléfono: 6:47 p. m. Todavía era temprano. Me emocionaba mucho tomar ese curso, como una niñita que está ansiosa por abrir sus regalos de Navidad. Era lo primero que genuinamente me había hecho sonreír desde lo de Evan. No sabía dónde sentarme, y al final opté por sentarme a la mitad del salón. Luego me puse a dibujar caritas en mi cuaderno hasta que escuché que alguien carraspeó.

Alcé la mirada para ver a la persona que estaba en la puerta y casi se me cae la quijada. Por un momento, sentí que los ojos se me iban a salir de las cuencas. Estaba vestido con pantalones negros, una camisa azul oscuro y zapatos negros. Se me quedó viendo, sin moverse. También le sorprendía verme ahí. La sangre me empezó a correr por las venas a una velocidad inusitada.

—Evan —murmuré en voz tan baja que era improbable que me hubiera escuchado.

—¿Qué haces aquí? —Su tono era frío y acusador. Quizá creyó que era parte de un plan malévolo para verlo. Pero yo no tenía idea de que él tomaba esa clase. No logré encontrar mi voz hasta que percibí la frialdad de su mirada. Y eso me inspiró a alzar la voz.

—Voy a tomar esta clase. —Mi voz era temblorosa e indecisa.

«Qué guapo se ve», pensé mientras le echaba un ojo. Parecía un estudiante rebelde.

Evan apretó los labios.

—¿Por qué? ¿Cómo supiste que estaba aquí?

—No lo sabía. Te lo juro —afirmé con voz seria.

—¿Así que es una coincidencia? —Arqueó una ceja, y yo asentí—. Sí, claro, cómo no. —Entró al salón y dejó su mochila negra en el escritorio.

Esperen...

No, no podía ser.

Luego entraron dos chicas y un chico.

—Hola, asistente Woods —dijeron al verlo y tomaron asiento. Abrí los ojos al máximo.

—¿Eres...? —Estaba tan conmocionada que me quedé sin palabras.

—Sí, Jules. Soy el encargado de esta clase —dijo, con una sonrisita maquiavélica.

¡Dios!

Solamente a mí podría pasarme que mi exnovio se convirtiera en mi profesor.

GRACIAS POR TU AYUDA, DESTINO. ¡QUÉ GENEROSO DE TU PARTE!

¿EL DESTINO había decidido jugarme una broma?

Si así era, debía estarse revolcando de la risa con mi reacción. Me quedé sin aliento, paralizada, sin poder siquiera parpadear. Tenía la boca entreabierta y no dejaba de mirar al hermoso hombre que tenía enfrente.

¿En serio iba a ser mi profesor?

¿Así cómo iba a superar la ruptura?

Siguió entrando gente al salón. Algunos conversaban de forma casual. Otros abrazaban sus libros. Evan no dejaba de mirarme ni de sonreír de forma maliciosa.

Cuando por fin desvió la mirada, pude al fin respirar y apreté las manos sobre mi regazo. Al poco rato el salón se llenó, pero eso daba lo mismo. No podía quitarle los ojos de encima al *sexy* profesor que estaba detrás del escritorio. ¿Qué hacía aquí? Evan había mencionado que hacía trabajos de medio tiempo, pero nunca que daba clases extracurriculares en mi pueblo. ¿Acababa de conseguir este trabajo?

Evan se inclinó hacia el escritorio, con los brazos cruzados. Y en ese momento empezó la clase. Se veía más *sexy* que nunca con su atuendo formal, y se movía por el salón con absoluta naturalidad y confianza. No pude quitarle la mirada de encima ni un segundo. Cuando escribía algo en el pizarrón, me fijaba en cómo se le marcaban los músculos de la espalda. Cuando intentaba explicar algo con otras palabras, me obsesionaba la forma en que se mordía el labio inferior. De vez en cuando se asomaba ligeramente su tatuaje. Se veía mayor y más sabio, pero no por eso perdía su toque de misterio. La pasión en su mirada era inconfundible; la literatura era su tema de conversación favorito. Como era de esperarse, no me miró ni una sola vez, cosa que agradecía. Si sus ojos oscuros se hubieran clavado en los míos, me habría quedado sin aliento de nuevo.

Atrás de mí, alguien suspiró. Con discreción miré por encima del hombro y vi a una chica como de mi edad que estaba embelesada con Evan.

Al parecer no soy la única a la que le gusta el profesor.

Sentí una punzada de celos que fue empeorando a medida que miré a mi alrededor y descubrí que al menos otras cuatro chicas veían a mi novio (o exnovio) con devoción. Aun así, logré calmar a mis demonios internos porque no era su culpa: Evan era guapísimo. ¿Quién era yo para juzgar a la población que babeaba por el hombre *sexy*, escultural y pulcro que teníamos enfrente? Además, al ser el profesor, era una fruta prohibida, lo que lo volvía aún más atractivo.

Era como el chocolate que no puedes comer porque tienes elevada el azúcar y que solamente deseas cada vez más.

¿Acabo de comparar a Evan con un chocolate?

Si fuera algo comestible, para mí sería una enorme bolsa de Ruffles.

Me relamí los labios de sólo pensarlo. Me lo comería enterito. «Anda, ve y dile eso. Apuesto a que con eso te perdona», dijo mi conciencia en tono sugerente. Pero la silencié porque me hizo sentir indecente.

—¿La estoy aburriendo, señorita Jones? —la voz seductora de Evan llamó mi atención. Cuando alcé la mirada, lo encontré enfrente de mi escritorio.

Está tan cerca que hasta puedo percibir el olor de su perfume.

Pasé saliva.

—No. —Hacía más de una semana que no lo veía, pero su presencia aún me hacía sentir torpe y sudorosa.

—Bien —dijo y apoyó una mano en mi escritorio para inclinarse hacia mí de forma despreocupada. Sus ojos se clavaron en los míos, y el corazón se me aceleró. La intensidad de esa mirada era insoportable. Bajé la mirada hacia su pecho y conté los botones de su camisa—. Es la primera clase de la señorita Jones, así que aún no sabe cuál es el castigo por no poner atención. —¿Qué? Alcé la mirada y descubrí que Evan estaba viendo a mis compañeros—. ¿Alguien la puede poner al día?

—¡Sí! —Una chica se levantó de un brinco, sin disimular su emoción. Luego volteó a verme, mientras jugueteaba con su cabello—. Tienes que quedarte después de clase y ayudar a organizar los libros.

—¿Qué? —pregunté, anonadada—. Pero si la clase termina a las nueve de la noche. Llegaré muy tarde a casa.

Otra chica intervino.

—Por eso es un castigo.

Un tipo volteó a verme con lástima.

—Para la próxima pon más atención.

Abrí la boca para protestar, pero Evan siguió impartiendo la clase como si no hubiera pasado nada, como si no me hubiera causado más problemas con su castigo. No podía obligarme a quedarme ahí, ¿o sí? Además, supuse que para entonces ya debía estar cerrada la biblioteca. Desconocía los horarios de la biblioteca de esa escuela, pero dudaba que estuviera abierta las 24 horas del día.

El resto de la clase fue muy fluida; hicimos un taller en el que me tocó trabajar con Linda, la chica sentada atrás de mí. Tuve que girar mi silla y darle la espalda al maestro, lo cual agradecí. Estaba dispuesta a lo que fuera con tal de evitar su intensísima mirada.

Curiosamente, Linda resultó ser muy agradable e inteligente, y le interesaba la creación literaria tanto como a mí. Evan nos pidió que escribiéramos un poema breve y que lo intercambiáramos con la intención de evaluar el trabajo ajeno. Linda escribió un tierno poema sobre una chica tímida sentada en un parque, mientras que yo tuve que buscar un tema hasta por debajo de las piedras porque no estaba de ánimo para escribir. Cada vez que empezaba un poema, tenía que ver con lo atractivo que era el maestro.

—¿Todo bien? —preguntó Linda con una sonrisa comprensiva al ver el trabajo que me estaba costando.

Suspiré.

—No realmente. —Asenté el bolígrafo y me froté las sienes. Ella se quitó los rizos castaños del rostro e intentó hacerse una coleta.

—De acuerdo —dijo, y yo volteé a verla, confundida—. Sé que es difícil concentrarse cuando el maestro es un dios griego.

—¿Cómo supis...?

—Ya pasé por ahí. ¿Crees que eres la primera que no logra concentrarse en esta clase? —preguntó en tono casual y señaló a otras chicas—. Al principio es difícil, pero luego te acostumbras. Créeme.

La miré fijamente y entrecerré los ojos.

—Pero hace rato te oí suspirar.

Se ruborizó un poquito.

—Bueno, sí, eso no significa que no admire su belleza de vez en cuando. —Por alguna razón, su comentario no atizó mis celos. Linda parecía buena persona. Además, no estaba enamorada de él ni nada por el estilo. Sólo le parecía atractivo, y no podía culparla.

—¿Lleva mucho tiempo dando clases aquí? —pregunté. Tenía que saberlo.

Linda meneó la cabeza.

—No, apenas empezó la semana pasada. El profesor Norman se enfermó, así que lo estará cubriendo un rato.

—Ah... —Algo seguía sin encajar. ¿Por qué vendría Evan desde River Town para trabajar aquí?

—Y no es queja, eh. Que se quede el tiempo que quiera —añadió Linda, con una sonrisa boba.

—Sí —contesté distraídamente.

—En fin, cierra los ojos e inhala profundamente tres veces —me indicó Linda con voz seria. Cerré los ojos e inhalé una vez—. Olvida dónde estás. Olvida a las demás personas que están en el salón. Estás sola en un cuarto blanco y vacío. Siente el aire fresco que te acaricia la piel. No hay preocupaciones ni problemas. Estás bien. Inhala y exhala despacio. Eres libre, Jules. —Sus palabras calmaron el frenesí de mi mente—. Mira las paredes blancas a tu alrededor. Toma una pluma. —Seguí sus instrucciones al pie de la letra—. ¿No sientes que las paredes son demasiado blancas? —Asentí—. ¿No tienes ganas de escribir algo en ellas? —Asentí de nuevo—. Entonces hazlo. ¡Crea algo!

Debo reconocer que Linda es lo máximo.

Sus consejos funcionaron a la perfección. Tan pronto terminé de escribir en las paredes de mi mente, abrí los ojos y escribí el poema en el papel. Al final, me divertí mucho en la clase. El ejercicio terapéutico de Linda me ayudó a liberar la tensión, e incluso me reí cuando otras personas empezaron a declamar sus poemas con gestos dramáticos. Evan nos explicó muchas cosas relacionadas con poesía, estrofas y ritmo. Sin duda sabía de lo que hablaba, pues era un gran poeta.

Cuando terminó la clase, ansié que ya fuera el día siguiente para volver. Me levanté y guardé mi cuaderno en mi mochila, y Linda me alcanzó para despedirse.

—Te ofrecería llevarte a casa, pero tienes un castigo que cumplir —me recordó con pesar.

—Así es. —Miré de reojo a Evan, que estaba reclinado en su silla, conversando con un grupo de estudiantes.

—Todo saldrá bien. El profe no es tan malo —dijo para reconfortarme—. Y sugiero que organices la sección de nanotecnología de la biblioteca porque es la más pequeña. No te tomará más de media hora.

—Gracias por el consejo —dije con un esbozo de sonrisa.

—No hay de qué. Nos vemos mañana —contestó y salió del salón.

Exhalé deliberadamente mientras caminaba despacio hacia el escritorio donde Evan y los estudiantes conversaban. Por fortuna, empezaron a despedirse de él cuando me acerqué. Una vez que se fueron, la calma que sentía se esfumó al descubrir que estaba a solas con él.

Me paré frente a su escritorio, jugueteando con una de las correas de mi mochila. Evan volteó a verme y se puso las manos en la nuca.

—¿Se te ofrece algo? —preguntó con tono cordial.

Me mordí el labio inferior.

—Me dijiste que me quedara después de clases a organizar la biblioteca.

—Sí, pero esta no es la biblioteca, ¿verdad? —preguntó con voz burlona. Abrí la boca para contestar, pero no me lo permitió—. No lo es, así que, ¿qué haces aquí? —El corazón se me estrujó de dolor. Había olvidado lo frío que podía ser Evan.

—No sé dónde está —declaré. Tuve que esforzarme por no perder la compostura.

Evan bajó los brazos y desvió la mirada. Luego empezó a anotar algo en su cuaderno.

—Ese no es mi problema.

Los ojos se me llenaron de lágrimas de ira y dolor, pero el orgullo no permitiría que se escaparan. Me di media vuelta y caminé hacia la puerta.

¡Ay, al carajo!

Volteé de nuevo a verlo.

—¿Así van a ser las cosas? —pregunté, furiosa—. ¿Me vas a dar órdenes y vas a ser un patán insensible conmigo? Si es así, quiero saberlo de una vez para renunciar a la clase.

A Evan no le sorprendió en absoluto mi exabrupto. Se veía tan tranquilo como antes. ¡Cuánta frialdad!

—No estoy actuando como un patán. Estoy actuando como un profesor —dijo y se encogió de hombros—. Pregúntale a alguien más sobre el castigo. Muchos han tenido que cumplirlo desde que llegué aquí.

—Pero no es su primer día aquí. ¡Ni siquiera sé dónde está la biblioteca! —exclamé.

—Pues ve a buscarla —contestó y se puso de pie.

—¿Dónde? ¡Esta escuela es enorme! Y no veo a nadie dispuesto a ayudarme. —Para entonces, prácticamente le estaba gritando. Evan dio un paso al frente.

—Ni siquiera te has asomado al pasillo. La biblioteca bien podría estar enfrente del salón —afirmó, fastidiado—. ¿Qué esperabas? ¿Que te acompañara hasta allá para que tuviéramos tiempo de charlar a solas? Olvídalo.

—Esperaba que fueras un profesor decente que estuviera dispuesto a ayudar a su alumna. Pero es mucho pedir, ¿verdad? —balbuceé con amargura.

—Estás haciendo una tormenta en un vaso de agua. —Evan meneó la cabeza—. Pero así eres tú, ¿no? Una dramática empedernida.

¿En serio me dijo «dramática»?

Apreté los puños a los costados.

—¡Te odio! —exclamé tan fuerte como pude.

Evan esbozó una sonrisita maliciosa que resaltó sus hoyuelos.

—No, no me odias.

—¡Claro que sí! —insistí, con ganas de abofetearlo para borrarle la sonrisa.

Se me acercó, y yo no retrocedí. Estaba furiosa.

—¿Ah, sí?

—¡Sí! ¡Te odio, Evan Woods! —le grité—. ¡Odio que seas tan guapo y tan perfecto y tan *sexy*! —Me llevé las manos a la boca. ¿Qué?

Su sonrisa se ensanchó.

—¿Qué dijiste? —Me tomó una mano para quitármela de la boca. En ese instante, un escalofrío me recorrió la espalda entera.

Me está tocando.

¡No! ¡Estoy muy enojada con él!

Logré recuperar mi mano, pero con el otro brazo me tomó de la cintura y me jaló hacia él.

—¡Suéltame! —Me retorcí entre sus brazos y luché por mantener mi ira intacta, pero era difícil teniéndolo tan cerca.

Huele delicioso.

Evan me tomó de la barbilla para obligarme a mirar sus vertiginosos ojos densos.

—Qué guapa te ves cuando te enojas —dijo y acarició mi nariz con la suya.

Todas las emociones volvieron de golpe y mandaron al enojo a una esquina.

—¿Profesor?

Evan me soltó al instante. Al voltear vi a Fred, el muchacho pelirrojo que conocí cuando llegué.

—Sí. La señorita Jones ya se iba —le explicó Evan y volvió a su lugar.

Fruncí el ceño.

—¿Y el castigo?

—Puede irse por hoy —dijo Evan y agarró unos documentos de su escritorio—. Vete, por favor —susurró. Lo obedecí y pasé junto al pobre Fred, quien se veía confundido y me miraba con suspicacia.

Y así fue como acabó mi primer día de clases extracurriculares.

Durante el camino de regreso a casa, no pude evitar pensar en lo cerca que estuvimos Evan y yo en el salón de clases. Salvo por su frialdad, no sentí que me odiara o me despreciara. Cuando lo tuve cerca, noté que se veía tan abrumado por sus emociones como yo. Y eso alimentó mis esperanzas.

Alcancé a ver mi casa a lo lejos. Era agradable ver que estaba rodeada de otras casas y no aislada del mundo. Me froté la nuca. Estaba cansada. Al menos el día había terminado, o eso creí.

¿Mencioné que al destino le gusta jugarme bromas pesadas? ¿No? Pues así es.

¿A quién creen que me topé de frente tan pronto crucé la calle para llegar a mi casa? Venía vestido con *shorts* deportivos negros y una camiseta gris. Traía puestos sus audífonos blancos y cargaba una mochilita. Tenía el cabello parcialmente mojado, probablemente de sudor. Al parecer, venía de su práctica de futbol. Lo inferí al ver que traía sus tenis blancos puestos.

Como era de esperarse, cuando me vio, se quedó quieto como un gato al que descubren comiéndose el pavo en Acción de Gracias.

No estaba de ánimo para hacerme la sorprendida. Sabía que mudarme al pueblo tendría ciertas desventajas.

Nos besamos. Me ruboricé al recordarlo.

Seguramente el destino se estaba riendo a carcajadas en este momento.

PODEMOS COMPARTIRLA, SEREMOS COMO EDWARD Y JACOB

SHANE...

Conforme me acercaba a él, el tiempo se iba haciendo más lento. Me vinieron a la mente recuerdos que me acechaban. Recordé su insoportable arrogancia, su sonrisa pedante, sus comentarios grotescos y hasta su ridícula convicción de que el mundo giraba a su alrededor.

Pero también recordé todas las veces en las que me ayudó, aunque no tuviera que hacerlo; como la vez que me llevó al río y me invitó una hamburguesa de McDonald's. También había peleado por mí en la fiesta de cumpleaños de Helen. Me abrazó cuando lloré por Evan en lugar de burlarse de mí. Y me cargó entre las rocas de River Town.

Caí en cuenta de que mamá tenía razón. Detrás de su fachada arrogante, Shane era buena persona. Su actitud no era más que un muro que erigía para protegerse y evitar que lo lastimaran. No quería acercarse demasiado a nadie ni darle acceso a la parte más vulnerable de su ser. Recordé lo vulnerable que se veía ese día que estaba borracho y me dijo que me amaba.

Aun así, nada justificaba sus acciones. No debió arrastrarme a esa alacena ni besarme de esa forma. Empuñé las manos. Me dieron ganas de abofetearlo en ese instante, pero sabía que él no era el único responsable. Yo no debí besarlo. ¡Cielos! Pero es que no supe cómo rechazarlo en ese momento en el que la vulnerabilidad le salía de los poros.

Sus ojos se clavaron en los míos mientras dábamos los últimos pasos que nos harían quedar cara a cara. Me mordí el labio inferior con nerviosismo. Shane se quitó los audífonos.

Ambos nos detuvimos. Tuve que echar la cabeza un poco para atrás para verle la cara. Se veía serio; no sonreía ni tenía un gesto burlón. Estaba apretando los labios. Al estar así de cerca, descubrí que me moría de ganas de abofetearlo por haberme metido en esos problemas. Esperé a que hablara primero. Pero lo que dijo fue muy inesperado.

—Hazlo —dijo en tono alentador. Fruncí el ceño—. Dame una bofetada. Me la merezco.

—¿Cómo sabes que...?

Sus labios esbozaron un intento de sonrisa.

—Se te ve en la cara. —De verdad consideré abofetearlo con fuerza, pero ¿de qué iba a servir? No iba a cambiar nada. No le ayudaría en nada a nadie.

Relajé las manos.

—No soy una persona violenta —afirmé. Shane se me quedó viendo sin decir una palabra, y no pude hacer más que mirarlo en respuesta. Había concebido miles de insultos que planeaba gritarle cuando lo viera, pero en ese instante no me atreví a proferir ninguno.

Nos envolvió un silencio profundo, y nuestros ojos dijeron más que mil palabras.

Finalmente, Shane desvió la mirada y se rascó la nuca. Cuando volvió a mirarme, ya no estaba serio y había recobrado su habitual expresión juguetona.

—¿Qué haces en la calle tan tarde, Jones? —Hasta su tono de voz había vuelto a la normalidad.

—Estoy tomando un curso extracurricular —contesté, y mis hombros se relajaron.

—Déjame adivinar. ¿Mate? —preguntó con una sonrisa burlona.

—No —suspiré—. Creación literaria.

—Uy, ¿me vas a escribir un poema? —preguntó entre risas, así que lo miré mal—. No necesitas aprender a escribir poesía para conquistarme, nena.

Puse los ojos en blanco.

—No me llames nena.

—Sé que en el fondo te gusta. —Había vuelto a ser el Shane arrogante y coqueto de siempre. En ese momento entendí que ese era su *modus operandi*; siempre se comportaba como si no hubiera pasado nada. Es lo mismo que hizo después de haberme confesado su amor. Me mintió y dijo que no se acordaba de nada. Pero esta vez era distinto, porque al principio me dio permiso de abofetearlo. Tal vez era una prueba para descifrar si aún iba a dirigirle la palabra o si iba a ignorarlo por completo después de lo ocurrido. De cualquier forma, no me molestaba que Shane evadiera el tema. Ya no me quedaba energía para eso, sobre todo después del encuentro con Evan. Me froté la cara en un intento desesperado por quitarme de encima parte de la tristeza—. ¿Estás bien? —preguntó Shane, auténticamente consternado.

Lo miré a los ojos.

—¿Tú qué crees? —contesté con voz cansada. Mi relación se había acabado en parte por su culpa.

Shane se mostró avergonzado un segundo.

—Es que... —carraspeó—. ¿Tienes hambre?

Su pregunta me hizo fruncir el ceño. Pero entonces me di cuenta de que no había cenado antes de la clase de creación literaria porque la emoción me había quitado el apetito.

—Sí, un poco.

—¿Quieres ir por *pizza*? —preguntó. Lo miré con curiosidad porque no sabía adónde quería llegar con eso—. Conozco un buen lugar. Está a unas cuantas cuadras. —¿Acaso estaba...?—. Podemos ir caminando.

Titubeé.

—Shane, no creo que sea buena idea —contesté, y su expresión se ensombreció—. Comeré algo llegando a casa. Buenas noches. —Pasé a su lado. Después de unos cuantos pasos, escuché su voz de nuevo.

—Jules, espera. —Me detuve, pero no volteé a verlo—. Lo siento. —Sus inesperadas palabras hicieron eco a mi alrededor. Jamás creí que fuera a disculparse. De hecho, era la primera vez que me pedía perdón por algo. Al fin volteé a verlo. Estaba quieto, con los hombros caídos. Se veía derrotado. Y su expresión reflejaba su arrepentimiento—. Lo siento, ¿de acuerdo? Metí la pata. Lo sé. Es que... —hizo una pausa, sin saber qué decir—. Mira, no soy bueno para esto, ¿de acuerdo? No sé cómo manejar estas cosas. Pero sí sé que no quiero perderte.

—Shane...

—Eres la primera amiga que tengo —dijo. Me crucé de brazos—. Me hiciste cambiar para bien. Necesito que seas parte de mi vida.

—Lo amo —dije. Sentí que era necesario enfatizarlo. La expresión de Shane evidenció su dolor, pero se sobrepuso a él.

—Lo sé —aceptó y dio un paso al frente—. No te estoy pidiendo que sientas por mí lo mismo que yo siento por ti. Sólo quiero que seamos amigos. Eso es todo. Eres una buena amiga y te necesito para que me grites cuando veas que me comporto como un patán, que es bastante seguido, ya lo sé.

—Me arrastraste hasta una alacena y me besaste. No podemos fingir que no pasó nada —le expliqué, un poco irritada.

—Lo sé. Y por eso te pedí perdón.

—A veces no basta con pedir perdón —dije con toda franqueza.

—¿Qué más puedo hacer? —preguntó, con las manos en alto, como si se rindiera—. Tú dime qué hacer y yo lo hago. Prometo compensar todas mis tonterías.

Suspiré.

—Estoy demasiado cansada para esto.

—Por favor, Jules —me suplicó y se acercó más—. Dame una oportunidad. Déjame demostrarte que sí puedo ser un buen amigo.

—¿Por qué? —le pregunté y lo miré directo a los ojos—. ¿Por qué quieres ser mi amigo?

—Ya te dije. Eres la primera amiga que tengo.

—Mira, estoy cansada y tengo hambre y sueño. Así que mejor me voy a casa. —Le di la espalda.

—Estoy muy solo —exclamó. Me detuve en seco y volteé a verlo una vez más.

—No seas mentiroso. Eres Shane Mason, uno de los chicos más populares del pueblo. Podrías rodearte de quien fuera si así lo quisieras.

—Eso no es cierto. No puedo tenerte a ti —dijo, sin pensarlo—. Perdón, no debí decir eso. —Se rascó la nuca—. Simplemente necesito una amiga, Jules. Eso es todo.

—Tienes a Jordan.

—Y Jordan tiene a Lau. Pero sí, él es mi único amigo.

—¿Por qué tengo que ser yo?

—Porque confío en ti. Porque además uno no va por la vida encontrando amigos así como así. Y ya tenemos rato de conocernos. —Su mirada suplicante me recorrió el rostro en busca de una señal de esperanza.

En fin...

—Está bien —dije, pero luego lo señalé con el dedo—. Sin embargo, si haces algo indebido, te dejaré de hablar para siempre.

Se le iluminó el rostro y me sonrió.

—No te vas a arrepentir. ¿Vamos entonces por pizza?

Negué con la cabeza.

—Es muy pronto. Tal vez podríamos pasar el rato la próxima semana.

—De acuerdo.

—Bueno, buenas noches, Shane. —Le sonreí antes de emprender mi camino de nuevo.

—Buenas noches, renacuaja —susurró a mis espaldas—. ¿Sabes una cosa, Jules?

—¿Qué?

—Si yo fuera él, te perdonaría —contestó. Ni siquiera me tomé la molestia de voltear a verlo—. Lo vales.

Dicho eso, se fue.

—¿Café helado o *latte*? —preguntó Lau, recargada sobre nuestra mesa. Sabía que siempre pedía una de esas dos cosas cuando íbamos a la cafetería.

Me encogí de hombros y bostecé.

—¿Qué dice mi cara? —pregunté. Lau me tomó de la barbilla y analizó mi rostro.

—Ninguna de las anteriores. Lo que tú necesitas, amiga mía, es un café negro bien cargado.

Le sonreí.

—Por eso eres mi mejor amiga.

—¡Oye! —protestó Jason y me empujó para que le hiciera espacio y entonces pudiera sentarse a mi lado—. Pensé que yo era tu mejor amigo.

—No te pongas celoso, Jay-Jay —dijo Lau y se echó el cabello hacia atrás—. Podemos compartirla, seremos como Edward y Jacob, Peeta y Gale, Eric y Bill, etcétera, etcétera.

Jason frunció el ceño.

—¿Quiénes son esos?

Lau puso los ojos en blanco.

—Te hace falta abrir más libros.

—Y a ti te hace falta traernos las bebidas, señorita —le contestó Jason.

Lau le lanzó una mirada helada.

—A mí no me vas a dar órdenes —le reclamó Lau. Jason abrió la boca para contestarle, así que decidí intervenir.

—Ya no se peleen. En serio necesito un café, amigos —dije y volví a bostezar.

—Está bien. Voy por él. ¿Tú qué quieres, Jason?

—Un té verde —contestó él. Ambas volteamos a verlo como si fuera un bicho raro—. ¿Qué? —preguntó y volteó a ver a Lau y luego a mí.

—¿Té? ¿Es en serio? —Lau cruzó los brazos.

—¿Qué tiene? Me gusta el té —dijo Jason en su defensa.

—Claro que no. —Recordé que cuando teníamos doce años, Jason vomitó después de probar un té extraño que mamá nos preparó para tratar de hacernos beber cosas más saludables. Después de eso, Jason no podía ver una taza de té ni en pintura.

Mi mejor amigo suspiró, derrotado.

—Bueno, está bien. Es que leí un artículo sobre lo mucho que les gusta el té a los ingleses, entonces...

Lau soltó una carcajada.

Yo también me reí.

—Por última vez, ¡no eres inglés, Jason!

—Ya lo sé, pero me gusta su cultura.

—Eso no significa que tengas que adoptarla. No puedes agarrarle gusto al té por obligación —le expliqué con absoluta seriedad—. Tráele un *mocca*, Lau.

—Ahora vuelvo —afirmó y miró una última vez a Jason sin parar de reír.

Después de dos cafés negros, seguía teniendo muchísimo sueño. Apoyé la cabeza sobre la mesa, de lado, mirando hacia la ventana. Afuera soplaba un viento frío que agitaba ligeramente los árboles. El anuncio del café *The Fairy* colgaba precariamente de un poste y se mecía con el aire. Acostumbrábamos a ir ahí todos los días después de clases.

—No puedo creer que te haya puesto a organizar la biblioteca —señaló Lau después de que le conté mis aventuras de la noche anterior. La segunda clase con Evan fue igual, salvo por el hecho de que me dejó en la biblioteca con Fred para que cumpliera mi penitencia. Ese día volví a la casa muy tarde y aún tenía tarea que hacer. Me fui a dormir como a la una de la mañana y desperté unas cuantas horas después para ir a la escuela.

—La está castigando —afirmó Jason y le dio un sorbo a su segundo *mocca* de la tarde.

—No tiene derecho a hacerlo. —Lau sonaba indignada. Alcé la mirada y me recliné en mi asiento.

—Tal vez debería dejar la clase.

—Olvídalo —dijo Lau y le dio un manotazo a la mesa—. Te encanta esa clase. Has querido tomarla desde que entraste al bachillerato. ¡No te des por vencida sólo por él!

—Lau tiene razón —intervino Jason—. Además, sólo lo hace porque está herido. Dale tiempo.

Eso me recordó las palabras de Shane: «Si yo fuera él, te perdonaría. Lo vales».

Volteé a ver a Jason.

—Si tú fueras él, ¿me perdonarías?

La pregunta lo sorprendió, pero después de unos instantes sonrió.

—Por supuesto —contestó. Suspiré—. Dale tiempo, Jules. Es lo único que necesita.

—¿Cómo voy a darle tiempo si lo veo todos los días? —reflexioné en voz alta.

Lau me tendió una mano sobre la mesa y estrechó la mía.

—Todo va a estar bien. Lo que está destinado a ser, será. —Lau me dedicó una sonrisa alentadora—. A ver, ¿necesitas otro café antes de ir a tu curso?

Asentí.

—Lo último que quiero es quedarme dormida en su clase.

Lau se puso de pie y se hizo un chongo improvisado. Jason observó cada uno de sus movimientos de forma discreta, pero yo sí me di cuenta. Cuando Lau se fue, le pellizqué el brazo.

—¡Auch! ¿Qué te pasa? —Hizo una mueca de dolor mientras se sobaba.

—Deja de mirarla así —lo regañé—. Tienes suerte de que Lau sea tan ingenua que no se entera de nada, pero tarde o temprano se va a dar cuenta si sigues así.

—Es imposible que sepa lo que siento por ella nada más por la forma en que la miro.

—Lo intuirá si sigues mirándola como si estuvieras en un desierto y ella fuera la última Coca-Cola fría y refrescante.

—¿Es muy notorio? —preguntó, y yo asentí—. Está bien. Lo intentaré.

—Bien.

—Por cierto, le prometí a Helen que no te contaría que Evan se está quedando con ella.

—¿En serio?

—Sí, lleva unos cuantos días ahí. Su tía está muy contenta de que esté ahí con ellas.

Bajé la mirada.

—Me da gusto por él. No tendría por qué seguir viviendo en la casa de River Town.

—Sí. Helen está contenta de que haya accedido a quedarse con ellas unos días. Ella también quiere que se vaya de esa casa.

—Helen me odia, ¿verdad?

Jason no dijo una palabra hasta que lo miré directo a los ojos.

—Ya sabes que es muy protectora. —De inmediato entendí el verdadero significado de su respuesta vaga: Helen me odiaba. No podía culparla. Adoraba a su hermano, y yo lo lastimé a pesar de que prometí no hacerlo.

Lau volvió, y bebí el café tan rápido como pude sin quemarme la lengua. Salí de la cafetería y metí las manos en los bolsillos de los *jeans*. Afuera hacía frío. La escuela en la que tomaba el curso de creación literaria estaba a diez minutos a pie y era una caminata agradable.

Crucé la calle y, al llegar a la acera contraria, por un instante me dio la impresión escalofriante de que me estaban observando. Miré a mi alrededor, pero sólo había autos estacionados y unos cuantos peatones que iban caminando igual que yo. Meneé la cabeza para intentar sacudirme la paranoia.

¡Allá voy, clase de creación literaria!

AL OTRO LADO DE LA CALLE

Apoyé la barbilla en el volante, sin dejar de mirarla. Traía puestos unos *jeans* y una blusa rosa de flores. Llevaba el cabello castaño suelto, y se mecía con el viento. Cruzó la calle, y sus enormes ojos azules miraron hacia donde yo estaba. ¿Me había visto? No lo creo. Mi camioneta negra sólo era un vehículo más estacionado en la calle. Además, el motor estaba apagado, así que no había nada que despertara sospechas.

Jules siguió su camino y la perdí de vista. Me bajé del auto y la empecé a seguir dando zancadas veloces.

«Detente. Te va a descubrir», me regañó mi conciencia y

me obligó a detenerme de golpe. La vi alejarse hasta que dio vuelta en una esquina y desapareció.

Pronto me conocerás mejor, Jules.

Pronto.

¿ME PERMITE HABLAR CON USTED UN MOMENTO, SEÑORITA JONES?

LLEGÓ EL VIERNES, y me aterraba tomar la última clase de la semana con Evan.

En los últimos días básicamente nos habíamos tratado con absoluta indiferencia. Evan no me había volteado a ver ni una sola vez, y nuestra relación había sido estrictamente profesional. Sólo me dirigía la palabra cuando no le quedaba más remedio. A fin de cuentas, para él yo sólo era una estudiante más, lo cual me dolía en el alma.

¿Algún día hablaríamos de lo nuestro? Digo, si es que seguía existiendo un nosotros. Si la forma en que me trataba era indicio de algo, entonces lo nuestro se había acabado para siempre. Pero me negaba a aceptarlo.

Era horrible estar cerca de él y no poder tocarlo, no poder ver su sonrisa ni el tierno brillo de sus ojos al mirarme. Lo amaba, y cada vez que lo veía lo único que quería era besarlo hasta quedarme sin aliento.

Entré al salón, donde Linda conversaba con Mike, nuestro nuevo amigo. Era un tipo muy simpático, flaco y de baja estatura, de ojos color oscuro y cabello relamido. Usaba unos increíbles lentes gigantes con los que parecía uno de esos *nerds* sensuales de Tumblr.

Linda me saludó desde lejos, y yo le contesté con una sonrisita.

—Al fin llegas —dijo y señaló el asiento frente al suyo. Obedecí y saludé a Mike moviendo la cabeza. Él contestó con el mismo gesto—. Pensamos ir a La Sirena después de clases. ¿Te animas? —Linda sonaba bastante emocionada. La Sirena era un antro nuevo que habían abierto cerca de la plaza central. Estaba en boca de todos y se convirtió en el lugar de moda en Crookwell cuando se acabó el verano.

—No sé —dije, titubeante. Ir a un antro no estaba entre mis prioridades esa noche—. Además, soy menor de edad. Apenas cumplo dieciocho el próximo mes.

—No hay problema por eso —intervino Mike—. El dueño es mi tío. Yo me encargo de que entres. —Al parecer, Linda le había contagiado su emoción.

—¡Vamooos! —insistió Linda con una gran sonrisa—. Será divertido. A ver si así se te quita la cara de que alguien aplastó a tu pececito y luego se lo comió. Te hace falta relajarte y alivianarte.

Me mordí el labio inferior.

—No sé...

—Por favor, Jules. —Linda me miró con ojos de cachorro abandonado.

—Lo pensaré. Lo prometo.

Linda se quejó.

—Eso es un «no» indirecto.

Mike se sentó en mi pupitre.

—¿Has ido a un antro alguna vez?

Bajé la mirada, avergonzada.

—No.

—¿En serio? —preguntó Mike y agitó las manos frenéticamente—. ¡Hasta yo que soy un nerd he ido a antros! —Volteó a ver a Linda—. Hay que llevarla.

Linda asintió.

—Sí, lo haremos.

—Pero si ni siquiera he dicho que sí —aclaré al verlos volver a sus asientos como si ya fuera un hecho.

Linda me sonrió.

—Tampoco has dicho que no.

—Pero...

—Buenas noches, gente. —El corazón me dio un vuelco al oír esa voz. Volteé hacia el frente y vi a mi hermoso poeta oscuro asentar su mochila en el escritorio. Traía puestos los pantalones negros de siempre y una camisa azul marino. Se había intentado peinar un poco, pero aún tenía mechones rebeldes alrededor de las orejas y la frente.

Escuché que alguien a mis espaldas suspiraba. Evan les sonrió a todos con gentileza. Sus hoyuelos se asomaron e intensificaron las ansias de abalanzarme sobre él y comérmelo a besos.

Para entonces ya no me interesaban los besos románticos. Quería un buen beso francés, apasionado y salvaje.

Por fin empezó la clase, y durante un rato nos entretuvimos discutiendo las novelas más famosas y conocidas de todos los tiempos. Mike, que estaba sentado delante de mí, eligió ese momento para pasarme un papelito. Lo tomé discretamente mientras veía a Evan caminar por el salón y explicar algo sobre referencias a Shakespeare. Y lo leí en silencio.

Sé que no quieres ir, pero te vendrá bien divertirte un poco.

M

Suspiré y ahí mismo escribí mi respuesta.

No estoy segura, Mike. Lo siento. Pero vayan sin mí.

J

Le pasé el papelito tan pronto Evan me dio la espalda. Mike no volvió a escribir, y me sentí mal por no acompañarlos, pero no tenía muchas ganas de ir a un antro por primera vez justo ese día.

La clase terminó tan rápido como empezó, y todos salieron disparados del salón. Al final sólo quedamos Linda, Mike y yo. Mike le pidió a Linda que nos esperara afuera, pues al parecer planeaba convencerme. Linda accedió y me dejó con él. Evan seguía en su escritorio. De pronto me puse nerviosa. ¿Y si malinterpretaba las cosas?

—Jules —dijo Mike. Por si fuera poco, me jaló a un rincón del salón, lejos del alcance auditivo de Evan—. Necesito que vengas hoy. Por favor.

—Mike, no...

—Te lo ruego.

—Lo siento, Mike. No puedo. No tengo ga...

—Es que me gusta —dijo de golpe. ¡Qué inesperado!—. Me gusta Linda. Estoy loco por ella desde el día en que la vi entrar al salón por primera vez. —Su tierna confesión me hizo sonreír—. No tengo idea de cómo invitarla a salir ni cómo acercarme a ella ni nada. Y pensé que quizá en el antro tendría oportunidad de decirle lo que siento. —Se encogió de hombros—. Ya sabes, con un poco de «desinhibidor» en las venas.

—Por eso me insististe tanto. —Me crucé de brazos y esbocé una sonrisita burlona.

Él también sonrió, avergonzado.

—Sí, lo siento.

—Está bien. —Le sobé el hombro afectuosamente y esbocé una gran sonrisa—. Iré con ustedes.

—¿En serio? —preguntó y me abrazó con fuerza—. ¡Gracias! ¡Mil gracias! ¡Te debo una!

—Ya se acabó la clase. —La frígida voz de Evan nos separó. Por un instante se me había olvidado que estaba ahí. No era mi culpa: soy una romántica empedernida y Mike me había hecho creer que esa noche podía ser su cupido.

—Ya nos vamos, señor. —Mike hizo un saludo militar en son de broma, pero la fría expresión de Evan permaneció impasible.

Uy.

—Vámonos —le dije a Mike y le di un empujoncito.

Caminamos entre las filas de asientos para llegar a la puerta. Y todo el camino mantuve la cabeza gacha para evitar esos ojos oscuros que siempre me quitaban el aliento.

Ya casi llegábamos a la puerta... dos pasos más y...

—¿Me permite hablar un momento con usted, señorita Jones? —Las palabras de Evan me detuvieron en seco. Pasé saliva y volteé a ver a Mike en busca de ayuda, pero él estaba tan contento de que hubiera accedido a ayudarlo que no se percató de la súplica en mi mirada.

—Te esperamos en el estacionamiento —me dijo con entusiasmo—. No tardes —susurró y se fue. Tan pronto salió del salón, la tensión en el ambiente se hizo más densa.

¿Era tensión furiosa?

¿Tensión sexual?

No tenía idea de qué tipo de tensión era, pero no planeaba quedarme mucho tiempo a averiguarlo. Ya no toleraría la frialdad de Evan. Aunque su actitud estuviera justificada, no era mi obligación recibir todos los desaires que él quisiera darme. Yo también era humana y tenía que proteger mi corazón.

A regañadientes, me di media vuelta y lo miré. Estaba inclinado hacia el escritorio, con los brazos cruzados. Su cara era inexpresiva.

—¿Qué pasó? —pregunté, y sin planearlo crucé los brazos también.

Evan me miró fijamente.

—Cierra la puerta. —Su tono imperativo me tomó desprevenida. Esperé que me diera una razón para hacerlo, pero no dijo nada más. Sólo me hizo una seña para que obedeciera. Pasé saliva y le di la espalda. Fui hacia la puerta y la cerré—. Ponle el seguro. —La mano se me paralizó sobre la perilla y el aire se me atoró en los pulmones.

¿Qué? Escuché movimiento a mis espaldas. Luego, sus pasos.

Se está acercando cada vez más...

Sentí que se detuvo atrás de mí, pero no tenía fuerzas para moverme ni para decirle nada. Su brazo pasó junto a mi cintura y tomó la perilla. Su aliento me rozó la nuca y me puso la piel de gallina. Le puso el seguro a la puerta y dejó la mano ahí. Su nariz rozó mi oreja con dulzura. Sentí que las piernas me fallarían en cualquier momento.

—¿Qué haces, Evan? —susurré con voz temblorosa.

Pero él no contestó. En vez de eso, me dio media vuelta y me puso contra la puerta. Al ver sus ojos y su hermoso rostro, me quedé sin aliento. Percibí su habitual aroma a lavanda. Nuestras respiraciones se mezclaron. Así de cerca estaba. Con una mano me acarició la mejilla.

—Estoy muy enojado contigo —afirmó, y con el pulgar me acarició el labio—. Más que eso, estoy furioso. —Cerró los ojos un instante.

—Lo sé —contesté, jadeante.

Una sonrisita se asomó en sus labios cuando me miró la cara, absorbiéndola, admirándola.

—Pero aún te amo. Aún te deseo. Sólo pienso en ti desde que despierto y hasta que me voy a dormir. ¿Qué diablos me hiciste, Melocotón? —Acercó su boca a la mía.

Mi respiración se había vuelto errática.

—No fue...

Antes de que pudiera terminar, sus labios se encontraron con los míos. Mi cuerpo reaccionó con entusiasmo, y nuestros labios se fusionaron y me hicieron olvidar el mundo a nuestro alrededor. Besarlo me provocaba descargas de emociones en todo el cuerpo. Enredó sus dedos en mi cabello y me jaló con cuidado hacia él. La punta de su lengua recorrió mi labio inferior para solicitar entrada, la cual le concedí de inmediato. El beso se hizo más profundo y apasionado, tal y como lo había deseado toda esa semana.

Sentir sus labios sobre los míos puso todos mis sentidos en alerta máxima. Evan me empujó contra la puerta y retrocedió apenas unos milímetros. Nuestros jadeos hacían eco en el salón. Luego, me soltó el cabello.

—Sigues siendo mi novia —anunció, casi sin aliento—. Sigues siendo mía, Jules. —La intensidad de su mirada hizo que me temblaran las piernas.

Su boca volvió a cubrir la mía antes de que pudiera contestarle, y esta vez el encuentro fue más salvaje. Nuestras bocas se devoraron. Nuestras lenguas se batieron en duelo. No pude hacer más que agarrarlo del cabello y jalarlo hacia mí. Sus manos bajaron hacia mis muslos y me cargaron sin esfuerzo. Mis piernas abrazaron sus caderas, y luego volvió a empujarme contra la puerta. Ya no teníamos autocontrol alguno. No me importaba dónde me tocara o me lamiera. Sólo quería sentirlo. Lo amaba. Lo deseaba como nunca antes había deseado algo, y no me avergonzaba reconocerlo. Sus labios bajaron por mi cuello, besándome y chupándome, y no pude evitar proferir discretos y agudos gemidos.

—Ay... —gemí más fuerte cuando con la otra mano me rozó los pechos. Mi cuerpo entero estaba en llamas. Evan retrocedió para ver mi cara, con la mirada cargada de lujuria y amor.

—No tengo idea de cómo perdonarte, Jules —susurró y apoyó su frente en la mía—. Pero tampoco puedo estar sin ti. Tiene que haber una manera.

Me costó trabajo recobrar la voz.

—Encontraremos la forma —dije y bajé los pies al suelo.

—No me vuelvas a lastimar, por favor —pidió en tono suplicante, sin disimular su vulnerabilidad—. No sé si pueda soportarlo. —Me rompía el alma verlo tan herido. Su frialdad había desaparecido y reveló a un hombre vulnerable que había recibido muchísimas heridas a lo largo de su vida.

Tomé su cara con ternura.

—Te juro que jamás volveré a lastimarte, Evan —afirmé con voz seria—. Te amo. En serio te amo, lo que siento por ti es lo único que sé a ciencia cierta.

Sus dedos acariciaron lentamente los contornos de mi rostro, y una sonrisita se dibujó en sus labios carmesí.

—Eres tan hermosa, Jules.

Se me escapó una risita.

—Tú no te quedas atrás, poeta oscuro.

Me dio un beso de piquito en los labios que me erizó la piel.

—Te prometo que encontraremos la forma de resolverlo.

—Sí, así será —contesté. Me tomó entre sus brazos y me estrujó como si temiera que en cualquier momento fuera a desvanecerme.

Cuando nos separamos, me besó la frente y retrocedió para verme a los ojos.

—Por cierto —dijo en tono casual—, si ese *nerd* vuelve a tocarte de esa forma enfrente de mí, va a reprobar el curso.

Se me cayó la quijada.

—No puedes hacer eso.

Evan sonrió.

—Claro que puedo.

—¡Evan! —Le di un golpecito juguetón en el hombro. Él se rio y volvió a abrazarme y a besarme. Esta vez no fue un beso apasionado, sino más bien romántico, lo cual me encantó.

Al separarnos, me besó la nariz y retrocedió un paso.

—Hablo en serio. Lo voy a reprobar.

Puse los ojos en blanco.

—No sabía que eras tan celoso.

Evan se encogió de hombros.

—Llámalo como quieras. Eres lo único bueno que me ha pasado en mucho tiempo y te protegeré siempre.

Eso me hizo reír como una niñita.

—Qué tierno eres.

Me sonrió y se rascó la nuca.

—Sí, creo que tu cursilería es contagiosa, tal y como lo predije.

—Puros pretextos —contesté—. Detrás del poeta oscuro hay un osito cariñosito.

Evan se acercó de nuevo.

—¿Sabes qué hay detrás de tu cursilería? —preguntó y se cernió sobre mí.

—¿Qué? —Aquello me tenía fascinada.

Evan me miró directo a los ojos y dijo:

—Perfección absoluta.

¡NO PUEDO CREERLO! ¡QUÉ ATREVIDA ERES!

OJALÁ PUDIERA detener el tiempo.

De verdad, si tuviera la oportunidad de elegir un superpoder, ese sería.

Hay momentos en la vida que simplemente son tan perfectos, que quisieras congelarte en ellos, y quedarte ahí para siempre.

Evan me tomó entre sus brazos y yo no podía pensar en otro lugar donde quisiera estar. Yo pertenecía ahí, exclusivamente ahí. Su suave olor era reconfortante y me hacía sentir segura. Él besó mi cabello y se inclinó hacia atrás. Yo quería quejarme, pero sabía que, a la larga, tendríamos que separarnos.

—Déjame recoger mis cosas y te llevaré a casa. —Me sonrió y se dio la vuelta.

Yo miraba su espalda mientras él recogía sus cosas. No podía creer que estábamos juntos de nuevo. Las semanas pasadas habían sido como un infierno para mí sin él.

Me esforcé por no reírme cuando me miró de nuevo, sosteniendo su mochila y esbozándome esa impresionante sonrisa que tenía.

Claro, era el momento perfecto para que alguien tocara la puerta.

Miré detrás de mí y vi a Mike saludando con una mano a través del pequeño vidrio rectangular en la puerta.

La sonrisa de Evan se desvaneció y habló con un tono molesto:

—No me digas que te está esperando.

Le dirigí una sonrisa culpable.

—Algo así.

—¿Iba a llevarte a casa?

En ese momento, Mike ya estaba golpeando el vidrio.

—No realmente. —Evan arqueó una ceja, esperando una explicación—. De hecho, vamos a ir a un antro. —La expresión en su rostro cambió—. No, no pienses mal. Vamos los tres: Linda, él y yo.

—Eres menor de edad —me recordó Evan muy serio.

—Sí, pero su tío es el dueño del antro, así que él nos puede dejar entrar —le expliqué mientras metía las manos en los bolsillos de mis pantalones de mezclilla.

Evan sacudió la cabeza.

—Abre la puerta y dile que no irás. Yo te llevaré a casa.

—Pero ya le había dicho que sí iría —protesté—. No quiero fallarle.

—Ha sido tu amigo por una semana y ya te preocupas por decepcionarlo —comentó mientras me miraba—. ¿Hay algo que deba saber?

—No, no es eso. Sólo necesita un poco de ayuda con Linda —le expliqué rápidamente—. Le gusta, pero no tiene el valor de decírselo.

—Jules —Evan dijo mi nombre en el tono más serio que jamás lo había escuchado usar—. ¿De verdad quieres hacer esto ahora?

Dejé caer mis manos a los costados.

—Tienes razón —dije, mientras pensaba maneras de decirle a Mike que no iba a ir—. Dame un segundo —me di la vuelta y caminé hacia la puerta. Mike estaba apoyado sobre esta; probablemente se cansó de tocar. Tomé la perilla.

Escuché a Evan suspirar detrás de mí.

—Espera.

Lo volteé a ver de nuevo.

—¿Qué pasa? —Se acercó más, pero aún mantenía una distancia prudente entre ambos. Después de todo, Mike seguía en la puerta.

—Iremos juntos.

Se formó una sonrisa en mis labios.

—¿De verdad? ¿Harías eso por mí?

—Haría lo que fuera por ti. —Me devolvió la sonrisa—. Los cuidaré desde la distancia.

—Gracias.

—¡Ay, por Dios! ¡Estás saliendo con nuestro *sexy* profesor! —exclamó Linda y tuve que taparle la boca.

—Shhhh. —Miré alrededor para ver si alguien la había escuchado. Afortunadamente, el lugar estaba vacío. Estábamos en el baño del antro, aunque acabábamos de llegar. Linda necesitaba retocar su maquillaje, aunque en realidad no entendí por qué, ya que pasó todo el camino retocándolo una y otra vez. Solté su boca e hice un gesto para que se callara.

—¡Ay, por Dios! ¡Ay, por Dios! —exclamó ella, susurrando—. ¡No puedo creerlo! ¡Qué atrevida eres!

—Te dije que no hicieras un alboroto —le recordé—. Pero sí, sí estamos saliendo.

Linda me miró curiosa.

—No tiene que mantenerse tan alejado de nosotros, Mike y yo no diremos nada.

—¿Gracias? —respondí insegura.

Pasó un brazo por encima de mi hombro.

—Con gusto. Volvamos.

Nos abrimos paso entre la gente. La música fuerte y palpitante llenó mis oídos. Las luces de colores y los remixes hacían que la pista de baile se viera genial. Es decir, La Sirena estaba bastante bien para ser un antro nuevo. Tenía una gran barra donde guapos cantineros servían bebidas, y un par de mesas cerca de la pared.

Llegamos a nuestra mesa, donde encontramos a Mike sentado solo. Evan dijo que nos seguiría en su auto, aunque se estaba tardando mucho.

Mi teléfono vibró en el bolsillo de mi pantalón. Lo saqué para revisar un mensaje de texto de Laura. Le respondí para avisarle que estaba allí. Me mataría si se enteraba de que había venido sin que ella lo supiera. Tenía tantas ganas de conocer este lugar.

Llego en cinco minutos.
-L

Por suerte, Lau tenía la edad suficiente, cumplió dieciocho años el pasado agosto. Me preguntaba si traería a Jordan. Sí, definitivamente, Lau no se atrevería a ir sola a un antro. Linda apareció con dos bebidas en las manos.

—Aquí tienes. —Me entregó una.

La tomé y la olí.

—¿Qué es?

—Limonada... ¿Tú qué crees? —Puso los ojos en blanco.

Tomé un sorbo y el sabor amargo del alcohol hizo que me ardiera la garganta. Hice una mueca y puse el vaso sobre la mesa. Una ola de calor recorrió mi cuerpo.

No pienso beber más de eso.

Recogí mi cabello en una cola de caballo porque, aunque había aire acondicionado en todas partes, hacía bastante calor. Sobre todo porque el lugar estaba lleno.

Mi teléfono vibró de nuevo y lo revisé, esperaba ver un mensaje de Laura, pero era de un número desconocido:

Me gusta tu cabello suelto, se ve mejor.

Me congelé y volví a leer el mensaje. ¿Qué? Eché un vistazo alrededor, pero todos los presentes estaban bailando, charlando o bebiendo, mientras Linda y Mike se reían de un chiste que él acababa de contar.

Confundida, respondí.

¿Quién eres?

La respuesta llegó mucho más rápido de lo que esperaba:

No soy nadie, sólo un humilde observador.

Fruncí el ceño y mis ojos recorrieron el lugar una vez más. ¿Acaso se trataba de una broma? Me estaba asustando un poco.

Yo: En serio, ¿quién eres?

Desconocido: No soy nadie en tu vida... aún.

Yo: Esto no es gracioso.

Desconocido: Lo sé. No tengas miedo, no quiero hacerte daño.

Sí, claro...

Yo: Entonces, dime quién eres.

Desconocido: Los nombres no son importantes.

Yo: Si no me vas a decir tu nombre, ¡deja de escribirme!

Desconocido: Como quieras. Por cierto, te ves linda cuando frunces el ceño así.

¿Qué?

Un par de brazos me rodearon por detrás. Salté y dejé escapar un pequeño grito.

—¡Guau! —exclamó Evan en mi oído—: Estás nerviosa, eh. —Se sentó a mi lado.

—Lo siento, es que... —Miré mi teléfono—. Me asustaste, es todo. —Evan sonrió y me dio un beso, pero, cuando retrocedió, noté que tenía el ceño fruncido.

—¿Bebiste?

—Sólo un sorbo. —Me dirigió una mirada de desaprobación—. Y no pienso beber más, sabe horrible. —Evan sirvió un poco de refresco en un vaso y me lo dio. Le agradecí.

—¡Oye, Jules! —gritó Mike por encima de la música fuerte—. Vamos a bailar. —Levantó la mano que estaba entrelazada con la de Linda—. ¿Quieres venir?

—Eh...—Miré a Evan, no parecía entusiasmado con la idea—. Creo que no, tal vez la próxima canción. —Mike asintió y llevó a Linda a la pista de baile. Me giré en mi asiento para ver mejor a mi novio—. No te gusta bailar, ¿eh?

—No, pero si tú quieres...

—No, tampoco soy fanática del baile —admití mientras bebía mi refresco.

—Tal vez podemos aprender juntos —sugirió.

—¿Tú crees? Podría pisarte los zapatos.

Se encogió de hombros.

—Entonces usaré zapatos de seguridad. —Le di una palmada juguetona en el hombro. Evan miró hacia algún lugar a su lado y me hizo un gesto para que volteara hacia la pista de baile, donde Linda y Mike se estaban besando apasionadamente.

—¡Vaya! Eso fue rápido —dije sorprendida.

—Parece que tu trabajo de Cupido terminó aquí —comentó Evan—. ¿Quieres salir de aquí?

Le sonreí.

—Claro. Aunque le dije a Laura que viniera, se enfadará si llega y no estoy aquí.

Evan se puso de pie.

—Entonces mándale un mensaje. Quiero hablar contigo en un lugar donde no tenga que gritar o repetir las cosas.

Acepté y escribí el mensaje perfecto para Lau:

Evan y yo estamos juntos de nuevo.
Tuve que irme.
Lo siento.
- J

Su respuesta me hizo sonrojar mucho.

¡Estoy feliz por ustedes!
No te preocupes, iré con los chicos de todos modos.
P. D. Usa protección.
- L

¿Los chicos?

Oh, no... De verdad necesitaba salir de este lugar. Probablemente Laura vendría con Jordan y Shane. Y realmente no creo que Evan esté feliz de ver a Idiópido. Evan salió a buscar su auto mientras yo iba al baño. Aparentemente, mi cuerpo procesó muy rápido el refresco. Después de echar un vistazo, me arreglé la playera y el cabello en el espejo.

«Me gusta tu pelo suelto, se ve mejor».

Me había olvidado por completo del extraño que envió esos mensajes. Mi teléfono vibró en mi bolsillo y dudé en revisarlo.

Por favor, que no sea un mensaje extraño.

Bueno, mis oraciones no fueron escuchadas. Era otro mensaje de un número desconocido.

¡Buenas noches, buenas noches!
La despedida es una pena tan dulce que diré buenas noches hasta que amanezca.

Fruncí el ceño. El remitente extraño estaba citando a Shakespeare. ¿En serio? Sólo yo podría toparme con un acosador raro y culto. No me molesté en responder, me largué del antro.

Pero no podía quitarme la sensación de que me estaban observando todo el tiempo.

Unos minutos más tarde, fuimos a un restaurante chino, y estábamos sentados en el cofre del auto de Evan. Teníamos un poco de comida china para llevar y refrescos. Evan había conducido todo el camino hasta la gran colina de Crookwell. Era ese tipo de lugar cliché desde donde puedes ver todo el pueblo. Supongo que en cada lugar hay uno de esos. Hacía frío, pero no me importaba. Las estrellas se veían hermosas. Estaba sentada con las piernas cruzadas, y Evan tenía las piernas estiradas y los pies en el aire. Le entregué su caja de comida y luego comencé a comer. Cuando terminamos, guardamos las bolsas. Evan fue el primero en hablar:

—Oye, ¿recuerdas que hace unas semanas te conté sobre el aniversario de mis abuelos? —Asentí—. Bueno, es mañana. ¿Sí irás conmigo? —Su mirada suplicante derritió mi corazón. Sabía que no quería lidiar con verlos solo. Le había prometido que iría con él, y cumpliría mi promesa.

—Por supuesto. —Noté la expresión de alivio en su rostro—. Aunque no he tenido tiempo de comprar un vestido.

—No tienes que preocuparte por eso. Te verás hermosa con cualquier cosa que te pongas. —Me acarició la mejilla y me sonrojé.

—Dices eso porque el amor es ciego —respondí bromeando.

—¿Tú crees? —Se inclinó hacia adelante—. Estoy en desacuerdo. Aún recuerdo la forma en que mi corazón latía rápidamente la primera vez que te vi por Skype. —Su nariz rozó la mía—. Nunca había visto a una chica tan naturalmente hermosa, me agarraste desprevenido.

Me acerqué a él y lo besé suavemente. Cuando me alejé, Evan me sonreía genuinamente.

—¿Por qué fue eso? —preguntó, lamiéndose los labios.

—Por ser tan lindo —dije honestamente.

Levantó las manos burlándose.

—Tengo mis momentos.

—Entonces, ¿cómo terminaste siendo mi maestro?

—No lo planeé —respondió—: Mi tía me consiguió el trabajo, es algo temporal.

—Estoy muy feliz de que vivas con tu tía ahora.

—¿Por qué? —preguntó con curiosidad—. ¿Porque ya no vivo con Jane? —sugirió.

Me reí entre dientes.

—No, esa no es la razón. —Me miró con incredulidad—. Está bien, tal vez en parte, pero esa no es la razón principal.

—Lo sé —dijo con seguridad—. En realidad, se siente bien estar fuera de esa casa.

—Me imagino.

—Pero es algo temporal.

—¿Por qué? —Lo miré. Estaba contemplando el cielo, sumido en sus pensamientos—. No quiero aprovecharme de su hospitalidad.

—Evan...

—Ella ha cuidado a Helen todos estos años y estoy muy agradecido por eso. Ya hizo suficiente por nosotros. No quiero ser una carga para ella.

—Evan —sostuve su mano—, estoy segura de que ella no lo ve así. Es tu tía, es familia.

—Creo que es mejor no sacar el tema de la familia —dijo con tristeza. Sabía que acababa de recordar a su padre. Acaricié su nuca.

—Deberías quedarte en casa de tu tía. No quiero que vuelvas a esa casa donde pasó todo. Eso es una tortura para ti y lo sabes, ya hablamos de esto.

Evan suspiró

—Es que...

—Deberías vender la casa. —Evan se estremeció.

—¿Qué?

—¿Cuál es el punto de seguir teniéndola? ¿Para qué te tortures cada vez que cruzas esa puerta? No me parece.

—Es mi hogar, Jules —razonó mientras me miraba.

—No, no lo es. —Sacudí la cabeza—. Una casa no es un hogar. Un hogar no son paredes, techos y ventanas. No es algo tangible; es algo que construyes con amor, buenos recuerdos y felicidad. Es un sentimiento, es esa maravillosa sensación de pertenecer a un lugar —hablé con el corazón en la mano—: Una casa sin familia, sin gente, es simplemente una casa, Evan.

Me dirigió una sonrisa triste.

—Me impresionas, Jules. A veces no hablas como si tuvieras diecisiete años. Y me encanta eso de ti.

—Bueno, he aprendido mucho de la vida. —Le sonreí—. Y sé que dejar ir ese lugar es difícil, pero, a la larga, tienes que hacerlo. Y ya no estás solo, Evan. No lo olvides. —Apreté su mano y él levantó la mía para besar mis nudillos.

Miré hacia el cielo.

—Las estrellas son tan hermosas —susurró—. Sabes... —comenzó a decir mientras su aliento rozaba mis nudillos—. Nunca he sido una persona de mucha fe, especialmente después de lo que pasó con mi familia, pero llegué a un punto en el que no pensé que pudiera seguir adelante. —Sentí que se me llenaban los ojos de lágrimas—. Estuve tan cerca de rendirme, Jules. No sólo era el dolor, era la culpa, me estaba matando por dentro. —Hizo una pausa para respirar profundamente—. Estaba tan enojado con Dios, con la vida, conmigo mismo. No dejaba de imaginarme lo felices que habríamos sido mi mamá, Helen y yo si no hubiera abierto la boca.

—Evan...

—Estaba cansado de luchar por todo en la vida. Estaba cansado de luchar contra el dolor, la pena, la culpa. Estaba agotado. Quería cerrar los ojos y jamás volver a abrirlos. Quería que llegara la muerte. Recuerdo haber ido a la iglesia de mi pueblo en medio de la noche, totalmente borracho. Pasé toda la noche hablando en voz alta en esa iglesia, con la esperanza de que alguien en el cielo pudiera escucharme. No me quedaba energía para seguir. —Lo vi frotarse la cara.

—Yo... —No sabía qué decir.

Evan continuó:

—El día después de eso, te conocí a ti y a tus novelas

cursis. Y sentí como si la vida estuviera restregándome en la cara la posibilidad de ser feliz, el lado bueno de la vida. —Me miró—. Tú me salvaste, me devolviste el interés por la vida. Fue un milagro, tú eres mi milagro, Jules. Eres los cimientos que necesitaba para volver a creer. —Una lágrima escapó de mis ojos—. No era una persona de fe hasta que te conocí, porque lo que sea que esté allá arriba en el cielo te envió a mí cuando más te necesitaba.

—Eso es... —Mi voz se quebró. Él secó mis lágrimas y sostuvo mi rostro entre sus manos.

—Decir que te amo no abarca ni la mitad de lo que siento por ti. —Sus labios rozaron los míos—. Esto es más que dos simples palabras. Eres más que un sentimiento. Eres un hermoso milagro andante, Julie Ann Jones.

—Te amo —dije, aunque las palabras no parecían suficientes después de lo que acababa de decirme—. Y sé que esas palabras probablemente no sean suficientes, pero... —Me besó, interrumpiéndome. Mi corazón se sentía cálido dentro de mi pecho.

¿Es posible ser tan feliz? Supongo que sí. Pero recordando las palabras de Evan, se sentía como si todo esto hubiera sido planeado por otra persona.

La escritora cursi y el poeta oscuro...

La chica y el tiburón...

Me alejé de él, pero lo mantuve cerca.

—Tú y yo —entrelacé mis dedos con los suyos—, somos uno.

—Hasta el día en que me muera —prometió—, e incluso después de eso.

—¿Por la eternidad? —susurré junto a sus labios.

—Por mucho más.

SAL DE TU CAPARAZÓN, TORTUGUITA

ESTABA DURMIENDO en una nube, una nube grande, suave y muy cómoda.

A lo lejos, podía escuchar algo golpeando mi ventana, pero la nube no me soltaba. Y no podía culparla. La nube y yo teníamos la mejor relación. Sonreí y enterré mi rostro en ella. Sin embargo, el ruido continuó.

Finalmente, desperté y me senté, soplando el cabello fuera de mi cara.

—¿Qué pasa? —miré hacia la ventana. El sol aún no había salido, pero podía ver el cielo tiñéndose de naranja. Me puse de pie, caminé a la ventana y ojeé el patio delantero.

Jason estaba parado entre los arbustos, y se veía bastante mal. Su cabello estaba todo desordenado. Sus labios estaban morados y temblaba ocasionalmente. Probablemente tenía frío. ¿Por qué? Bueno, porque únicamente traía puestos unos calzones negros. Levantó la vista para lanzar otra piedra cuando me vio y el alivio atravesó su rostro. Empujé mi ventana hacia arriba para abrirla.

—¿Qué diablos pasa, Jason? —susurré.

—Abre la puerta trasera —dijo mientras corría hacia la parte de atrás de mi casa. Esta no era como mi casa anterior, donde podía trepar por la ventana, esta era demasiado alta para eso.

Poco después, Jason entró a mi habitación. Estaba temblando bastante. Lo toqué y estaba helado.

—¡Cielos! Estás helado. —Lo envolví con una de mis sábanas—. ¿Quieres enfermarte? —lo reprendí. El verano ya se había terminado y el clima no era el más apropiado para andar caminando entre los árboles en calzoncillos.

—Créeme, yo... yo n-no planeé esto —tartamudeó. Su labio inferior temblaba.

—Te voy a preparar un café caliente. Te puedes resfriar. —Salí de la habitación.

Cuando regresé, con dos tazas en la mano, Jason estaba enterrado entre las sábanas de mi cama. Sólo veía su cabeza.

—Voy a morir —dijo dramáticamente.

Puse los ojos en blanco mientras me sentaba a su lado.

—No, no morirás. Vamos, bebe esto.

—No puedo moverme.

—Sí, sí puedes. Sal de tu caparazón, tortuguita —bromeé. Jason me lanzó una mirada asesina, pero se sentó y se cubrió el pecho con las sábanas. Agarró la taza y bebió. Sus labios ya no estaban morados, pero se veían bastante pálidos.

—Esto se siente tan bien —cerró los ojos y bebió otro sorbo.

—Entonces, ¿vas a decirme qué pasó o vamos a fingir que esto es normal? —pregunté, mirándolo.

Suspiró:

—Helen me echó de su casa.

—¿A las 6:00 a. m.?

—Sí.

—¿Qué hacías ahí? —Tomé un sorbo de mi café.

—Pasé la noche ahí.

Fruncí el ceño.

—¿Evan lo sabe?

—No.

—¿Su tía? —Negó con la cabeza—. Está bien. ¿Y dónde está tu ropa?

—Ella no me dio oportunidad de recoger mi ropa ni mi celular. —Colocó la taza en la mesa de noche.

Lo miré con ojos entrecerrados.

—¿Qué le hiciste? Debió haber estado bastante molesta para echarte así. —Jason abrió la boca y luego la cerró. Arqueé una ceja, esperando a que hablara. Se frotó el rostro y desvió la mirada—. ¿Jason?

—No... no lo hice a propósito, lo juro. —Levantó las manos en modo de defensa—. No sé en qué estaba pensando.

Lo agarré de los hombros.

—Jason, ¿qué hiciste?

—Es un poco vergonzoso.

—Está bien, oficialmente me estás asustando.

Dejó escapar un largo suspiro.

—Me desperté un poco excitado y bueno, comenzamos a besarnos y a tocarnos. Una cosa llevó a la otra y terminamos teniendo un increíble sexo mañanero.

—¿Y? —insistí, bebiendo un poco más de mi café.

Bajó la cabeza.

—La llamé Laura.

Escupí el café en su cara.

—¡¿Qué?!

—¡Iugh! ¡Jules! ¡Qué asco! —Hizo una mueca mientras se limpiaba la cara.

—¡¿Le dijiste qué?! —repetí en *shock*—. ¿Hablas en serio?

Mantuvo la cabeza agachada.

—De verdad no sé qué pasó.

—Yo sí —repliqué—. Fue una gran traición de tu subconsciente.

Jason me miró.

—No estaba pensando en ella.

—Aparentemente, tu subconsciente sí —dije con preocupación—. ¡Pobre Helen!

—No puede enojarse conmigo por decir algo cuando mi cerebro no estaba funcionando bien.

Lo miré con el ceño fruncido.

—¿Qué quieres decir?

—Estábamos teniendo sexo. Toda mi sangre estaba... en el sur, ya sabes a lo que me refiero.

Hice una mueca

—Desafortunadamente, sí.

—Helen estaba furiosa —agregó Jason.

—¿Quién no lo estaría?

—No lo hice a propósito.

—Lo sé.

—¿Crees que me perdone? —preguntó esperanzado.

Froté su hombro de manera reconfortante.

—No lo sé, J, pero eso no es lo que más me preocupa.

Jason frunció el ceño.

—Entonces, ¿qué?

Toqué su pecho.

—Esto. Tus sentimientos.

—¿Qué con ellos?

—Jason, probablemente puedas engañar a todos, pero no puedes engañarme a mí... —le expliqué con tristeza—. Lo que sea que sientes por Laura no parece haber desaparecido.

Se frotó el rostro.

—Lo estoy intentando, ¿sí? Es sólo que... —suspiró—. Ya no sé qué hacer.

—Ojalá pudiera decirte qué hacer, pero no tengo mucha

experiencia en ese tema —admití—. Tal vez sea imposible combatir o detener los sentimientos.

—No quiero lastimar a nadie, Jules, y ambos sabemos que mucha gente saldrá lastimada si no manejo esto de la manera correcta. —Nunca lo había visto tan serio.

—Lo sé, pero ¿qué más puedes hacer? Es decir, sé que lo estás intentando, pero obviamente no está funcionando.

—Entonces me esforzaré más.

—Jason...

—¿Qué más puedo hacer? —preguntó, mirándome seriamente—. Me siento como el tipo más egoísta del mundo. ¿Por qué ahora? ¿Por qué mis sentimientos deciden salir a la luz ahora? Cuando Lau y yo ya estamos con otras personas.

—Estás siendo demasiado duro contigo.

Negó con la cabeza

—No, es verdad y lo sabes. Crecí con ella. ¿Por qué esperé tanto para darme cuenta de lo que siento por ella?

—Jason, los sentimientos no se pueden controlar —repliqué—. No son pensamientos ni palabras. Son emociones invisibles que no puedes controlar por mucho que lo intentes —le expliqué—. No digo que esto sea correcto, pero definitivamente no es tu culpa. No dejaré que te culpes por algo que no puedes controlar.

—¡Oh, mierda! —exclamó, mientras se recostaba. Extendí mi mano hacia la suya.

—Resolveremos esto, como siempre lo hacemos —le prometí, mientras apretaba su mano.

—Código triple Z —murmuró. Me reí entre dientes y me metí en la cama con él.

—Ese es el mejor código que se nos ha ocurrido —dije mientras me acurrucaba a su lado. El Código triple Z era para dormir juntos. ¿Por qué triple Z? Bueno, por esto: «ZZZ», como las letras que ponen en los cómics cuando alguien duerme.

—No me dejes arruinar esto —suplicó suavemente.

Cerré los ojos

—No lo haré.

—¿Jules?

—¿Sí?

—Gracias.

Sonreí antes de quedarme dormida.

La nube y yo volvimos a estar juntas después de nuestra pequeña ruptura.

Desafortunadamente, nadie parecía respetar esta hermosa relación nube-humano. ¿Por qué? Bueno, me despertó una sacudida muy brusca de hombros. Abrí los ojos aturdida y encontré a Laura de pie junto a mi cama. Llevaba puesta su pijama morada y un chongo en su cabello desordenado. Me miró con desaprobación.

—¿Qué? —dije con la boca seca.

Ella arqueó una ceja.

—Ustedes dos parecen llevar este asunto del mejor amigo al máximo nivel. —Señaló a Jason con la boca. Volteé y lo vi justo atrás de mí, con su brazo rodeando mi cintura. Las sábanas se habían bajado, por lo que su cuerpo entero era visible.

Enterré mi cara de nuevo en la nube.

—Sólo estamos durmiendo.

—Explícale eso a tu mamá cuando suba.

Salté de la cama, aterricé con un pie y cojeé hasta que pude bajar el otro. Perdí el equilibrio y me balanceé de un lado a otro hasta que me estabilicé.

—¿Mamá está aquí? —Mi voz todavía estaba un poco ronca.

Lau me sonrió con aire de culpabilidad.

—La verdad no, pero necesitaba que salieras de la cama.

—¡Lau! —exclamé—. Me asustaste muchísimo.

—¡Lo siento! —murmuró, y dejó caer una bolsa que no había notado que estaba sosteniendo.

—¿Cuál es la urgencia?

—Bueno —comenzó—, me enviaste un mensaje de texto ayer sobre un evento para el que necesitabas verte decente hoy. —¡Oh! Cruzó los brazos sobre el pecho—. De hecho, dijiste que tenías que estar lista a las 5 p. m., y tengo noticias para ti: son las 4:15.

—¿Qué? —exclamé sorprendida—. ¿Dormí todo el día? —¿Cómo pude? Sabía que ese día era el aniversario de los abuelos de Evan. Esa almohada-nube fue la culpable.

«Lo siento, nube, pero creo que necesitamos darnos un tiempo».

—Quedarte mirando fijamente a la pared no te ahorrará tiempo —me recordó Lau, y se agachó para sacar algunas cosas de su bolsa—. Iba a pedirte que vinieras, ya que somos vecinas, pero no tenemos tiempo.

—¡Oh, oh! —Entré en pánico—. Voy a conocer a sus abuelos en menos de una hora y ni siquiera me he bañado. —Caminé por la habitación en círculos—. ¿Y si no les agrado? ¿Y si piensan que es demasiado para mí? Así como me veo ahora, no los culparía. A mí tampoco me...

—Jules —Lau sujetó mis hombros—, cálmate. Inhala, exhala —me indicó, y yo la obedecí—. Te verás muy *sexy* cuando termine de arreglarte —me aseguró con una sonrisa.

—¿Lo prometes?

Ella asintió

—Sí, lo prometo. Ahora, démonos prisa.

Había muchas cosas que amaba de Laura. Una de ellas era su habilidad para hacer que cualquiera se viera hermosa y sofisticada. Sabía todo sobre accesorios, maquillaje y trucos para el cabello. Sabía cómo combinar todo para que se viera bien.

Así que ahí estaba, parada frente al espejo, mirando boquiabierta mi reflejo. Ella había hecho un trabajo increíble. Llevaba un vestido azul celeste sin tirantes que me llegaba a las rodillas. Según Lau, el azul era mi color. Mi cabello estaba suelto y caía a los lados de mi rostro. Lau lo había alisado y luego le había hecho unos cuantos rizos en las puntas.

Mi maquillaje era sencillo, pero elegante. Lau había comenzado con el polvo, luego sombra de ojos azul, delineador de ojos negro y, finalmente, un labial rosa suave. No me sentía como yo misma, pero no podía negar lo bien que me veía. Me puse el collar de fresas que Evan me había dado en el río tiempo atrás, y unos aretes de plata a juego con mis tacones.

—Soy buena en esto, ¿no? —dijo Lau, refiriéndose a su trabajo.

—Sí, deberías hacer esto para ganarte la vida —le sugerí.

—Nah, sabes exactamente lo que quiero estudiar cuando termine la escuela. —Sí, sabía que le apasionaba la industria del cine y también el baile.

—Sí, no me olvides cuando seas una famosa directora de cine.

—¿De qué hablas? Vas a estar en mi primera película. —Me sonrió en el reflejo del espejo.

Escuché algunos ruidos detrás de nosotras y ambas nos giramos para mirar la cama. Jason estaba roncando ruidosamente.

—¿Cómo puede dormir con todo el ruido que estamos haciendo?

—Eso, mi querida amiga, es un talento. —Una mirada malvada apareció en su rostro—. Deberíamos escribirle algo en la cara.

—¿Con qué?

Lau levantó su labial rojo

—Con esto.

—Eres malvada. —Le sonreí.

—Y me amas por eso.

Ambas nos acercamos a mi mejor amigo dormido.

¡Hora de divertirse!

SÉ MUCHO SOBRE TI, JULIE ANN JONES

EN LO PERSONAL, me encantaban las reuniones familiares.

Incluso si mi mamá y yo no visitábamos a nuestra familia con frecuencia, éramos bastante cercanos. Tratábamos de mantenernos en contacto de vez en cuando. Y, desde luego, los visitábamos en Navidad y en todas las demás vacaciones. Nuestra familia era muy grande: mamá tenía cuatro hermanas y cinco hermanos, por lo que yo tenía un montón de primos. Todos vivían en Larafield, un pueblo a dos horas del nuestro. Éramos los únicos miembros de la familia que vivíamos fuera de ese pueblo. Mis tíos eran muy cercanos, sin mencionar a mis primos. A veces me hacían sentir como una extraña, pero eran buenas personas.

Familia es familia, pase lo que pase.

Lo que más me gustaba de las reuniones familiares es ese sentimiento de pertenencia que tienes cuando estás ahí. Estás rodeada de todas esas personas que comparten la misma sangre, los mismos ancestros y que han pasado por cosas malas juntos, como esa vez que mi abuelo se enfermó y murió; todos nos consolamos cuando eso sucedió. Me sorprendió ver lo cercana que era mi mamá a sus hermanos y hermanas.

Para ser sincera, deseaba tener hermanos y hermanas. Ser hija única no fue tan genial como muchos decían. Solía envidiar a la mayoría de mis primos porque podían jugar entre sí mientras yo estaba sola en casa, esperando a que mamá terminara su carrera. No me malinterpreten, mamá era genial, y la mujer más fuerte y decidida que jamás he conocido. La admiraba, de verdad. Sencillamente deseaba que tuviera otro bebé con quien pudiera jugar y a quien pudiera amar. Otro ser humano para hacerme compañía.

Empecé a sentirme ansiosa mientras nos acercábamos a la casa de los abuelos de Evan. Como dije antes, me encantaban las reuniones familiares.

¿Y a mi novio?

Bueno, esa era otra historia.

Evan no parecía ni un poco emocionado por esto, y no podía culparlo.

Después de hacerme sonrojar cuando elogió lo bien que me veía, se concentró en conducir en silencio. Apretaba el volante con tanta fuerza que sus nudillos se estaban poniendo blancos. Sin embargo, eso no evitó que me fijara en él: esa noche, mi *sexy* novio se veía hermoso. Evan se veía sensual con ropa normal, así que no es difícil imaginar lo devastadoramente hermoso que se veía con traje.

Su traje era azul oscuro y llevaba una corbata del mismo color. Su cabello, normalmente desordenado, estaba perfectamente peinado hacia atrás con gel, lo que lo hacía parecer mayor y con más experiencia. Su tatuaje de chico malo parecía escalar por el cuello de su camisa.

Cielos, hasta su cuello es *sexy*.

Sus labios carnosos estaban cerrados en una línea apretada cuando nos detuvimos en un semáforo en rojo.

—Evan —le dije en voz baja. Me miró, esperando que continuara—. Se supone que yo soy la que debe estar nerviosa por conocer a tus abuelos, no al revés —bromeé, tratando de aligerar el ambiente.

Él me dirigió una sonrisa incómoda.

—Lo sé. Es sólo que... —Sus ojos estaban de vuelta en el camino cuando la luz roja cambió a verde—. No los he visto en mucho tiempo, eso es todo.

—Todo estará bien —le aseguré, extendiendo mi mano para acariciar su nuca mientras conducía—. Estoy aquí contigo, ¿recuerdas?

—Estoy tan contento de que estés aquí. —Se movió hacia atrás para recargarse contra mi mano—. Sigue haciendo eso.

Me reí entre dientes mientras masajeaba su cuello.

—Pensé que era una mala masajista —comenté, recordando el día en que traté de darle un masaje y me dijo que parara porque no era buena para ello.

—Oh, bueno, sobre eso... —Sus mejillas se ruborizaron ligeramente y lo miré en *shock*.

—¿Te estás sonrojando, Evan Woods?

Él negó con la cabeza.

—No.

—Claro que sí. ¿Acaso me perdí algo? —pregunté con curiosidad.

—No es nada. —Se encogió de hombros, pero aún podía ver restos de ese rubor en sus mejillas.

—¿Qué pasa? Dime —le exigí.

—No eres una mala masajista —comenzó a decir, sin quitar la mirada del camino—. Eres demasiado buena.

—Entonces, ¿por qué me detuviste ese día?

Evan suspiró.

—Porque eres demasiado buena. —Sabía que estaba insinuando algo, pero no lo entendía. Me miró y probablemente notó mi confusión—. —Cuando se siente tan bien, me excito un poco.

—Oh —dije al entender—, pero fue sólo un masaje.

—Jules, te amo —explicó con dulzura—, pero también te deseo tanto que duele. —Fue mi turno de sonrojarme—. Tener tus manos sobre mí de esa manera es muy excitante para mí.

—Entiendo.

Giró su cuerpo hacia mí.

—No es mi intención incomodarte. —Me rozó la mejilla con los dedos.

Presioné mi rostro contra su mano.

—En verdad entiendo.

Después de estacionar el auto, nos encontramos frente a una gigantesca puerta de madera. A mi dulce novio se le olvidó mencionar que sus abuelos viven en una maldita mansión enorme que se parece a la Casa Blanca. Estábamos tomados de la mano.

Un elegante mayordomo abrió la puerta. Sus ojos se abrieron en *shock* cuando vio a Evan. Luego, su rostro arrugado se llenó de nostalgia.

—Bienvenido de nuevo, señor. —Le esbozó a Evan una sonrisa emotiva.

—Hola, Héctor. —Evan le devolvió la sonrisa.

—Héctor, ¿quién es? —Se escuchó una voz femenina desde el interior de la casa. Evan se puso tenso. Apreté su mano suavemente. El mayordomo abrió la puerta por completo, para que la dama que estaba en la sala de estar pudiera echar un vistazo a la entrada. Era una señora de unos sesenta años o más, pero eso no opacaba su elegancia en lo mínimo. Llevaba un vestido negro de encaje, su cabello blanco estaba recogido en un elegante chongo y usaba perlas alrededor del cuello.

Nunca olvidaré ese momento. Sus ojos oscuros se humedecieron al ver al chico que estaba a mi lado. Se llevó la mano a la boca mientras luchaba por contener un sollozo. Pude ver el amor en sus ojos.

«Yo era su consentido».

Las palabras de Evan resonaron dentro de mi cabeza. Lo miré y noté el dolor en sus ojos. Él también la había echado de menos.

—Evan... —su voz se quebró—. Viniste.

Su labio inferior temblaba y las lágrimas escaparon de sus ojos mientras yo luchaba por contener las mías. Por alguna razón, ver llorar a una persona mayor resulta muy triste, es como si su vulnerabilidad te llegara a lo más profundo. Ella extendió sus manos temblorosas hacia nosotros y mi corazón se rompió por ella. Lo único que podía pensar era por lo que había pasado esta familia.

Miré a Evan y solté su mano

—Evan, ve. Está bien. —Mi voz salió temblorosa y ronca. Estaba segura de que iba a llorar pronto. Le di un golpecito en la espalda.

Su primer paso hacia adelante fue lento y vacilante, pero los siguientes fueron zancadas largas; llegó a ella y la envolvió entre sus brazos.

La anciana lloró en su pecho:

—Ay, te extrañé tanto. —Él besó su cabello y cerró los ojos. Entré para pararme al lado de Héctor, quien lloraba sin parar, no podía culparlo.

Un anciano apareció en lo alto de las escaleras.

—¿Evan? —preguntó con incredulidad. Evan abrió los ojos para mirar a quien supuse era su abuelo. Los ojos de Evan estaban rojos, y sus mejillas estaban humedecidas por las lágrimas.

—Hola, abuelo —susurró él. El anciano bajó las escaleras tan rápido que temí que pudiera caerse.

—¡Ay, pequeño! —El hombre lo besó en la mejilla y luego se unió a su abrazo.

—Te dije que volvería, Marshall —comentó la anciana entre sollozos, apartándose levemente. Ella sostuvo el rostro de Evan con ambas manos—. Nunca dejé de amarte, ni por un segundo, querido.

Evan le sonrió con tristeza

—Lo sé, abuela.

—Es hermoso, ¿no? —comentó Héctor, limpiándose las lágrimas. Yo asentí.

Cuando se separaron, Héctor les ofreció un pañuelo para secarse las lágrimas. Su momento había sido tan íntimo y emotivo que sentí que no debería estar allí, como si estuviera invadiendo su privacidad.

La señora finalmente notó mi presencia.

—Oh, hola. ¿Quién es esta hermosa chica, Evan? —Me sonrojé cuando me llamó hermosa.

Evan tomó mi mano para acercarme a su lado.

—Ella es mi novia Jules. Jules, ellos son Francis y Marshall Woods, mis abuelos.

Estreché sus manos nerviosamente.

—Es un placer conocerlos a ambos. Felicidades por su aniversario.

Marshall me sonrió.

—Gracias, el placer es nuestro.

—Es agradable tener un amor joven cerca, ¿verdad, cariño? —comentó Francis mientras miraba a su marido.

—Por supuesto —respondió Marshall.

—¿Dónde es la fiesta? —preguntó Evan, colocando su mano en la parte baja de mi espalda. Me estremecí.

—En el jardín trasero, cariño —le informó Francis, extendiendo su mano hacia mí—. Jules, creo que mi esposo necesita algo de tiempo con Evan. Tú y yo podemos ir al jardín, si te parece bien.

Asentí.

—Claro.

Evan me miró con cautela.

—¿En serio?

—Sí, te espero allá.

—Estaré ahí pronto. Ya te estoy extrañando. —Se inclinó un poco para besarme la mejilla.

—Qué lindo —agregó Héctor. Me había olvidado por completo de él.

Estaba un poco nerviosa por estar a solas con la señora Woods, pero sabía que Evan tenía mucho de qué hablar con su abuelo. Tenían que ponerse al día.

El jardín estaba decorado en blanco y rojo, se veía increíblemente hermoso. Había unas cincuenta personas hablando, con copas de champán en la mano. También había muchas mesas, pero la mayoría de la gente estaba de pie, charlando.

La señora Woods era muy amable, me preguntó cómo nos conocimos Evan y yo y cuánto tiempo llevábamos juntos. Nos sentamos en una mesita donde ella me animó a probar un exótico platillo de pescado. Yo estaba pensando en una manera educada de decir que no cuando una mesera le susurró algo al oído y ella se excusó para ir a revisar.

Me quedé sentada sola, con mucho tiempo para mirar a la gente a mi alrededor. Sabía que no encontraría ningún rostro familiar. Todos parecían ser gente de dinero y, bueno, yo no era una chica que tuviera muchos amigos o familiares ricos. Pero había olvidado por completo lo mucho que le gustaba al destino meterse conmigo.

Para mi gran sorpresa, un chico muy conocido estaba hablando con una pareja de ancianos. Mi boca se abrió en shock. ¿Qué estaba haciendo él aquí?

Llevaba un traje negro que hacía juego con su cabello y una corbata roja. Sus manos estaban en los bolsillos de sus pantalones mientras hablaba. Se humedeció los labios antes de esbozarle a la pareja una sonrisa cortés.

Como si sintiera mi mirada, Nash volteó en mi dirección y nuestras miradas se cruzaron. No pareció sorprendido de verme, lo que me hizo fruncir el ceño. Le dijo algo a la pareja, y luego se dirigió a mi mesa.

¿Era mi impresión o lucía más alto?

—Buenas noches, Jules.

Sonaba tan educado y elegante como se veía. Lo miré desde mi asiento.

—Buenas noches.

—¿Te importaría si te acompaño?

—Toma asiento. —Hice un ademán a la silla frente a la mía, pero él optó por sentarse a mi lado.

—No pensé que te encontraría aquí —dijo casualmente.

—¿Por qué?

—Bueno, no eres el tipo de chica que suele estar en este ambiente.

—¿Qué quieres decir? Tú no sabes nada de mí. Podría ser pariente de la persona que organizó esta fiesta. —Lo miré de reojo y me percaté de que me miraba intensamente.

—No, no lo eres —dijo con naturalidad—. Estoy seguro de que no estás relacionada con nadie aquí de ninguna manera.

—¿Cómo puedes estar tan seguro?

Se inclinó un poco más.

—Sé mucho sobre ti, Julie Ann Jones.

—Eso suena perturbador.

—¿Tú crees? —Me sonrió antes de inclinarse hacia atrás—. ¿Dónde está?

—¿Eh?

—¿Tu novio? —preguntó con indiferencia.

—¿Cómo lo...? —Me dirigió una mirada aburrida—. Claro, está adentro, hablando con el señor Woods.

—Apuesto a que tienen mucho de qué hablar.

Le fruncí el ceño.

—¿Cómo sabes todas estas cosas? Es un poco raro, ¿no crees?

—No es raro. Hoy en día puedes averiguar mucho sobre las personas en internet. —Se encogió de hombros—. También ayuda tener un coeficiente intelectual superior y la capacidad de hackear algunas cosas. —Lo miré con interés.

—¿En serio? —Arqueé una ceja—. ¿Qué más sabes sobre mí?

Me sonrió con un aire de superioridad.

—¿De verdad quieres saberlo, Jules? ¿O debería llamarte SuperJules? —Me quedé helada. Ese era mi nombre de usuario de Wattpad. Lo miré con los ojos muy abiertos—. Tienes potencial, detrás del romance empalagoso en tus historias, en realidad hay buenas tramas.

—¿Lees mis historias?

Nash se rio entre dientes.

—Sí, las he leído todas. Ser un lector rápido es parte de ser inteligente.

—¿Siempre eres así de arrogante o solamente conmigo? —pregunté en voz alta.

Inclinó la cabeza hacia un lado.

—¿Estás insinuando que me caes bien?

—¿Qué? ¡No! ¿Cómo llegaste a esa conclusión?

—Bueno, me preguntaste si soy así de arrogante *solamente* contigo, lo que significa que piensas que me comporto de una manera específica contigo. Y eso nos lleva a la pregunta: «¿Por qué me comportaría de diferente manera contigo?». Y podrías sentirte tentada a pensar que es porque me caes bien, y es por eso que hiciste esa pregunta —explicó.

—Tienes una forma extraña de pensar.

—Sólo soy ridículamente honesto. Y para responder a tu

pregunta: aún no decido si me caes bien o no... —Nash se puso de pie—. Probablemente debería irme. Que tengas una buena noche, Jules. —Me dirigió una última sonrisa antes de marcharse.

Bien, eso fue bastante... extraño e inesperado a la vez.

—Hola —me saludó Evan mientras se sentaba a mi lado.

Le sonreí.

—Hola, guapo.

Me dio un pequeño beso.

—Te extrañé.

—No fue tanto tiempo. —Reí entre dientes.

—Fue suficiente para mí. —Me acarició la mejilla—. Gracias.

—¿Por qué?

—Por venir conmigo. No habría venido si no fuera por ti.

—Cualquier cosa por ti. —Apoyé la cabeza en su hombro mientras observaba la fiesta. El lugar estaba tranquilo, y la orquesta tocaba una suave melodía que llenaba el espacio.

Me di cuenta de que Evan y yo aún necesitábamos saber más el uno del otro. Quería saber todo sobre él.

—¿Evan?

—¿Sí?

—Hay algo de lo que no hemos hablado directamente —comencé a decir nerviosamente. Me alejé de su hombro para mirarlo. Sus ojos oscuros brillaban con curiosidad.

—¿Qué cosa?

—Bueno, no hemos hablado sobre... —Me detuve y apreté los puños sobre mi regazo—. Ya sabes, sexo. —Podía sentir el rubor corriendo por mis mejillas.

Evan relajó los hombros.

—Sí, tienes razón.

—Sé que probablemente estés acostumbrado a tener sexo con tus novias y todo eso, pero yo... —Colocó su dedo índice en mis labios, para silenciar con eficacia mis divagaciones.

Me miró directamente a los ojos:

—Hay una cosa que debes saber, Jules: no hay prisa. Tómate todo el tiempo que necesites. Si quieres esperar hasta el matrimonio, por mí está bien. Quiero que te sientas cómoda. —Sonreí ante sus dulces palabras.

—Sólo quiero estar segura —dije honestamente—. Además... quiero saber más sobre ti.

—Muy bien, aquí estoy. Pregunta lo que quieras.

Me armé de valor para preguntarle:

—¿Eres virgen?

Evan no pareció sorprendido por mi pregunta.

—No.

Tragué saliva.

—¿Con cuántas?

—¿A qué te refieres?

—¿Con cuántas chicas has... ya sabes...? —Me detuve.

—¿Eso importa?

Asentí.

—Quiero saber.

—Una.

—Pensé que serían más —dije, luego agregué—: Eres extremadamente guapo.

Él sonrió.

—Gracias por el cumplido, pero soy selectivo. No me ando acostando con cualquiera.

—¿Quién fue ella?

Evan se puso tenso.

—Una chica que conocí en la universidad.

—Si perdiste tu virginidad con ella, no fue una chica cualquiera. ¿Cómo se llama?

—Jules...

—Quiero saber.

Evan suspiró.

—Evelyn.

—¿Y qué pasó?

—No funcionó —respondió.

—¿Por qué?

—Jules, ya basta. No quiero pasar la noche hablando de mi ex.

Él tenía razón, la noche iba demasiado bien como para arruinarla.

—Está bien.

—¿Alguna otra pregunta? —incitó, mientras tomaba una copa de champán de un mesero que pasó.

—¿Recuerdas cuando hablamos en Wattpad al principio?

—Sí, recuerdo cada palabra —dijo con seriedad.

—Estabas coqueteando con una chica en tu perfil —recordé con amargura—. ¿Quién era ella?

Evan se rio mientras yo cruzaba los brazos sobre el pecho.

—¿Qué es esto? ¿Una escena de celos tardía o algo así?

—Responde la pregunta —le exigí.

Se mordió el labio inferior, con una expresión divertida.

—No era nadie. La usé para ponerte celosa y veo que funcionó.

—¿Todavía hablas con ella? —insistí, tratando de ignorarlo mientras se inclinaba hacia adelante.

Su aliento se mezcló con el mío.

—No, ya no. ¿Por qué lo haría? Tengo todo lo que necesito justo frente a mí.

—No intentes distraerme con tu voz *sexy* y tus ojos hermosos. —Tragué saliva cuando sus tiernos labios rozaron los míos—. Y tus labios ridículamente suaves —protesté. Él mordisqueó mi labio inferior y sentí que mis rodillas se debilitaban.

—No te estoy distrayendo —susurró en mi boca; trazaba la comisura de mis labios con su lengua—. Simplemente estoy probando lo que es mío.

Sonreí.

—Ah, conque nos estamos volviendo posesivos, ¿eh?

—No, únicamente digo la verdad. Eres mía, Jules.

Y luego, me besó con tanta pasión que sentí que se me doblaban los dedos de los pies.

Siempre tuya, poeta oscuro.

ESTÁ BIEN NO ESTAR BIEN

ODIO LOS TACONES, de verdad, y probablemente ellos me odien a mí. Podría ser algo mutuo, como la difícil relación que tuve con las superficies rocosas.

Cerré los ojos y gemí de placer mientras me los quitaba. Mis pies estaban hinchados y había perdido la sensibilidad en muchos de mis dedos. No podía negar lo elegantes que se ven las mujeres con tacones, pero son malos para la circulación.

Me dejé caer de nuevo en la cama extraña. Los abuelos de Evan insistieron en que nos quedáramos para pasar la noche, alegando que era demasiado tarde para conducir de regreso a Crookwell, en el fondo, sabía que era una excusa para tener a su nieto con ellos un poco más. No podía culparlos, probablemente tenían miedo de no volver a verlo después de esta noche.

Miré al techo, sintiendo la suave cama *king size* debajo de mí. Sonreí mientras recordaba lo incómodo que había sido cuando nos preguntaron si Evan y yo queríamos compartir una habitación. Trataron de mantener la mente abierta al respecto, aunque yo noté la expresión de alivio en sus rostros cuando les dije que preferíamos habitaciones separadas. Evan me dirigió una mirada extraña, pero lo último que quería era escandalizar a sus abuelos la primera vez que los conocía. Además, no puedo soportar tanta tentación en un mismo día.

La habitación era ridículamente espaciosa, como era de esperarse de una mansión tan grande. Me preguntaba por qué los abuelos de Evan eran ricos. Quiero decir, ¿de dónde vino el dinero? ¿Fue cosa de la empresa familiar o simplemente una herencia?

Mis pensamientos fueron interrumpidos por un golpe en la puerta.

—¡Adelante! —dije mientras me sentaba.

Helen asomó la cabeza y me sonrió:

—Oye, ¿estás ocupada?

Le devolví la sonrisa.

—No, adelante.

Cuando entró, me quedé mirando su precioso vestido verde. Caminaba como una experta en sus tacones plateados; se veía que estaba acostumbrada a ellos. Su cabello castaño caía en ondas rizadas a los lados de su rostro. Su maquillaje se veía profesional y hermosamente detallado. Fue entonces cuando noté el parecido entre ella y Evan. Sus rostros tenían casi los mismos rasgos perfectos y delicados.

Se inclinó para darme un beso en la mejilla.

—Hace tiempo que no te veía.

Luego, se sentó a mi lado.

—Sí, te ves hermosa.

—Tú también.

—¿Dónde estabas? No te vi abajo —pregunté por curiosidad.

Ella suspiró.

—Llegué tarde y luego me acapararon algunos tíos. No

paraban de hablar, y no me quedó otro remedio más que sentarme a escuchar.

Le dirigí una mirada curiosa.

—¿Por qué?

—Porque, según toda mi familia, eso es lo que se debe hacer —me explicó mientras masajeaba sus tobillos—. ¿Cómo estás?

—Bien, ¿y tú?

Ella agachó la mirada

—Estoy... bien, supongo. —Sabía que ella no estaba bien. Al tenerla tan cerca, pude ver la tristeza en sus ojos y su postura derrotada, y dijo lo último que esperaba escuchar de ella—: Me alegra que te haya perdonado. —Me quedé helada. Sabía que se refería a Evan.

—¿De verdad? —pregunté sorprendida.

Helen me había amenazado con patearme el trasero si alguna vez lastimaba a Evan, así que, ¿por qué me decía eso y era amable conmigo?

—No te sorprendas tanto. —Me miró—. Todos cometemos errores, está en nuestra naturaleza humana, simplemente sucede, es la forma en que la naturaleza mantiene la vida interesante.

—Esa es una explicación profunda —admití—. En verdad lo lamento, nunca quise lastimarlo.

Ella tomó mi mano.

—Jules, no tienes que disculparte conmigo. Ya lo hiciste con él y él aceptó tu disculpa, y eso es todo lo que importa ahora. —Apretó mi mano—. Además, sé que te lastimó mucho al principio cuando luchaba contra sus sentimientos por ti. Primero acercándote a él, y luego alejándote. Y, aun así, nunca dejaste que te afectara. Nunca dejaste que el dolor afectara lo que sientes por él.

—Conoces toda nuestra historia, ¿verdad? —Ella asintió—.

Nunca pensé que él hablaría de eso con alguien. Es decir, ya sabes cómo es.

Helen me esbozó una sonrisa profunda y sincera:

—Eres una gran influencia para él.

Me sonrojé.

—No lo soy. Yo sólo... soy yo. —Me encogí de hombros, nerviosa.

—Evan no es ni la mitad de la persona que solía ser. Lo conozco de toda la vida. Después de lo que pasó, se volvió cerrado, frío y distante. Realmente me sorprende lo mucho que lo has hecho cambiar. Te lo agradezco. Después de todos estos años, finalmente es feliz.

Un calor se extendió por mi pecho.

—Yo también estoy feliz, no tienes idea. —Se sentía tan bien decirlo en voz alta.

Ella me sonrió

—Lo sé, deberías ver tu rostro cuando estás con él. Te ves tan obviamente enamorada que ni siquiera es gracioso.

—¿En serio? —pregunté—. No puedo evitarlo, en verdad lo amo.

—Y él te ama tanto como tú lo amas, si no es que más. Créeme.

—Gracias.

Ella arqueó una ceja perfectamente depilada.

—¿Por qué?

—Por no odiarme después de lo que hice —susurré, agachando la cabeza.

—De nada. —Se puso de pie y dijo—: Debo encontrar mi habitación y dormir un poco. Estos tacones me están matando —gimió ella mientras se los quitaba.

—Pensé que sólo yo los odiaba. —La miré con gracia.

—Pues no, estas cosas son terribles para la circulación.

Me reí.

—¡Yo pienso lo mismo!

Ella empezó a caminar hacia la puerta. Me mordí el labio inferior. No podía dejarla ir sin saber si estaba bien después de lo que pasó con Jason.

—¿Helen?

Se dio la vuelta.

—¿Sí?

—¿Estás bien?

Ella fingió una sonrisa.

—Sí, estoy bien.

«No, no lo estás».

Me puse de pie.

—No tienes que mentir —dije suavemente—. Está bien no estar bien, si es que eso tiene algún sentido para ti.

Ella dejó escapar una pequeña risa.

—Sí tiene sentido. —Miró la pared a su lado—. No estoy bien, ni siquiera en lo más mínimo. Dios, se siente tan bien decirlo. ¡No estoy bien, maldita sea!

—Déjalo salir —le aconsejé, notando que probablemente lo había estado reprimiendo todo.

Ella se rio histéricamente y supe que se estaba riendo para no llorar mientras lo soltaba todo:

—Mi novio me llamó con el nombre de otra persona cuando estábamos teniendo sexo. ¿Puedes creerlo? —me preguntó, aunque sabía que no esperaba una respuesta—. Por supuesto que no estoy bien. Me siento miserable, humillada y engañada de alguna manera y me está destrozando porque, por Dios, lo amo tanto que me asusta imaginar mi vida sin él. —Mi corazón se contrajo en mi pecho.

—Helen...

Ella dejó escapar un largo suspiro.

—Tal vez todo esto es mi culpa. —Extendió los brazos exasperada—. Tal vez fui demasiado fácil, me acosté con él demasiado pronto o algo así. Los chicos no se toman en serio a las chicas como yo, ¿verdad? Yo sólo...

—¡No! —repliqué rápidamente—. Esto no es culpa tuya de ninguna manera. No dejaré que te culpes por los estúpidos errores de Jason. Eres una buena persona, Helen. Mereces ser tratada tan bien y tan en serio como cualquier otra persona. Y si Jason no puede hacer eso, entonces deshazte de su confundido trasero. —Helen no se merecía esto.

Ella relajó los hombros.

—Tienes razón. Es que... nunca me había enamorado antes. Es un sentimiento abrumador. Me hace débil y no puedo combatirlo. Es tan fuerte.

—Hay algo más fuerte que amar a alguien —le dije, y ella me miró con curiosidad.

—¿Qué cosa?

—Amarte a ti misma —respondí—. Tu felicidad no puede depender de nadie. Tu felicidad es tuya, para construir tu vida y disfrutar. Nadie, absolutamente nadie, es indispensable en esta vida. No bases tu felicidad en alguien, básala en ti y durará mucho más.

Helen me miró con los ojos muy abiertos:

—Vaya, qué bonitas palabras, Jules.

Me sonrojé.

—Gracias, supongo.

Se pasó los dedos por el cabello.

—¿Qué debo hacer? ¿Qué harías tú en mi lugar?

—La verdad no sé.

—Olvida que Jason es tu mejor amigo. Dime, honestamente, lo que harías si fueras yo, por favor —suplicó ella.

Mordí mi labio inferior mientras pensaba:

—Sería fría con él. Lo ignoraría por un tiempo, haciéndole creer que me perdió. A veces, cuando un chico se siente tan seguro acerca de una chica, la da por sentada y piensa que ella siempre estará allí sin importar nada, y cuando se da cuenta de que la perdió es cuando despierta y hace algo al respecto.

—No sé si pueda ser fría con él.

—Sí, sí puedes. Sé fuerte. Si él no lucha por ti, no vale la pena. Recuerda lo que te dije.

—Mi felicidad no dependerá de nadie —repitió, asintiendo.

Froté sus brazos.

—Puedes hacerlo.

—Jules, esta tal Laura que mencionó, ¿es tu mejor amiga? ¿Es esa Laura?

Me puse tensa, no quería causar un drama innecesario.

—No, por supuesto que no. —Resoplé y vi que su rostro se alivió.

—Bueno, mejor me voy a la cama ahora. —Me abrazó—. Gracias por todo, Jules.

—No hay problema.

Nos separamos y ella se dirigió a la puerta.

—¿Jules? —dijo, de espaldas a mí y con la mano en la puerta abierta.

—¿Sí?

—Gracias por no rendirte con él. Gracias por salvarle la vida.

Y, habiendo dicho eso, se fue.

¿QUÉ HACE EN MI HABITACIÓN A ESTA HORA, SEÑOR?

BOSTECÉ.

Miré al techo.

Volví a bostezar.

El sueño no parecía llegar mientras estaba ahí, acostaba sobre la espalda y miraba el techo oscuro. A pesar de lo exhausta que estaba tras esa larga noche, no podía conciliar el sueño. Muchos pensamientos vagaban por mi cabeza en un ciclo incesante que parecía no tener fin.

Mi mente brincaba de los extraños gemelos Sullivan, al extraño mensaje de texto, a la situación de Lau y Jason y, finalmente, a Evan y lo feliz que se veía esa noche.

Me pregunto qué estará haciendo ahora...

Me di la vuelta para acostarme de lado y miré hacia la ventana. El viento frío movió las cortinas lentamente; parecían pequeñas olas. Por un momento, me permití regresar en el tiempo. Recordé los mensajes de Evan en Wattpad, sus mensajes de texto, sus llamadas, la llamada de Skype y, por fin, cuando lo conocí.

El *sexy* y misterioso poeta oscuro.

Sonreí mientras cerraba los ojos. Aunque habíamos salido durante tres meses, parecía que había pasado mucho más tiempo. Lograr que Evan se abriera conmigo había sido difícil y agotador, pero, vaya, valió la pena cada segundo. Me vino a la mente su sonrisa y me sentí calmada.

Me encantan los hoyuelos en sus mejillas.

Pensé soñadoramente. Mi teléfono vibró debajo de mi almohada, lo saqué y la luz de la pantalla me deslumbró por un momento. Era un mensaje de texto.

♥ Evan ♥:
¿Estás despierta?

Sonreí como una tonta y escribí una respuesta:

Yo: Tal vez. ¿Por qué?

Él: No puedo dormir.

Yo: Yo tampoco. 😩

Él: ¿Por qué? ¿No puedes dormir sin mí? 😉

Yo: Podría decir lo mismo. 😊

Él: Touché. ¿Qué estás haciendo?

Yo: Mirando por la ventana. ¿Tú?

Él: Pensando en colarme a tu habitación.

Yo: 😮 ¡Qué comportamiento tan vergonzoso, señor Woods!

Él: Perdóneme, bella dama, pero verla es lo que necesito para encontrar la paz y el sueño.

Yo: ¿Esa es tu manera poética de decir que quieres que nos besuqueemos?

Él: Tal vez. 😉

Me reí.

Yo: No lo sé…

Él: ¿Quieres que te ruegue?

Yo: Tal vez. Las mejores cosas de la vida no llegan fácilmente.

Él: Lo sé, por eso estoy dispuesto a arriesgar mi vida por ti.

Frunci el ceño.

Yo: ¿Qué?

Él: Espérame. No te duermas.

Yo: Evan, ¿qué quieres decir con arriesgar tu vida?

Sin respuesta.

Oí algo afuera de mi ventana y me levanté rápidamente. El camisón que llevaba puesto me llegaba a las rodillas mientras me dirigía a la ventana y abría las cortinas. Observé con horror, a través del cristal, cómo Evan trepaba por el costado de la casa. ¿Qué demonios? Me asomé a la ventana, asustada.

—¡Evan! —le susurré sigilosamente—. ¿Qué diablos haces?

Evan me miró, sosteniéndose precariamente.

—Arriesgando mi vida por ti.

—¡Este es un segundo piso! ¿Estás loco? —Me estremecí al imaginar los peores escenarios en mi cabeza. Evan únicamente vestía sus pantalones de pijama, y su pálido torso estaba a la vista. Sus brazos temblaron levemente cuando la brisa fría sopló. El clima no era el más apropiado para hacer esto.

—¡Vaya que hace frío! —se quejó, mordiéndose el labio inferior.

—¡Por supuesto que hace frío, tonto! —Sentí ganas de golpearlo en la cabeza. Podría matarse si perdía el equilibrio. Se detuvo a mitad de camino para mirarme—. ¿Qué?

—Te ves hermosa desde aquí —susurró e hizo que los dedos de mis pies se me contrajeran—. Como una princesa. —Me sonrió. Sus ojos oscuros brillaban con honestidad. No pude evitar sonreír.

—Gracias. —Me sonrojé un poco—. Ahora date prisa. —Sentía el corazón en la garganta. Estaba demasiado asustada por él.

Evan sacudió la cabeza.

—Estoy tratando de ser romántico.

—Inténtalo de nuevo cuando tu vida no esté colgando en el aire, literalmente.

Comenzó a escalar de nuevo.

—A Julieta esto le pareció muy romántico.

—Bueno, ella murió y Romeo también. Entonces, no creo que sea un ejemplo oportuno.

Evan se rio y casi pierde el equilibrio.

—¡Evan! —grité asustada.

—Estoy bien —dijo, y terminó de escalar.

Cuando llegó a mi ventana, lo ayudé a entrar a la habitación. Apoyé la espalda contra la pared, suspirando de alivio.

Evan temblaba mientras cerraba la ventana.

—Estás loco —murmuré, mirándolo fijamente. Él sonreía pícaramente, y su desordenado cabello oscuro le cubría las orejas y la frente.

—Me estás volviendo loco. —Me devolvió la mirada, y sus ojos se fijaron en mi camisón—. Verte usando eso hizo que escalar valiera la pena.

Me sonrojé.

—Gracias, señor Woods.

Él arqueó una ceja.

—Otra vez con lo de señor Woods, ¿eh? Me gusta como suena.

Crucé los brazos sobre mi pecho.

—¿Qué hace en mi habitación a esta hora, señor? —Me gustaba jugar con él.

Se pasó el pulgar por el labio inferior mientras fijaba su mirada en mí.

—Oh, creo que lo sabe, bella dama.

—¿Sí? —Fingí inocencia. Dio un paso más cerca, casi como un depredador. La luz de la luna besaba su definido pecho y su abdomen, y el pantalón de su pijama estaba demasiado bajo. Podía ver esa *sexy* «V» en la parte inferior de su abdomen. Todo en él gritaba peligro: la forma en que se movía, la forma en que me miraba. Era una promesa ambulante de sexo intenso.

Mi garganta estaba seca y, de pronto, me estaba relamiendo los labios con expectativa. Se acercó lentamente a mí, dándome tiempo para observar la forma en que sus músculos se flexionaban mientras se movía.

No dijo nada. No hacía falta. Estábamos hablando a través de nuestros ojos. Cuando estuvo lo suficientemente cerca, enterró su rostro en mi cuello, dándome pequeños y húmedos besos. Mi corazón se aceleró en mi pecho, mientras su boca se movía hacia mi oído. Su pesado aliento sopló más allá del lóbulo de mi oreja, robándome un suspiro. Sus manos acariciaron mis brazos con ternura hasta que nuestros dedos se entrelazaron.

Tomó una de mis manos y la presionó contra su pecho.

—¿Puedes sentir lo que me haces? —Sí podía. Su corazón latía tanto, incluso más que el mío.

Se inclinó, y nuestras frentes se encontraron una contra la otra. Para este punto, mi respiración era errática. No pude aguantar más. Presioné mis labios contra los suyos, besándolo con todas mis fuerzas. Me besó con tanta desesperación que mis rodillas se debilitaron. Nuestras bocas se movían en sincronía, lamiendo, chupando y mordisqueando apasionadamente. Yo estaba en llamas. Abrí la boca para que su lengua se sumergiera e intensificara las sensaciones de ambos.

Sus manos bajaron a mis muslos para levantarme, y yo no perdí tiempo en envolver mis piernas alrededor de sus caderas. Mi espalda golpeó la pared cuando él se presionó contra mí. Gemí en su boca, todo mi cuerpo palpitaba. Ya no me importaba dónde tocaba o lamía. Quería sentirlo, sentirlo por completo.

Me llevó a la cama y me acostó. Levantó mi camisón hasta que llegó a mi abdomen. Me apoyé sobre los codos y lo miré mientras bajaba mis pantis. Avergonzada, apreté las piernas.

—Evan —comencé a decir, nerviosa.

Él me separó las piernas.

—Shhh. —Se arrodilló en medio—. Necesito probarte.
—Mordí mi labio inferior—. ¿Puedo?

Asentí y miré al techo mientras él me llevaba al cielo con su lengua. Técnicamente, no lo «hicimos», pero definitivamente fue una de las mejores noches de mi vida.

A la mañana siguiente, me desperté sintiéndome jovial y feliz. Ni siquiera me importó que el sol acariciara mi rostro cuando abrí los ojos. Sentí un calor que provenía detrás de mí, miré hacia abajo y vi el fuerte brazo que envolvía mi cintura. Mi corazón se derritió en mi pecho.

Así es como quiero despertar cada mañana de mi vida...

Con cuidado, me di la vuelta para mirar al hombre que dormía detrás de mí. Evan se veía angelical con los ojos cerrados; sus largas pestañas tocaban sus pómulos. Se veía tan tranquilo. Acaricié su mejilla con amor.

Un golpe en la puerta me sacó de mi momento de contemplación.

—¿Señorita Jones? —La voz de Héctor fue como un balde de agua fría.

¡Oh, mierda!

Salté de la cama con pánico.

Evan abrió los ojos perezosamente.

—Vuelve a la cama —murmuró. Le hice un gesto para que se callara y él frunció el ceño.

—¿Señorita Jones? —repitió Héctor y los ojos de Evan se abrieron al darse cuenta.

Sin duda, nos descubrirían.

—¿Sí? —respondí, mientras me subía las pantis. Evan ya estaba fuera de la cama, poniéndose la ropa interior.

—¿Puedo pasar? — preguntó Héctor, mientras yo me ponía el camisón.

—¡Deme un minuto! —grité, mientras arreglaba mi

desordenado cabello en un chongo. Recogí la pijama de Evan del suelo y su celular, se los di y lo empujé hacia la ventana—. ¡Tienes que irte!

Evan fingió dolor.

—Me siento usado, señorita Jones.

Puse los ojos en blanco.

—¡Fuera!

Evan miró por la ventana.

—¿Cómo? ¡Esto es demasiado alto!

—No parecías tener ningún problema anoche —dije apresuradamente.

—Me sentía romántico anoche —explicó —. Y excitado.

Sentí ganas de abofetearlo ahí mismo.

—¡Vete ya!

—¡Está bien, está bien! —exclamó, mientras salía por la ventana con su pijama en las manos. En cuanto salió, cerré la ventana y corrí las cortinas.

—¡Adelante! —dije, metiéndome en la cama de nuevo. Héctor entró, con toda su elegancia de mayordomo. Se veía radiante y limpio.

—La señora Woods se pregunta si le gustaría acompañarla a desayunar —dijo, echando un vistazo alrededor de la habitación. ¿Sospecharía algo?

—Por supuesto. —Le sonreí con la boca cerrada—. Deme diez minutos —dije insegura.

Héctor me sonrió.

—Está bien. Que tenga un buen día, señorita Jones. —Desapareció por la puerta.

De inmediato, corrí hacia la ventana para ver si Evan había llegado a tierra sano y salvo. Dejé escapar un largo suspiro de alivio cuando lo vi caminar entre los arbustos. Se veía más que gracioso en ropa interior, mientras deambulaba por el jardín.

Abrí la ventana y saqué la mitad de mi cuerpo.

—¡Oye, Romeo! —susurré.

Evan me miró.

—Te ves muy guapo entre esos arbustos, bebé.

Evan entrecerró los ojos.

—Sí, sí, disfrútalo mientras puedas.

—Oh, vamos, sabes que te amo, ¿verdad? —Le esbocé una gran sonrisa.

Me miró con escepticismo.

—Me usaste y luego me arrojaste por la ventana, literalmente. ¿A eso le llamas amor? —Sacudió la cabeza.

Le lancé un beso.

—Te lo compensaré, lo prometo.

Levantó una ceja.

—Bien, porque hay una larga lista de cosas que quiero hacerte.

—¡Evan!

—Hasta luego, Melocotón. —Me guiñó el ojo.

Y me quedé allí en la ventana, viendo a mi Romeo alejarse en ropa interior, maldiciendo mientras pisaba las espinas.

Encantador...

Bueno, el amor no tiene que ser romántico, sólo tiene que ser real.

FUE UNA SOLA VEZ, NO VOLVERÁ A SUCEDER

—¿QUÉ? —Lau escupió café en mi cara y unas gotas cayeron en mi sudadera. Era un día frío.

Arrugué la nariz con disgusto y me limpié el rostro.

—Gracias, qué linda.

—¡Ay, Dios mío! —Lau se tapó la boca en shock—. ¿Hablas en serio?

—Sí, ¿puedes bajar la voz? —le dije, notando las miradas hacia nosotras. Estábamos en la cafetería Fairies: nuestro lugar favorito más reciente.

—¡No puedo creer que te haya hecho sexo oral! —Estaba desconcertada—. ¿Cómo se sintió? ¿Te gustó?

Me sonrojé.

—Sí, me gustó mucho.

—¿Le devolviste el favor? —me miró expectante.

Negué con la cabeza.

—No, yo... usé mi mano. —Mi rostro estaba ardiendo cuando recordé lo *sexy* que se veía cuando lo tocaba, la forma en que cerraba los ojos y sus músculos abdominales se flexionaban.

—¡Por Dios! Estoy demasiado sorprendida como para pedir más detalles en este momento. —Se abanicó—. ¡Vaya! Admiro tu autocontrol, Jules. ¿Cómo le hiciste para no ceder y no lanzarte sobre él?

—Realmente no lo sé. —Esa era la verdad. Además, Evan no me presionó para hacer algo para lo que no estuviera lista.

—Ya nos vas ganando. Jordan y yo no hemos pasado de frotamientos aún. —Le dio un mordisco a su muffin y cayeron pequeños pedazos sobre su camisa de franela. Lau se veía un poco bohemia ese día, llevaba sombrero y toda la cosa.

—¿Y crees que avancen pronto? —pregunté, curiosa.

La expresión de Lau cambió a una de nerviosismo.

—Tal vez, no lo sé, quiero estar segura de mis sentimientos, eso es todo.

—¿Segura de tus sentimientos? —No tenía ni idea de que Lau dudara de ellos—. Pero él te ama, tú lo amas. —Ella se estremeció al escuchar esta última oración—. Sí lo amas, ¿no? —Su silencio fue la respuesta—. Oh...

—Me preocupo por él de verdad, y quiero estar con él.

—Pero no lo amas —afirmé.

Ella negó.

—Aún no, pero el amor es algo que se construye, ¿cierto?

Coloqué mi taza sobre la mesa.

—¿Qué pasa, Lau? Obviamente hay algo que no me estás diciendo. —Ella agachó la cabeza y suspiró.

—Es Jason...

Oh, no...

—¿Qué hay de él? —Me hice la tonta. Si Lau supiera que yo sabía lo de Jason, me mataría.

—Cuando te fuiste el sábado pasado, nos quedamos solos en tu habitación.

En serio no me gusta a dónde se dirige esto.

—¿Y? —insistí.

—Intentó besarme. Me dijo muchas cosas sobre sus sentimientos y eso, me confundió, Jules. Y es muy injusto de su parte hacerme esto ahora que tengo a alguien que me ama.

—Lau, necesito que seas honesta conmigo. ¿Sientes lo mismo? —Tenía que preguntar; se trataba de dos de las personas más importantes en el mundo para mí. Ambos eran mis mejores amigos.

Ella desvió la mirada.

—No lo sé. —Ella suspiró y me limité a dejarla hablar—. De verdad no lo sé. Jason es... ha sido parte de mi vida desde que éramos niños y siempre me ha parecido... atractivo en cierto modo, pero no sé si siento algo por él.

Suspiré y tomé su mano.

—Está bien, Lau, no debes tener todas las respuestas ahora mismo.

—Señoritas —nos llamó Shane, parándose frente a nuestra mesa. Llevaba una camiseta roja, *jeans* oscuros y tenis. Su cabello rubio y castaño estaba en su estilo despeinado habitual. Había pasado un tiempo desde la última vez que lo vi. Con esa camiseta lucía mayor, de alguna manera.

Lau le sonrió.

—Mira quién está aquí, el chico universitario decidió visitar a sus amigas de la preparatoria.

Él le devolvió la sonrisa.

—Bueno, los viejos hábitos no mueren tan fácilmente. —Se encogió de hombros—. Vine a pescar, ya saben. —Lau se rio entre dientes—. ¿Qué?

—¿A pescar? —Arqueé una ceja.

Sus ojos se posaron sobre mí.

—Sí, mi querida amiga, a *pescar* —repitió la última palabra lentamente. Acercó una silla y se sentó con nosotras.

—No entiendo —admití.

Lau me sonrió.

—Vino a pescar mujeres, Jules.

—Buena chica. —Shane chocó los cinco con ella.

Puse los ojos en blanco.

—¿Así que ahora estás familiarizada con la forma asquerosa de Shane de decir las cosas?

—Supongo que ella es mi aprendiz. —Shane acarició el cabello de Lau, y ella le dio un manazo juguetón.

—No tengo otra opción. Siempre estoy cerca de Jordan, por lo tanto, de Shane también —explicó ella, mientras se terminaba el *muffin*—. Lo que me recuerda, me debes un *muffin*. Paga, amigo.

Shane se quejó.

—Lo recordaste.

—Por supuesto que sí. Cualquier cosa que involucre comida gratis siempre se queda en mi mente. —Me reí un poco.

De mala gana, Shane le dio unos cuantos dólares.

—Tonta apuesta—murmuró. Lau le dio unas palmaditas en la cabeza y fue a comprar otro *muffin*. Eso nos dejó a los dos a solas, yo no estaba nerviosa. Estaba realmente contenta de verlo. De hecho, lo había extrañado.

—¿De qué se trataba la apuesta? —le pegunté, tomando un sorbo de mi té helado.

Shane se mordió el labio inferior.

—No te lo diré.

—Oh, vamos —insistí, cada vez más curiosa—. Necesito saber qué tipo de apuesta perdió el infame Shane.

—¿Para que puedas burlarte de mí? No, gracias. —Sacudió la cabeza.

—No puede ser tan malo. —Él hizo un gesto para sellar sus labios—. ¿Sí sabes que Lau me lo dirá de todos modos?

—Pero no estaré aquí para que te burles de mí.

—Siempre puedo enviarte un mensaje de texto.

Shane se quejó.

—Cielos, había olvidado lo persistente que eres.

—La perseverancia es mi mejor cualidad. —Levanté mi vaso de té helado como si estuviéramos brindando—. ¿Entonces?

—Me ganó en *Mario Kart* —murmuró él.

—¡No puede ser!

Sabía lo buenos que eran Jordan y Shane en *Mario Kart*, jugué con ellos un par de días hace meses y ambos me patearon el trasero repetidamente.

—Ella juega todos los días con Jordan. Le mostró nuestros trucos, el pequeño traidor. —Él trató de justificar su derrota. Me reí en su cara; lo estaba disfrutando demasiado. Él y Jordan se habían burlado de mí cuando me derrotaron, así que ahora era mi turno. ¡Oh, la venganza es dulce!

—Lau es mi heroína —dije, todavía riéndome un poco.

Shane hizo una mueca.

—Fue una sola vez, no volverá a suceder.

—Claro, claro. —Y habiendo dicho eso, el silencio cayó sobre nosotros, y eso no era bueno. ¿Por qué? Porque el silencio nos llevaba a pensar y recordar cosas. Tomé un último sorbo de mi té helado, manteniendo los ojos en cualquier lugar menos en Shane. Sin embargo, podía sentir su mirada sobre mí.

Di algo, Jules.

—Y... —comencé a decir—. ¿Cómo va la universidad?

Shane se acomodó en su silla.

—Muy bien. —Se encogió de hombros, pero no sonaba genuino.

—¿Seguro?

Shane suspiró.

—De verdad, me va muy bien con las chicas como siempre. —Recuperó su tono bromista.

—Nunca cambiarás.

—Eso no es cierto —señaló—. Cambié por ti, pero tenerte

está fuera de la ecuación, ¿no? —Tragué saliva—. No tengo más remedio que volver a mis viejas costumbres.

Me tomó un tiempo recuperar la voz.

—No tienes que ser un mujeriego, Shane. Encontrarás a alguien más si te das una oportunidad.

—Esa es la cuestión. —Apoyó los codos en la mesa, mirándome—. No quiero encontrar a nadie más. No quiero volver a sentir algo por alguien. ¿Y sabes por qué? Porque duele mucho no ser correspondido.

—Shane...

—No te sientas mal, nada de esto es tu culpa. Estoy bien —afirmó, pero ambos sabíamos que eso no era cierto. Recordé a Lau contándome sobre cómo Shane se la había pasado bebiendo y festejando salvajemente durante las últimas semanas. Él se puso de pie—. Seguiremos con esta charla más tarde, me tengo que ir.

—¿Qué? ¿Por qué?

Con un gesto, Shane señaló las ventanas que daban al estacionamiento. Evan estaba saliendo de su auto.

—Tu caballero está aquí —dijo Shane con amargura antes de irse.

Miré a Evan a través de la ventana mientras cerraba la puerta de su auto y colocaba las llaves dentro de los bolsillos de su sudadera. Mi celular vibró sobre la mesa, lo revisé y fruncí el ceño cuando noté que era un mensaje del número desconocido que me había estado molestando.

De: Desconocido.
Señor, cuidado con los celos, son un monstruo de ojos verdes que se burla de la carne que lo alimenta; feliz el cornudo que, sabiéndose engañado, no quiere más a su ofensora.

Reconocí el extracto fácilmente. Era de *Otelo* de Shakespeare. ¿Cómo lo supe? He leído las obras de Shakespeare desde que era niña. Pero ¿cómo es que este desconocido sabía eso? Tenía que saberlo, de lo contrario, no me enviaría esas cosas si supiera que no las iba a reconocer. Miré hacia la puerta de la cafetería; Evan aún no había aparecido. Rápidamente, comencé a escribir una respuesta.

Yo: Ya te dije que me dejes en paz. Voy a bloquearte.

Él: Qué susceptible. Sólo intento ayudarte.

Yo: ¿Ayudarme? Entonces dime tu nombre.

Él: ¿Por qué los nombres son tan importantes para ti?

Yo: Suficiente, te voy a bloquear.

Él: Espera…

Yo: ¿Qué?

Él: No lo hagas. Tengo algo importante que decirte.

Yo: ¿Qué cosa?

Él: Evan te está mintiendo.

Yo: Como si fuera a creer en tu palabra por encima de la de mi novio.

Él: Deberías.

Yo: Ni siquiera sé tu nombre.

Él: Los nombres sirven para complicar las cosas.

Escuché la puerta de la cafetería y vi entrar a Evan.

Yo: Sólo déjame en paz.

Él: Si quieres saber la verdad, estoy a un mensaje de distancia. Adiós, Jules.

Guardé mi teléfono. Lau regresó a la mesa justo cuando Evan se estaba acercando para saludarme con un beso. Ellos se saludaron y se sentaron. Lau estaba frente a mí y Evan a mi lado. Llevaba un gorro rojo de invierno que lo hacía lucir adorable, su cabello estaba más largo, por lo que se escapaba del gorro y se pegaba a su pálido cuello y a su frente. Suspiré mentalmente. «Se ve tan lindo». Dejó las llaves y el teléfono sobre la mesa. Luego, volteó hacia mí y una sonrisa se formó en sus labios carnosos.

—¿Cómo estás, Melocotón? —preguntó con su *sexy* voz.

Le devolví la sonrisa.

—Estoy bien. ¿Tú cómo estás?

—¿Tú qué crees? —Se inclinó hacia adelante para besar mis labios; el contacto fue breve y suave, pero, aun así, me dejó sin aliento.

—Oh, vamos, chicos —protestó Lau—. No me hagan sentir como un mal tercio.

La miré.

—Pensé que estarías ocupada con esos *muffins*.

—Pero tengo ojos. —Le dio un mordisco a un *muffin* de chocolate—. Por cierto, ¿dónde están los demás? Pensé que había sido clara sobre la puntualidad.

Me encogí de hombros.

—Ya los conoces, la puntualidad no es lo suyo.

—En realidad, sí lo es —intervino Nash; Nadia estaba a su lado. Yo tragué saliva—. Hubo un accidente en la carretera y eso nos retrasó.

—Estaba hablando de Jordan y Jason —aclaré. Los dos se sentaron—. ¿Quieren algo?

—Todavía no, gracias — respondió Nadia, abrazándose. Sus mejillas estaban sonrojadas. Debe hacer bastante frío afuera.

—¡Jules! —gritó Linda desde la entrada de la cafetería. Mike la siguió como un cachorro perdido.

—¡Hola, chicos! —Me puse de pie para abrazarlos a ambos. Nos habíamos vuelto bastante cercanos en nuestra clase extra. Evan ya no era nuestro profesor, ya que el maestro habitual se había recuperado de su enfermedad.

Media hora después, aparecieron Jordan, Jason y Helen. Tuvimos que acercar otra mesa para que cupiéramos todos. Cuando todos estábamos allí, Lau se puso de pie y se aclaró la garganta.

—Muy bien, chicos —comenzó, sosteniendo su taza de café—, los reuní a todos aquí para hacer un pequeño anuncio. Como saben, ya es noviembre, y con él llega un día especial: el 13 de noviembre. Nuestra pequeña Jules cumple dieciocho años mañana. —Le sonreí—. Pensé en planear algo especial para ella y, con un poco de ayuda de cada uno de ustedes, lo lograremos. Así que, Jules... —Me miró.

—¿Qué? —La vi con los ojos entrecerrados.

Ella sonrió.

—Preparen sus maletas, iremos a las montañas de Greene y nos iremos esta misma tarde. —Mi rostro se iluminó. ¿Qué?

Yo quería ir a esas montañas desde que era niña; ahí había bellos bosques de pinos, hermosas cascadas y claros.

—Estás bromeando, ¿verdad? —Eché un vistazo alrededor para ver si alguno de los chicos se estaba riendo. Todos me sonreían. Y fue entonces cuando me di cuenta de que todos vestían ropa de invierno—. ¿Es en serio?

—Sí. —Jason asintió—. Hace tiempo me dijiste que querías ver el amanecer desde esas montañas, ¿recuerdas? —Mi corazón se derritió—. Bueno, ahora podrás hacerlo en la mañana de tu cumpleaños número dieciocho.

—Pero... no sé si mamá me deje ir, tengo que preguntarle —dije nerviosa. Mis manos temblaban de emoción.

—Ya le preguntamos —intervino Helen—. Dijo que sí; todo está arreglado.

—Y... ¿van a ir todos ustedes? —Todos asintieron—. ¿Dónde nos vamos a quedar? Yo...

Evan me tocó el hombro y lo miré.

—Jules, ya todo está arreglado.

—¡Sorpresa! —exclamaron todos juntos. Se me llenaron los ojos de lágrimas; estaba demasiado sensible.

—Ustedes son... —mi voz se quebró.

—¡Ou! —Linda pasó un brazo por encima de mi hombro—. No llores, tontita.

Miré a las personas que estaban en la mesa y me sentí la más afortunada del planeta. Nunca pensé que tuviera tantos amigos, tanta gente que se preocupara por mí. Después de que mi papá me abandonó, pensé que había algo malo en mí, que estaba defectuosa y que por eso mi padre abandonó a su propia hija. Pensé que el resto del mundo sería como él, me encontrarían defectuosa y, a la larga, se irían. Pero ahí estaba yo, con un gran grupo de amigos. Y fui yo quien los había unido.

Una sonrisa apareció en mis labios cuando me di cuenta de algo. Yo no estaba defectuosa, ningún niño abandonado está defectuoso. Probablemente mi papá no pudo manejar la situación. Yo era una buena persona y el mundo me estaba pagando por quitarme a una persona, dándome ahora a esta gran familia. «Toma eso, papá».

Mi papá se había ido, pero ese día me di cuenta de que él se lo perdía, no yo. Perdió la oportunidad de pasar tiempo conmigo. Perdió la oportunidad de verme crecer y eso estaría en su conciencia, no en la mía. Entonces, iba a disfrutar mi cumpleaños dieciocho con la familia que elegí tener, y no podía estar más feliz.

SIENTO ALGO DE TENSIÓN AQUÍ

—NECESITAMOS HABLAR. —Escuchar esa frase da miedo, pero escucharla de tu mejor amiga es horripilante. ¿Por qué? Porque sabes que tu mejor amiga entiende lo aterrador que es escucharla y no la usaría si no hubiera un problema grave. Seguí a Lau a mi habitación. Acabábamos de llegar a casa para recoger mis cosas y emprender el viaje.

Recogí mi mochila para empezar a meter mis cosas.

—¿Qué sucede? —pregunté, bastante preocupada.

Lau tomó algunas cosas para ayudarme a empacar.

—No te enojes.

—Lau —me giré hacia ella—, ¿qué pasa?

—Shane vendrá con nosotros —murmuró, pero la escuché bien.

—¿Qué?

—Él nos consiguió la cabaña, es propiedad de su familia —explicó apresuradamente—. No podíamos hacerlo a un lado. Estaría mal; es nuestro amigo.

—Lo sé, pero él es la razón por la que Evan y yo rompimos —dije exasperada.

—Sigue siendo nuestro amigo — protestó ella. Sentía que estábamos por empezar a discutir.

—Él debió haber pensado en eso antes de besarme. Cometió un error, no podemos seguir adelante y fingir que no sucedió.

Lau cruzó los brazos sobre su pecho.

—Eso no es justo, Jules. Le devolviste el beso, tú también cometiste un error.

Sus palabras me tomaron por sorpresa.

—No es lo mismo, yo...

—Sí, sí lo es. Lo siento, pero no puedo dejar que le eches solo la culpa a él. No puedo seguir viéndote actuar tan arrogante cuando eres tan culpable como Shane.

La miré con la boca abierta.

—No puedo creer que te estés poniendo de su lado cuando él casi destruye mi relación.

—No, tú casi destruyes tu relación. —Me señaló y alzó la voz—. Sé que Shane no es un santo, pero no es el único culpable de lo que pasó. Es hora de que tú también te hagas responsable de tus errores. Es hora de crecer.

—¿Crecer? —Me reí sarcásticamente—. ¿De verdad me vas a sermonear sobre la madurez? Ni siquiera sabes si amas al chico con el que sales y tienes sentimientos desconocidos por Jason.

—Guau, estás tan desesperada por no ver tus errores que estás dispuesta a mencionar eso sólo para callarme, pero, ¿adivina qué? —Se acercó—. Eso no va a funcionar, Julie Ann. Soy tu mejor amiga y te diré cuando te equivoques, incluso si dejas de hablarme.

—¡No estoy equivocada! —le grité—. Un chico me besó en la oscuridad, ¿cómo puede ser culpa mía? Estás loca.

—¡Le devolviste el beso! —replicó ella.

—Fue por lástima y lo sabes.

—Eso no importa, le diste esperanzas.

—Eso no es mi culpa. Él sabía que yo tenía novio, sabía que no correspondía a sus sentimientos. Fui bastante clara con él.

Lau resopló.

—¿Clara? Besarlo no le aclara nada a él ni a nadie. ¿Por qué lo hiciste?

—¡Me compadecí de él! ¡Eso fue todo!

—Eso no es todo y ambas lo sabemos, Jules. No puedes esconderte detrás de la lástima.

Fruncí el ceño.

—¿Qué quieres decir?

—¡Te sientes atraída por él! —me acusó seriamente, dejándome sin palabras—. Listo, lo dije. Te sientes atraída por Shane y lo besaste porque querías, no porque te compadecieras de él. ¡Admítelo y sigue adelante, maldita sea!

—¡Te equivocas!

—¿Eso crees? Amas a Evan, pero eso no significa que no te sientas atraída por otra persona. Eres humana. —Me hizo un gesto con las manos—. Amar a alguien no se trata de no sentirse atraída por nadie más, el amor se trata de elegir a esa persona sobre todas las demás por las que también sientas atracción.

—¿Y tú cómo sabes eso? Ni siquiera sabes a quién amas —espeté enojada.

La cara de Lau se contorsionó de dolor, pero siguió hablando:

—Pero sé que te amo y quiero ayudarte. —Se me aplastó el corazón, pero estaba demasiado enojada como para decir algo—. Sé que es tu viaje de cumpleaños, pero Shane vendrá con nosotros. No estás siendo justa, cometiste un error, acéptalo. —Me dio la espalda y caminó hacia la puerta—. Evan ya lo sabe, le expliqué lo de la cabaña y entendió. Estaré abajo. —Y con eso, se fue.

No podía creer lo que acababa de pasar. Nunca había tenido una discusión tan fuerte con Lau. ¿Tenía razón? No podía... Yo no... Suspiré mentalmente, alejando todos los pensamientos. No quería pensar en nada, simplemente quería disfrutar de mi viaje.

Una parte de mí sentía dolor ante la idea de que Lau estuviera enojada conmigo, o al revés. Ella era como mi hermana, y su opinión era muy importante para mí, pero decidí no pensar en ello. Sabía que arreglaríamos las cosas; años de amistad no podían terminar por una discusión, ¿cierto?

Mientras metía cosas en mi maleta, me pregunté si tenía razón. ¿Estaba siendo terca? ¿Me sentía atraída de alguna manera por Shane? Sabía con certeza que mis sentimientos por Evan eran más grandes que cualquier otra cosa, pero ¿y si era cierta la teoría de Lau sobre sentir atracción por otras personas?

Me quejé mientras terminaba de empacar: «Deja de pensar demasiado, Jules. Disfruta tu viaje de cumpleaños», me ordené a mí misma, pero mi mente seguía divagando. ¿De verdad Evan estuvo de acuerdo con esto? Iba a ser extremadamente incómodo. No sólo estaba preocupada por Shane, también lo estaba por Nash. La última vez que lo vi, me dijo que estaba interesado en mí. ¿Qué les pasaba a los chicos? Antes de Evan, estaba sola, nadie me quería, ni siquiera me habían besado, por el amor de Dios. Pero desde el momento en que conseguí novio, los chicos empezaron a perseguirme. Primero fue Shane, luego Nash, e incluso esos mensajes de texto espeluznantes. ¿Acaso quieren lo que no pueden tener? ¿Era eso lo que estaba pasando?

Resoplé para quitarme algunos mechones de cabello del rostro y bajé las escaleras. Era hora de enfrentar a todos.

Después de una eternidad de camino, dos gasolineras, seis bolsas de Ruffles y dos siestas, finalmente llegamos a nuestro destino.

Cuando salí del auto de Evan, me di cuenta de que no era la única con el problema de entumecimiento. Jason cojeaba, Lau se golpeaba el brazo para despertarlo y Jordan le daba puñetazos a Shane en la pierna para verlo retorcerse de dolor.

Los únicos que parecían estar perfectamente bien eran los gemelos Sullivan. Los contemplé boquiabierta mientras nos miraban en silencio. Nash vestía pantalones negros con un suéter azul oscuro, y tenía las manos dentro de los bolsillos de sus pantalones. Nadia vestía mallas negras y una camiseta larga sin mangas de color azul oscuro que le llegaba más allá de los muslos. Sí, su ropa combinaba. ¿Era eso una cosa de gemelos? No tenía ni idea. Se veían espeluznantemente perfectos. ¿Iban a matarnos mientras dormíamos? Los miré con ojos entrecerrados.

—¡Ay! ¡Mierda! ¡Mi brazo! —se quejó Jane detrás de mí. Sí, ella venía con nosotros. ¿Por qué? No lo sabía. Tal vez era la venganza de Evan por dejar venir a Shane.

—¿Qué ocurre? —preguntó Evan, cerrando la puerta del conductor.

Jane volteó hacia él.

—No puedo sentir mi brazo, E. —Imité sus palabras sin producir ningún sonido. Helen todavía estaba en el auto, agarrando su maleta. Estaba tan concentrada en todos que no había mirado a mi alrededor y cuando lo hice, me deslumbré.

Si el cielo realmente existe, entonces sería algo similar a este lugar. Los pinos nos rodeaban, casi ocultando las hermosas montañas que nos envolvían. El pasto se veía verde y fresco. Junto a los pinos, había árboles más pequeños con flores y frutos desconocidos para mí. El frío viento pasó junto a nosotros; yo respiré profundamente y el olor a naturaleza pura me hizo cerrar los ojos con deleite. Caminé hacia los chicos, dejando atrás a los quejumbrosos de Jane, Evan y Helen.

—Guau, esto es increíble —dijo Jason, y yo no podía estar más de acuerdo.

—Por supuesto que lo es —intervino Shane—. Mi padre no compraría una cabaña en un lugar feo, quiere lo mejor para su familia.

Puse los ojos en blanco.

Lau le lanzó una mirada helada.

—Sí, sí, todos sabemos que tu familia tiene dinero, no hay necesidad de restregárnoslo en la cara. —Me reí, pero cuando la miré, ella desvió la mirada. Seguía enojada, ¿no?

Shane sonrió.

—Sólo fue un comentario. —Su expresión se volvió seria cuando miró detrás de mí—. ¿Realmente tenía que venir? —Sabía que se refería a Jane.

Me encogí de hombros.

—Supongo.

—Siento algo de tensión aquí —comentó Nash.

Shane y yo compartimos una mirada mientras Jane se unía a nosotros, seguida por mi Evan y Helen.

—Hay que llevar nuestras cosas a la cabaña —sugirió Jordan.

Shane nos llevó hasta la cabaña. Era casi la puesta de sol y se sentía como si las nubes estuvieran bajando porque había una niebla blanca que cubría todo. Se parecía mucho a una película de terror, lo cual me encantaba. Estaba temblando cuando subimos las escaleras de la cabaña. Shane nos abrió la puerta y todos corrimos dentro; hacía frío afuera y nuestras chamarras estaban en las maletas.

La cabaña se sentía caliente. Todo era de madera: el piso, la mesa, las camas, las ventanas y las escaleras. Había una chimenea a la derecha y un librero al lado. Había sofás y camas, muchos. Fruncí el ceño. ¿Por qué las camas estaban en lo que parecía ser la sala?

—Mis padres están remodelando el segundo piso, así que todos tenemos que quedarnos aquí —explicó Shane, señalando las camas—. Hay dos baños en ese pasillo y un estudio donde podemos ver películas. También hay una piscina climatizada en la parte de atrás, el agua está tibia, pero con este clima, nos podemos congelar al salir de ella. —Observé dos camas *king size*, tres individuales y varios colchones apoyados contra la pared de madera. Todos íbamos a dormir en la misma habitación; era como una gran fiesta de pijamas. ¿Divertido? No lo creo.

¿Por qué? Bueno, había una larga lista de razones. Lau estaba enojada conmigo. Helen estaba enojada con Jason por llamarla Laura mientras tenían sexo. Jane despreciaba a Shane por ser un idiota con ella después de tener algo. Evan no estaba muy contento con la presencia de Shane. Yo estaba enojada con Evan por traer a Jane. Jason estaba enojado con Jordan por comerse sus Doritos en el camino y ser el novio de Lau. Lau también estaba enojada con Jason por confundirla. Nash estaba enojado con todos nosotros por no dejarlo ser el *nerd* que era.

¿Lo ven? No suena muy divertido, ¿verdad?

Y para mejorar las cosas, recibí un espeluznante mensaje de texto:

> «La confianza del inocente es la herramienta
> más útil del mentiroso».
> Stephen King es sabio, ¿no te parece, inocente Jules?

Genial, simplemente genial. Mi cumpleaños parecía prometedor, y no en el buen sentido.

SÍ, INVENTO FRASES, DEMÁNDAME. SOY ORIGINAL

«VOY A DIVERTIRME».

Lo decidí mientras desempacaba mis cosas. Sabía que iba a ser difícil ignorar toda la tensión que me rodeaba, pero iba a intentarlo. Mi cumpleaños sería a la mañana siguiente, y todas las personas que me importaban habían preparado este regalo para mí, por lo tanto, lo disfrutaría.

Sin embargo, el hecho de que no tuviéramos privacidad no ayudó mucho con mi decisión. Todos estábamos obligados a permanecer en la misma zona. Me preguntaba si los padres de Shane no podrían haber esperado un poco para remodelar su casa de vacaciones. Tal vez era el destino divirtiéndose con mi vida una vez más.

En cuanto a mi grupo de amigos, todos hacían cosas diferentes: Jane, Jason, Helen y Nadia usaban sus teléfonos; Jordan veía un partido de fútbol; Lau se sentó a su lado, pero no parecía muy interesada en el juego; Nash parecía analizar la casa con detalle; Shane había ido al baño; y mi novio estaba apoyado contra la ventana, mirando el exterior distraídamente.

Suspiré. Mi propósito de cumpleaños de no dejar que la tensión arruinara esto no iba a ser fácil de cumplir. Me puse de pie y aclaré mi garganta.

—Oigan, chicos —les dije, llamando la atención de todos. Tragué saliva; ser el centro de atención no era lo mío, pero no tenía otra opción—. Deberíamos explorar la zona. Estas montañas son hermosas. —Todos me miraron en silencio.

—Hace demasiado frío afuera —opinó Jane a pesar de que no le había hablado a ella.

Lau se levantó de su asiento.

—Jules tiene razón. Deberíamos caminar un poco. —No podía creer que me estaba respaldando. ¿Eso significaba que ya no estaba enfadada?

Jordan sonrió de oreja a oreja.

—Podríamos hacer una fogata y todo, les contaré algunas historias de terror que conozco. —Se frotó las manos con entusiasmo.

—Eh... —Jason hizo una mueca—. ¿Historias de terror? Aún tengo pesadillas sobre esa noche de pelis en la casa de Jules. —Se estremeció—. ¿Qué tal algunos chistes?

—¿En serio, Jason? —No podía creer que aún no lo superara.

Helen suspiró.

—Eres un caso perdido. —Jason pareció sorprendido de escuchar a Helen hablar con él. Fruncí el ceño. ¿Le estaba aplicando la ley del hielo como habíamos planeado?

Evan permaneció en silencio. Sus ojos nunca dejaron la ventana, estaba tan distante. ¿Qué ocurría con él? ¿Estaba así por Shane?

Fue entonces cuando recordé la capacidad de Evan para actuar como si nada le importara. Me di cuenta de que había dos lados de él: su lado dulce, el poeta encantador que me escribía hermosos poemas y me hacía cosquillas mientras rugía juguetonamente, y su lado frío, al que más temía porque me había lastimado mucho en el pasado.

Evan era una persona complicada. Sabía que tenía mucho que ver con su pasado, era como si tuviera dos personalidades diferentes. O tal vez sólo construyó una pared fría a su alrededor para protegerse, sin dejar entrar a nadie, a nadie más que a mí. Me había dejado entrar, me había dejado ver lo dulce y tierno que era por dentro.

Sin embargo, sus ojos oscuros se movieron de la ventana para aterrizar en mí. Me di cuenta de que su pared fría estaba de vuelta, sus ojos no tenían ni rastro del amor y el anhelo que solían tener; en cambio, tenían un destello de molestia. Quería preguntarle qué le ocurría, pero, como ya dije, no había privacidad en la habitación para hacerlo.

—¿Jules? —Alguien chasqueó los dedos frente a mi rostro—. ¿Estás ahí? —Nadia fingió tocarme la cabeza.

Le sonreí.

—Sí, estaba...

—Admirando a tu novio —dijo por mí, y tenía razón, pero no lo estaba admirando de la forma en que ella pensaba; en realidad estaba tratando de entenderlo.

—¿Qué pasa? —Luché por mantener la mirada en ella y no dejar que esta volviera a dirigirse a Evan.

—¿Quién es esa chica? —Nadia señaló a Jane, que se había acercado a Evan y estaba charlando con él bastante animada.

—Ella es Jane, la mejor amiga de Evan.

—Ya lo sé. Quiero decir, ¿quién es ella en tu vida? ¿Por qué está aquí? —Esa era una gran pregunta.

—Yo... —Me detuve al notar lo cariñosa que se estaba poniendo Jane con Evan; le acariciaba el brazo de vez en cuando.

—Oh —dijo Nadia, llamando mi atención—. No te agrada, ¿verdad?

—No soy buena mintiendo, así que no voy a negarlo. —Dejé escapar un largo suspiro.

—Estamos aquí para celebrar tu cumpleaños. —Nadia cruzó los brazos sobre el pecho—. Ella no debería estar aquí.

—Ni que lo digas —me quejé, dejando caer mi mochila al lado de la cama.

Nadia me acarició los brazos de una manera reconfortante.

—No dejes que te afecte, ¿de acuerdo? Es tu cumpleaños y deberías divertirte.

Le dirigí una sonrisa agradecida.

—Lo intentaré.

—¡Jules! —gritó Jordan—. Está oscureciendo y necesitamos encontrar leña para la fogata, ¡así que hay que movernos!

Jason se quejó.

—¿En serio haremos eso?

—Tal vez deberíamos reconsiderar tu propuesta, Jules —intervino Nash—. Estas montañas son patrimonio nacional, por lo tanto, se conservan de la forma más natural posible. ¿Sabes lo que eso significa?

—No, ilumínanos —dije fastidiada.

—Lo más probable es que haya animales salvajes, como osos y zorros, además de una gran variedad de reptiles venenosos.

Jane frunció el ceño.

—¿Reptiles venenosos?

—Creo que se refiere a serpientes —comentó Lau.

—¡Oh, no! ¡De ninguna manera! —La expresión de Jason cambió a una de determinación—. ¡No saldré de aquí!

—Sí, quise decir serpientes, pero no son los únicos reptiles de los que deberíamos preocuparnos —dijo Nash con seriedad.

—¿Hay más? —El rostro de Jason estaba blanco como el papel.

Nash abrió la boca para continuar.

—Es suficiente, Nash —hablé antes de que él pudiera continuar—. Gracias por meterle miedo a todos.

Nash me sonrió.

—No hay problema. —¿Acaso no entendió mi sarcasmo?

Jane se sentó en una cama individual.

—Nadie me sacará de esta cómoda y cálida cabaña. —Yo no te invité, de todos modos.

—Sí, deberías quedarte —le dijo Nadia—. Es peligroso allá fuera.

Jane le sonrió.

—¡Exactamente! Tú sí me entiendes. —Nadia me guiñó un ojo, sabía que no quería a Jane cerca.

—¿Podemos irnos ya? —Jordan sonaba impaciente—. Me estoy olvidando de todas las historias de terror que quiero contarles.

—¿Historias de terror? ¿Serpientes? ¿Osos enojados? —Jason se rio nerviosamente—. Yo no voy.

Me acerqué a él y lo agarré del brazo.

—Sí irás, querido —dije, imitando un acento británico.

—Tu acento británico apesta. —Trató de soltarse.

—El tuyo también y no me estoy quejando.

—¿Qué? —Se aclaró la garganta para hacer su intento de acento británico—: Disculpe, *milady*, no puede decir eso. Mi acento es el *más mejor* acento del mundo entero.

—¿El *más mejor*, Jason? ¿En serio? —Puse los ojos en blanco—. Deberías estar practicando gramática en lugar de aprender un nuevo acento.

Jason se encogió de hombros.

—Sí, invento frases, demándame. Soy original.

—¿Podemos irnos ya? —preguntó Jordan mientras daba un pisotón.

Nash lo miró.

—Siento que eres el único emocionado por esto.

—No, no es el único —lo defendí, arrastrando a Jason hasta la puerta—. Todos estamos muy emocionados.

—Me resulta difícil creerte cuando estás arrastrando a alguien a la puerta —se burló Nash.

—Yo sí estoy emocionada —comentó Nadia para apoyarme, mientras caminaba hacia nosotros. Luego, levantó las manos en el aire—. Nadie me está arrastrando.

—La lástima te está arrastrando —espetó Nash.

Nadia lo fulminó con la mirada

—*Tais toi!*

—*Pourquoi? C'est vrai!* —respondió Nash con acento extranjero.

—*Ce n'est pas vrai*, Nash —replicó Nadia.

—¿Qué demonios? —Lau les frunció el ceño.

—¿Eso es francés? —Evan habló por primera vez en mucho tiempo. Todos compartimos miradas confusas.

—¡Basta! —dijo Lau—. ¿Podemos irnos?

Asentí y empujé a Jason hacia la puerta.

Todos salimos y bajamos las escaleras del porche. Cuando nos acercábamos al bosque, miré hacia atrás y no vi a Evan.

—¿Dónde está Evan? —le pregunté a Nadia, quien parecía ser la última en salir de la cabaña.

—Dijo que no vendría —respondió con una sonrisa triste.

¿Y se iba a quedar solo en la cabaña con Jane?

¡Por supuesto que no!

—Chicos, esperen un segundo, vuelvo enseguida —dije, y todos dejaron de caminar y empezaron a charlar.

Volví a la puerta y la abrí. Evan ya estaba hablando con Jane sobre este lugar.

—¿Evan? —Él se tensó ante el sonido de mi voz. Me miró, sin expresión alguna en el rostro.

—¿Sí? —respondió en un tono frío.

—¿No vienes con nosotros? —pregunté lo obvio, pero quería que me lo dijera en la cara.

—Creo que no.

Apreté los puños a los costados.

—¿Por qué no?

—¿No es evidente? — intervino Jane, lo cual aumentó mi ira—. ¿Qué tienen de divertido las fogatas?

—Creo que no te pregunté a ti —dije, y ella abrió mucho los ojos.

—Jules —me reprochó Evan—, no seas grosera.

—¿Puedo hablar contigo un segundo? —Estaba conteniendo mi rabia—. A solas. —Le lancé a ella una mirada desagradable. Jane miró a Evan y él asintió.

—Bien. —Ella pasó junto a mí camino a la puerta. Ahora que finalmente estábamos solos, no sentí la necesidad de contenerme más.

—¿Qué ocurre? —pregunté directamente—. ¿Cuál es el problema?

—Nada, estoy bien. —Metió las manos en los bolsillos de su chamarra.

—¿De verdad? Me has ignorado desde el momento en que entramos a tu auto. —Lo recordaba claramente—. Entonces, ¿cuál es el problema? ¿Por qué estás enojado conmigo?

—Estás imaginando cosas, estoy bien. —Se encogió de hombros.

Resoplé.

—¿Bien, dices? Evan, háblame, por el amor de Dios. No soy una lectora de mentes para saber lo que te está molestando.

—¿Por qué siempre tienes que hacer un gran problema de las cosas? —Eso me dolió.

—¿Por qué? Porque se supone que estoy celebrando mi cumpleaños y no estoy disfrutando ni un poco por tu culpa. —Tenía que decirlo.

El dolor atravesó por su rostro.

—¿Quieres que me vaya? Dilo y me iré.

—¡Eso no es lo que quise decir! —exclamé exasperada—. Sabes exactamente de lo que estoy hablando. Trajiste a Jane, aunque no me agrada mucho, y ahora ni siquiera quieres pasar el rato conmigo y mis amigos y no me dices por qué.

—Sí quiero pasar el rato con ustedes.

—¡Deja de mentir! —Me estaba empezando a enojar. Él apretó la mandíbula y se quedó en silencio. Eso fue todo. Si él no iba a decirlo, yo hablaría por él—. ¿Es porque Shane vino con nosotros?

—No, sabía qué vendría desde qué hablé con Lau sobre estos planes.

—¿Entonces?

—No es nada, Jules. Pero no puedo dejar a Jane sola aquí, yo la invité.

Su breve y honesta respuesta me dolió.

—¿No puedes dejarla sola a ella, pero a mí sí? —dije con voz herida.

—Jules, yo la invité, me siento responsable por ella.

—Claro, y ella es prioridad. Yo no lo soy, aunque sea mi celebración de cumpleaños.

—Jules...

—¿Sabes qué? Haz lo que quieras, quédate aquí o ve a la fogata. Es tu decisión.

Esperé un par de segundos a que él dijera algo, o a que me detuviera y cuando no lo hizo, mi corazón se rompió un poco. Le di la espalda y me dirigí a la puerta, la abrí y de inmediato me recibió el aire frío.

Jane estaba en el porche, mirando hacia el otro lado. Reprimí mis lágrimas y me dirigí hacia mi grupo de amigos, me estaban esperando justo donde comenzaba el bosque.

—¡Al fin! —Jordan levantó las manos con impaciencia. Luché por fingir una sonrisa, aunque Lau me miró como si leyera mi rostro.

—¡Vamos! —Hice mi mejor esfuerzo por sonar alegre.

Empezamos a caminar hacia el bosque. Miré hacia atrás, a la cabaña, y vi a Evan de pie junto a Jane en el porche. Sus ojos estaban fijos en mí. Me tragué la aflicción que me causó esa escena y volví la vista al frente.

En ese preciso momento, mi teléfono vibró en el bolsillo de mi chamarra, sabía que era el número desconocido. ¿Cómo? Bueno, todos mis amigos estaban aquí y mi mamá no sabía cómo enviar mensajes de texto, así que tenía que ser la persona desconocida.

De: Desconocido
«Los mentirosos no entrarán en el reino de los cielos».

Yo: Me estoy cansando de estos mensajes sin sentido.

Desconocido: Tu novio no entrará al cielo.

Yo: Crees que es un mentiroso, ya lo habías dicho.

Desconocido: No creo que sea un mentiroso, sé que lo es.

Yo: ¿De qué hablas? No estoy de humor para tu juego de adivinanzas.

Desconocido: Te daré una pista de una sola palabra sobre lo que está mintiendo.

Yo: ¿¿¿¿????

Desconocido: Jane.

FELIZ CUMPLEAÑOS, PEQUEÑO MAPACHE

—Y LUEGO, EL LOBO apareció detrás de él y ¡bum! —Todos saltamos—. ¡Le arrancó la cabeza al hombre! —Jordan terminó y yo hice una mueca.

—Pensé que habías dicho que el monstruo era un vampiro. —Nadia frunció el ceño y todos nos dimos cuenta de que tenía razón.

Jordan se rio nerviosamente.

—Bueno... ¿era un... lobo-vampiro?

—Apestas, hombre. —Shane negó con la cabeza, riéndose. Bueno, Jordan era bueno para contar chistes, pero apestaba para contar historias. Estábamos sentados en trozos de madera, alrededor de una fogata en el bosque.

—Ni siquiera asustaste a Jason —intervino Helen, señalando a mi mejor amigo, que estaba sentado a mi lado.

—¿Qué quieres decir con eso? —Jason parecía ofendido.

Helen se encogió de hombros.

—Eres un miedoso y todos lo sabemos.

—Uhhh —bromeó Shane—. Helen: uno, Jason: ¡cero!

Jason estaba estupefacto, parecía que no podía creer que

Helen estaba bromeando con él. Realmente me gustó la forma como lo trataba, lo había ignorado durante un par de días, sólo haciéndole comentarios desagradables y cosas por el estilo. En mi opinión, se lo merecía. Helen había estado detrás de él durante tanto tiempo, aguantándole tanto, incluso su indecisión. Era hora de que ella se armara de valor y le hiciera darse cuenta de lo que estaba perdiendo.

Jason miró a Helen directamente, pero había algo más en su mirada. ¿Era ira o lujuria? ¿O lujuria furiosa? No tenía ni idea.

Lau, Jordan y Shane se sentaron frente a nosotros. Nadia a un lado y Nash al otro para completar el círculo. Un viento frío sopló sobre nosotros y me estremecí, empezaba a pensar que venir aquí no había sido la mejor idea.

Hablar con mis amigos y escuchar las ridículas historias de terror de Jordan había mantenido mi mente ocupada, pero tan pronto como terminó su historia y todos comenzaron a hablar y reír, mis pensamientos volvieron a él.

Evan.

Estaba enojada con él, diablos, estaba furiosa. Me las arreglé para no demostrarlo con mis amigos, pero la ira estaba dentro de mí, palpitando. La idea de él y Jane solos en la cabaña me dejó un sabor amargo en la boca. Apreté los puños a los costados. ¿Por qué? ¿Cómo pudo hacerme esto? Faltaba como una hora para mi cumpleaños, pues ya casi era medianoche. Me di cuenta de que no estaba enojada y ya, sino que también me inundaba una profunda tristeza.

¿Así sería todo con él? ¿Me haría a un lado cada vez que Jane estuviera involucrada? El lado frío de Evan era algo a lo que no me acostumbraría. Tenía tanto en que pensar.

Dejé escapar un largo suspiro, tratando de relajarme. Sin embargo, también estaba ese mensaje desconocido. ¿Evan mintió sobre Jane? ¿Había algo entre ellos?

—¿Hola? ¿Estás ahí? —Nadia sacudió un vaso de plástico frente a mí.

—Sí. —Fingí una sonrisa y me di cuenta de que todos me miraban.

—¿Dónde estabas? Estuviste mucho tiempo ensimismada —comentó Jason, que estaba a mi lado.

—Estaba pensando en lo genial que es este lugar —mentí por el bien de ellos. Habían planeado esto para mí, para que yo disfrutara, y no para que estuviera lloriqueando por Evan.

—Lo sé —concordó Jason.

—Prueba un poco —me alentó Nadia, mientras sostenía el vaso de plástico frente a mí.

Lo agarré con cautela.

—¿Qué es?

—Ron —respondió Shane.

Olí el vaso y no pude evitar hacer una mueca.

—Qué olor tan fuerte.

—Te mantendrá caliente —dijo Nadia para convencerme. Recordé la última vez que probé alcohol en aquel bar con Mike y Linda, sabía horrible.

Pero era mi celebración, así que tomé un largo trago de ron. El líquido tibio me quemó la garganta e instantáneamente tosí, lo que causó que todos se rieran.

Le pasé el vaso a Jason.

—No beberé más de esa cosa.

Shane tosió en su mano.

—Debilucha. —Lo miré y lo encontré sonriéndome desafiantemente.

Arqueé una ceja.

—¿Cómo acabas de llamarme?

Shane se frotó la barbilla y colocó los codos sobre las rodillas.

—Debilucha.

—Uhhh —susurró Jordan—. Shane: uno, Jules: cero.

Le dirigí a Shane una mirada asesina.

Me sonrió con superioridad, mostrando sus perfectos dientes rectos, con esa sonrisa que probablemente había conquistado a tantas chicas sin tener que decir una palabra.

—¿Puedes ver ese odio en sus ojos? —le preguntó a Jordan—. Eso es pura pasión.

Resoplé.

—Estás ciego, tal vez ya estés borracho. Después de todo, emborracharse no es difícil para ustedes, como ya hemos visto antes, ¿verdad, chicos? —Todos asintieron, y yo tosí en mi mano—: Debilucho.

Jordan levantó el pulgar.

—¡Buen tiro! Tenemos un empate, damas y caballeros.

Shane entrecerró los ojos, mirándome.

—No empieces algo que no puedas terminar, Jones —dijo enfatizando mi apellido.

Me encogí de hombros.

—No te tengo miedo, *Mason*. —Hice lo mismo con su apellido y sonreí. Nos miramos a los ojos y todos permanecieron en silencio.

—Está bien. —Lau aplaudió—. ¡Ya basta! —Yo estaba a punto de protestar cuando Lau me hizo un gesto para que viera a Helen. ¡Oh, mierda! Helen estaba allí y sabía lo que había pasado entre Shane y yo. No quería que ella se hiciera una idea equivocada.

Necesitaba algo para cambiar de tema, así que dije:

—¿Dónde está ese ron?

Seis tragos y medio de ron después.

—¡Feliz cumpleaños a ti! ¡Feliz cumpleaños a ti! ¡Feliz cumpleaños, pequeño mapache, feliz cumpleaños a ti! —Cantamos a todo pulmón en medio de la noche. Había un pequeño mapache en medio de nosotros; sí, acabábamos de cantarle feliz cumpleaños a un mapache.

Sí, probablemente estábamos borrachos.

Era más de la una y después de cantarme diez veces feliz cumpleaños, decidimos incluir al mapache en la celebración. ¿De quién fue la idea? Sí, fue mía. ¿Era yo la debilucha del grupo? No, no lo era. ¿Quién me quitó mi lugar?

Nash Sullivan.

Estaba dormido sobre un montón de hojas, abrazando un trozo de madera. Mi nuevo amigo realmente no toleraba el alcohol y, aunque al principio se negó a beber, luego se nos unió por curiosidad.

—¡Yuju! ¡Larga vida al mapache! —gritó Jason, levantando la botella de ron en el aire. El vaso de plástico se había perdido hace mucho tiempo, y estábamos bebiendo directamente de la botella. Era nuestra tercera botella o cuarta... No me acordaba. Mi cabeza seguía dando vueltas, mis manos estaban sudorosas y, por alguna razón, mi boca estaba seca. Miré a mi alrededor y me reí mientras miraba la escena frente a mí.

Jordan estaba dibujando algo para Lau en el suelo, Lau estaba sentada a su lado, con las piernas cruzadas, tratando de mantenerse despierta. Nash estaba acurrucado junto al trozo de madera. Nadia estaba hablando sola. Shane estaba revisando sus abdominales, contándolos de manera caótica con su dedo índice. Jason estaba pinchando a Nash con un palo y sosteniendo la botella contra su pecho y Helen lo miraba con amor.

—¡Jules! ¡Ven aquí! —Shane me llamó y tocó un lugar junto a él en el trozo de madera.

Con cuidado, caminé hacia él y me senté.

—¿Qué pasa? —Balbuceé la última palabra.

Los ojos color avellana de Shane brillaron con anhelo; se relamió los labios.

—¿Me ayudas a contar?

Fruncí el ceño.

—¿Contar qué?

Se inclinó hacia atrás y se levantó la camiseta.

—Mis abdominales.

En otras circunstancias, probablemente me hubiera sonrojado y habría huido, pero debido al alcohol en mi cuerpo, sólo me reí.

—¿Estás en la universidad y no has aprendido a contar?

Se encogió de hombros.

—No soy tan inteligente.

—Claro, claro, a ver. —Dejé que mi mano tocara su vientre, que estaba duro y caliente. Podía sentir cada músculo debajo. Shane dejó de respirar y yo mordí mi labio inferior—. Son... —Tragué saliva.

—¿Sí? —Shane me miró con los ojos entrecerrados. Sus *jeans* estaban un poco por debajo de su cadera y podía ver la V en la parte inferior de su abdomen. De repente, sentí curiosidad por ver más.

¿Qué pasa con el alcohol? ¿Hace pervertidas a las personas?

Sin embargo, no iba a cometer el mismo error dos veces. No volvería a lastimar a Evan, incluso aunque él me había lastimado.

Retiré mi mano; se sentía fría.

—Eres dueño de un *six-pack* —le informé, relajándome.

—¿Está segura? —Tomó mi mano; de pronto, había bajado la voz—. Deberías contar de nuevo. —Estaba demasiado cerca.

Liberé mi mano.

—Estoy segura, señor.

Shane me sonrió.

—Mojigata.

—Idiópido.

—Llámame masoquista, pero me encanta cuando me llamas así. —Me esbozó una sonrisa genuina y se la devolví.

—Eso es porque mis apodos son increíbles —dije con arrogancia.

Shane me miró.

—No, tú eres increíble.

—Shane —lo reprendí.

—Claro, claro. Nada de comentarios sospechosos sobre mis sentimientos hacia ti. —Hizo un gesto para sellar sus labios. Le sonreí agradecida.

Evan...

Él seguía con Jane. Una parte de mí esperaba que apareciera y me deseara un feliz cumpleaños, pero eso nunca sucedió. Y después del quinto trago de ron, dejé de esperar y disfruté del momento con mis amigos.

Jane... Jane...

Pensar en ella hacía que mi estómago se retorciera con inquietud, había algo en ella que me daba mala espina.

Shane se quedó mirando la fogata.

—¿Shane?

—¿Eh? —Volteó a verme.

—¿Puedo preguntarte algo?

—No sé a dónde fue el mapache, me preguntaba lo mismo —respondió rápidamente.

Me reí.

—No, no se trata de eso. —Me hizo un gesto para dejarme continuar—. Tuviste algo con Jane, ¿verdad? —Él asintió—. ¿Qué sabes de ella?

Shane se rascó la cabeza

—Es muy intensa —Escuché atenta—. Quería hacerlo todo el día. No paraba de llamarme y de buscarme por todos lados, fue una maldita locura.

—Oh.

—Jane es guapa pero, para ser honesto, creo que no está bien de la cabeza.

—¿Qué quieres decir?

—Pensé que andaba detrás de mí porque le gustaba hacerlo conmigo y yo entendía eso, pero luego —hizo una pausa—, me enteré de que se acostó con otro chico del equipo y que lo perseguía de la misma manera en que me perseguía a mí. Es como su forma de ser o algo así.

—Entiendo —murmuré—. Necesito un trago.

Me puse de pie y busqué a Jason, ya que él había sido el último en tomar de la botella. Sin embargo, mi querido mejor amigo no estaba por ningún lado, y Helen tampoco. ¡Oh, no! De verdad esperaba que ella no hubiera cedido; estaba haciendo un gran trabajo poniéndolo en su lugar.

Vi la botella junto a Nash y ¿adivinen qué? Jordan estaba acurrucado al otro lado del trozo de madera. Se veían tan divertidos, abrazados al mismo trozo de madera, que tuve que tomar una foto.

Levanté la botella y tomé un gran trago de ron. Ya no me molestaba ni me hacía toser, mi cuerpo se estaba acostumbrando al alcohol.

—¡Shuuules! —Lau me llamó y entrecerré los ojos, escaneando el lugar para encontrarla justo detrás de mí. Salté un poco—. Necesitamos orinar.

—¿Qué? Yo no... —Me di cuenta de que sí necesitaba orinar—. Sí, vamos.

Lau entrelazó nuestros brazos mientras avanzábamos en zigzag por el bosque para encontrar un lugar donde orinar.

—Espera. —Se detuvo y me giró para mirarla—. Nosotras... necesitamos hablar, ¿no? —Sonaba insegura. La miré y, por alguna razón, las lágrimas brotaron de mis ojos.

Al parecer, el alcohol me ponía sensible.

—Yo... —Mi voz se quebró un poco. Ella era mi mejor

amiga, la chica que conocía desde que iba al kínder, la chica que trenzaba mi cabello cuando íbamos a la escuela, la que me levantó del piso cuando me caí. Ella me ayudó en matemáticas y probablemente sería la razón por la que lograría graduarme. Ella levantó mi autoestima cuando ni siquiera podía mirarme al espejo. Ella cosió a Pedro (mi oso panda) cuando accidentalmente lo jalé y lo rompí.

Ella siempre había estado allí sin importar nada, y me sentía terrible por todo lo que le había dicho la última vez que hablamos.

Ella no se merecía eso, nuestra amistad de toda la vida merecía mucho más.

—Lo siento. —Nunca en mi vida me había sentido tan arrepentida—. Lo siento mucho, Lau.

Los ojos de Lau se llenaron de lágrimas.

—Está bien. Yo no debí... —Su voz se quebró—. Juro por Dios que sólo quiero lo mejor para ti.

—Lo sé.

—Intentaba ayudarte, Jules. Nunca me pondría del lado de nadie contra ti. Eres como mi hermana y lo sabes —su voz carraspeó y una lágrima rodó por mi mejilla.

—Nunca quise decir esas palabras para lastimarte —susurré.

—Lo sé, eres terca como una mula, lo sacaste de tu madre. —Me sonrió con tristeza.

—Gracias por ser la hermana que siempre quise tener —dije honestamente—. Y tenías razón en todo, pero yo me estaba portando como una tonta.

—¿Abrazo? —Ella extendió sus manos hacia mí, y de pronto, la estaba abrazando tan fuerte que probablemente no podía respirar.

—Te quiero mucho, Lau.

—Yo también te quiero, tonta.

Nos alejamos.

—¿No más peleas? —Entrelazamos nuestros dedos meñiques.

—No más peleas.

Después de arreglar las cosas, seguimos nuestro camino para encontrar nuestro lugar. Encontramos un espacio abierto e hicimos nuestras necesidades en el bosque. Se sentía increíble orinar después de contenerlo por tanto tiempo. Demasiada información, ¿verdad?

Nos estábamos abrochando los pantalones cuando lo oímos. Escuchamos un ruido extraño que provenía de nuestra derecha. Lau y yo nos pegamos la una a la otra.

—¿Qué fue eso? —pregunté en voz baja.

—No tengo idea —respondió Lau. Por alguna razón, me vino a la mente la historia de Jordan sobre el lobo-vampiro.

—Es el lobo-vampiro —susurré asustada.

Lau frunció el ceño.

—¿El qué?

—La historia de Jordan, ¿recuerdas?

Lau pareció buscar en lo profundo de su mente para hacer memoria, pero el alcohol no la ayudó.

—Contó como diez historias, todas terribles; dejé de escucharlo por la tercera o algo así.

Puse los ojos en blanco.

—Olvídalo. —La jalé del brazo para alejarnos.

—¡No, dime! —exigió ella—. Si estamos a punto de ser devoradas por algo, necesito saber qué es.

La jalé de la oreja como a un niño.

—Olvídalo. —Comenzamos a movernos, cuando escuchamos lo que sonaba como a alguien quejándose o con dolor.

—Jules, tenemos que investigar. ¿Qué tal si alguien está herido?

Suspiré derrotada.

—Bien, si morimos, es por tu culpa.

—No, no vamos a morir. —Dio dos pasos hacia la dirección del ruido. A regañadientes, la seguí. A medida que avanzábamos, el ruido se hacía más fuerte.

—No puedo creer que te creyeras las historias de Jordan —dijo Lau—. Ni siquiera Jason se asustó, eres una gallina.

Resoplé.

—No, no lo soy.

—Negación, típico. ¿Cómo puedes creer en esa cosa del lobo-vampiro? Es como... ¡Oh, por Dios! —Se detuvo y me estrellé contra su espalda.

—¡Ay, mi nariz! —me quejé, tapándome la nariz.

—¡Jules! —gritó Lau, y miré por encima de su hombro. Dejé caer mi mano en shock.

Jason tenía a Helen contra un árbol y la embestía desesperadamente. Miré con los ojos muy abiertos mientras la sangre subía a mis mejillas. Helen tenía las piernas envueltas alrededor de sus caderas, los ojos cerrados y sus gemidos eran cada vez más fuertes. Los pantalones de Jason estaban hasta sus tobillos.

«Definitivamente, este es el momento más incómodo de mi vida».

Básicamente huíamos del porno en vivo, volvimos a la fogata y colocamos las manos sobre las rodillas mientras recuperábamos el aliento.

—Eso fue... —comencé.

—Incómodo.

—Ardiente —dijimos al mismo tiempo.

—¿Ardiente? —le pregunté.

Ella asintió.

—Sí, fue como ver porno en vivo.

Me reí.

—Necesitas ayuda.

Nos sentamos en el suelo, apoyando las espaldas contra un trozo de madera. Lau se durmió rápidamente después de eso. Shane era otro soldado caído, que dormía en el suelo, usando un pedazo de madera como almohada.

Estaba sola.

Saqué mi teléfono del bolsillo, me sorprendió verlo encendido, ya que la batería estaba demasiado baja. Sonreí ante la foto que había tomado de Nash y Jordan abrazados al mismo trozo de madera, pero cuando deslicé a la siguiente foto, era una del grupo en la cafetería. Evan me abrazaba por detrás, sonriendo a la cámara, parecía genuinamente feliz.

La tristeza se abrió paso e hizo que me doliera el corazón, quería que él pasara mi cumpleaños conmigo, pensé que la pasaríamos tan bien juntos. En cambio, estaba aquí sola y él estaba en la cabaña con Jane.

Agarré la botella y bebí lo que quedaba del alcohol, que no era mucho, pero fue suficiente para hacer que mi cabeza diera vueltas un poco más.

Luchando contra las lágrimas, le envié un mensaje de texto a Evan, necesitaba que supiera lo mal que me hacía sentir.

Me rompiste el corazón esta noche.

Lo envié y me quedé viendo el celular, esperando un milagro, pero nunca llegó: su respuesta nunca llegó. Dejé que las lágrimas cayeran porque ya no podía contenerlas. Probablemente se estaba divirtiendo con Jane. Más lágrimas seguían brotando mientras los imaginaba desnudos, frotándose uno contra el otro. Jane era una chica experimentada, tal vez eso era lo que quería Evan.

«La eligió a ella por encima de mí esta noche».

Me dolía pensar en eso.

A través de mi vista borrosa, percibí una sombra frente a mí, me froté los ojos para ver mejor y dejé de respirar.

Evan estaba allí, con un abrigo negro. Su cabello estaba desordenado como si hubiera dado vueltas en la cama toda la noche.

Me puse de pie mientras nos mirábamos a los ojos. Su mirada oscura era intensa y conmovedora, pero a medida que me acerqué, las lágrimas silenciosas seguían rodando por mis mejillas ya humedecidas. Una expresión de dolor invadió su rostro.

De frente a él, incliné la cabeza hacia atrás para mirarlo a la cara. Parecía cauteloso, esperando que dijera algo, pero no dije nada y agaché la cabeza. Di un paso a un lado y avancé, hasta que estuvimos hombro con hombro, mirando en direcciones opuestas. El viento frío sopló entre nosotros, pero no me molestaba, estaba más preocupada por mi adolorido corazón.

Evan estaba allí, justo a mi lado. Finalmente, decidió aparecer, pero no me hizo feliz, en lo más mínimo. Me relamí los labios, saboreando mis lágrimas saladas. Lo esperé toda la noche, le había rogado mentalmente que apareciera de la nada, que viniera. Era mi cumpleaños y pensé que a él le importaría hacerme feliz más que su estúpido orgullo. Miré el camino que conducía al bosque varias veces, esperando una señal de él, pero nunca llegó.

Él nunca vino.

Y ahora, aquí estaba, debería estar feliz, emocionada, aliviada, pero no lo estaba. Me armé de valor para no dejar que se me quebrara la voz cuando dije las siguientes palabras:

—Es muy tarde —susurré con tristeza—. Llegas demasiado tarde.

Y, habiendo dicho eso, me alejé de él.

NO TE VES NADA BIEN, NIÑA

RESPIRA...

«No puedo».

Inténtalo...

No podía. Cada vez que lo intentaba, me dolía el pecho. Aunque el dolor no era físico, sentía un vacío por dentro, justo en el lugar donde estaba mi corazón. La tristeza dentro de mí estaba saliendo en forma de lágrimas.

Sollozaba mientras caminaba por el tranquilo y oscuro sendero que conducía a la cabaña. Ni siquiera me importaban los insectos nocturnos o los animales salvajes. Me sequé las lágrimas con la manga del suéter, pero fue inútil, seguían saliendo más. Me di cuenta de que no estaba exactamente triste, sino muy decepcionada. Tenía toda una idea de cómo iba a ser mi cumpleaños dentro de mi cabeza. Tan pronto como mis amigos me sorprendieron con el viaje, comencé a imaginar diferentes escenarios donde todos nos divertiríamos, nada parecidos a esto. Me imaginé bromeando con Evan y todos los demás, pensé que estaría a mi lado cuando el reloj marcara la medianoche. Nos imaginé a los dos, acurrucados cerca de la fogata.

Quería un cumpleaños bonito.

¿Era mucho pedir? Tal vez estaba siendo castigada por mis errores. Vi las luces de la cabaña y sollocé. Necesitaba controlarme. De nuevo, me limpié el rostro con la manga. Tal vez dormir me haría olvidar todo. Subí apresuradamente las escaleras de la entrada.

Sólo quería llegar a una cama y llorar hasta quedarme dormida. Sin embargo, me congelé cuando entré en el porche. Jane estaba allí, sentada en el pequeño columpio, con los pies colgando en el aire. Llevaba un abrigo largo y tenía una taza de café en la mano, su cabello estaba recogido en un chongo desordenado.

Ella sonrió cuando me vio.

—Hola, cumpleañera. —No dije nada. Ella frunció el ceño; su sonrisa vaciló—. ¿Estás bien? —Me mordí la lengua para no decir nada desagradable.

—Sí —mentí, pero tenía la voz ronca por el llanto y, probablemente, mi rostro estaba tan rojo como una cereza. Jane se tomó su tiempo para escanearme de arriba abajo.

Una sonrisa de satisfacción se formó en sus labios; parecía que se había quitado la máscara de amabilidad.

—No te ves nada bien, niña.

La última palabra me hizo apretar los puños a los costados.

—No soy una niña.

—¿Estás segura? —preguntó algo grosera—. Porque ciertamente actúas como una.

—No sabes nada sobre mí. —La ira hervía en mi interior.

—Sé lo suficiente. —Su sonrisa me provocó náuseas. Colocó su taza en una pequeña mesa al lado del columpio y se puso de pie—. Esperé mucho para tener esta conversación contigo, Jules.

—¿Qué conversación? Tú y yo no tenemos nada de qué hablar.

Su sonrisa creció.

—Oh, créeme, cariño, sí tenemos de qué hablar. —Cruzó los brazos sobre su pecho—. Y para simplificar esto, deberías alejarte de Evan antes de que termines lastimada. Bueno, ups, tal vez es demasiado tarde. —Señaló mi rostro enrojecido.

—¿Y por qué diablos tendría que escucharte? —No me molesté en ocultar el desprecio en mi voz.

Se encogió de hombros.

—Solamente te estoy dando un consejo.

—Bueno, no gracias. —Le sonreí—. Preferiría no seguir el consejo de una bruja frustrada como tú.

Su boca formó una O, pero luego empezó a reír.

—Bueno, bueno, bueno, la pequeña Jules puede insultar, ¿eh? —Se lamió el labio superior—. Te lo estoy advirtiendo, niña. Depende de ti tomar el consejo o no, ni siquiera me importa.

—No puedo creer que Evan sea tu amigo. —Hice una mueca de disgusto.

—Puedo pensar en algunas razones —dijo con deleite.

—¿Ah, sí? —pregunté sarcásticamente—. Ilumíname entonces, ¿por qué sería amigo de una persona como tú?

—Porque tuvimos sexo.

Mi mundo se detuvo justo ahí.

—¿Qué?

Su sonrisa regresó.

—Oh, sí, olvidé mencionar eso. —Fingió recordar—. Tuvimos sexo, repetidamente, en todas las posiciones que puedas imaginar, por toda su casa.

No, no.

—Estás mintiendo —logré susurrar.

—¿Tú crees? —Ella suspiró—. Él siempre te miente, ¿no? La verdad, no me sorprende. Soy la única con quien es honesto. —Mi mundo se derrumbaba a mi alrededor. No podía estar diciendo la verdad, no podía—. No lo conoces en absoluto. Yo sí. Apuesto a que ni siquiera conoces su punto débil, justo debajo de su oreja. Le encanta que lo lama ahí mientras le...

—¡Cállate! Cállate... —Mi voz se quebró. Mis labios temblaban, al igual que mis manos.

«Esto es demasiado».

«Esto no puede ser cierto».

«Esto...».

«Sé fuerte, Jules, no le des esa satisfacción».

Traté de recuperar la compostura y la miré directamente a los ojos.

—Me das lástima.

Sus ojos se abrieron.

—¿Qué?

—Me das lástima. —Di un paso adelante—. ¿Crees que tener sexo con alguien significa que te ama o te hace superior a mí? Puedo ser ingenua y una romántica empedernida, pero soy la chica a la que él llama su novia, ¿no? Si está tan interesado en ti, ¿por qué está conmigo? —Ella no dijo nada—. Soy la chica para la que él escribe poemas, la que le presenta a sus abuelos, y por la que escala un muro, la chica a la que mima cuando tiene la oportunidad y, lo que es más importante, soy la chica a la que está dispuesto a esperar hasta que esté lista, porque el sexo es secundario cuando el amor es real.

Sus ojos estaban llenos de furia.

—Eres una...

—Ah, y sí, tal vez todavía soy una niña, pero tengo más respeto por mí misma que tú. —Y habiendo dicho eso, entré en la cabaña, y dejé a Jane furiosa detrás de mí.

Después de cerrar la puerta, me derrumbé en el suelo. Mi fuerte compostura abandonó mi cuerpo y oleadas de dolor castigaron mi corazón sin cesar. Una parte de mí no quería creerle a Jane, pero, de alguna manera, sabía que estaba diciendo la verdad. Sabía que había algo entre ella y Evan. No sabía si lo suyo era cosa del pasado o si Evan me había engañado con ella, pero, de cualquier modo, Evan me había mentido en la cara con tanta despreocupación que darme cuenta me desarmó. Apreté la boca con fuerza para silenciar los sollozos que salían de mi cuerpo.

Imaginar a Evan y Jane juntos me provocaba náuseas.

Nunca había sentido algo así antes. Me disgustaba. Aumentó el dolor de mi corazón ya destrozado. Este fue oficialmente el peor cumpleaños que he tenido. ¿Cómo podía mentirme así? Él vivía con ella. ¿Fue por eso por lo que me lo ocultó? Temblorosa, me puse de pie. Mi vista estaba nublada por las lágrimas. Caminé hacia la cama donde estaba mi maleta. Me senté, manteniendo las manos a mis costados. La luz de la luna entraba a raudales a través del cristal de la ventana, iluminaba ligeramente la habitación y creaba sombras en el piso de madera. Podía ver los árboles afuera, agitándose en el viento. Era una vista agradable y, en otras circunstancias, probablemente la habría disfrutado.

«No esta noche».

Las gruesas lágrimas rodaron por mis mejillas y escurrieron por mi barbilla. Levanté la mano para tocar el collar en mi pecho. Era el hermoso collar de fresas que él me había dado. Quería arrancarlo, pero no tenía fuerzas para hacerlo, lo solté y apreté la cama a mis costados.

«Duele tanto».

Fue entonces cuando escuché que la puerta se abría.

Evan entró e inmediatamente escaneó la habitación, buscándome. Se veía hermoso bajo la luz de la luna, lo que hizo que mi adolorido corazón latiera más rápido. Sus ojos oscuros se encontraron con los míos, pero desvié la mirada.

«No quiero verte».

«Fuera».

Se quedó en silencio por un rato. Sin embargo, no fue así por mucho tiempo.

—Jules, yo... —Se calló y esperé a que dijera lo que tenía que decir. No me quedaba energía para lidiar con esto, para lidiar con él—. Lamento no estar contigo en tu cumpleaños. Tienes que entenderme, no podía dejarla sola, y...

—Ahórratelo —lo interrumpí con frialdad. Si pensaba que esto se trataba de mi cumpleaños, estaba muy equivocado.

—Jules, tienes que entender que yo...

—No tengo que hacer nada, Evan —repliqué, mientras me ponía de pie. Lo miré y su expresión se transformó en una de dolor cuando vio mi rostro—. ¿Por cuánto tiempo?

Frunció el ceño, sus cejas oscuras casi se tocaban.

—¿Por cuánto tiempo qué?

—¿Por cuánto tiempo ibas a mentirme sobre Jane? —dije su nombre con desagrado. Sus ojos se abrieron y, por un momento, pareció desconcertado. Se compuso rápidamente, pero ya era demasiado tarde; me di cuenta de su sorpresa.

—¿De qué estás hablando?

Apreté los dientes.

—No te atrevas a mentirme otra vez. Sé honesto conmigo o lárgate.

—Jules, no tengo idea de lo que hablas. —Hizo un movimiento para caminar hacia mí, pero levanté la mano para detenerlo.

—Bien, déjame reformular la pregunta entonces. —Ni siquiera me reconocía: mi tono de voz era gélido—. ¿Cuánto tiempo llevas teniendo sexo con Jane? —Su mandíbula casi cayó al suelo y no se molestó en ocultar lo sorprendido que estaba esta vez.

Silencio.

Estaba demasiado sorprendido para responder algo inteligente. Entonces, era cierto. La confirmación hizo que mi estómago se retorciera del asco. La fría fachada de Evan se derrumbó y el vulnerable poeta oscuro se apoderó de él.

Se acercó a mí.

—Jules, déjame explicarte, por favor.

—¿Explicarme? Creo que es muy simple ¿Tuvieron sexo o no? —espeté mordazmente. Su silencio fue la respuesta, la respuesta demoledora—. ¿Tú...? —Mi voz se quebró—. ¿Me engañaste?

—¡No, por el amor de Dios, no! —dijo apresuradamente—. ¡Yo nunca te haría eso, Jules! No la he tocado en meses.

—¿Meses? —Capté la última palabra, y él pareció arrepentirse de haberla dicho—. ¿Meses? ¿Cuándo fue la última vez que tuviste sexo con ella?

—Jules, eso no importa, yo...

—¿¡Cuándo!? —le pregunté con seriedad.

—No recuerdo, fue hace mucho tiempo.

Lo miré fijamente.

—Sí te acuerdas. Dime. ¿Ya habíamos vuelto a hablar?

Evan se encogió de hombros y desvió la mirada.

—Sí. —Mi adolorido corazón se quebró un poco más.

—¿Cuándo?

—El día que te vi en el parque —admitió con tristeza—. Pensé que no te volvería a ver, que no tendría otra oportunidad contigo. Estaba tratando de sacarte de mi cabeza.

—¿Cogiendo con otra chica? Guau... —Me quedé sin palabras—. Después de que me diste ese hermoso poema, fuiste y te cogiste a otra chica. Eso está muy jodido. Lo sabes, ¿verdad?

Él asintió con una expresión de dolor en el rostro.

—Lo sé.

—Una última pregunta, Evan —susurré mientras dejaba que las lágrimas cayeran una vez más—. Ella es la chica con la que perdiste tu virginidad, ¿verdad?

Evan agachó la cabeza

—Sí.

«Auch».

No dije nada. Tenía miedo de hablar y empezar a llorar frente a él. Mis lágrimas silenciosas ya eran lo suficientemente humillantes.

—Jules... —Dio un paso adelante—. Eso quedó en el pasado, tú eres mi presente y mi futuro.

—No quedó en el pasado si me mientes al respecto en el presente —repliqué—. Me mentiste en la cara, Evan. ¿Te das cuenta de eso? Me mentiste sobre la chica con la que perdiste tu virginidad. Me mentiste acerca de que Jane sólo era tu mejor amiga. Por eso ni siquiera me dijiste que vivías con ella. Ustedes dos viven solos en una casa y tienen historia. Por lo que sé, has tenido sexo con ella todo este tiempo.

—No —sacudió la cabeza—, te juro que no la he tocado, Jules. No te he engañado. Te doy mi palabra.

—Tu palabra no significa nada cuando todo lo que has hecho es mentirme —dije amargamente.

—Nunca quise mentirte. Simplemente no quería que supieras esa parte de mi pasado. No quería arrastrarte a eso.

Ignoré sus palabras.

—Me hiciste sentir tan miserable por lo de Shane. —Dejé escapar una risa sarcástica—. Te comportaste muy arrogante, mientras me mentías en la cara.

—Jules, escúchame, lamento haberte mentido. Estaba haciendo lo que pensé que era mejor para ti, mantenerte fuera de esto.

—No, estabas haciendo lo mejor para ti.

—Ella quedó en el pasado, tú eres mi...

—Tu presente y tu futuro —terminé por él en un tono burlón—. Eso es difícil de creer cuando la elegiste a ella sobre mí esta noche. Arruinaste mi cumpleaños y te quedaste con ella aquí, ustedes dos solos. Tal vez extrañaste estar a solas con ella como lo estás todo el tiempo en tu casa.

Evan se acercó.

—No, no es así. No la elegí, quise ser amable, me equivoqué. —Levantó la mano para tocarme, pero la aparté de un manotazo.

—No me toques. —Mi voz se quebró y supe que ya había sido suficiente por esta noche. Resollé—. Vete.

—No, no, no... —dijo apresuradamente y en un tono desesperado. Parecía tan vulnerable, tan asustado de perderme, que eso hizo que me doliera más el corazón—. Jules, por favor, tienes que entender. —Sostuvo mi rostro con ambas manos—. Por favor, perdóname, por favor. —Apoyó su frente contra la mía.

Negué con la cabeza.

—¿Perdonarte? —Tomé sus manos para retirarlas de mi rostro. Él se inclinó hacia atrás. Sus ojos estaban rojos, llenos de lágrimas no derramadas—. Por favor, vete.

—Fui un tonto, lo sé, pero nunca quise herirte, lo siento mucho —suplicó, sosteniendo mis manos, mirándome con esos profundos ojos oscuros, llenos de lágrimas. Tomé su rostro con una mano, mi corazón destrozado me dificultaba incluso respirar.

—Yo... te amo —mi labio inferior tembló—, pero has traicionado mi confianza. Incluso cuando cometí un error, fui honesta contigo, siempre lo he sido y, ¿cómo me has pagado? Mintiéndome en la cara.

—Jules, no me dejes.

Traté de inhalar profundamente, pero fracasé por completo.

Haciendo a un lado mi corazón intoxicado, hablé:

—Necesito que te vayas, Evan. Necesito que respetes mi decisión. Si me amas, harás eso por mí.

Evan dejó caer sus manos a los costados, derrotado:

—Jules, por favor, te lo ruego.

Le di la espalda, sollozando:

—Por favor, vete.

—No —lo escuché decir detrás de mí—. Este no puede ser nuestro final. Podemos arreglarlo, sé que podemos. Somos el uno para el otro, somos felices juntos. Jules, por favor.

—No puedo —respondí, con el corazón en la mano—. Cada vez que me lastimas, arrancas una pequeña parte de mí. Me has lastimado tantas veces desde el principio y esto... esto es demasiado. No puedo manejarlo. Necesito tiempo. Necesito sanar, Evan.

—No puedo perderte —suplicó. Cerré los ojos para tomar algo de fuerza.

—Evan, vete tan pronto como salga el sol, vete y llévate a tu amiga. No quiero verte cuando me despierte mañana. Ya has hecho bastante para arruinar mi cumpleaños. Merezco un poco de paz al menos.

—Jules...

—Vete —le exigí, sin atreverme a darme la vuelta. Ya no podía verlo así. Era demasiado.

—Me lo prometiste —susurró—, me prometiste que no me abandonarías. Te dije que estaba jodido, que no te merecía y me prometiste que no me dejarías. —La vulnerabilidad en su voz perforaba mi alma adolorida.

—Vete —dije en un susurro.

—No soy nada sin ti, ¿no lo ves? Por favor, mírame. —Me agarró del brazo y me giró hacia él.

Le di una palmada en la mano.

—¡Vete! —le grité, sorprendiéndolo—. Necesito tiempo, necesito sanar. No soy un saco de boxeo. No puedo aguantar cada golpe y seguir adelante como si nada hubiera pasado. Necesito que te vayas ahora mismo o me iré yo. Tú decides.

Se lamió los labios; su nariz y mejillas estaban rojas, manchadas de lágrimas.

—Me iré, pero este no es el final. Te daré tiempo, pero no hemos terminado —afirmó y se dio la vuelta—. Un amor como el nuestro es infinito.

Y luego, se marchó, y sentí como si hubiera arrancado una gran parte de mí y se la hubiera llevado con él.

NO ME TOQUES, ME DUELE

CONTÉ CON HORAS DE LÁGRIMAS y dolor, con días lluviosos, con sonrisas fingidas.

Pensé que el día siguiente se resumiría en eso. Pensé que el dolor en mi pecho sería suficiente para destruir cualquier momento de felicidad de mi cumpleaños.

Pensé...

Pensé tanto que mi mente se saltó algo realmente importante.

Mis amigos.

Esos seres humanos locos capaces de hacer todo por mí, de cruzar el mundo para hacerme sonreír.

Entonces, a la mañana siguiente, cuando llegué al lugar de la fogata, no me preguntaron sobre Evan, sólo tuvieron que ver mi cara para saber que algo había salido mal. Sabían que no quería hablar de eso, sabían que no *podía* hablar de eso. Apenas podía mantenerme entera.

Y sin siquiera decir una palabra, me hicieron sonreír. ¿Por qué? Bueno, porque estaban hechos un asco.

El lugar donde habían prendido la fogata era un desastre.

Las hojas y las rocas estaban dispersas alrededor de los trozos de madera que usamos como asientos. También había botellas de ron y vasos de plástico. Mis amigos parecían haber sobrevivido al apocalipsis. Vaya, en realidad era más como si no hubieran sobrevivido y ahora yo me tuviera que enfrentar a sus cuerpos zombis.

Para ser un poco más precisos, sus cabellos lucían como el alojamiento perfecto para las aves, con hojas y todo. Sus ropas tenían manchas de lodo y tierra, y sus rostros... Cielos, para ese punto, ya me estaba riendo.

Lau se sentó en el suelo, bostezando y quejándose de su espalda. Jordan estaba detrás de ella, frotándose el rostro. Helen estaba acostada en el suelo, todavía dormida, y usaba el abrigo de Jason como almohada. Jason temblaba porque solamente tenía su delgada camiseta, sus labios estaban morados. Nadia estaba a su lado, tratando de prender nuevamente el fuego con sus manos temblorosas. Nash estaba acostado sobre su espalda, sostenía su cabeza dramáticamente y murmuraba cosas sobre que el alcohol era el líquido más dañino que jamás haya existido. Y Shane estaba en la misma posición junto a él, pero no hablaba, así que no podía saber si estaba despierto o no.

La noche había sido dura para ellos. Fue aún más divertido ver a Nash y Nadia en ese estado. Siempre estaban tan limpios y organizados. Desordenado no era un adjetivo que uno asociara con ellos, y esa mañana se veían más que desordenados.

Después de que Nadia prendió el fuego, sacó de su mochila algunos palos y malvaviscos. Vaya, parecía estar preparada para cualquier cosa.

Lau fue la primera en hablar:

—Buenos días, belleza.

De alguna manera, su brillante sonrisa me dijo que todo iba a estar bien. Le devolví la sonrisa, para mi sorpresa.

Nadia levantó el palo con un malvavisco en la punta.

—Estamos preparando el desayuno, ¿quieres algo? —Ella comenzó a entregar palos con malvaviscos a los demás.

Nash hizo una mueca.

—Esto es insalubre. Después de comer esto, nos dará una infección estomacal, lo sé.

—Si no lo quieres, dámelo. —Jason extendió su mano hacia Nash.

—No. —Nash sacudió la cabeza—. Me muero de hambre.

—Ah —se quejó Shane—. Deja de hacer tanto ruido, mi cabeza va a explotar. —Abrió los ojos lentamente, mientras gruñía. Sus ojos color avellana aterrizaron sobre mí y lo vi examinar mi rostro en silencio. Tragué. Se sentó, apretando sus manos a los costados. Su expresión de ira era evidente.

Desvié la mirada.

—Hola, Jules —me dijo Jordan—. Toma asiento. Sé que este no es exactamente el desayuno de cumpleaños más lujoso, pero bueno.

Le sonreí.

—Es perfecto. —Caminé hacia ellos y me senté entre Jordan y Jason.

Nadia me dio un palo con malvaviscos.

Jason puso un brazo sobre mi hombro para que me acercara a él y besó mi frente.

—Estamos contigo —susurró antes de soltarme. Y luego, se comportaron como siempre, como si nada hubiera pasado. No me preguntaron nada, y estaba agradecida por ello. Ni siquiera mencionaron a Evan.

—Entonces, Nash —comenzó a decir Jordan—: ¿Qué tal la resaca?

Nash nos miró de mala gana.

—¿En serio vas a preguntar eso? —Jordan se encogió de hombros. Nash inhaló profundamente—. Mi cabeza va a explotar, me duele la espalda y el cuello cuando intento moverlo a la izquierda. Me siento mal, mareado y sudoroso, mi ropa de diseñador tiene tierra, no encuentro mi teléfono y creo que tengo algo en el cabello y, además, creo que es algo vivo, porque se mueve. —Todos lo mirábamos boquiabiertos—. Así que, para responder a tu pregunta, esta resaca es lo peor que me ha pasado.

—Guau. —Lau se rio entre dientes—. Alguien se despertó del lado equivocado de la cama.

Jason sonrió.

—Más bien del lado equivocado del trozo de madera. —Todos nos reímos.

—Eres un *snob* —dijo Shane, mientras sacudía el cabello de Nash, pero gritó cuando sacó la mano—. ¡Ew! ¿Qué demonios es esto? ¿Un grillo? —Shane sacudió la mano hasta que el grillo se cayó.

—Te dije que tenía algo vivo en el cabello —replicó Nash.

Nadia hizo una mueca de disgusto.

—Esto es asqueroso. —Comenzó a revisar su propio cabello. Y así es como todos comenzaron a revisar su cabello para ver si algo había decidido acampar en sus cabezas despeinadas.

—Qué vista tan encantadora —susurré, mientras los observaba.

—¿Qué vamos a hacer hoy? —preguntó Jason, mientras mordía su malvavisco para escupirlo después—. Rayos, esto aún está crudo. ¿Cómo sé cuándo ya está cocido?

Nadia puso los ojos en blanco.

—Dame, lo cocinaré para ti.

Jason le sonrió.

—Gracias, eres muy amable.

—Vamos al río —dijo Lau—. Está por el camino y escuché que es bastante impresionante.

Nash entrecerró los ojos.

—No sé si lo has notado, pero hace mucho frío. Un río no es la mejor opción en este momento.

—Vamos. —Jordan siempre apoyaba a Lau—. No seas tan delicado, tómalo como un desafío.

—Si el agua está fría, no me meto —dijo Jason, temblando.

—El agua fría es buena para las resacas. —Shane acarició la cabeza de Nash.

Nash golpeó su mano.

—No me toques, me duele.

Como parecía que nadie tomaría una decisión, decidí adelantarme.

—Quiero ir al río. —Todos voltearon rápidamente a verme. No había dicho una palabra en mucho tiempo y estaban tan desesperados por hacerme sentir mejor que todos se apresuraron a decir que sí y a estar de acuerdo conmigo.

—¡Allá vamos, río! —dijo Jordan poniéndose de pie. Le sonreí.

Cuando terminamos los malvaviscos, recogimos nuestras cosas y limpiamos el lugar. Comenzamos a caminar por el sendero y sentí que estábamos olvidando algo importante, pero no le di importancia.

Me enfrenté a mi archienemigo: las rocas.

Reuniendo un poco de coraje, las atravesé. Fue bueno que camináramos uno detrás del otro, por si me caía o algo así. Lau estaba frente a mí, y Shane estaba detrás. Él y yo éramos los últimos en la fila. Los pájaros de la mañana cantaban desde la parte alta de los árboles; miré hacia arriba para ver el sol a través de las hojas, pero el cielo estaba nublado. El sendero estaba ligeramente húmedo, debido a las constantes lloviznas de anoche. Debía tener mucho cuidado con las rocas húmedas.

—¿Puedes caminar más rápido? Nos estamos quedando atrás —se quejó Shane.

—Eso intento —dije, concentrándome en pisar los puntos correctos.

—Si quieres estar a solas conmigo, no tienes que esforzarte

tanto, nena. —Puse los ojos en blanco y luego me sentí tonta porque él no podía ver mi rostro.

—No me llames nena.

—¿Minion?

«Te amo, Minion».

Tragué saliva.

—Mejor cállate.

—No puedo hacer eso. —Yo suspiré—. No puedo negarte el privilegio de escuchar mi encantadora voz.

Resoplé.

—¿Encantadora voz? ¿En serio?

—¿Lo admites?

—Eres un caso perdido —dije sonriéndome a mí misma.

—También tu novio —dijo, y me detuve en seco—. Lo que significa que exclusivamente tengo que escalar un poco más para convertirme en tu caso perdido favorito. —Estaba justo detrás de mí; su aliento rozaba la parte posterior de mi cuello—. Así te enamorarás de mí.

—Shane...

—¡Ups! ¡Lo siento! Sin comentarios sobre sentimientos, perdón. —Besó mi nuca—. Sigue caminando, Minion.

Comencé a caminar de nuevo, sin preocuparme por las rocas. Necesitaba alcanzar a los demás, pero no podía ver a Lau por ningún lado.

«Cambia de tema».

—¿Cómo va la universidad? —Mi voz no sonó para nada natural.

—Bien. Estoy sacando buenas calificaciones, sorprendentemente.

Fruncí el ceño.

—¿En serio? Eso es raro en ti.

—Lo sé, ¿verdad? Estoy arruinando mi imagen —comentó—. Supongo que es tu culpa.

—¿Cómo que mi culpa?

—Permíteme citarte —se aclaró la garganta—: «Pensé que eras mejor que esto. Pensé que había algo bueno detrás de esa actitud arrogante, pero me equivoqué». —Mi corazón se sobresaltó. ¿Cómo podía recordar eso? Le dije eso el día que lastimó a Melissa, parecía haber sucedido hace mucho tiempo—. No tengo idea de por qué, pero después de eso, sentí la necesidad de demostrar que no te equivocabas, que soy más que un mujeriego.

—No recuerdo haber dicho eso —mentí.

—Ambos sabemos que sí —replicó él—. Subestimas el poder de tus palabras, Jones.

Fingí reírme.

—Estás loco.

—Y tú te ves *sexy*.

—¡Shane! —protesté.

—¿Qué? Esos pantalones realmente te quedan bien —dijo en un tono de reconocimiento—. ¿Cómo es que nunca había notado que tienes un trasero decente?

Un cálido rubor apareció en mis mejillas.

—Eres un pervertido.

—¿Lo soy? En serio, no puedo creer que no lo haya notado antes.

—Shane, deja de mirar mi trasero.

—No puedo. Estás caminando frente a mí y está en mi campo de visión.

Mis mejillas probablemente estaban en llamas.

—Me estás poniendo incómoda.

—Y tú me estás poniendo...

—¡Ya basta! —Me volteé hacia él y lo tomé del brazo para llevarlo hacia adelante—. A partir de ahora, irás adelante.

Hizo una mueca.

—Aguafiestas. —Comenzamos a caminar de nuevo y,

finalmente, pude escuchar el río más adelante. También podía escuchar las voces de mis amigos.

—Al fin —me susurré a mí misma.

—¿Sabes? —comenzó a decir Shane—, si querías mirar mi trasero, sólo tenías que pedirlo. —Golpeé su cabeza por detrás.

El río era increíble: agua cristalina, hermosas cascadas pequeñas, bellas flores y pequeños árboles alrededor de las orillas. Y, sorprendentemente, el agua no estaba fría, estaba caliente, no tenía idea de por qué, pero eso era bueno.

—No puedo esperar para meterme. —Jason se quitó la delgada camiseta. Y bueno, así fue como varias ideas retorcidas pasaron por mi cabeza. Verlo sin camisa me recordó la noche anterior, cuando Lau y yo lo vimos cogiendo con Helen contra un árbol. Pensé en dar un sermón al respecto, pero luego recordé algo aún más importante.

—¡Santa Madre de las Ruffles! —exclamé, tocándome la frente.

—¿Qué ocurre? —preguntó Lau preocupada.

—Mencionó las Ruffles —agregó Jason—. Tiene que ser algo grave.

Nash me vio con el ceño fruncido.

—¿Santa Madre de las Ruffles? ¿Te refieres a las papas fritas? No entiendo.

—¡Cállate, Nash! —Todos lo miraron.

Sostuve mi rostro dramáticamente.

—Olvidamos a Helen.

—¿Qué?

Jason frunció el ceño.

—¿Qué rayos quieres decir?

—¡Pensé que ibas a despertarla! —Le pegué en el hombro.

—¡Ay! Iba a hacerlo, pero luego...

Jordan sacudió la cabeza.

—Así que la dejamos durmiendo sola.

—Somos unos amigos terribles —intervino Lau.

—Eres un novio terrible.

—Ya no estamos juntos —me recordó Jason con frialdad. Lo agarré de la oreja y comencé a arrastrarlo hacia el camino—. ¡Ay! ¡Ay! ¡Basta!

Cuando estuvimos lo suficientemente lejos del grupo, solté su oreja y crucé los brazos sobre mi pecho.

—«Ya no estamos juntos» —imité sus palabras—. ¿Hablas en serio?

—¿Qué? —Se frotó la oreja—. Es cierto.

—Si es cierto, ¿por qué tuviste sexo con ella anoche?

La boca de Jason se abrió.

—¿Cómo sabes eso?

—Eso no importa. ¿Entonces? —insistí.

—¿Y qué? Tuvimos sexo, eso no significa que estemos juntos de nuevo.

—¿Te estás escuchando? Porque suenas como un idiota.

Jason suspiró.

—¿Qué quieres que haga? Ella es la que me da señales contradictorias. Me ignora, luego me dice que me extraña, terminamos teniendo sexo y luego me ignora de nuevo y el ciclo comienza desde cero.

—Espera, ¿qué? —pregunté confundida—. ¿Quieres decir que no es la primera vez que sucede esto? Quiero decir, desde el día que ella comenzó a ignorarte.

—Nop, esta es en realidad la cuarta vez. —«Pobre chica»—. Supongo que no puede resistirse a mí. —Le di una palmada en el hombro—. ¡Ay! Estaba bromeando.

—Vuelve al río, iré a buscarla —dije, mientras le daba la espalda.

—¿Estás segura? No me molesta ir…

—Sólo regresa, Jason. —Empecé a caminar de vuelta por el camino.

Tan pronto como lo dejé atrás, comencé a dudar sobre mi decisión. El frío bosque no parecía muy amigable para atravesarlo yo sola, se veía algo aterrador. Afortunadamente, me encontré a Helen a mitad de camino.

—Hola. —Agité mi mano hacia ella—. Ya despertaste. Perdón por dejarte, somos unos terribles amigos.

Ella me sonrió.

—Está bien. De todos modos, necesitaba descansar.

—¿Cómo supiste que venimos por aquí?

—Estaba un poco despierta cuando se fueron, así que los escuché —admitió ella—. Necesitaba un momento a solas.

—Oh. —Me mordí el labio inferior—. ¿Estás bien?

—¿Tú lo estás? —preguntó a sabiendas.

—Eso intento. —Aparté la mirada—. Sé que esto no es asunto mío, pero ¿qué estás haciendo, Helen? Quiero decir, con Jason.

Ella agachó la cabeza.

—Traté de seguir tu consejo, pero es muy difícil, porque lo amo tanto. No sé cómo rechazarlo. Basta con que me hable y mi corazón me traiciona.

Me senté en una roca cercana.

—Te entiendo.

Ella se sentó a mi lado.

—Realmente no sé qué hacer.

La miré.

—Tú sabes exactamente lo que tienes que hacer, simplemente no tienes el coraje para hacerlo.

Ella sonrió con tristeza, mirando al suelo.

—Lo sé.

—¿Te sientes feliz?

Ella negó con la cabeza.

—No.

—Entonces deja de prolongar tu dolor, Helen. Él es mi mejor amigo y es un buen tipo, pero a veces puede ser un idiota.

Cree que siempre estarás ahí para él y por eso no te valora. —Dejé escapar un largo suspiro—. No puedes seguir rindiéndote ante él cada vez que quiera. Tienes que ser fuerte. Sé que duele y sientes que no puedes respirar bien, pero mejorará.

—Debería olvidarme de él, ¿verdad?

—Deberías dejar de verlo por un tiempo. No estés allí para él. Sé fuerte. Tal vez eso lo haga reconocer sus sentimientos por ti o tal vez no. Pero tienes que detener este ciclo doloroso, te estás lastimando a ti misma.

Ella cerró los ojos y algunas lágrimas rodaron por sus mejillas.

—Lo sé, de cualquier manera, no puedo seguir haciendo esto. No soporto más el dolor.

Pasé un brazo sobre sus hombros para abrazarla de lado.

—Todo va a estar bien —susurré para las dos. Las lágrimas nublaron mi vista, pero las contuve.

Y ahí, en el bosque frío, me senté abrazando a una amiga triste. Una chica cuyo corazón estaba roto, como el mío. Y el mismo pensamiento seguía repitiéndose dentro de mi cabeza:

«Todo va a estar bien».

NO TIENES MI PERMISO PARA ENTREGAR TU VIRGINIDAD

—FELIZ CUMPLEAÑOS a ti, feliz cumpleaños a ti... —cantaron todos mientras yo estaba parada torpemente frente a un gran pastel—. Feliz cumpleaños, Jules. ¡Feliz cumpleaños a ti!

—¡Apágalas! —me animó Jordan, mientras me inclinaba para soplar las velas.

Todos aplaudieron y luego se formaron para darme un abrazo. Después de haber ido al río, estábamos demasiado cansados para hacer otra cosa, así que volvimos a la cabaña y decidimos cantar oficialmente mi feliz cumpleaños. No sabía que habían traído un pastel, el cual se veía delicioso, por cierto, con chocolate por todas partes. ¿Lo único malo? Tenía varias fresas encima.

«Señorita Fresa».

Mi pobre corazón se tensó al pensar en él. Ni siquiera me permitía pensar en su nombre, era demasiado doloroso. No quería sentirme mal, era mi cumpleaños y mis amigos se esforzaron en prepararme algo muy lindo. No iba a arruinarlo con mis sonrisas tristes y abatidas.

Comimos pastel, sentados en un círculo en el suelo. Al

parecer, nos habíamos acostumbrado a sentarnos en el suelo desde la fogata. Tímidamente, Nadia se acercó a mí.

—Te compré algo —dijo con una sonrisa.

Me sorprendió.

—Oh, no tenías que hacerlo.

—Yo quise hacerlo, bueno, ambos quisimos. Quiero decir, Nash y yo.

—De verdad no tenían que hacerlo. —Nadia extendió su mano con una pequeña caja, la tomé con nervios.

—¿Qué es?

—Échale un vistazo —dijo con entusiasmo. Abrí la caja y había un par de hermosos aretes dorados y un collar con mi nombre en el dije. La joyería gritaba cara a todo pulmón.

—Oh, Nadia, esto es demasiado. Se ve costoso, no tenías que gastar tanto dinero en mí.

—El dinero no es algo de lo que Nash y yo tengamos que preocuparnos, así que queríamos consentirte. —Me sonrió—. ¿Te gusta?

—Me encanta.

—¿Quieres que te ayude a ponértelo? —Inconscientemente, mi mano se dirigió al dije de fresa que colgaba de mi collar. Otro golpe para mi corazón roto. Armándome de valor, me lo quité.

—Sí, es hora de quitarme este. —Fingí una sonrisa. Nadia me lo puso, mientras yo apretaba el collar de fresa en mi mano. Lo guardé dentro de los bolsillos de mis *jeans*.

—Listo. —Me dio un rápido abrazo—. Disfrútalo.

—Bienvenida a los dieciocho. —Lau se nos unió, con una gran sonrisa en el rostro. Fingió tener un micrófono en la mano—. ¿Qué se siente ser un adulto, señorita Jones? —preguntó en su mejor tono de periodista.

—Oh, se siente genial, querida —respondí en un tono educado.

Helen estaba un poco lejos de nuestro pequeño grupo, así que la llamé:

—Oye, ¿estás demasiado ocupada con ese pastel?

Ella me sonrió.

—Está delicioso.

—Ven. —Ella obedeció.

—Hablando de delicioso —comenzó a decir Jason—, ¿puedo comer otra rebanada, por favor?

Lau puso los ojos en blanco.

—Ya te comiste tres.

—¿Y qué? —se defendió—. No es que falte mucha gente por probarlo, exclusivamente estamos nosotros, deberíamos llenarnos de pastel. —Lau y yo compartimos una mirada.

—Yo haré los honores —le dije, y le di una palmada a Jason en la cabeza.

—¡Ay! ¡Deja de golpearme la cabeza!

—Eres un bebé llorón, ni siquiera te golpeamos fuerte —dijo Lau, sacudiendo la cabeza.

—¿Dónde están Jordan y Shane? —pregunté, notando que no estaban por ningún lado.

—Están arriba —dijo Lau—. Shane le está mostrando las reparaciones de la casa.

Después de comer tanto pastel, probablemente estábamos al borde de un colapso diabético. Todos se fueron a sus camas exhaustos y, por alguna extraña razón, el azúcar extra no nos puso hiperactivos, sino que tuvo el efecto contrario. Me senté en la cama y me sorprendió ver que todos ya se habían dormido.

Eso fue rápido.

Todos, excepto alguien: Shane. Estaba sentado en su cama, que estaba al otro lado de la habitación. Me miró fijamente y tragué saliva.

—Buenas noches —susurró y se acostó. Sonreí e hice lo mismo.

—Hogar dulce hogar —susurré en mi casa vacía. Al menos ya no vivía en medio de la nada y Lau era mi vecina. Dijo que iba a desempacar y dormir un poco, y que luego vendría. Sabía que iba a preguntar por Evan y me estaba dando tiempo para prepararme. Subí las escaleras y abrí la puerta de mi nueva habitación. Me encantaba: tenía dos ventanas grandes y una de ellas daba a la casa de Lau, por lo que podía ver su ventana.

Sin embargo, tan pronto como entré a mi habitación, había algo fuera de lugar. Amarillo. Ese color me sorprendió. En el piso, justo enfrente de mi cama, había muchas cosas amarillas. Me acerqué, frunciendo el ceño: Minions. Había muchos Minions de peluche en un círculo alrededor de una fogata falsa. Mi corazón se derritió en mi pecho cuando caí de rodillas para tomar uno. Su lindo suéter azul tenía un nombre: Jules. Y mientras veía los demás, me di cuenta de que cada uno tenía un nombre. Todos estaban allí: Jason, Lau, Jordan, Nadia y Nash, Helen y Shane. No sólo eso, los Minions eran diferentes: el Minion de Jason se veía loco con su cabello azul, Nash tenía lentes elegantes, etc. Eran tan lindos.

Agarré la nota en la fogata falsa y la desplegué para leerla:

Me di cuenta de que nunca te había dado nada,
así que este soy yo dándote algo para que me recuerdes.
Si te acuestas con ellos, trata de estar desnuda y pensando en mí.

Puse los ojos en blanco.

Y no pienses en regañarme por esto, los amigos se dan regalos todo el tiempo.
No tiene nada que ver con el hecho de que estoy loco por ti, Minion. ¡Ups! Lo siento.
Disfrútalos.
P. D. No incluí a tu novio, no fue a propósito. La fábrica de peluches lo olvidó, no sé por qué.

No pude evitar sonreír ante su nota. Era tan… era tan Shane. Emocionada, tomé a todos los Minions y los coloqué en mi cama junto a mi panda de peluche. Pedro nunca había tenido compañía, así que sabía que estaba tan emocionado como yo.

Eso fue muy dulce de parte de Shane, tenía que reconocerlo. Nunca pensé que fuera capaz de hacer algo así. Él era Shane Mason, el exidiota popular en la escuela. El bombón que todas las chicas perseguían. El idiota que le quitó la virginidad a Melissa e hizo una apuesta al respecto. Era un idiota, nunca esperé que cambiara. Sin embargo, no quería pensar en romance en absoluto. Necesitaba estar sola por un tiempo; desde que conocí a Evan, mi vida amorosa había estado activa y constante, lo que agotó mi energía.

Necesitaba un descanso del amor.

Me dejé caer en mi cama, entre mis Minions de peluche, y miré al techo. Y por primera vez desde que peleé con Evan, me permití pensar en él.

¿Dónde estás, Evan?

¿Qué estás haciendo?

¿Estás pensando en mí?

¿Estás tan desconsolado como yo?

¿Estás con Jane?

Esa última pregunta hizo que mi estómago se retorciera de

repulsión. ¿Estaba con ella? Realmente esperaba que no, pero después de todo, sentía que no sabía nada sobre esos dos. Me froté el rostro. Pensar en ellos juntos hizo que se me llenaran los ojos de lágrimas. Tuvieron sexo, él le entregó su virginidad y vivió con ella, era demasiado para asimilar. A los ojos de Jane, yo era la intrusa, no ella. Se conocieron íntimamente antes de que yo llegara a su vida.

Tomé mi *laptop* y entré a Wattpad. No pude evitar revisar el perfil de Evan. Estaba igual que siempre, sin mensajes recientes en su página principal o estado. Aún seguía sin foto de perfil. Me recordó la primera vez que visité su perfil hace tanto tiempo, era tan misterioso. El grosero poeta oscuro se abrió paso en mi corazón. Releí nuestras conversaciones en los mensajes privados y las lágrimas rodaron por mis mejillas. Era una tortura, así que cerré mi *laptop*.

Abracé mis Minions con fuerza mientras lloraba hasta quedarme dormida.

—¿Señorita Jones? ¿Señorita Jones? —Volví a la realidad. El señor Hyden estaba parado frente a mí—. ¿Puede darme la respuesta de la pregunta cinco?

—Sí, señor. —Me apresuré a buscar las preguntas en el libro.

El señor Hyden se frotó la barbilla.

—No hay pregunta cinco, señorita Jones. ¿Por qué no presta atención a mi clase?

—Lo siento, señor. Es que...

—Se enfermó de gripa el fin de semana pasado, señor —intervino Lau—. Y los medicamentos le dan sueño. Le dijimos que no viniera, ya sabe, su madre es doctora, pero ella insistió. Su dedicación a la escuela es realmente inspiradora.

Lau habló tan en serio que le creí.

—Oh —dijo el señor Hyden—. A mí me dio gripe hace dos semanas, es muy molesto. Está bien, lo dejaré pasar, pero intente prestar más atención, señorita Jones.

—Lo haré, señor. —Estornudé, para hacer todo más creíble.

—¿Desde cuándo eres tan mentirosa? —Le pregunté a Lau tan pronto como salimos de clase.

—Desde que mi mejor amiga ha estado distraída en casi todas las clases hoy —replicó ella, pasando un brazo por encima de mi hombro—. ¿Estás bien? —Le había contado todo la noche anterior, después de despertar de mi siesta.

Me encogí de hombros.

—Sí, supongo.

—Sé que es difícil, pero mejorarás con el tiempo, lo prometo.

—Lo sé. Es que... tengo miedo.

—¿Por qué?

—Tengo miedo de no poder perdonarlo, de no poder seguir adelante con todo el asunto de Jane. Estoy tan decepcionada de él y tan enamorada. Simplemente... siento que... no sé.

—Sólo el tiempo te dará las respuestas. Tómate tu tiempo, nadie te está apurando. ¿No te ha enviado un mensaje de texto?

Negué con la cabeza.

—No.

—¿Ves? Está respetando tu elección. Te está dando tiempo.

—O está demasiado feliz con Jane como para que le importe.

—Jules —protestó Lau—, deja de torturarte.

Suspiré.

—¿Reparaste tu auto o nos vamos con Jason?

—Lo reparé. —Me sonrió—. Bueno, Jordan lo hizo. No tenía idea de que supiera reparar autos.

—Está lleno de sorpresas —susurré—. ¿Cómo están ustedes?

—Estamos bien. En realidad... —Lau se detuvo en medio del pasillo—. Estamos considerando... ya sabes... tener sexo —murmuró la última palabra.

—¿¡Qué!? —Mi grito resonó por el pasillo y algunos estudiantes voltearon hacia nosotras.

—¡Shhh! —Lau parecía avergonzada.

—¡Entonces no me digas estas cosas aquí, por Dios! —Sostuve mi cabeza con ambas manos—. ¿Estás segura? ¿Estás realmente, realmente segura? ¿Él te está presionando? No tienes que hacer nada de lo que no te sientas segura, Lau, tú...

—Oye. —Sostuvo mis hombros—. Está bien, nadie me está presionando. Además, apenas lo estamos considerando.

—De considerarlo a hacerlo, hay un pequeño paso.

—Deja de enloquecer. —Rio.

—Lo siento, pero tengo que preguntar. —Me dirigió una mirada como si supiera lo que estaba a punto de preguntarle—. ¿Estás segura de tus sentimientos ahora? ¿No hay dudas? ¿Y qué hay de Jason?

Ella me esbozó una sonrisa honesta.

—Todo está claro aquí. —Se tocó el pecho—. Amo a Jordan. Creo que lo he amado desde el primer momento en que lo vi tan concentrado dibujando en la clase de arte. —Ella sonrió ante el recuerdo.

—Entonces, ¿por qué estabas tan insegura?

—Tenía miedo —admitió—. Tenía miedo de mis propios sentimientos, así que fingí no tenerlos.

—Estoy feliz por ti.

—Yo también.

—Pero no tienes mi permiso para entregar tu virginidad. —Empecé a alejarme.

—¿Qué? ¡Jules! ¡Espera!

—Cómprame una bolsa de Ruffles y lo consideraré —dije por encima del hombro.

—¿Me vas a hacer volver a la cafetería ahora?

—Sí, si es que quieres... —Le guiñé un ojo.

Ella me mostró el dedo, pero luego se rindió.

—Está bien. —Giró sobre sus pies.

—¡Te espero en el auto! —canturreé mientras me dirigía a la salida.

Esa fue una manera fácil de obtener Ruffles gratis.

Satisfecha conmigo misma, entré al estacionamiento. Revisé mi teléfono porque Jason me estaba enviando un mensaje de texto sobre visitar mi nueva casa más tarde.

—Jules —escuché detrás de mí, y me quedé congelada a medio paso.

«Esa voz...».

Esa voz *sexy* y ronca que acechaba mi mente. Me di la vuelta para mirar a la última persona que esperaba ver ese día.

Con mi corazón latiendo a toda velocidad, me encontré con esos profundos ojos oscuros.

—Evan —susurré.

LO ODIO. DE VERDAD, LO ODIO TANTO

«NO ESTOY LISTA».

Ese era el único pensamiento que vagaba por mi cabeza en ese momento.

No estoy lista para enfrentarlo, para hablar con él, para lidiar con esta sensación de anhelo, mezclada con el dolor que estrangulaba mi pecho.

Pero ahí estaba él, justo frente a mí, atrayéndome con esos inquietantes ojos oscuros. Esa mirada intensa que podría debilitar las rodillas de cualquier chica. El atractivo de Evan no sólo surgía de su hermosa apariencia física, sino también de su actitud y personalidad: esa aura fría, deslumbrante y misteriosa a su alrededor era suficiente para atraer a una chica. Desde el principio fue suficiente para atraerme a mí.

Había olvidado lo que su presencia provocaba en mí. Mis hormonas traidoras deseaban saltarle encima y besarlo apasionadamente. Me di cuenta de que a las hormonas no les importaban las decepciones o las mentiras, únicamente les importaba el espécimen masculino *sexy* frente a ellas y lo mucho que lo querían cerca.

Tenía las manos casualmente dentro de los bolsillos delanteros de sus *jeans*. Su rostro no mostraba emoción alguna. ¿Estaba enojado? ¿Triste? ¿Estaba pasando por un momento difícil como yo? Había olvidado por completo su habilidad para ocultar sus sentimientos tan bien. Su imperturbable expresión no me decía nada.

Abrí la boca para decir algo, pero luego la cerré. ¿Qué se supone que debía decir? ¿Qué estaba haciendo aquí? ¿Debería preguntar? ¿No sonaría como si estuviera disgustada con su presencia si pregunto eso?

Decidí esperar a que dijera algo, pues él fue el primero en decir mi nombre.

Evan dio un paso adelante y mis hormonas le gritaron que se acercara más.

—¿Cómo estás? —preguntó, y se humedeció los labios.

Inconscientemente, mis ojos siguieron la acción.

Sacudí la cabeza.

—Bien, ¿y tú? —Lamí mis labios con nerviosismo.

Su mirada se posó en mi boca y un destello de anhelo apareció en sus ojos.

¿Querrá besarme tanto como yo quiero hacerlo?

—No estoy bien. —Sonaba honesto. Mi lado amoroso salió a la superficie y luché por no abrazarlo y consolarlo—. Jules, yo... —Se detuvo, mirándome directamente a los ojos—. Te extraño.

Esas dos palabras calentaron mi corazón y supe que eso no era bueno. Enfrentarlo debilitaría mi decisión porque todavía lo amaba. Mi cuerpo aún lo anhelaba y sería cuestión de tiempo para que sucumbiera a él y terminara besándolo para aliviar su dolor. Y no podía hacer eso, no estando herida, dentro de mí todavía no sanaba. Necesitaba tiempo. Apenas habían pasado dos días.

El rostro de Jane invadió mi mente y eso fue suficiente para recuperar mi coraje.

—Creo que debería irme. —Obligué a las palabras a salir de mi boca. Su expresión impasible se transformó en una de pura tristeza—. Me dio gusto verte —dije lo más educadamente posible.

Me di la vuelta y comencé a alejarme.

—Jules —susurró detrás de mí—. No voy a renunciar a nosotros.

Su voz tenía tanta determinación que hizo que un escalofrío me recorriera la espalda.

Lo miré por encima del hombro y le dirigí una sonrisa genuina.

—Lo sé, y no espero que lo hagas.

Y con eso, me alejé de él.

HELEN

—¡Ay! ¡Mierda! —Golpeé mis almohadas una y otra vez. No podía creer que lo había hecho de nuevo—. ¿Qué me pasa? —me pregunté en voz alta. No tenía autocontrol alguno. Enterré mi rostro en mi almohada y gemí.

«Lo odio. De verdad, lo odio tanto».

Me di la vuelta para acostarme boca arriba y soplé algunos mechones de cabello que estaban en mi rostro. Probablemente parecía una loca, y la verdad es que sí lo estaba. ¿Por qué? Le acababa de enviar a Jason un mensaje de texto. Y le había prometido a Jules que no lo haría. Dios, me prometí a mí misma que no lo haría.

¡Estúpidas hormonas adolescentes que me hacen desearlo tanto!

¡Estúpido teléfono por tenerlo en marcación rápida!

¡Estúpida escuela por tenerlo en todas mis clases!

Estúpida yo por no poder dejar de enviarle un mensaje de texto por un día.

¡Un solo día!

Si no podía dejar de enviarle mensajes de texto por un día, era un caso perdido. Tal vez necesitaba terapia o algo así. ¡Oh, mierda! Era como esas chicas obsesionadas que terminaban matando al tipo y aparecían en las noticias.

¡De ninguna manera!

Compórtate, Helen.

Es sólo un chico. Sólo un pene en un mundo repleto de miles de penes.

Hice un puchero.

—Pero lo quiero. —Realmente necesitaba ayuda. Empujé y pateé todas mis almohadas fuera de mi cama. Miré al techo, relajándome un poco.

Era lunes por la noche y eran más de las once. Tenía que dormir porque debía ir a la escuela al día siguiente, pero no podía. De cualquiera manera, ¿por qué estaba así? Tal vez estaba desesperada por amor, por aceptación después de todo lo que había vivido.

Mi teléfono sonó, anunciando un nuevo mensaje de texto.

Me senté y lo tomé de la mesa de noche lo más rápido que pude. Le había enviado un mensaje de texto que decía: «Hola». Así que su respuesta probablemente no iba a ser la gran cosa.

Él: ¿Qué tal?

De acuerdo, eso fue más frío de lo que esperaba. Esa no es la manera de responderle a una chica con la que te acostaste hace un día. Apreté los labios y le envié un mensaje de texto.

Yo: Todo bien, ¿tú?

Él: Igual.

Yo: ¿Qué estás haciendo?

Él: Relajándome. ¿Y tú?

Yo: Pensando en ti.

Él: Ummm, está bien.

Sus respuestas cortantes dolían. Mucho. Era como si ahora hubiera una gran distancia entre nosotros. Volví a colocar mi teléfono en la mesa de noche. ¿Qué esperaba? La decepción llenó mi pecho y mi pobre corazón recibió otro golpe. ¿Cuánto tiempo iba a soportar esto? Era demasiado.

Si hubiera sabido que enamorarme iba a ser tan doloroso, no me hubiera enamorado de él en absoluto.

Bueno, no fue como si decidiese enamorarme de él, simplemente sucedió. Sin advertencias, sin avisos, sólo pasó. Ni siquiera lo noté hasta que fue demasiado tarde, hasta que mis sentimientos por él estaban embriagando cada parte de mí como un tatuaje que se arrastraba por toda mi piel.

Enamorarme de él fue mi error. Teníamos un acuerdo: era exclusivamente sexo. Fue claro conmigo desde el principio. Fui yo quien empezó a complicar las cosas, la que le dijo que tuviéramos una relación. Entonces, si estaba sufriendo, era mi culpa, no la suya. Se desprendió de toda responsabilidad cuando me habló claramente de sus intenciones. Aun así, dolía tanto que era casi insoportable.

«Sabes exactamente lo que tienes que hacer, pero no tienes el coraje para hacerlo».

Las palabras de Jules resonaron en mi cabeza. Sabía lo que tenía que hacer.

Tenía que dejarlo ir.

Agarré mi teléfono y rápidamente busqué su información de contacto. Lo borré de todos lados: Facebook, Twitter y su número. Mientras lo hacía, las lágrimas rodaron por mis mejillas. Borré todas nuestras fotos, todas las capturas de pantalla que tomé de nuestras conversaciones.

Borré todo.

Lo borré de mi vida y fue por mi propio bien.

Sollocé mientras borraba la última foto juntos que nos tomamos hace tanto tiempo. Estábamos en su habitación, yo usaba su camisa y él me abrazaba por detrás. Se notaba a leguas que acabábamos de tener sexo y nos estábamos riendo. Parecíamos genuinamente felices.

¿Qué nos pasó?

Borré la foto y alejé mi celular. Miré mi habitación rosa, se veía muy sola, muy vacía.

Estoy sola.

Pensé, y me di cuenta de que no tenía un amigo cercano con quien compartir ese dolor. Eso hizo que las lágrimas brotaran más rápido. No sabía por qué cada vez que estaba triste, pensaba en mis padres. Tal vez los momentos trágicos y dolorosos de mi vida siempre han tenido una conexión.

La imagen de mi padre apuntándome con el arma me hizo cerrar los ojos y respirar hondo.

«No pienses en eso. Respira profundo. Ahora no es el momento. Respira profundo. Ya tienes suficiente dolor con el que lidiar en este momento».

Tomé una de mis almohadas del piso y me senté en mi cama. Me acosté de lado, abrazando la almohada contra mi pecho y llorando mientras miraba a la ventana. Escuché que la puerta de mi habitación se abría y luego se cerraba. Dejé de llorar.

Silencio.

Escuché unos pasos y luego una sombra bloqueó la ventana. La cama se hundió a mi lado. El olor a jabón fresco llegó a mi nariz. Se acostó de lado, justo enfrente de mí. Nos vimos cara a cara.

Evan tomó mi mano y la sostuvo con fuerza.

—Estoy aquí. No estás sola.

Comencé a sollozar de nuevo.

—¿Cómo lo supiste?

—Lo sentí —susurró, sonriéndome con tristeza.

Su sola presencia me hacía sentir segura, como cuando éramos niños y me daban miedo las tormentas eléctricas. Solía meterme a su cama y dormir con él.

—¿Por qué siempre terminamos destruyendo todo lo que amamos? —pregunté herida.

Me acarició la mejilla con ternura.

—Supongo que tuvimos un comienzo difícil.

—Siento que el amor no es algo que pueda disfrutar, es como si no lo mereciera —dije entre sollozos.

Evan negó con la cabeza.

—No digas eso. Te mereces tanto amor como cualquier otra persona en este mundo. —Secó mis lágrimas con su pulgar—. No llores. Me duele verte llorar.

—Yo sólo... —Mi voz se quebró—. Sólo quiero ser feliz.

—Lo serás. Te lo prometo, y siempre estaré ahí para ti. Siempre, Helly.

Me reí entre lágrimas.

—Han pasado tantos años desde la última vez que me llamaste así.

—¿Sí? —Me sonrió—. Te molestaba mucho. Era divertido.

Golpeé su hombro.

—Porque era un apodo horrible. Suena como si yo viniera del infierno o algo así.

—¿Cómo me llamabas cuando estabas enojada? —Fingió pensar mucho.

—«Evana» —recordé, riéndome. Se sentía tan bien reír después de llorar.

Evan hizo una mueca.

—Ese es realmente un apodo terrible.

Solté una risita.

—Te ponías furioso. —Sentí los ojos hinchados y bostecé.

—Deberías dormir, mañana tienes escuela —dijo en su tono de hermano mayor, mientras nos tapaba con las sábanas.

—¿Estás bien? —tuve que preguntar.

Asintió ligeramente.

—Más o menos, pero no te preocupes por mí.

—¿La viste hoy en la escuela? —No necesitaba decir su nombre. Sabía que hablaba de Jules.

—Sí.

—¿Hablaron? —insistí.

—No. Nos saludamos y ella se alejó. —Pude ver el dolor en su expresión al recordar.

—Oye —toqué su mejilla suavemente—, todo va a estar bien. Ustedes se aman. Superarán esto. Tengan fe en su amor.

—Verla alejarse de mí... —Hizo una mueca ante el recuerdo—. Me dolió. ¿Qué tal si no logra perdonarme? La he lastimado tantas veces. Es un milagro que no me odie. — Agachó la mirada.

Odiaba verlo tan dolido.

—Ella nunca te odiará, Evan. Aún te ama. Tienes que ser un poco paciente.

—Lo intento, pero diablos, la extraño tanto —admitió, levantando la mirada hacia mí—. Y tengo tanto miedo de perderla.

—Al principio, ella aguantó mucho dolor, ¿no? —Odiaba recordárselo, pero tenía que hacerlo, para demostrar mi punto—. Pero ella nunca se dio por vencida contigo. —Miré directamente los ojos de mi hermano—. Ahora es tu turno de no rendirte. Dale tiempo. Realmente creo que su amor es real, así que estarán bien.

Cerré los ojos.

—Real —susurró Evan en voz baja—. Sí, ella y yo definitivamente tenemos algo real.

NO HAGAN BEBÉS MIENTRAS NO ESTOY

—¡NO PUEDO HACERLO!

—¡Sí puedes! —me animó Lau.

—Está demasiado lejos —expliqué, extendiendo mi mano hacia mi objetivo.

—No, no lo está —dijo Jordan por debajo de mí.

Tenía mis piernas alrededor de su cabeza porque me estaba cargando, básicamente estaba sentada en la parte de atrás de su cuello.

Extendí la mano hacia el objetivo una vez más.

—¡Acércate! —le indiqué al chico alto que me cargaba.

Jordan se quejó:

—Lo intento, pero hay una rama de árbol picándome justo donde no brilla el sol.

Hice una mueca.

—Demasiada información.

—Les voy a tomar una foto, chicos —dijo Lau mientras levantaba su teléfono.

Esos éramos nosotros, tratando de terminar de decorar un árbol de Navidad. Palabra clave aquí: tratando. Se suponía que yo debía colocar la estrella en la punta del árbol, pero no fue tan fácil como esperaba.

Como Lau y yo éramos vecinas, hicimos algunas decoraciones increíbles a juego con las luces navideñas de afuera de nuestras casas.

Al tercer intento, mi mano finalmente tocó la punta del árbol y coloqué la estrella.

—¡Sí! —grité, levantando mi puño a manera de celebración.

—¡Sí, al fin! —exclamó Jordan, mientras me bajaba.

Chocamos las palmas con Lau.

—Excelente trabajo en equipo. —No podía estar más de acuerdo.

Nos paramos como idiotas frente al árbol de Navidad, mirándolo con orgullo. Tenía luces navideñas rojas y verdes, esferas brillantes y todo tipo de adornos. Era el árbol de Navidad más típico de todos los tiempos, pero estaba en mi casa. Era nuestro y había algo muy lindo sobre colocarlo y decorarlo. No sabía qué era, pero se sentía muy bien.

Los tres teníamos gorros de Santa Claus, playera verde y *jeans*. Acordamos usar el mismo color de ropa a modo de uniforme navideño. Fue idea de Lau.

Lau se dejó caer en el sofá.

—No puedo creer que hayamos tardado tanto.

Resoplé.

—¿Qué hora es? —Miré hacia la ventana y estaba oscuro afuera.

—Las ocho y media —respondió Jordan, sentándose junto a Lau.

—¿Qué? —pregunté sorprendida—. Vaya, realmente nos tomó todo el día, ¿no?

—Sí, pero valió la pena. —Lau señaló el árbol de Navidad.

—¿Dónde está el vino? —preguntó Jordan con seriedad—.

Dijiste que nuestra recompensa sería vino cuando termináramos.

—Sí. —Le sonreí—. Eso dije. Vuelvo enseguida. Me dirigí a la cocina y luego regresé con tres copas y una botella de vino. Cuando entré a la sala, Lau y Jordan estaban besándose apasionadamente en el sofá. Me quedé helada.

Ese momento incómodo cuando tus amigos se están besando y tú te quedas ahí sin saber qué hacer.

Después de un tiempo, se empezaron a poner más íntimos, y esa fue mi señal para irme. Me encontré en la cocina, sirviendo vino en mi copa. Nunca había bebido vino, pero esa era la única bebida alcohólica que mamá me dejaba tener en la casa. Tomé un sorbo y me sorprendió lo dulce que era. Tomé otro y dejé que el dulce líquido bajara por mi garganta. Bajé mi copa y miré hacia la ventana de la cocina. Estaba cerrada porque los últimos dos días habían sido bastante fríos, pero podía ver el exterior a través del cristal. Estaba empezando a nevar.

«Ya pasó un mes».

Pensé con tristeza. Había pasado un mes desde mi cumpleaños, desde aquella noche dolorosa.

Un mes sin Evan.

No lo había visto desde el día que me lo encontré en el estacionamiento de la escuela. No me había enviado un mensaje de texto ni me había llamado y, aunque le había pedido tiempo, era desolador no saber de él, ¿esto era todo? Se sentía como si él ya se hubiera rendido.

Sin embargo, no me había dado cuenta de lo mucho que necesitaba un descanso de nuestra relación. No es que no lo amara o que lo amara menos, pero desde el momento en que lo conocí, todo se había vuelto tan caótico. Antes de él, mi vida era simple y aburrida, y luego, cuando él apareció, todo cambió y se convirtió en una espiral sin fin de felicidad, dolor, amor y sufrimiento. Nunca se detuvo. Me abrumaba. Necesitaba respirar.

—¡Jules! ¿Te bebiste el vino? —Escuché a Jordan gritar desde la sala.

—Vaya que se tomaron su tiempo, chicos —me susurré a mí misma mientras regresaba con ellos.

Después de que nos terminamos la botella, nos morimos de risa con las locas historias de Jordan. Puede que no tenga talento para las historias de terror, como vimos en la fogata, pero tenía habilidad para las historias divertidas.

—Bebimos el vino y no hicimos un brindis por las vacaciones de Navidad. —Hice un puchero. No sentía ni un ápice de mareo ni nada. El vino era lo mejor.

—Me sentí como un adulto bebiendo vino. —Jordan fingió una cara seria.

—Ya somos adultos —dijo Lau como si fuera la cosa más obvia del mundo.

—Bueno, lo que sea que seamos, nos quedamos sin vino y la noche acaba de comenzar. —Me puse de pie. Antes de dirigirme a la cocina, miré de reojo a la parejita en mi sofá.

—No hagan bebés mientras no estoy.

Se rieron.

—Estás loca. —Lau negó con la cabeza.

Fingí una mirada seria.

—Si veo una mancha en el sofá, los echo a patadas.

—¡Cállate! Anda, ve a buscar la botella —exigió Jordan.

No podía quitarme la sonrisa del rostro mientras me alejaba de ellos. Pero justo cuando pasé la puerta principal para ir a la cocina, escuché el timbre. Fruncí el ceño. Esa noche no esperaba a nadie y mi mamá estaba trabajando.

Abrí la puerta y no pude ocultar mi sorpresa cuando la vi.

Helen Woods estaba parada en mi puerta. Incluso aunque vestía un abrigo oscuro y un gorro de lana, se veía pálida y estaba parcialmente cubierta de nieve. Sus labios se veían morados y estaba temblando.

—Hola —dijo tímidamente—. Lamento mucho haber venido sin avisarte, es que...

—Entra. —Tomé su mano y la llevé adentro—. Te estás congelando ahí fuera. —Cerré la puerta y volteé hacia ella.

—Oh, qué agradable —dijo, apreciando el calor dentro de mi casa, y juntó sus manos enguantadas. Las luces de la casa me permitieron ver mejor su rostro. Tenía ojeras debajo de sus ojos verdes y la parte blanca de ellos se veía roja, como si hubiera estado llorando.

—¿Qué hacías afuera en el frío? ¿Estás bien?

Ella asintió.

—Sí, no esperaba que nevara tan temprano esta noche. Me tomó por sorpresa. —No le creí. Algo andaba mal.

—¡Jules! ¿Con quién hablas? —gritó Jordan—. Sabes que el vino no te va a responder, ¿verdad?

Le ofrecí a Helen una sonrisa avergonzada.

—Eh, es que...

—Oh, ¿estoy interrumpiendo algo? —preguntó Helen preocupada—. Puedo venir en otro momento.

—No. —Le hice un gesto para que me siguiera a la sala—. Son sólo Laura y Jordan.

Entramos a la sala, Jordan y Lau giraron la cabeza hacia nosotras. Parecieron sorprenderse mucho al ver a Helen de pie junto a mí.

—Oh, hola —dijo Jordan con dulzura—. Ven aquí y caliéntate con nosotros. —Jordan era una persona muy agradable y cariñosa. Realmente me gustaba eso de él. Lau no podría haber elegido mejor novio.

—Estoy bien —respondió Helen con una sonrisa falsa.

—¿Estás segura? —Lau tenía una expresión de preocupación en su rostro. Helen asintió.

—Voy a llevarla a mi habitación porque es más caliente. —Eso era mentira, pero todos entendieron mi idea. Helen obviamente necesitaba a alguien con quien hablar y, por alguna razón, me eligió a mí. No me molestaba, ella era una buena chica.

Una vez dentro de mi habitación, Helen elogió mis decoraciones y los Minions de mi cama. Esperé a que dijera lo que tenía que decir. No iba a presionarla, podía tomarse su tiempo, pero yo sabía que no había caminado por la nieve para nada.

Después de quitarme zapatos, me senté con las piernas cruzadas en mi cama y apoyé la espalda contra la cabecera. Helen se quitó su abrigo y sus guantes, se quedó con el gorro. Se sentó en la orilla de la cama.

Respiró hondo.

—Lamento haber venido sin avisar. No tengo a dónde ir.

—Oye, está bien. Eres bienvenida, cuando quieras —dije seriamente—, cuando quieras, ¿de acuerdo?

—Está bien. —Dejó escapar un largo suspiro—. Pero me siento terrible, tienes una celebración con tus amigos y yo aparezco aquí y lo arruino. Es... es muy egoísta de mi parte.

—Helen, ¿puedes dejar de disculparte? No me molestas en absoluto. —Le sonreí y ella me devolvió la sonrisa.

—Yo... —Se humedeció los labios—. Necesito hablar con alguien... quiero decir, necesito a una chica con quien hablar.

—Bueno, estoy aquí y soy toda oídos.

—Pero tus amigos están abajo y tú...

—No te preocupes por ellos. Quizá estén desvirgando mi sofá mientras hablamos, así que está bien. —Me las arreglé para robarle una risa—. ¿Qué pasa? ¿Es Jason? —Ella se estremeció ante la mención de su nombre y supe que había encontrado la razón de su tristeza. Jason me había evitado mucho desde el día en que lo sermoneé sobre Helen. Supuse que no le gustaba que le dijera la verdad en su cara. Sin embargo, él recapacitaría a la larga, lo conocía.

—Bueno, después de tu cumpleaños me sentía débil y le envié un mensaje de texto. —No pude ocultar la decepción en mi rostro—. Pero luego sus respuestas fueron tan frías y despiadadas que finalmente decidí olvidarlo.

—¿Lo hiciste?

—Sí, borré todo, su número, fotos, todo.

—¿Y él ya lo notó?

—Sí, me envió un mensaje de texto una semana después de eso. Apareció como un número desconocido, pero supe que era él por lo que decía el mensaje.

—¿Qué decía?

—Decía: «Me borraste de todas partes, qué madura, veamos cuánto tiempo logras seguir así».

Mi boca formó una O.

—¡Ese bastardo engreído!

—Sí, y no me ha contactado después de eso. Supongo que está seguro de que seré yo quien lo busque nuevamente.

—No lo hagas, te mereces más que eso. Es un idiota. —¿Qué le pasaba a Jason?

—Lo sé y no ha sido fácil. He tenido momentos de duda, pero encontré fuerza a tiempo para no sucumbir ante la necesidad de enviarle un mensaje de texto —bromeó dramáticamente.

—Eso es bueno —dije mientras levantaba el pulgar.

Helen suspiró.

—No puedo mentirte, el último mes ha sido un infierno para mí, pero lo he ido superando, ya sabes. Finalmente estaba mejorando y tenía esperanzas de seguir adelante, pero luego... —Se detuvo y me vio con preocupación.

—¿Luego qué? ¿Te buscó? —Ella negó con la cabeza—. Entonces, ¿qué pasó?

Se frotó el rostro.

—No sé cómo decir esto. Siento que si lo digo será más real.

—Helen, ¿qué pasó?

—Bueno, yo estaba mejor. Al fin estaba saliendo del agujero de mi corazón roto cuando sucedió.

—¿Qué sucedió? —dije las dos palabras con deliberada lentitud.

—Recordé.

La curiosidad de verdad me estaba matando.

—¿Recordaste qué?

—Recordé que hacía tiempo que no me venía la regla y eso me hizo darme cuenta de que tenía un retraso. Al principio no me preocupé porque mi periodo nunca es exacto, siempre llega tarde o temprano, nunca a tiempo, pero a medida que pasaban los días, comencé a preocuparme un poco.

—Oh. —Eso fue todo lo que pude decir.

Helen se puso de pie y comenzó a caminar por la habitación, moviendo las manos mientras hablaba.

—Y obviamente traté de recordar la última vez que tuve sexo, y fue en tu cumpleaños.

«Sí, te vi».

No iba a decir eso.

—Pero usaron protección, ¿cierto? —Helen se mordió el labio inferior—. Oh, no lo hicieron.

—Estábamos en medio del bosque, borrachos y cachondos —explicó rápidamente—. No estábamos pensando con claridad.

—Oye, no te estoy juzgando. —Le dirigí una mirada tranquilizadora.

Helen se quitó el gorro de lana, desordenando su cabello castaño.

—Y recordar ese evento me llevó a hacer los cálculos y es posible que haya estado ovulando ese día.

—Oh, no. —Esto sólo empeora a cada momento.

—Pero... ¿él...? —Me aclaré la garganta—. Ya sabes... ¿terminó... adentro?

Helen se pasó los dedos por el cabello.

—No tengo idea. No lo recuerdo y no puedo preguntarle.

—Oh, no esperaba esto. —Tuve que admitirlo.

—Yo tampoco, sobre todo cuando finalmente comenzaba a sentirme mejor. Me ves calmada en este momento, pero por dentro estoy enloqueciendo. No puedo estar embarazada, Jules. No puedo. Mi tía me matará y estará tan decepcionada, y Evan... bueno, probablemente asesinará a Jason. —Fue mi turno de estremecerme ante la mención de su nombre.

—Tranquila. Quizá estás pensando demasiado en esto. Tu periodo se retrasó un poco, unos pocos días no es gran cosa.

—Tengo trece días de retraso.

¡Mierda!

—Tranquila, Helen. El estrés podría estar causando el retraso, lo leí en alguna parte. —Traté de consolarla.

Ella relajó sus hombros.

—Estoy tan asustada. Mis senos están tan grandes y me duelen. Estoy tan... —Su voz se quebró.

Salté de la cama y la sostuve de los hombros.

—Oye, todo va a estar bien. No estás sola.

Las lágrimas escaparon de sus ojos.

—Estoy sola. Estoy tan asustada, Jules. No me siento preparada para esto. Además, Jason no me ama, él no luchó por mí después de que lo eliminé de todos lados. No puedo tener un hijo con él. No puedo. No estoy lista para eso. No puedo manejar esto yo sola.

—Oye, en primer lugar, no sabemos si estás embarazada, así que no nos preocupemos por adelantado. Y, Helen, no estás sola. Me tienes a mí, a tu tía y a Evan. Y puede ser que se enojen cuando se enteren, pero eso pasará. Estarás bien.

—No puedo hacer esto.

La abracé, ella rompió en sollozos en mi hombro y comenzó a llorar. Yo solamente la abracé, sabía lo asustada que estaba, así que todo lo que pude susurrar mientras acariciaba su cabeza fue:

—No estás sola.

SOY COMO SU HÉROE DE NAVIDAD O ALGO ASÍ

HACE DEMASIADO FRÍO. Me estremecí dentro de mi abrigo. A pesar de que traía todo lo necesario para protegerme del frío, el viento helado de diciembre no tuvo piedad de mí ni de nadie a mi alrededor.

—Vamos a morir congelados. —Lau se frotó las manos enguantadas.

—Estaremos bien. —Jordan le pasó un brazo por encima del hombro para sujetarla a su lado.

—Lo siento mucho —murmuró Helen.

Estábamos caminando durante la noche más fría del año. ¿Por qué? Bueno, de ninguna manera permitiríamos que Helen caminara sola a casa. Caían pequeños copos de nieve sobre nosotros, los tenía en el cabello, en el rostro, por todas partes. Pude ver que mi aliento se ponía blanco tan pronto como salía de mi boca.

Estaba temblando sin control y ni siquiera habíamos terminado de pasar frente a la casa de Lau. Debíamos tener cuidado, la acera estaba totalmente congelada. Estaba resbalosa y el asfalto también, por lo que no podíamos conducir hasta allá. La casa de Helen no estaba tan lejos de nuestra calle.

—Lo siento mucho —repitió Helen—. No estaba así cuando salí de casa, y de verdad necesitaba a alguien.

—Está bien. —Le ofrecí una sonrisa genuina—. Entiendo.

Pasamos frente a la casa de Shane y lo vimos a través de la ventana de su habitación. Estaba en el segundo piso hablando por teléfono. Usaba una camiseta roja y un gorro de Santa Claus. Sonreí. Supuse que sus padres lo obligaron a usarlo. Su mirada aterrizó en nosotros y entrecerró los ojos.

Colgó y empujó la ventana para gritarnos:

—¿Qué diablos? ¿Quieren matarse?

—¡Hola! ¡Feliz Navidad! —Jordan agitó su mano temblorosa hacia él.

—¡Bonito gorro! —No pude evitarlo.

Shane me lanzó una mirada de mala gana.

—Hola, Minion congelado.

Me reí.

—Hola, Idiópido.

Shane me dirigió una sonrisa infantil.

—Lamento interrumpir sus extraños saludos —interrumpió Lau—, pero se nos está congelando el trasero. Sigamos adelante antes de que pierda un dedo.

Comenzamos a movernos de nuevo y Shane nos gritó algo, pero no le entendimos.

—¿Qué? —gritó Jordan.

—¡Nada! Continúen. ¡Los alcanzaré en un segundo! —dijo Shane antes de cerrar su ventana.

Algunas casas más adelante, Shane trotaba hacia nosotros. Fue un milagro que no se cayera en la acera congelada. Iba completamente cubierto como nosotros: guantes, gorro, abrigo y bufanda. Sostenía dos termos de acero inoxidable. Yo fruncí el ceño.

—Traje chocolate caliente. —Nos ofreció los termos—. Nos mantendrá calientes.

Lau le arrebató uno.

—Esto fue muy inteligente, estoy impresionada.

—Yo también —admitió Jordan.

Shane volteó los ojos.

—Un agradecimiento habría sido suficiente. —Lau tomó un poco de chocolate caliente y luego le pasó el termo a Helen.

Shane me dio el otro termo y tomé un sorbo. Sentí el cálido líquido pasando por mi garganta y me calentó instantáneamente.

—Esto sabe increíble —dije con asombro.

Shane se encogió de hombros con arrogancia.

—Gracias.

Lau puso los ojos en blanco.

—Obviamente no lo preparaste tú, así que cállate.

—Pero lo traje a través de la nieve —se defendió Shane—. Soy como su héroe de Navidad o algo así.

Sonreí mientras sacudí la cabeza.

—Bien, sigamos adelante.

Volvimos a mover los pies, pero Shane simplemente no se callaba.

—Ahora que lo pienso —comenzó—, soy un chico caliente que les trae una bebida caliente para calentarlos. Guau, soy genial.

Me abofeteé mentalmente.

—¿El chocolate tenía alcohol?

—No. —Shane no entendió el sarcasmo.

Ahora que todos vivíamos en la misma calle, encontrarnos no era una sorpresa. Por lo tanto, cuando vimos a Jason venir hacia nosotros en dirección opuesta, no me sorprendió. Pero quien sí se sorprendió fue Helen.

Se detuvo en seco, lo que provocó que Lau chocara con su espalda y murmuró un «ay».

Sostuve la mano enguantada de Helen.

—Estarás bien —susurré. Sabía que ella no estaba lista para verlo. Entendía su sentir más que nadie. Pasé por algo similar cuando vi a Evan en el estacionamiento de la escuela hace un mes. Yo no estaba lista, al igual que Helen no lo estaba en ese momento.

Helen se mordió el labio inferior.

—No puedo...

Apreté su mano.

—Estarás bien. —Jason estaba escribiendo algo en su teléfono. No había levantado la mirada, así que no nos había visto.

—¿Por qué nos detenemos? —preguntó Shane desde atrás.

Una sonrisa triste apareció en mis labios. Jason era mi mejor amigo, pero estaba siendo un idiota con Helen y ella no se lo merecía. No se merecía pasar sola por algo tan aterrador como un posible embarazo. Ya había tenido suficiente con su infancia traumática. Él sabía que ella lo amaba y usó eso para lastimarla y dejarla sola. Cielos, ella lo amaba tanto. Sus ojos brillaban mientras lo miraba fijamente.

El amor es algo puro y valioso que debes apreciar, no usarlo como un arma para lastimar a alguien.

Nunca me imaginé que Jason actuara de esta manera. Esta actitud comenzó en el último año. Yo sabía que salía con algunos universitarios que eran hijos de amigos de su madre. También sabía que iba a más fiestas que nunca en su vida. ¿Será sólo una fase?

Es normal que la gente cambie. No esperaba que fuera el mismo chico que jugó al doctor conmigo cuando me raspé la rodilla cuando tenía seis años. Sin embargo, esperaba que cambiara para bien, no para mal. En el fondo, él tenía un buen corazón, yo lo sabía, pero necesitaba ayuda para encontrarlo, y yo iba a hurgar en su pecho hasta lograrlo.

Yo lo conocía, sabía la manera de hacer eso.

Una sonrisa diabólica se formó en mis labios. Jason estaba a punto de recibir una lección.

—Helen, ¿confías en mí? —La miré.

Ella asintió.

—Sí, ¿por qué?

Miré por encima de mi hombro.

—Shane, te voy a pedir algo y no quiero escuchar ningún «pero» ni ninguna pregunta —continué antes de que él hablara—: abraza a Helen como si fueran dos enamorados felices caminando por la calle.

—¿Qué? —dijeron todos al unísono.

—Sólo hazlo. Así como Jordan sostiene a Laura a su lado. Rápido. —Empujé a Helen al lado de Shane. Con el ceño fruncido, hizo lo que le dije. Torpemente, pasó un brazo por encima del hombro de Helen—. Sonríanse el uno al otro. Pronto nos encontraremos con Jason, así que actúen.

—Jules —comenzó a decir Jordan, pero levanté la mano para detenerlo.

—Sigamos caminando. Yo iré primero porque soy el mal tercio, bueno, más como el quinto, pero entienden el punto. —Les guiñé un ojo y apresuré mis pasos.

Comencé a caminar de manera normal cuando estaba a unos pasos de Jason. Y hablé:

—¿Jason? —Fingí un tono de sorpresa.

Él levantó la mirada de su teléfono y frunció el ceño cuando me vio.

—¿Jules? ¿Qué diablos estás haciendo afuera en el frío?

Nos pusimos frente a frente y le sonreí.

—Podría preguntar lo mismo.

Pellizcó mi mejilla, lo que causó que me riera.

—Iba camino a tu casa para desearte una feliz Navidad. ¿Por qué estás fuera?

—Estamos acompañando a Helen a casa. —Hice un gesto

hacia atrás. Jason se congeló cuando dije su nombre y miró detrás de mí. Seguí su mirada y vi desaparecer su sonrisa. Shane y Helen actuaban como locos enamorados en la acera. Shane jugaba con su cabello y le sonreía dulcemente mientras Helen lo miraba con una sonrisa tonta. Shane le susurró algo al oído y ella se rio.

Asentí con aprobación y volví a mirar a mi mejor amigo, su pecho subía y bajaba rápidamente. Sus nudillos se pusieron blancos mientras apretaba sus manos a los costados.

—¿Qué diablos está haciendo con él? —Yo sabía que estaba luchando contra el impulso de acercarse a ellos y alejarla de Shane. Sin embargo, su estúpido orgullo no le permitiría hacer eso.

—¿Qué? —Fingí mirar detrás de él inocentemente—. Oh, ellos. Simple, pasando el rato. —Me encogí de hombros—. Shane es guapo, no puedo culparla.

Jason dio un paso adelante, frunciendo los labios. Dios, deseaba tanto alejarla de Shane. Sus ojos ardían de celos.

Soy la mejor para tramar planes malvados.

Los chicos finalmente nos alcanzaron. Helen y Shane le sonrieron.

—Hola, amigo —dijo Shane casualmente, y Jason se humedeció los labios para fingir una sonrisa.

Helen actuó lo más tranquila posible.

—Hola, Jason —dijo con frialdad, y yo luché por no felicitarla por su actuación.

—Hola. —Él forzó la palabra fuera de sus labios, fulminando con la mirada sus manos unidas.

Lau y Jordan aparecieron junto a Helen. También saludaron a Jason. Eso fue todo el espectáculo.

—Tenemos prisa. Hace frío aquí afuera —dije—. Nos vemos, Jason. —Continué nuestro camino y los demás nos siguieron, lo que dejó a Jason sin habla detrás de nosotros.

—¡Esperen! —gritó Jason. Todos giramos la cabeza hacia él. Él apretó los labios—. Helen, ¿puedo hablar contigo un segundo?

Helen y yo compartimos una mirada rápida, pero Shane habló por nosotras:

—Lo siento, amigo. Tenemos prisa y no quiero que se congele aquí más de lo necesario—. Jason lo miró fijamente—. Vamos, nena.

Y nos alejamos.

Y después de algunas cuadras, finalmente llegamos a la casa de Helen y mi estúpido cerebro decidió funcionar correctamente.

La casa de Helen...

La casa de su tía...

Y por ahora, la casa de Evan.

¿Cómo pude haber olvidado esa información tan importante? Bueno, en realidad no podía culparme. Había sido una noche llena de acontecimientos. Con todo el drama del «posible embarazo» y luego la bebida caliente de Shane y luego el drama de Jason, no tuve tiempo de darme cuenta de que había una posibilidad de ver a Evan esa noche.

Mi corazón latía desesperadamente en mi pecho ante esa posibilidad. Los dragones dormidos se despertaron, se estiraron y bailaron dentro de mi estómago. Extrañaba eso. Extrañaba esa sensación de emoción y nerviosismo cuando sabía que lo iba a ver.

Había pasado un mes y todavía amaba a Evan con todo mi corazón.

Me había mentido y lastimado, pero supuse que era como esa canción de Selena Gómez: *The heart wants what it wants.*

Simplemente no podía evitarlo.

No estaba lista para volver con él, pero sabía que mis sentimientos por él no habían cambiado. Ese hermoso poeta oscuro me había robado el corazón y no tenía idea de cómo recuperarlo. Ni siquiera sabía si *quería* recuperarlo.

Me abracé a mí misma cuando terminamos de subir las escaleras delanteras y llegamos al porche de la casa.

Mi corazón asustado habló por mí.

—Bueno, ya estás aquí, y nosotros deberíamos regresar.

—¡De ninguna manera! —Helen me agarró del brazo—. Ustedes tienen que entrar y calentarse. La tía Paula preparó chocolate caliente, galletas y otros bocadillos deliciosos.

Lau fue la primera en dar un paso adelante.

—Me convenció con las galletas.

Suspiré, pues sabía que mientras hubiera comida, todos mis amigos entrarían.

Helen nos abrió la puerta y yo fui la tercera en entrar detrás de Lau. Shane fue el último. La calidez de la casa se sentía simplemente increíble. Podía sentir mis extremidades de nuevo. Nos quitamos los abrigos, guantes y gorros, y seguimos a Helen a la sala.

Con cada paso que dábamos, sentía mi corazón en la garganta. Miré hacia la chimenea y mi corazón dio un vuelco al ver a mi hermoso poeta oscuro.

Evan...

ASÍ QUE, BIOLÓGICAMENTE HABLANDO, ESTABA JODIDA

QUÍMICA.

La química tiene mucho que ver con el amor. Después de todo, nuestros cerebros son los encargados de hacernos sentir, amar y pensar. Dentro de ellos, hay químicos y sustancias que se comunican entre sí para hacer funcionar nuestro cuerpo y desarrollar nuestra personalidad, nuestros sentimientos.

El amor no se trataba sólo de tener gustos y aversiones en común o de aprender a querer a otra persona. También se trata de que esa persona te parezca más atractiva de lo que alguien te haya parecido jamás.

Tener química es necesario para enamorarse. Evan despertó cosas en mí que no tenía idea que tenía. Mi cuerpo reaccionó al suyo en perfecta sincronización y química. Me atraía mucho su aspecto. Me sedujo su olor, la forma en que su piel se sentía contra la mía, la forma en que sus labios coincidían con los míos. Su voz me encantaba.

Así que, biológicamente hablando, estaba jodida.

Guau, alguien ha estado prestando atención a su clase de biología.

Y ni siquiera había mencionado su personalidad y todo lo que me hacía amarlo cada día más. Estaba perdidamente enamorada de él. Me di cuenta de esto tan pronto como pisé la sala. Esa fuerte atracción entre nosotros me hizo tragar saliva. Era una atracción pura y densa.

Evan no me había visto. Estaba arrojando trozos de leña al fuego. Como de costumbre, estaba todo de negro, vestía una camisa negra casual y pantalones oscuros. Se veía incluso más guapo de lo que recordaba.

Me volteó a ver como si sintiera mi mirada. Sus ojos oscuros se encontraron con los míos y, justo ahí, dejé de respirar. Rápidamente su expresión de sorpresa se transformó en confusión. «¿Qué estás haciendo aquí?». Esa pregunta estaba escrita en la expresión de su rostro. Enderezó su cuerpo, lo que hizo que se viera ridículamente alto y que todo a su alrededor pareciera pequeño. Se sacudió el polvo de madera de la mano y se bajó las mangas de la camisa hasta las muñecas. Me estremecí bajo su intensa mirada.

—Oh, no sabía que ya habías vuelto. —Helen se acercó detrás mí. Los demás la siguieron como niños pequeños—. ¿Dónde está mi tía?

Evan le dio una mirada rápida a mi grupo de amigos.

—Se fue a la cama temprano, culpando al vino. —Su voz profunda era música para mis oídos después de haber pasado tanto tiempo sin escucharla.

—Oh, bueno, los chicos me acompañaron a casa. Les ofrecí una bebida caliente como recompensa —explicó Helen—. Siéntanse cómodos —dijo—. Tomen asiento. Iré a buscar las galletas y el chocolate caliente.

Todos mis amigos saludaron a Evan excepto Shane, y si Evan se dio cuenta de eso, no pareció importarle. La sala era acogedora y cálida. Los muebles eran marrones y había decoraciones de madera a nuestro alrededor. Lau y Jordan se sentaron en un sofá y Shane se apoyó contra la pared detrás de ellos. Torpemente, me senté en el sofá al lado de la chimenea, que estaba a unos metros de distancia de Evan.

Mis hormonas estaban babeando por él.

—¿Por qué están usando playeras iguales? —preguntó Shane, rompiendo el incómodo silencio. Sin nuestros abrigos, las camisetas eran visibles.

—Es una nueva tradición. —Lau se encogió de hombros.

Shane sacudió la cabeza.

—¿Y yo no estaba incluido?

—No —sonrió Lau—, no queríamos personalizar dos playeras más.

Shane frunció el ceño.

—¿Dos? —Sonreí, a sabiendas de dónde iba Lau con eso.

Lau asintió:

—Una para ti y otra para tu ego.

Jordan chocó los cinco con su novia.

—*¡Touché!*

—Sí, sí, muy gracioso. —Shane miró a la pareja y su teléfono sonó. Salió de la sala para atender la llamada.

Evan ignoró su breve conversación y se movió para sentarse a mi lado. Incliné la cabeza y apreté mis manos sudorosas frente a mi regazo. Está sentado a mi lado, tan cerca, pero tan lejos.

Me quedé quieta, sin atreverme a mover un músculo. Mi pobre corazón latía desesperadamente contra mi caja torácica. La actitud de Evan era fría e informal. Como si estar a mi lado no le molestara en absoluto. ¿Habrá dejado de amarme? Tal vez durante el último mes sus sentimientos cambiaron, a diferencia de los míos.

Un destello de dolor me atravesó mientras consideraba esa opción. El último mes había estado demasiado ocupada lidiando con mi propia miseria como para pensar en sus sentimientos. ¿Y si se había dado cuenta de que amaba a Jane y no a mí? Era una chica guapa y experimentada, y parecía más que dispuesta a estar a su lado, sin importarle nada.

Lo miré rápidamente y vi que estaba enviando mensajes de texto a alguien, mientras se mordía el labio inferior. Recordé cómo se sentían sus labios contra los míos y luché contra el impulso de jalar su camisa y besarlo. La curiosidad y los celos sacaron lo mejor de mí y giré la cabeza por completo para ver mejor su teléfono. Aunque no podía ver, tenía que acercarme a él. Su despeinado cabello negro había crecido ligeramente, y cubría más sus orejas y su frente.

Entrecerré los ojos tratando de ver lo que estaba escribiendo, pero en ese preciso momento, Evan giró la cabeza hacia mí, sorprendiéndome. Me incorporé, lo que hizo que mi espalda se encontrara con el reposabrazos detrás de mí. Él me miró en silencio y yo tragué saliva, avergonzada. Sus ojos oscuros tenían un brillo travieso. Sus labios formaron una lenta y *sexy* sonrisa, sus lindos hoyuelos aparecieron en sus mejillas. Mi corazón dio un vuelco y pude sentir la sangre corriendo por mis mejillas. Divertido, sacudió la cabeza y miró hacia otro lado.

Dejé escapar un suspiro que no sabía que estaba conteniendo. Evan se inclinó para poner su teléfono en la mesa en medio de la sala, y luego cruzó los brazos detrás de su cabeza, apoyándose contra el sofá. Parecía tan despreocupado. No dijo una palabra, pero el fantasma de una sonrisa todavía danzaba en sus labios.

¿Por qué estaba tan nerviosa? Volví a sentirme toda sudorosa y nerviosa al estar cerca de él. Me recordó la primera vez que lo vi en el parque, pensé que me iba a desmayar antes de hablar con él. Tal vez no verlo por un tiempo me hizo olvidar cómo no sentirme tan nerviosa. Me moví para sentarme correctamente en el sofá y no como una cobarde en el reposabrazos.

Miré a mis amigos en busca de ayuda, pero Lau y Jordan estaban demasiado ocupados hablando y riéndose como para notar mi ansiedad.

—¡Chicos! —gritó Helen desde la cocina—. ¡Vengan! ¡El chocolate caliente está listo! —Lau y Jordan se pusieron de pie tan rápido como un rayo para seguir la voz de Helen. Me dejaron sola con Evan y eso aceleró mi respiración.

No podía encontrar la fuerza para mover mis piernas.

«¡Vamos! Levántate, Jules».

Me ordené mentalmente. Temblando, me puse de pie, pero cuando lo hice, Evan levantó sus largas piernas para descansar sus pies sobre la mesa frente al sofá, bloqueando mi camino con éxito.

Lo miré fijamente. Mantuvo sus manos detrás de su cabeza y me sonrió; su mirada lucía desafiante.

Lamí mis labios. Podía rodear la mesa o trepar por sus piernas. De cualquier modo, ¿por qué estaba bloqueando mi camino? ¿A dónde quería llegar con esto? Pensé que esta vez yo tenía el control. Fui yo quien decidió tomar un descanso de esta relación. Ni siquiera estaba segura de estar lista para volver con él. Sin embargo, tan pronto como mis ojos se posaron sobre él esa noche, me di cuenta de que había subestimado el poder que él tenía sobre mí.

Los ojos de Evan estaban fijos en mí.

Aparté la mirada.

—¿Podrías... eh... mo-mover las piernas? —Hice una mueca ante mi tartamudeo. No dijo una palabra, lo que me hizo mirarlo de nuevo y lo vi dirigiéndome una sonrisa arrogante.

—Si lo pides por favor, Melocotón. —Su profunda y seductora voz llenó mis oídos, pero no fue eso lo que hizo que mi corazón se derritiera, fue el apodo.

Melocotón... había pasado tanto tiempo.

Siendo la chica obstinada que era, me negué a decir por

favor. Sabía que me estaba molestando y, por la expresión en su rostro, lo estaba disfrutando demasiado.

Por lo tanto, caminé para rodear la mesa y dirigirme a la cocina. Sin embargo, tan pronto como captó mis intenciones, se puso de pie de un salto y, cuando estaba a punto de cruzar la sala, apareció en mi camino.

Él ladeó la cabeza.

—No dijiste por favor.

Di un paso hacia atrás.

—Evan, me están esperando. —Usé a mis amigos como excusa. Dios, ¿por qué tenía que ser tan alto? Tuve que inclinar la cabeza hacia atrás para mirarlo a la cara.

Se encogió de hombros.

—Sólo di por favor y seguirás tu camino. —Sonaba tan juguetón y, diablos, tan *sexy*.

Lo miré con ojos entrecerrados.

—No tengo que decir por favor cuando deliberadamente estás bloqueando mi camino —expliqué nerviosa.

Está demasiado cerca. Estamos solos.

No dijo nada ni se movió. Su mirada estaba fija en mí y, una vez más, caí bajo su hechizo. Mirar sus profundos ojos negros me hizo darme cuenta de cuán desesperadamente enamorada estaba de él. ¿Se sentirá de la misma manera? No tenía idea. Sabía cómo enmascarar sus sentimientos tan bien. Me preguntaba cómo había aprendido a hacer eso.

Evan abrió la boca para decir algo cuando escuchamos la voz de Shane.

—Jules, tu chocolate caliente se va a enfriar —dijo Shane, apareciendo detrás de Evan. Era como si hubiéramos estado en trance y Shane lo hubiera roto.

La expresión fría de Evan se transformó en una de molestia. Intenté pasar junto a él, pero volvió a bloquearme el camino. Shane se dio cuenta y frunció el ceño.

Le sonreí.

—Estaré allí en un segundo.

—Vamos, Jules, de verdad se está enfriando —insistió Shane, y Evan puso los ojos en blanco, molesto—. Vamos. —La tensión en la habitación era demasiado para soportarla. No sabía qué hacer.

Evan se dio la vuelta, dándome la espalda para encarar a Shane.

—Dijo que irá en un segundo. —Su voz helada resonó en la sala.

Shane apretó la mandíbula.

—No te estoy hablando a ti, ¿o sí?

Los hombros de Evan se tensaron.

—No me importa. Ella está ocupada en este momento, ¿no te das cuenta?

Realmente no me gustaba a dónde iba esto.

Caminé para ponerme al lado de Evan.

—Está bien. Ya iba a la cocina de todos modos. —Intenté acercarme a Shane, pero Evan me agarró del brazo y me acercó a su lado.

—No, no es verdad. —La voz de Evan sonó aún más fría.

—Evan. —Traté de liberar mi brazo, pero él me sostenía lo suficientemente fuerte como para que me doliera un poco. Hice una mueca.

Shane frunció los labios.

—Suéltala.

Evan se rio sombríamente.

—¿Por qué debería hacerlo? ¿Porque tú lo dices?

Shane sonrió con superioridad.

—No, porque la estás lastimando, pero, espera —fingió pensar—, lastimarla es todo lo que sabes hacer, ¿no?

Todo sucedió tan rápido que ni siquiera tuve tiempo de gritar. Evan se lanzó hacia adelante y golpeó a Shane con fuerza en la cara. Shane se tambaleó hacia atrás, sujetándose la mandíbula.

—¿Di en el clavo? —preguntó Shane, escupiendo sangre. Evan se lanzó hacia él otra vez, pero Shane bloqueó sus puños y lo empujó. Esa fue mi señal para reaccionar, en lugar de quedarme allí parada como una idiota.

Me interpuse en el camino de Evan. Estaba respirando con dificultad, sus hombros subían y bajaban rápidamente.

—No, para ya —supliqué, empujando su pecho mientras él intentaba atacar a Shane de nuevo.

—Déjalo, Jules —dijo Shane—. Terminemos con esto de una vez por todas.

—No, basta ya. —Miré a Evan, pero sus ojos estaban fijos en el chico detrás de mí. La rabia en ellos me asustó.

—Pero no aquí —continuó Shane—. No le faltaré al respeto a esta casa. Salgamos. Te estaré esperando. —Y con eso, Shane se dirigió a la puerta principal.

—No, no, no. —Contuve a Evan tanto como pude—. Evan.

—No te metas en esto, Jules.

—¡Evan! —exclamé y lo perseguí mientras me dirigía hacia la puerta principal. En mi camino, encontré a Helen, Jordan y Lau con una expresión de confusión en sus rostros. Mi expresión les dijo todo lo que necesitaban saber porque corrieron conmigo.

Corrimos tras esos dos idiotas.

Esos dos idiotas enamorados.

¡YA NO ESTAMOS EN LA EDAD DE PIEDRA!

NUNCA ME HABÍA ROTO UN HUESO. Y definitivamente no esperaba romperme el primero en la noche de Navidad.

Es curioso cómo las cosas pueden pasar de ser buenas a inesperadas, a dolorosas, todo en una hora. También es un poco loco cómo fui yo quien terminó con un hueso roto cuando ni siquiera estaba en la pelea.

—¡No cierres los ojos! —rogó Lau, llorando a mi lado mientras sostenía mi mano en buen estado. No tenía idea de por qué me llevaban en una silla de ruedas; mis piernas estaban bien.

—Jules, quédate con nosotros —dijo Jordan dramáticamente, mientras empujaba mi silla de ruedas hacia adelante.

—¡Estoy bien! No... ¡Santa madre de los Ruffles! —Sentí el dolor electrizante y palpitante en mis dedos cuando traté de calmar la preocupación de mis amigos.

—¡Oh, Dios! ¡Nos está dejando! —Jordan empujó más rápido, hasta que nos convertimos en la versión de silla de ruedas de Toretto, de *Rápido y Furioso*—. ¡No sigas la luz!

Puse los ojos en blanco a través de mi expresión de dolor.

—Están exagerando, estoy bi... ¡Ah! ¡Ay! ¡Ay! —No tenía palabras para explicar el dolor de un hueso roto. Latía tan dolorosamente que sentí como si tuviera mi corazón palpitante y sangrante en mi mano.

—¿¡Dónde está el médico de urgencias!? —preguntó Lau mientras miraba y se movía por el blanco pasillo del hospital.

—Deberíamos llamar a su mamá —sugirió Jordan.

—¡No! —dijimos Lau y yo al mismo tiempo.

Helen apareció frente a nosotros.

—Estamos en el pasillo equivocado. —Nos hizo un gesto para que retrocediéramos—. Esta es el área de urgencias pediátricas.

—Oh —susurramos todos con asombro.

Jordan hizo girar mi silla de ruedas con tanta experiencia que comenzaba a preguntarme si debería convertirse en enfermero.

—Eso explica las pinturas de unicornios —murmuró Lau.

—¿Podemos concentrarnos? —pregunté sosteniendo mis dedos posiblemente rotos.

Volvimos al pasillo y luego todo sucedió en cámara lenta. Mi madre, la doctora Jones, entró en dirección contraria al pasillo y todos nos volvimos locos, desplazándonos sin encontrar un solo lugar donde escondernos. Afortunadamente para nosotros, mamá estaba demasiado ocupada revisando una carpeta en sus manos y se detuvo en la estación de enfermería, lo que nos dio más tiempo para entrar en pánico.

—¡Tenemos que escondernos! —susurró Lau.

—¡Deja de darme vueltas! —le exigí a Jordan—. ¡Me estoy mareando!

—¡No puedo! —susurró Jordan en pánico.

Helen fue la valiente que abrió una puerta al azar y nos hizo un gesto a todos para que entráramos. Parecía la bodega de un conserje o algo así. El fuerte olor a lejía me mareó aún más.

—¡Uf! —Jordan se apoyó contra la puerta—. Estuvimos tan cerca de que nos atraparan.

—¿Algún día voy a recibir atención médica? —me quejé, haciendo una mueca de dolor.

—Deberíamos salir. Estás bien. Tu mamá lo entenderá —me animó Lau.

Jordan la miró mal.

—¿Y dices eso ahora? ¿Después de que entramos en pánico en el pasillo?

—Creo que voy a vomitar —murmuró Helen.

Lau levantó un dedo.

—¡Oh, no, no lo harás! Este es un espacio muy encerrado. ¡No nos vas a vomitar!

—¡El olor a lejía es demasiado fuerte! —alegó Helen.

—Chicos... —comencé a decir.

—¡No te atrevas a vomitar, niña! —amenazó Lau.

—Respira hondo. Estarás bien. —Jordan frotó el hombro de Helen.

—¡No puedo respirar hondo! ¡El olor a lejía llegará más profundo a mis pulmones! —argumentó Helen.

—Chicos...

—¡Esto no tiene ningún sentido! —Jordán frunció el ceño.

—¡Chicos! —grité.

Movieron sus cabezas para mirarme.

—¿Qué?

—Creo que me voy a...

Y todo se puso negro.

¿Cómo pasó todo esto? ¿Cómo terminé con una posible fractura de dedos, desmayándome en el almacén de limpieza de un hospital?

Una hora antes

Odiaba la violencia.

Afortunadamente, no había tenido que presenciarla muchas veces en mi vida. Las únicas dos veces que la había presenciado, Evan y Shane estuvieron involucrados. Y bueno, la tercera vez lo estuvieron también.

Tres veces seguidas. Estaban locos. Como si esto resolviera algo. Una de las razones por las que odiaba la violencia es porque no tengo idea de qué hacer, de cómo manejarla. Era como si tratara de evitar que dos gigantes pelearan. Yo era demasiado pequeña para eso.

Así que, en la noche de Navidad, durante la tormenta de nieve más fría del año, vi a uno de mis amigos más cercanos y a mi exnovio o posible novio darse de golpes.

—¡Basta! ¡Paren ya! —les grité. Me estaba congelando. Cada vez que intentaba interponerme entre ellos, me apartaban.

—Jules, quítate de en medio —sugería Jordan mientras me frenaba—. Puedes salir lastimada.

—Están actuando como niños —dijo Lau lo suficientemente alto para que la escucharan. ¿Les importaba? ¿Se detuvieron? No. ¿Estaba enojada? Sí. ¿Por qué tuvieron que llevarlo tan lejos? ¡No eran hombres de las cavernas! ¿Qué solucionarían con todo esto?

Estaba enojada por lo inmaduros que estaban siendo, así que hice algo realmente maduro: recogí un poco de nieve y se las aventé.

—¡Deténganse! —Golpeé la cara de Shane—. ¡Estúpidos hombres de las cavernas! —Golpeé la cabeza de Evan—. ¡Ya no estamos en la edad de piedra! —Más nieve, les apunté al rostro porque si les entraba a los ojos, tendrían que parar, ¿no? ¿Se detuvieron?

De nuevo, no, no lo hicieron.

Me quedé sin aliento, pero mantuve mi ataque de nieve. Estaba desesperada. La nieve caía más y más, mientras la tormenta empeoraba. Probablemente nos congelaríamos si nos quedábamos allí, pero, de nuevo, a los pequeños hombres de las cavernas tampoco les importaba eso.

Estaba enojada, frustrada y sentía impotencia. Una infinidad de emociones se apoderó de mí y, de repente, me harté de esta situación. Si querían congelarse aquí, podían hacerlo. Ya me habían cansado.

Dejé que mis pequeñas bolas de nieve cayeran de mis manos.

—Ya me cansé. —Mi voz no era fuerte. Ya no estaba gritando. Sólo hablé—: Si quieren matarse uno al otro en esta noche helada, adelante, háganlo. Eso no cambiará nada en absoluto. —Para este punto ya tenía su atención—. Esto no cambiará la forma en la que me siento sobre ustedes dos. —La mirada endurecida de Evan se suavizó.

Shane dio un paso adelante.

—Jules...

Negué con la cabeza.

—¡No, adelante, sigan arruinando mi Navidad! ¡Gracias, de verdad! —Y con eso, me di la vuelta y los dejé ahí para que se congelaran solos.

Por supuesto, la vida era dura, y yo seguía siendo mala para las salidas triunfales.

Al pisar la acera, me resbalé. Pero no fue un resbalón normal que me hizo caer sobre mi trasero. No, eso era demasiado simple para arruinar mi noche.

Me deslicé por la acera, tratando de no caer con tanta determinación que terminé cayendo de lado en una posición incómoda. Mi cabeza golpeó el frío pavimento congelado y caí justo sobre mi mano. Algo chasqueó en mis dedos y un grito de dolor salió de mi boca.

—¡Ay, Dios mío! —Todos corrieron hacia mí en un abrir y cerrar de ojos.

Lau fue la primera en llegar a mí.

—¿Estás bien? —Jordan apareció junto a ella, seguido de Shane y Evan.

—¡Estoy bien! —Intenté levantarme apoyándome sobre mis manos, pero la mano izquierda me fallaba y el dolor me paralizaba—. ¡Dios!

—Jules. —Evan se inclinó frente a mí—. ¿Estás bien? —Sostuvo mi rostro con ambas manos; sus ojos oscuros estaban llenos de preocupación.

—Oh, no, claro que no. —Lau lo empujó—. ¡Esto es tu culpa! —lo acusó ella—. De los dos. —Les hizo un gesto a él y a Shane—. Retrocedan. —No podía culparla por eso. Lau siempre se ponía a la defensiva cuando alguien me lastimaba.

Jordan me levantó fácilmente.

—¿Estás bien? ¿Dónde te duele?

—Mi mano —murmuré mirándola—. Oh, Dios. —Mis dedos no se veían bien. Se veían retorcidos en posiciones antinaturales.

Jordan hizo una mueca.

—Tenemos que llevarla al hospital.

—Nuestros autos están demasiado lejos y no estoy segura de que podamos conducir sobre la nieve —dijo Lau temblando.

—Vamos en mi auto —dijo Evan rápidamente. No fue una oferta, fue una orden. Corrió a su casa por sus llaves y cinco minutos después, estábamos camino al hospital. Me senté en el asiento trasero entre Lau y Helen. Lau acariciaba mi cabeza mientras yo respiraba profundamente. Dolía terriblemente. Jordan estaba en silencio en el asiento del copiloto.

También me dolía la cabeza, pero el dolor en mi mano era más fuerte.

Mientras apoyaba mi cabeza en el hombro de Lau, miré hacia adelante y vi a Evan observándome a través del espejo retrovisor. Su mirada oscura rozaba los rebeldes mechones de cabello color medianoche de su frente. La intensidad de sus ojos siempre llegaría a mi alma, sin importar las circunstancias.

Tragué saliva y miré hacia otro lado. No podía soportarlo.

Llegamos al hospital y todos salieron corriendo del auto, dejando atrás a Evan. Jordan me cargó adentro y, de alguna manera, encontró una silla de ruedas para mí, y el resto, es historia.

Me desmayé debido al pequeño golpe en mi cabeza y tuve que pasar la noche en el hospital, en observación. ¿Quién me dijo eso? Mi propia madre. Sí, ella se enteró. Fuimos lo suficientemente estúpidos como para pensar que, una vez que me internaran, el médico de turno no conocería a mi madre y la llamaría de inmediato. Ella había trabajado ahí durante años, todos la conocían. Sin mencionar que compartimos el mismo apellido.

No paraba de hacerme preguntas y yo estaba cansada pero, aparentemente, no podía dormir. Las personas con contusiones no pueden dormir inmediatamente después de eso. De hecho, me sentí aliviada cuando se fue a buscar los resultados de algunas pruebas.

Me moví en la incómoda cama del hospital y suspiré. No tuve mucho tiempo libre porque la puerta se abrió una vez más.

—Mamá, no...

Mis palabras quedaron atrapadas en mi garganta.

Era la última persona que esperaba ver.

ESTO NO ES TAN MALO, TENGO GELATINA GRATIS

—¿QUÉ ESTÁS HACIENDO AQUÍ? —Fruncí el ceño. Hablando sobre recibir una visita inesperada.

Nash se veía tan pulcro como siempre.

—Vine a verte. —Cerró la puerta detrás de él. Usaba un traje azul oscuro con una corbata roja, su cabello estaba perfectamente peinado, parecía recién salido de una fiesta de Navidad, una muy elegante.

—¿Cómo supiste que estaba aquí? —pregunté. A medida que se acercaba, pude ver mejor su rostro. No se veía bien, sus ojos azules mostraban una tristeza evidente que no había visto antes, algo estaba mal.

—Lau lo publicó en Facebook. —Agitó su teléfono frente a mí.

—¿En serio?

¡Esa loca!

—Sí, ¿cómo te sientes? —Sonaba genuinamente preocupado.

—Estoy bien, soy una chica fuerte. —Le sonreí en un

intento de quitarle esa tristeza. Por supuesto, no funcionó—. ¿Tú estás bien?

Él arqueó una ceja.

—¿Me preguntas a mí? Yo no soy el que está en una cama de hospital.

Puse los ojos en blanco.

—Bueno, bueno, para tu información, esto —hice un gesto a mi alrededor—, no es tan malo, tengo gelatina gratis.

El fantasma de una sonrisa apareció en sus labios, pero no en sus ojos.

—Jules, sé que este no es el mejor momento, pero necesito hablar contigo.

La seriedad de su tono me asustó.

—¿Sí? Te escucho.

Se frotó el rostro con ambas manos y me dio la espalda. Miró por la ventana, desordenando un poco su peinado.

Apreté las sábanas en mi regazo.

—¿Nash?

Volteó hacia mí, mordiéndose el labio inferior.

—No sé cómo decir esto.

—Bueno, será mejor que encuentres la manera, porque me estás asustando mucho.

—Ni siquiera sé por qué estoy aquí. No debería ser yo quien te diga esto. Soy malo para cualquier tipo de conversación que involucre emociones. No sé cómo endulzar las cosas. —Extendió las manos con exasperación.

—Entonces no lo hagas. Sólo dímelo.

—Tú... —hizo una pausa, respirando profundamente—, tú eres mi media hermana.

Mi mundo se detuvo justo ahí. No respiré. No me moví. Exclusivamente miraba esos ojos azules.

Mi voz era un mero susurro.

—¿Qué?

—Tenemos al mismo papá.

Apenas podía encontrar mi voz.

—¿Qué? Yo... Nash, esto no es gracioso.

—No estoy bromeando. Sabes lo terrible que soy en eso.

—Pero... yo... tú... —Mi cabeza daba vueltas y me sentía mareada.

—Tú eres la razón por la que Nadia y yo nos mudamos aquí —explicó—. Queríamos conocerte, pero nuestra madre no nos dejó. Teníamos que esperar hasta que cumpliéramos dieciocho años. Papá quería que te conociéramos, pero no se atrevía a ir en contra de los deseos de mi madre.

—No estás bromeando —murmuré.

Negó con la cabeza.

—No, y sé que no es el momento ideal para esto, pero está muy enfermo, Jules, y quiere verte.

Mis manos temblaban y mi corazón estaba a punto de salirse de mi pecho.

—Pero tú....

No podía manejar esto.

Mi padre...

Medio hermano...

Enfermedad...

La montaña rusa emocional por la que había pasado esa noche de Navidad sería inolvidable. Miré mis manos. Mi dedo trazó la pulsera del hospital.

—Sé que esto es mucho para asimilar —susurró Nash en un tono tranquilizador—, pero ¿lo visitarás? Son dos horas en auto, yo te llevo. No tiene que ser esta noche, por supuesto. Primero tienes que estar bien.

Seguí jugando con mi pulsera del hospital. Nunca me había sentido tan abrumada en toda mi vida. Un lío de pensamientos y emociones vagaba por mi cabeza a un ritmo rápido y fascinante.

Todo se apresuró, inundando mi mente y mis sentidos: las mentiras de Evan, mi corazón roto, Jane, los sentimientos de Shane, el posible embarazo de Helen y ahora mi padre. Esa figura fantasma que había excluido por completo de mi vida.

Simplemente era demasiado.

Me incliné sobre la cama y vomité por todo el piso la deliciosa gelatina que acababa de comer. Nash se apresuró para ayudarme y sostuvo mi cabello.

—¡Oh, Dios! —dijo Nash con pánico—. Sabía que no debía decir nada. Soy terrible en esto. ¿Estás bien?

Asentí mientras mi cuerpo temblaba y el sudor frío escurría por mi rostro. Me recosté en la cama. Nash me entregó un pañuelo y usó un trozo de papel para echarme un poco de aire.

—Lo siento, Jules. —Sus palabras eran sinceras, lo sabía—. Sé que estoy siendo egoísta por hacerte esto ahora, pero él es... —tragó saliva—, él es mi padre. Haría cualquier cosa por él.

Mi cabeza palpitaba.

—No puedo hacer esto. —Tiré el pañuelo y traté de respirar profundamente, pero fallé miserablemente. Me froté el rostro con ambas manos.

—Jules, sé que es difícil. Cielos, ni siquiera sé qué decir, pero él es mi papá. Está enfermo y necesita verte, por favor. —Suplicó, sosteniendo mi mano—. ¿No quieres verlo?

Negué con la cabeza.

—No, no quiero. —Sus ojos se abrieron—. Él no es mi padre.

—¿Qué?

—Me escuchaste. Ese hombre no tiene nada que ver conmigo. —Mi tono fue más duro de lo que esperaba.

—Jules, entiendo tu enojo, sé cómo te sientes...

—¿De verdad? —Apreté las manos a mis costados—. ¿De verdad? ¿En serio, Nash? Tú lo has tenido toda tu vida, ¿no? —Su silencio era todo lo que necesitaba—. Él estuvo ahí para criarte, enseñarte, mimarte o simplemente estar ahí para ti porque eso es lo que hace un padre. Yo no tuve nada de eso. Tuve a la madre que lloraba sola hasta quedarse dormida porque el amor de su vida la dejó sola con una niña. Tuve a la madre que escondía sus lágrimas cuando no teníamos ni para pagar la luz de nuestra casa. —Para este momento, las lágrimas ya habían llenado mis ojos—. Tuve a la madre que trabajó duro y al mismo tiempo estudió para llevar algo de comida a nuestra mesa. Estuve sola en las presentaciones escolares porque ella no tenía tiempo para ir a verme. ¿Cómo podría? O me iba a ver o me daba de comer y, obviamente, eligió trabajar, y no puedo culparla. Entonces, ¡no te atrevas a decir que sabes cómo me siento! ¡No sabes nada sobre mí!

—Jules...

—¡Nada! —Un sollozo escapó de mi boca—. He tenido una gran vida sin él. Lo enterré hace mucho tiempo. No puedo lidiar con eso y no lo haré.

—Jules, no quise molestarte.

—¿De verdad? —Me salió una risa sarcástica—. ¿Qué esperabas? ¿Que corriera contigo a ver a mi papi? ¿El hombre que rompió el corazón de mi madre y me dejó? —Nash agachó la cabeza—. Estoy cansada. Estoy cansada de que las personas esperen a que les dé una segunda oportunidad y las perdone como si yo no sintiera nada. Yo también tengo sentimientos. Tengo derecho a estar enojada y a molestarme. Estoy tan jodidamente cansada de ser la chica buena que siempre perdona todo. Ya no puedo hacer eso. —Sollocé, sosteniendo mi rostro.

Nash tocó mi hombro.

—Jules...

Aparté su mano de un manotazo.

—¡Fuera! —Lo miré a través de mis ojos borrosos. Parecía sorprendido—. ¡Lárgate de aquí!

—Jules, por favor, considéralo. —Retrocedió hacia la

puerta. Más lágrimas rodaron por mis mejillas y las sequé con enojo.

—Sólo vete —dije en un mero susurro; mi voz estaba invadida de dolor. Nash hizo lo que le pedí y salió de la habitación. En el momento en que cerró la puerta, rompí en sollozos, y luego agarré la almohada que estaba detrás de mí y empujé mi rostro contra ella.

Grité tan fuerte como pude. La almohada silenció mis gritos ahogados. Lloré, grité, hice todo lo que pude para deshacerme de este mar de emociones que me invadía. Necesitaba sacarlas de alguna manera.

Mi padre...

Tengo un medio hermano y una media hermana.

Mi padre tiene toda una familia feliz y nunca se molestó en comunicarse con nosotras.

Él nunca se acercó a mí.

No lo necesitaba.

Sabía que sí. Simplemente me gustaba fingir que no. Así era más fácil, menos doloroso. Vivía en una ignorancia constante y consciente. Arrastré todos los pensamientos sobre mi padre al fondo de mi mente.

«No voy a lidiar con esto. No tengo que hacerlo».

«No tiene derecho a perturbar mi vida ahora».

«Él no tiene nada que ver conmigo».

Me sequé las lágrimas con enojo. ¿Por qué ahora? Ni siquiera podía pensar en el hecho de que los gemelos Sullivan eran mis medios hermanos. Me sentí mal de nuevo, así que alejé el pensamiento.

Cerré los ojos intentando deshacerme de este extraño sentimiento de sorpresa y amargura en mi estómago. Había un vacío dentro de mi pecho que no había querido reconocer antes.

Todo era demasiado. Si todos tuviéramos un punto de quiebre, definitivamente yo había alcanzado el mío.

Las mentiras de Evan.

El rostro victorioso de Jane.

Mi cumpleaños número dieciocho.

Mis amigos.

Los sentimientos de Shane.

Jason siendo un idiota.

La posibilidad de que Helen esté embarazada.

Y esto...

Descubrir que tengo hermanos y a un padre moribundo...

Miré el techo.

¿Desde cuándo mi vida se volvió tan complicada? Mi vida solía ser tan simple, todo era blanco o negro. Tenía dos mejores amigos, una madre trabajadora y ningún interés en el amor. Sentía como si desde el momento en que hice clic en «Crear mi propia historia en Wattpad», hubiera desatado algo. Desde entonces, mi vida había sido una locura. No es que me arrepintiera, pero aún sentía que era demasiado.

En menos de un año, pasé de una vida pacífica y aburrida a una muy loca.

La vida me estaba obligando a madurar a la fuerza. Todas estas situaciones habían dañado mi alma, pues obligaron a esa niña inocente dentro de mí a volverse más fuerte y realista.

«Simplemente soy realista».

Recordé las palabras de Evan. Eso me dijo el primer día que hablamos en Wattpad.

Evan.

Mi corazón roto.

Me levanté lentamente y caminé hacia el pequeño baño para lavarme los dientes. Necesitaba distraerme. También me lavé la cara mojada de lágrimas y volví a la cama.

Mi teléfono sonó en la mesa junto a mi cama del hospital. Ni siquiera me había dado cuenta de que lo tenía conmigo. Todo sucedió tan rápido. Lo levanté con la mano buena.

♥Evan♥: ¿Estás bien?

No estaba de humor para lidiar con él. Me acababa de enterar que mi padre estaba enfermo y que, además, me quería ver después de abandonarme hace años. Ah, y que tenía dos medios hermanos.

Dejé caer el teléfono en mi regazo.

Pero entonces, escuché un escándalo afuera de la puerta de mi habitación. Parecía que había gente discutiendo. Estaba a punto de ignorarla cuando la puerta se abrió abruptamente. Salté de la sorpresa.

Evan estaba ahí y cuando me vio, caminó hacia mí a grandes pasos, dejando atrás a Jordan, que estaba protestando.

Abrí la boca para decir algo, pero ese chico frío bajo el nombre de usuario «poeta oscuro» tomó mi rostro con ambas manos y me besó.

Y ahí, en la noche de Navidad, después de descubrir algo que cambiaría mi vida para siempre, Evan Woods me besó.

PARECE QUE NECESITAS UN TRAGO

HE CAMBIADO, pensé mientras hacía algo que, dos meses antes, no hubiera imaginado hacer.

Aparté a Evan.

Claro, con la mano buena, pero lo hice. Me dolió ver la mirada de dolor y sorpresa en su rostro, pero tuve que hacerlo. No podía lidiar con él. Ya había tenido demasiado por esa noche. No quería más situaciones relacionadas con las emociones, no quería tener que lidiar con los sentimientos de otras personas. Tenía que lidiar con los míos.

Evan lidió con su dolor y trató de acercarse a mí una vez más, pero levanté la mano.

—No.

Su rostro se quebró. El rechazo no era algo a lo que estuviera acostumbrado, al menos no viniendo de mí.

—Lo... lo siento.

—¿Qué estás haciendo, Evan? —Mi tono sonó más duro de lo que pretendía.

—Estaba preocupado y me sentí tan contento de ver que

estabas bien, que yo... —Me miró con esa intensidad que solía ponerme nerviosa y risueña, pero no esta vez.

—¿Que me besaste?

Él asintió.

—Estaba muy preocupado, Jules. No tienes idea. —Sus palabras eran sinceras, podía verlo en el fondo oscuro de sus ojos, pero eso no me hizo sentir mejor. Mis emociones parecían estar en una especie de trance: congeladas e inmóviles.

Intenté dejar escapar un largo suspiro, pero fallé.

—Estoy bien.

—Jules, yo... Esta noche... Lo siento mucho. Resultaste herida y todo fue por mi culpa. Haría cualquier cosa para compensarte.

—¿Cualquier cosa?

Él asintió con entusiasmo

—Cualquier cosa.

Lo miré directamente a los ojos

—Entonces vete.

Sus ojos se abrieron.

—¿Qué?

—Vete, Evan. Sal —pronuncié cada palabra lentamente. No tenía idea de dónde venía toda esta ira. Un volcán dormido lleno de emociones había estallado dentro de mí.

—Jules, tienes razón en estar enojada conmigo, pero ¿por qué intentas lastimarme deliberadamente? —Su voz tenía un toque de tristeza que noté de inmediato.

—¡Porque quiero que te vayas! —grité—. Por primera vez no se trata de ti, Evan. Se trata de mí. Quiero estar sola. Necesito estar sola. ¿Acaso me preguntaste por qué mi rostro está rojo de tanto llorar? No, simplemente irrumpiste en esta habitación y me besaste con la esperanza de que ese beso arreglara todo entre nosotros. Bueno, no esta vez, Evan. Ya tuve suficiente por esta noche. No puedo lidiar con esto ahora. Literalmente no puedo. —Las lágrimas nublaron mi visión, pero luché contra ellas.

La boca de Evan se abrió y se cerró varias veces. No sabía qué decir.

—Está bien. —Su actitud fría había salido a la superficie, enderezando su expresión y dando a sus ojos oscuros ese destello de vacío que conocía tan bien—. Como tú quieras. —Me dio la espalda y dejé caer las lágrimas.

Tan pronto como salió por la puerta, rompí en sollozos.

No por él, sino por todo. Lloré hasta quedarme dormida la noche de Navidad. No fue así como planeé pasar las fiestas pero, una vez más, la vida era realmente impredecible.

Yo sólo quería una Nochevieja tranquila y normal. Ni siquiera quería una celebración. Con todo lo que había pasado, quería que las cosas fueran lo más simples posible: esperar hasta la medianoche, gritar «Feliz Año Nuevo» y luego irme a dormir.

Dormir.

La semana pasada había dormido mucho.

De todos modos, «simple» no era una palabra que entendieran mis amigos. No estaban de acuerdo con la forma en que quería las cosas y bueno, traté de manipularlos con todo mi discurso del dedo fracturado, pero, para mi sorpresa, no funcionó.

Invadieron mi sala. Y, por supuesto, no llegaron con las manos vacías. Oh, no, eso sería demasiado simple. Jordan trajo suficiente vino para emborracharnos a todos, desmayarnos, despertarnos por la mañana y emborracharnos de nuevo. Lau era la «Gerente de Alimentos» (así se llamaba a sí misma) y llegó con bolsas llenas de cosas para preparar aderezos y botanas. Jason era el DJ y trajo todo tipo de CD con muchos géneros musicales, para variar. Shane trajo refrescos y un ron raro del que había oído hablar en la universidad. Helen estaba a cargo de los postres. Su tía nos había preparado un delicioso pastel de chocolate.

Hablando de Helen, nunca pensé que pasaría la Nochevieja con nosotros, pero estaba ahí. No quería preguntarle sobre eso. Era su elección, no la mía. En cuanto a Jason y ella, no había sido incómodo hasta ahora. Helen había pasado la mayor parte del tiempo en la cocina con Lau, y Jason estaba en la sala preparando la música.

Shane se disculpó tantas veces que ya no quería escuchar de él la palabra perdón en los próximos diez años.

Hacía frío fuera, la nieve no había dejado de caer en toda la tarde. Me senté cerca de la chimenea para mantenerme caliente, pero mis ojos estaban en la ventana y mi mente vagaba por las palabras de Nash y la expresión de dolor de Evan. Suspiré, mirando la nieve caer lentamente, su blancura había cubierto mi patio delantero.

—Jones —me llamó Shane, apareciendo frente a mí y bloqueando la ventana. Me ofreció una copa de vino—, parece que necesitas un trago.

Sonreí y la tomé con mi mano buena.

—Ya no sé lo que necesito.

—¿Quién lo sabe? —Se sentó a mi lado en el sofá.

Tomé un sorbo de mi vino.

—Al fin se terminó el año. No puedo creer que haya sido únicamente un año, se siente como si hubieran sido más. Han pasado tantas cosas.

Shane se pasó los dedos por su cabello desordenado.

—Ni que lo digas. Al comienzo del año, era un rompecorazones en todo mi esplendor y al final, soy un hombre derrotado.

Lo miré, pero sus ojos no estaban en mí, estaban en el fuego.

—Cambiaste para bien.

Me miró, con una sonrisa juguetona bailando en sus labios.

—¿Tú crees?

—Sí —respondí con firmeza—, ahora eres una mejor persona, Shane.

Él se rio entre dientes.

—Eso es lo que dice todo el mundo.

Volví a mirar por la ventana; la nieve que caía me hipnotizó.

—Porque es verdad.

El silencio reinó sobre nosotros, pero no era incómodo, era... silencio.

Shane dejó escapar un largo suspiro.

—Gracias, Jules.

Mis ojos volvieron a mirarlo con sorpresa.

—¿Por qué?

Se encogió de hombros.

—Gracias por romperme el corazón.

Fruncí el ceño.

—Yo...

Me sonrió.

—Una vez que conocí el dolor de tener el corazón roto, de tener sentimientos no correspondidos, pude entender cómo se sentían otras personas. Cómo se sintieron todas esas chicas con las que jugué. —Una expresión nostálgica se extendió por su rostro—. Ni siquiera sabía cómo se sentía tener sentimientos por alguien. Pensaba que era una mierda promocionada en las películas y todo eso. Pero aprendí de la manera más difícil.

Con toda honestidad, no sabía qué decir al respecto, y Shane parecía darse cuenta.

Levantó su cerveza hacia mí.

—Entonces, salud por eso. —No estaba siendo sarcástico, lo decía en serio.

Levanté mi copa de vino y dejé que chocara con su cerveza.

—Salud.

Me sonrió, mostrándome esos dientes perfectos. Me di cuenta de lo guapo que se había puesto el último año. Sus facciones se endurecieron, haciéndolo parecer mayor, pero aún más atractivo. Siempre sería el *sexy* Shane, lo único que había cambiado era que ya no era un don Juan.

Jason estaba al otro lado de la sala, concentrado en los altavoces. Probaba canción tras canción, así que supe que no podía oírnos. Él también había cambiado, pero no precisamente para bien. Solía ser un amor, pero fue un idiota con Helen y no tenía idea de por qué.

—¿Conoces a los chicos con los que Jason ha estado saliendo últimamente? —le pregunté a Shane, porque sabía que iba a la misma universidad que los nuevos amigos de Jason.

Él asintió.

—Sí, no son una buena compañía, si me preguntas.

—Puedo notarlo, él ha cambiado mucho. Quiero decir, no conmigo, sino en la forma en que trata a las chicas ahora.

Shane se enterró en el sofá.

—Es un buen tipo, pero puede ser fácilmente influenciado. Esos universitarios son tipos malos, Jules, y no quiero decir que sean mujeriegos, son literalmente malos. Les gusta mucho el alcohol, las fiestas y me atrevo a decir que las drogas también.

Eso encendió las alarmas en mi cerebro.

—¿En serio?

Shane notó mi preocupación.

—Estoy seguro de que él no se meterá en eso. Es un tipo de buen corazón. Desafortunadamente, ahora trata a las chicas de la misma manera en la que lo hacen esos tipos.

—Tenía la sensación de que no eran buenos chicos. —Odiaba tener razón.

—Deberías hablar con él, estoy seguro de que te escuchará —sugirió Shane—. Es obvio que a mí no me va a escuchar, se supone que estoy cortejando a su chica.

Recordé que Shane y Helen fingieron estar juntos en la noche de Navidad.

—¿Cortejando? —Levanté una ceja—. Esa es una gran palabra para ti, Mason.

Me sonrió.

—Estoy lleno de sorpresas.

Me reí un poco.

—Sí, sí. Pero tienes razón, no pensé en eso. Supongo que tendrás que fingir esta noche también, por favor —supliqué.

—No tengo ningún problema con eso, pero no podemos fingir para siempre, lo sabes.

—Lo sé. Sólo por esta noche entonces. Se merece un poco de sufrimiento.

—¿Ella está bien? —Sabía que se refería a Helen.

Fruncí los labios.

—Ella está sobreviviendo, pero hay un cincuenta por ciento de posibilidades de que las cosas se compliquen más que un corazón roto. —Recordé la posibilidad de que Helen estuviera embarazada.

Shane arrugó las cejas.

—¿Qué quieres decir con eso?

Me aclaré la garganta.

—Lo sabrás muy pronto. —Eso fue todo lo que pude decir.

Helen entró como si nos hubiera escuchado hablar. Sus ojos fueron de Jason a nosotros y obviamente decidió acercarse a nosotros.

—Empezaron sin mí. —Señaló nuestras bebidas.

—Te traeré una copa de vino. —Shane se puso de pie.

—Gracias, caballero. —Helen le sonrió cuando se fue.

Agarré su muñeca y la jalé para que se sentara a mi lado.

—¿Qué estás haciendo?

Parecía confundida.

—¿Divertirme?

—No, quiero decir que no puedes beber. —Le dirigí una mirada rápida a Jason.

—¿Por qué no?

—Sabes por qué. No puedes beber si estás... —Hice un gesto mirando su vientre.

Abrió la boca sorprendida; para este punto, estábamos susurrando.

—¡Shhh! Ni siquiera lo sabemos con certeza.

—Pero hay una posibilidad.

—Estoy segura de que una copa de vino estará bien —replicó ella.

—No, no te dejaré beber.

—¡Jules, aún no lo sabemos! ¡Es la víspera de Año Nuevo! ¡Quiero beber!

—¡No te dejaré!

—Pero Jordan trajo mi vino favorito. —Ella hizo un puchero.

—¡No puedes beber! —Levanté la voz.

—¿Por qué no? —preguntó Jason, parándose frente a nosotras.

Ni siquiera lo escuchamos acercarse.

Lo miramos fijamente con los ojos muy abiertos.

—¿Por qué no puede beber? —repitió Jason, cruzando los brazos sobre su pecho.

Pasó de nuevo, únicamente quería una Nochevieja sencilla, pero la vida nunca es sencilla para mí.

OH, DIOS, MI POBRE COCINA VIRGINAL

ERA TERRIBLE MINTIENDO y dando respuestas inteligentes cuando alguien me acorralaba. Era como si mi cerebro no pudiera funcionar correctamente. Jason esperaba nuestra respuesta. Yo estaba congelada, pero Helen estaba peor, ni siquiera parpadeaba.

Y yo tuve que abrir mi gran boca para decir algo estúpido, desde luego.

—Me gusta la pizza.

Jason frunció el ceño.

—¿Qué?

Helen giró su cabeza hacia mí y me lanzó una mirada de «¡¿Qué demonios?!». Me encogí de hombros. Esa respuesta fue todo lo que mi cerebro pudo inventar.

Jason abrió la boca para protestar, pero vi a Shane venir hacia nosotros con la copa de vino para Helen.

—¡Shane! —grité exageradamente—. ¡Justo aquí! ¡Estamos justo aquí!

Shane también me lanzó una mirada de «¡¿Qué demonios?!».

Miradas de «¡¿Qué demonios?!» por esta noche: dos.

Llevaba una buena racha.

Shane se acercó a nosotros.

—¿Ya estás borracha?

Resoplé.

—No, yo... —Miré a Jason, él arqueó una ceja. Le arrebaté la copa de vino de la mano a Shane.

—Tengo sed. —Me llevé la copa a los labios y me lo bebí todo de una vez.

—¡Jules! —protestó Helen.

Mi cabeza dio vueltas por un segundo; el alcohol estaba haciendo efecto.

—Estoy bien.

—¿Acaso puedes beber vino? —Jason sonaba preocupado—. ¿No estás tomando analgésicos o algo para tu mano?

Negué con la cabeza.

—No, no en Nochevieja.

—Esa era mi copa —murmuró Helen. Le dirigí una mirada asesina. Había logrado distraer a Jason y ella estaba volviendo a sacar el tema.

Jason abrió la boca, pero yo intervine.

—Deberíamos abrir los regalos.

—¿Ya? —Jason me frunció el ceño.

—Sí, será mejor que lo hagamos antes de que alguien se emborrache lo suficiente como para olvidar quién es su amigo secreto. —Todos asintieron. Se suponía que íbamos a tener la fiesta del amigo secreto en la noche de Navidad, pero ya vimos cómo terminó eso.

—¡Jo! ¡Lau! —llamó Shane a sus mejores amigos—. Dejen de mancillar la cocina de Jules y vengan.

—Oh, Dios, mi pobre cocina virginal —murmuré.

Jordan y Laura salieron corriendo de la cocina, lucían bastante culpables.

—No estábamos haciendo nada —dijo Jordan, pero el cabello de Lau era un desastre.

—Sí, claro —murmuró Shane.

—Estoy tan emocionado de saber quién es mi amigo secreto. —Jason se frotó las manos.

—Yo también. —Le sonreí.

Para ser sincera, esta no era la primera vez que formaba parte de una actividad del amigo secreto. Era mi segundo año, pero todavía se sentía ridículamente nuevo y emocionante. Todos tenían un regalo para dar, y teníamos que esperar hasta que la otra persona revelara para quién era el regalo.

Todos nos sentamos en los sofás alrededor de la pila de regalos que reposaban sobre la pequeña mesa de centro.

—¿Quién va primero? —pregunté, y todos compartieron una mirada rápida.

Helen levantó la mano tímidamente.

—Sé que soy nueva, pero me gustaría ser la primera.

—Por supuesto —la animó Jordan.

Helen recogió su regalo.

—Estoy muy feliz de estar aquí. Gracias, chicos, por permitirme estar en su grupo.

Lau le sonrió.

—No seas tonta, estamos agradecidos de haberte conocido.

—Gracias. —Helen jugueteó con la envoltura de su regalo—. Este regalo es para alguien muy especial para mí. Era un buen... amigo. —Por la forma en que dijo «amigo», ya sabía a quién se refería, pude ver el dolor en sus ojos—. De verdad espero que le guste. —Sus ojos se encontraron con los de Jason. Ella le dio el regalo.

Con torpeza, Jason se levantó y lo tomó. Todos aplaudimos y compartieron un abrazo muy incómodo.

Helen se sentó y Jason se quedó ahí abriendo su regalo, a

través del incómodo silencio. Sacó lo que parecía un boleto y un álbum de música.

—¡Mierda! —gritó Jason en *shock*.

—¿¡Qué es!? —preguntamos todos en voz alta.

—Un boleto VIP para ver a mi banda favorita y su último álbum. —La emoción en sus ojos era contagiosa. Miró a Helen—. Te acordaste. Gracias. —Ella simplemente asintió.

Vaya, ella era tan dulce y él estaba ciego por perderla tan despreocupadamente.

—Es mi turno —dijo Jason, aclarándose la garganta—. Este regalo es para una chica a la que solía odiar cuando estábamos en primer grado, era un dolor de cabeza. —Todos nos reímos un poco—. Ella siempre estaba con Jules y pensé que me robaría a mi mejor amiga. —Sonreí ante sus palabras—. Pero con el tiempo, logramos llevarnos bien, y pronto nos convertimos en los tres mosqueteros. Me gusta pensar que ella es la más inteligente de nosotros tres. Jules y yo estaríamos perdidos sin ella. Mi amiga secreta es Laura.

—Supe que era yo en el momento en que dijiste «la más inteligente». —Lo abrazó con fuerza. Todos sonreíamos como idiotas. Había un ambiente tan bueno entre nosotros: amigos que se sienten como familia.

Lau rio de felicidad cuando abrió su regalo: había todo tipo de dulces de miel, sus favoritos.

—¡Gracias! ¡Eres el mejor!

—Ahora es tu turno, cariño. —Jordan le entregó a Lau el regalo que estaba a punto de dar.

—Bien. —Ella respiró profundamente—. Mi amigo secreto es alguien a quien quiero mucho. —Sus ojos se posaron en mí—. Ella es... —Hizo una pausa—. Ella es como mi hermana y tiene el corazón más dulce de este mundo. Ella me inspira, me enseña. No podría imaginar mi vida sin ella. —Las lágrimas llenaron mis ojos en este punto—. Gracias por darme un espacio en tu corazón. Soy increíblemente afortunada. —Una lágrima rodó por su mejilla—. Dios, debe ser el vino que me pone sensible. —Le dirigí una sonrisa triste—. Te quiero mucho, loca. Cuando me convierta en una directora de cine famosa, seré quien adapte uno de tus libros a la pantalla grande. —Todos nos reímos—. Pase lo que pase...

—Siempre seré tu otra mitad —terminé la frase por ella. Esa era nuestra pequeña frase.

Me levanté para abrazarla tan fuerte como mi mano mala me lo permitía.

—Te quiero, tontita —susurré y besé un lado de su cabeza.

—¡Awww! —dijeron juntos Jordan y Shane.

Me sequé algunas lágrimas rebeldes y traté de abrir mi regalo, pero no pude. Jordan me ayudó.

—¡Oh, por Dios! —Era mi serie de libros favorita, los cinco libros. No podía creerlo—. ¡Esto es tan perfecto, Lau! —Ella sonrió—. ¡Eres genial!

—Lo sé —murmuró.

—Eres una *nerd* —resopló Shane.

Le saqué la lengua y él se rio entre dientes.

Es mi turno. Dejé escapar un largo suspiro.

—Mi amigo secreto es alguien a quien he llegado a admirar con el tiempo. —Shane resopló, colocó sus manos detrás de la cabeza y susurró: «Obviamente no soy yo»—. Siempre ha sido un idiota insufrible y un mujeriego incorregible. —Esa palabra llamó su atención—. Pensaba que él sólo era eso, pero me di cuenta de que hay más. Detrás de su actitud arrogante, en realidad es un chico dulce, un amigo leal y una persona increíble. Lo admiro porque cambió para bien, para sí mismo, para las personas que lo rodean. —Shane me miró en completo silencio—. ¿Idiópido?

Shane me sonrió.

—¿Sí, Minion?

Le di su regalo con mi mano buena.

—Bien hecho.

Se levantó y lo tomó. Sus ojos color avellana miraron mis ojos azules y se inclinó para abrazarme. Sentí su cuerpo marcado contra el mío. Olía tan bien.

Volví a sentarme y lo vi abrir su regalo.

—Veamos. —Sacó los tres videojuegos de la bolsa—. ¿Cómo diablos supiste que quería estos juegos?

Jordan levantó las manos.

—Me declaro culpable.

—Traidor —murmuró Shane y sacó lo que quedaba de la bolsa. Era una playera gris con las palabras «Idiópido orgulloso» en negro y rojo al frente. Shane se echó a reír y todos lo imitaron.

Jordan levantó el pulgar y dijo:

—Eres la mejor, Jules.

Shane negó con la cabeza, pero luego sus ojos se posaron en mí.

—La usaré con orgullo.

Después de reírnos un rato, escuchamos el loco discurso de Shane para Jordan, que estaba muy emocionado de abrir su regalo.

—¡Ay, por Dios! —exclamó Jordan, sosteniéndolo—. ¡Es la camiseta de mi jugador favorito y está firmada!

Cuando fue el turno de Jordan, todos sabíamos que le había tocado Helen, pues era la única que quedaba.

—Bueno, creo que todos saben quién es mi amiga secreta —comenzó Jordan—. Ella es nueva en nuestro grupo, pero hemos llegado a quererla mucho. Es dulce, dedicada, amable y siempre está dispuesta para escuchar a quienquiera que lo necesite: Helen. —Jordan la miró—. Sé que has pasado por mucho, y hablo por todos cuando digo que nos sentimos increíblemente honrados de ser tus amigos. Gracias por abrirnos tu corazón, sabemos que no es algo fácil y no lo damos por sentado.

Helen le dirigió la sonrisa más dulce del mundo.

—Gracias, chicos.

Su regalo fue un hermoso vestido que le había gustado el día que fuimos de compras con Lau. Supuse que ella se lo dijo a Jordan.

Después de hablar sobre nuestros maravillosos obsequios, tomé mi abrigo, gorro y bufanda y salí. El porche estaba frío, pero no se sentía tan mal. Aunque sabía que, si no quería morir congelada, no podía quedarme por mucho tiempo. Seguía nevando, y mi patio delantero ya estaba cubierto de unos cuántos centímetros de blanco.

Me senté en el columpio y tomé un sorbo de mi copa de vino. Lau se unió a mí en silencio, y tomó asiento a mi lado en el columpio.

Durante un rato, nos limitamos a mirar la nieve que caía lentamente sobre el suelo, había algo pacífico en ello.

Lau tomó un sorbo de su copa.

—¿Estás bien?

—Sí —murmuré, absorta en la vista frente a mí.

Lau suspiró.

—¿De verdad estás bien, Jules?

—Estoy bien. Pasa que... —Apreté los labios—. Tengo muchas cosas en la cabeza.

Lau sabía que los gemelos eran mis hermanastros y sabía también sobre la repentina aparición de mi padre. Ella era la única persona a la que se lo había dicho.

—Tómate tu tiempo, nadie te está presionando para que tomes una decisión.

—Lo sé. —Tomé una larga bocanada de aire—. Es que siento que últimamente mi vida ha sido tan caótica, como si no pudiera tomar un descanso. Es como si alguien hubiera presionado la opción de avance rápido y las cosas siguieran sucediendo.

—Entonces suelta el botón y para la función de avance rápido. —Lau me miró—. Vive una cosa a la vez.

—Eso intento —admití—. Pero es tan difícil. Poner las cosas en espera no me está ayudando. No desaparecerán los problemas ni las situaciones que tengo que resolver, por mucho tiempo que las deje en espera, tengo que lidiar con ellas.

—Sí, pero no tienes que lidiar con todo al mismo tiempo. —Me frotó el hombro—. Elige un problema, trabaja en él, resuélvelo y pasa al siguiente.

—Tienes razón. Ni siquiera sé por dónde empezar.

—Sí lo sabes, Jules.

Mordí mi labio inferior.

—Tengo que contarle a mamá sobre mi padre, ¿no?

Lau asintió.

—Sí, ella tiene derecho a saber qué te está atormentando.

—No quiero hacerlo. No quiero romperle el corazón de nuevo. —Dejé escapar un largo suspiro—. Ella se pondrá muy triste, sé que todavía guarda esperanzas. Saber que él la dejó por otra mujer la va a devastar.

—Pero le dará un cierre, Jules. Ella necesita un cierre. Tal vez esa es la razón por la que no lo ha superado por completo, porque no sabe por qué se fue.

—Está bien, se lo diré. Eso resuelve una parte del problema. ¿Qué voy a hacer con mi padre?

—Oh, Jules, desearía poder decirte qué hacer, pero esa es una elección tan personal. Depende de ti.

Mi teléfono vibró en mi bolsillo y lo saqué. Era un mensaje de texto de «él». Mi corazón se apretó en mi pecho.

Lau notó el cambio de expresión en mi rostro.

—¿Es Evan?

Asentí.

—Sí, otra cosa más que necesito resolver.

—¿Y ya pensaste qué harás?

Asentí de nuevo.

—Sí, voy a hacer lo que es mejor para los dos.

Lau tomó mi mano.

—Te apoyo sin importar lo que decidas.

—Gracias.

—Muy bien, es hora de entrar antes de que muramos congeladas. —Entró y la seguí, pero no sin antes mirar la pantalla de mi teléfono.

Evan

Está bien. Me alegra que quieras hablar.

Te veré el próximo fin de semana en el parque.

YA TE LO HABÍA DICHO: ERES UNA GALLINA

—VAMOS, JULES. ¡BAILA!

—¡Sí, no te eches atrás ahora!

—¡Tenemos que ganar!

Esas fueron las palabras de aliento de mis queridos amigos.

¿Qué estaba pasando?

Estábamos jugando verdad o reto y, de alguna manera, terminamos haciendo un desafío de baile. El alcohol puede hacer maravillas cuando se trata de terminar haciendo lo que menos esperabas.

Era chicos contra chicas y, sorprendentemente, ellos iban ganando.

Y eso tuvo mucho que ver con el hecho de que Lau ni siquiera podía pararse bien y Helen había bailado tímidamente, lo que nos hizo ganar apenas un punto.

¿Quiénes eran los jueces?

Bueno, esto te va a divertir: Nash y Nadia Sullivan, sí, mis queridos medio hermano y media hermana. Habían llegado hacía una hora, como si nada. Como si hace una semana, Nash no hubiera lanzado la bomba de «somos medios hermanos» en el hospital. No lo habían mencionado y yo estaba muy de acuerdo con eso. Estaba bien con fingir que nada había cambiado y que nada había pasado. Estaba bien con eso y ¿sabes por qué?

Porque estaba un poco borracha.

Una vez más, el alcohol puede hacer maravillas.

—Vamos, Jules. ¡Salva al equipo! —me animó Nadia, dirigiéndome una mirada reconfortante.

Shane la miró.

—Oye, tú eres juez. Se supone que no debes animar a nadie.

Nadia le sacó la lengua.

—Aguántate.

Me quejé.

—¿Por qué tengo que ser yo?

Lau tenía hipo, y le hizo un gesto a ella y a Helen.

—Porque nosotras lo intentamos y fallamos.

—Tú eres la bailarina, Lau. Incluso estás tomando clases de baile.

Lau me lanzó una mirada de disculpa.

—Lo sé, pero ni siquiera puedo pararme correctamente. Tienes que salvarnos.

Shane y Jordan chocaron los puños.

—No podrán ganarnos. —Shane señaló su cuerpo con un gesto.

Puse los ojos en blanco.

—Eres tan arrogante.

—Y tú eres una gallina —replicó Shane.

—¡Oh! —exclamó Jordan.

Entrecerré los ojos hacia Shane, queriendo demostrar que estaba equivocado. Yo no era una gallina. La expresión de Shane era una combinación de diversión y desafío. Él no pensaba que yo podría hacerlo, realmente pensó que me negaría a hacerlo.

Jason cruzó los brazos sobre el pecho.

—¿Vas a bailar o qué? Necesito comenzar a celebrar nuestra victoria.

Shane agregó:

—Deberían darse por vencidas, aunque ella baile, no creo que pueda hacer un baile de cinco puntos.

Arqueé una ceja.

—¿Y eso por qué?

Shane se encogió de hombros.

—Ya te lo dije: eres una gallina.

Apreté los labios.

—¿Lo soy? —Me levanté y miré a los jueces—. Voy a bailar y elijo que Shane sea mi víctima. —Había que elegir a alguien con quien bailar.

Shane levantó las manos en el aire.

—Acepto el desafío.

—Está bien. Vamos a oprimir play entonces —dijo Nadia, moviendo el dedo en su iPhone.

Decidimos ponerlo en forma aleatoria para que nadie tuviera ventaja al elegir una canción que le favoreciera.

Los altavoces comenzaron a sonar y reconocí la canción: *The Hills* de The Weekend. No porque me gustara, sino porque estaba en la radio todo el maldito tiempo.

Muy bien, ese era un ritmo lento y *sexy* que podía bailar. Me acerqué a Shane y empujé su pecho hasta que cayó de espaldas en el sofá.

—¡Ohhh! ¿Va a ser un baile erótico? —bromeó Jason.

Todos estábamos demasiado intoxicados para preocuparnos.

Shane me sonrió y extendió sus brazos a lo largo del sofá. Iba a ser difícil bailar con una sola mano, pero podía hacerlo. Empecé a balancear mis caderas de lado a lado, agradeciendo a Lau por los lindos y ajustados *jeans* que me aconsejó que usara esa noche. Los ojos de Shane nunca dejaron los míos, y si lo hacían, era para admirar mi cuerpo.

Le di la espalda y seguí bailando a un ritmo lento. Usé mi mano buena para acariciar mis caderas, mi cintura y hasta mi cabello.

Me volteé hacia él y me senté a horcajadas sobre su regazo, sosteniéndome con la mano sana contra el respaldo del sofá. No había contacto entre nosotros, pero básicamente estaba encima de él, moviendo mis caderas. Podía sentir su fuerte respiración en mis senos o en mi estómago cuando me movía. Shane apretó las manos, la restricción era obvia en su rostro. Quería tocarme y sabía que no podía. Yo tenía todo el poder aquí.

Me senté completamente sobre él, su rostro y el mío estaban ahora al mismo nivel. Sus ojos color avellana ardían con oscura necesidad. Me lamí los labios y él siguió el movimiento con la mirada.

Su aliento olía a menta y vino. Sus labios se veían húmedos y tentadores. Estábamos demasiado cerca. Sólo tenía que moverme una pulgada y sería capaz de sentir sus labios contra los míos.

Alguien se aclaró la garganta. La canción había terminado hace mucho tiempo.

—Y así es como se ganan cinco puntos —habló Nadia, cortando la espesa tensión entre nosotros. Volví a la realidad.

—Gané —le dije a Shane mientras me ponía de pie.

—Guau. —Jason parecía sin palabras—. No pensé que pudieras hacerlo. ¡Felicidades!

—Lo admito, nos derrotaron —reconoció Jordan.

—¡Hurra! —Lau me chocó los cinco—. ¡Esa es mi mejor amiga!

Helen no se veía muy feliz por eso, pero tampoco parecía molesta. Por un momento, me olvidé por completo de su hermano. ¡Rayos! El alcohol.

Lau extendió su mano hacia los chicos.

—Paguen.

De mala gana, todos le dieron dinero. Teníamos suficiente para salir por la noche, ver películas, comida y todo. Exclusivamente nosotras tres, las ganadoras.

—Esto sabe horrible —se quejó Nash como de costumbre, tomando un sorbo de su cerveza—. De verdad que no entiendo a la humanidad.

—Yo tampoco —le respondí—. Es por eso que estoy bebiendo esta noche.

Nash me miró por un segundo.

—Jules...

Nadia se interpuso entre nosotros.

—Eso estuvo genial, no sabía que te gustaba bailar.

—No me gusta —le confesé—. Pero realmente quería ganar.

—Nos dimos cuenta. Le causaste una erección a Shane —dijo Nash de una manera bastante casual.

Mis ojos amenazaban con salirse de sus órbitas. Incluso si estaba borracha, era una afirmación un tanto burda. Nadia le dio una palmada en el hombro.

—Nash, ¿qué dijimos sobre filtrar tus pensamientos?

—Bueno, lo siento, traeré otra de estas. —Levantó su cerveza y se fue.

Nadia suspiró:

—Lo siento, él es...

—Está bien.

Nadia vaciló un momento.

—Me preguntaba si quieres ir a tomar un café mañana por la tarde.

Sí, yo sabía que esa noche ella no quería hablar de mi... bueno, de nuestro padre. Ese sería el tema de conversación del día siguiente, cuando todos estuviéramos sobrios. Cuando todos fuéramos a enfrentar nuestros problemas.

—Por supuesto.

—¿En La Sirena?

—Sí. —Mirando a Nadia después de saber la verdad, me di cuenta de lo mucho que nos parecíamos, los mismos ojos azules, la nariz pequeña y la forma de los labios. Había genes obvios compartidos entre nosotras. ¿Cómo no lo noté antes?

—¡Salud! —dije, levantando mi copa.

—Salud.

Después de celebrar hasta la medianoche y desear un gran año nuevo para todos, me arrastré hasta el baño.

Miré mi reflejo en el espejo.

—Creo que estoy borracha —dije en voz alta, lamiendo mis labios, mi boca se sentía seca. Me senté en el borde de la bañera y miré mi teléfono. No podía dejar de pensar en él.

Evan...

Quien haya dicho que el alcohol ayudaba para la angustia estaba claramente equivocado.

Me hizo pensar en él aún más. Su hermoso rostro me vino a la mente y todo lo que quería era que él estuviera ahí conmigo, besándome, haciéndome olvidar todo.

Ha pasado más de un mes.

Se sentía como si hubieran pasado años.

Revisé mi teléfono por la razón por la que corrí al baño: Para revisar un mensaje de texto que acababa de recibir de Evan.

Evan
Dios, te extraño muchísimo.

Su mensaje estaba allí, sin respuesta, y dudé. Mi pobre cerebro intoxicado por el alcohol no podía manejar esto adecuadamente. Antes de que pudiera pensar al respecto, respondí.

Yo también te extraño.

Sabía que sólo estaba complicando las cosas al hacer eso, pero no pude evitarlo. Todavía lo amaba, todavía tenía sentimientos por él, a pesar de que me había lastimado tantas veces, y mi corazón aún tenía cicatrices. Sabía que debería esperar hasta el próximo fin de semana cuando nos encontráramos en el parque y tuviéramos una conversación seria, pero por alguna razón, quería verlo esa noche y no exactamente para hablar.

Alcohol, ¿qué me estás haciendo?

Su respuesta me sobresaltó.

¿Puedo ir?

¿Con esta tormenta de nieve? Temía por su seguridad incluso cuando su casa no estaba tan lejos. Caminaría unas cuantas cuadras con ese clima helado.

Hace mucho frío.

Ni siquiera alcancé a guardar mi teléfono antes de recibir su respuesta; como siempre, enviando sus mensajes rápidos.

¿Eso es un sí? 😉

Sonreí como una tonta ante esa carita guiñando un ojo.

Ay, los recuerdos.

Nada más quería verlo por un segundo, eso era todo. No estaba segura de querer volver con él, todavía debíamos tener esa conversación, pero eso no iba a suceder esa noche. Quería olvidarme de todo, de mi corazón roto, de mi padre y de los problemas de los demás, como el posible embarazo de Helen. Quería sentirme ajena a todo.

Sólo quiero que estés a salvo.

Su respuesta hizo que mi corazón se acelerara.

No sería la primera vez
que arriesgo mi vida por ti.

Oh, sí, recordé esa noche en casa de sus abuelos.

Ten cuidado.

Sonreí ante su respuesta.

Estaré ahí. Te veré pronto, Melocotón.

—¡Oh, diablos, no! —Lau me arrebató el teléfono de las manos.

—¡Oye!

—¿Enviando mensajes de texto estando borracha? ¿Es en serio? —Se veía bastante enojada.

Me froté el rostro.

—Nada más quiero verlo por un segundo.

—¿Y luego qué, Jules? —Me desafió Lau—. Está bien, déjalo que venga, que te bese y luego, ¿qué?

Fruncí el ceño.

—Yo...

—¿Tú qué? ¿Ya lo perdonaste?

Pasé los dedos por mi cabello.

—Yo... no...

—¿Qué vas a hacer cuando termine la sesión de besos calientes y él asuma que ustedes están juntos de nuevo?

—Yo...

—¿Es eso lo que quieres? ¿Volver con él? —Fruncí los labios. Se acercó—. Dime que eso es lo que quieres y te apoyaré a ti y a tu relación, y me aseguraré de que no cometas los mismos errores. Apoyaré tu amor desde aquí hasta Marte. —Hizo una pausa—. Pero necesito estar segura de que eso es lo que quieres. Dime qué quieres.

—¡No sé! —comencé a gritarle— ¡No lo sé! ¿Por qué tiene que ser tan complicado? ¿Por qué no puede venir y hacerme olvidar todo?

—¡Porque eso no es justo! ¡Ni para ti ni para él! Todavía no sabes lo que quieres, Jules. Dejar que venga es como decirle que están juntos de nuevo cuando ni siquiera lo sabes con certeza.

—¿Por qué tienes que hacer que todo parezca tan difícil? ¿Por qué no puedes simplemente dejar que me divierta?

—Porque acabarás lastimada y él acabará lastimado, y yo no permitiré que sigan lastimándose. Ambos han tenido suficiente.

Extendí mis manos, exasperada.

—Tal vez verlo aclare las cosas en mi cabeza.

—¿Quieres decir en tu cabeza intoxicada con alcohol?

—¡Estoy bien!

Lau puso los ojos en blanco.

—Ni siquiera puedes pararte correctamente y estás a un trago de vomitar.

Me mantuve firme.

—Voy a verlo y no puedes detenerme.

Lau me sonrió y luego se llevó dos dedos a la boca y silbó. ¿Qué?

Jordan apareció en la puerta del baño; la expresión en su rostro parecía querer decir «lo siento».

—¿Qué? —pregunté, pero no obtuve respuesta. Shane y Jason aparecieron detrás de él. Jordan caminó rápido hacia mí y me lanzó sobre su hombro como un saco de papas—. ¡No! ¡Jordan! ¡Bájame! ¡Lau! —Cruzamos la puerta del baño y pasamos por Shane y Jason—. ¿Qué diablos están haciendo?

—Se llama hibernación —dijo Jason con una mirada engreída en su rostro.

Lau le dio una palmada en la nuca.

—Es intervención, idiota.

Shane se encogió de hombros.

—Sigo sin entender, pero es divertido.

¡Pequeños traidores!

Me dolía el cuello de tratar de mirar a todos, tratando de encontrar algo de ayuda. Lau estaba usando mi teléfono como si estuviera enviando mensajes de texto ferozmente.

—¡Lau! ¡No te atrevas! —Miré hacia la sala y encontré a Helen sentada en el sofá. ¡Sí, ella! Era su hermano después de todo—. ¡Helen! ¡Ayúdame!

Ella negó con la cabeza.

—No cometas los mismos errores que yo.

¿Es en serio? ¡Es mi vida, yo debería decidir qué hacer! No necesito una maldita intervención. Sólo necesito...

Vomitar, realmente necesito vomitar.

—¡Jordan, bájame! Voy a vomitar —le advertí, pero no me escuchó mientras subía las escaleras a mi habitación—. ¡Jordan!

Bueno, lo que pasó después fue extremadamente asqueroso, así que no voy a entrar en detalles. Digamos que mis escaleras nunca serán las mismas después de esa noche. Nunca.

Todo se puso borroso y confuso para mí. Fue como si vomitar me hubiera vencido y me hubiera tirado al suelo. Escuché voces, sentí agua fría en los labios y sentí manos que me acostaban suavemente.

«Hace calor aquí».

Ese fue el último pensamiento que tuve antes de desmayarme.

NO PUEDO VERLA. NO PUEDO

ME DESPERTÓ algo duro que presionaba mi costado.

Oh, eso sonó mal.

Abrí los ojos lentamente y el dolor golpeó mi cabeza como una explosión.

—Ay —me las arreglé para murmurar, mientras parpadeaba. Mi habitación estaba un poco oscura, pero era de día, probablemente era otro día nublado y con nieve.

Aparte de la cosa dura que me presionaba, había algo pesado sobre mis piernas y yo estaba al borde de la cama. Entrecerré los ojos, tomándome un momento para entender mi situación. Menos mal que mi mano vendada estaba a salvo.

Quejándome por el dolor de cabeza, miré a mi lado para encontrar la causa del fuerte pinchazo: Lau. Su codo estaba presionando dolorosamente contra mis costillas. Estaba completamente dormida, con la boca abierta, babeando sobre la almohada, simplemente encantadora. Traté de apartarla un poco, pero no se movía, como si hubiese algo detrás de ella que no permitía el movimiento. Murmurando tonterías, me senté para tener una mejor vista de mi cama.

Oh, santos Ruffles.

Esto no es lo que esperaba al despertar el primer día del Año Nuevo.

Mi cama era una masa de humanos desmayados y enredados en formas que no creía posibles. Lau estaba a mi lado, Jordan estaba detrás de ella y Nadia estaba detrás de él, con la cabeza hacia la otra dirección de la cama. Shane y Nash estaban dormidos sobre mis piernas, recostados sobre la cama. No podía creer que todos cupiéramos en la cama y que hubiéramos dormido en posiciones tan incómodas.

Me dolía el cuello, me dolían las costillas y no podía sentir las piernas. ¿Cómo podría? Tenía dos seres humanos durmiendo sobre ellas y uno de ellos estaba roncando.

Nash Sullivan roncaba, y muy fuerte.

Deslicé mis piernas fuera de los dos lo más lenta y cuidadosamente posible. Mi plan no funcionó. ¿Por qué? Porque como todos estábamos enredados, si me movía, Shane y Nash se moverían, lo que significaba que los demás también lo harían. Sería como un efecto dominó.

Pero necesitaba quitármelos de encima. Me moví, y todos se movieron, quejándose y, de alguna manera, Nadia se cayó de la cama, con un ruido seco.

¿Se despertó?

No.

¿Alguien más?

No, todos estaban completamente fuera de este mundo.

Sentí la necesidad de comprobar sus respiraciones.

Me levanté y una ola de mareo se apoderó de mí. Me agarré de la pared por un segundo.

Después de lavarme la cara y cepillarme los dientes, me froté la cara. Me dolía todo y me sentía mal. ¿Por qué bebí? ¿Por qué?

Anoche...

Recordé diferentes destellos y momentos.

Hubo mucha bebida y yo dije muchas tonterías.

Bailé...

¿Yo...?

Me sobresalté por un recuerdo borroso de la cara de Shane cerca de la mía. ¡Ay, Dios mío! Hice un baile erótico para Shane. ¿En qué estaba pensando?

«No estabas pensando, esa es la cuestión».

Le envié un mensaje de texto a Evan.

Estaba empezando a odiar a mi yo intoxicada. ¿Mensajes de texto borracha? ¿En serio, Jules? Ni siquiera podía mirarme al espejo, así que salí de la habitación. Me preguntaba por qué estaban todos durmiendo en mi habitación. No se atreverían a dormir en la habitación de mamá, pero abajo había una habitación de invitados.

Al entrar a la cocina, encontré a Helen sentada frente a la barra; ella apenas me miró.

—Buenos días. —Agité mi mano, pero no respondió.

Saqué una botella de agua del refrigerador y caminé perezosamente para sentarme frente a Helen. Seguía sin mirarme, con la cabeza agachada.

Fue entonces cuando mi cerebro todavía borracho hizo los cálculos. Jason no estaba durmiendo arriba, tampoco Helen. Dudaba que todavía pudieran caber, pero ese no era el punto. No estaban en mi habitación, así que probablemente tomaron la habitación de invitados para dormir, juntos.

Dejé de golpe mi botella de agua en la barra.

—¡No, no lo hicieron!

Helen hizo una mueca, pero no dijo nada.

—¡Dime que no lo hicieron! —supliqué.

Su cabello castaño estaba recogido en un chongo desordenado y la palabra culpa estaba escrita en todo su rostro.

—¡Ay, Helen!

—Él dijo que me extrañaba y yo... —Frunció los labios—. Y yo también lo he extrañado y él fue tan dulce.

—Estaba borracho.

Se frotó la cara.

—Lo sé.

—Esto va a sonar horrible, pero probablemente dijo todas esas cosas bonitas porque quería tener sexo —hablé con toda sinceridad.

—Yo también lo sé, pero soy débil y era la víspera de Año Nuevo y quería sentirme amada. —Eso me rompió el corazón—. Quería que fingiera por un momento que le importaba, que aún me amaba.

Extendí mi mano hacia adelante sobre la barra para sostener la de ella.

—Está bien. No te estoy juzgando, te estoy cuidando. Él te ha lastimado mucho. Me duele verte sufrir, de verdad.

Ella apretó mi mano.

—Sé que te preocupas por mí, y desearía ser más fuerte que esto.

—El amor nos hace débiles —susurré—. Mírame, borracha le envié un mensaje de texto a tu hermano. Esa no fue mi jugada más inteligente. Si él hubiera estado aquí, probablemente esta mañana me habría despertado a su lado. Yo soy la última persona digna de juzgar a alguien.

—Él te ama —dijo ella, mirándome directamente a los ojos—. Él realmente te ama, lo sabes, ¿no?

—Yo también lo amo—admití—. La falta de amor no es la razón por la que no estamos juntos.

—¿Entonces cuál es?

—Falta de confianza.

—¿Le darás otra oportunidad?

Suspiré.

—Honestamente, no lo sé. Nunca había tenido tantos conflictos en mi vida.

—Estarás bien, resolverás las cosas.

Me bebí toda la botella de agua de un solo trago.

—Necesitaba esto.

Ella sonrió, pero la sonrisa no llegó a sus ojos.

—Todos se pusieron muy mal anoche.

—Ni que lo digas. Parece que arriba hay un maldito rompecabezas humano.

—Después de que te desmayaste en tu cama, siguieron bebiendo y se volvieron locos.

Hice una mueca.

—Me lo imagino.

—Creo que Jordan tiene los videos. Shane le estaba dando una serenata a Nadia pensando que eras tú. —Sonreí al ver la foto, eso debió ser divertido—. Ustedes dos se parecen. Realmente no lo había pensado antes de que Shane lo señalara anoche.

«Sí, somos medias hermanas». No dije nada.

Helen jugaba con una taza sobre la mesa, no podía quedarse quieta. Tenía grandes bolsas debajo de los ojos y estos estaban inyectados de sangre. Parecía que anoche no había dormido ni un segundo. Estaba ansiosa y no podía culparla.

—Helen, necesitas hacerte una prueba de embarazo. Esta incertidumbre obviamente te está afectando.

—Lo sé. —Me miró; la súplica era clara en sus ojos.

—Iré contigo. Podemos ir ahora mismo y conseguir una, si quieres.

—¿Harías eso por mí?

—Por supuesto. —Le dirigí una sonrisa tranquilizadora—. Preparémonos y vámonos, antes de que todos despierten.

Fuimos a la única farmacia del pueblo. Recordé esa noche que Jason vino a mi habitación a buscar condones porque estaba cerrada a esa hora. Él y Helen estaban comenzando su relación casual. Parecía que había pasado mucho tiempo.

El día estaba frío y nublado, la nieve cubría las aceras y los árboles. Regresamos a la casa muy rápido, por supuesto, no sin antes ponernos tímidas e incómodas cuando pagamos la prueba de embarazo en la farmacia.

Eso fue increíblemente incómodo.

De vuelta en la casa, tuve que empujar a Helen dentro del baño del pasillo. Ella no quería hacerlo y yo seguía diciéndole que tenía que hacerlo.

De mala gana, entró, y después de unos minutos salió, pálida como un papel blanco.

—Oh, no... —susurré.

Ella negó con la cabeza.

—No vi el resultado, no pude. Sólo oriné y la puse en el lavabo. No puedo verla. No puedo. —Ella agitó frenéticamente los brazos.

—Cálmate. —Sostuve sus hombros—. Vamos a verla juntas.

—¿Qué están susurrando?

Jason.

Mierda.

Jason estaba de pie al final del pasillo; su cabello era un desastre. Mi corazón casi se detiene allí mismo. Dios, voy a morir tan joven de un ataque al corazón.

—Ah... —Helen y yo compartimos miradas, ¿por qué siempre nos atrapaban?

Jason caminó hasta que quedó frente a nosotras.

—Las dos han estado actuando extraño desde ayer. ¿Qué está pasando?

—¡Nada! —dijo Helen en modo pánico.

—Estábamos... ¿hablando?

¿En serio, Jules?

Jason frunció el ceño.

—Claro. Necesito usar el baño.

—¡No! —Helen y yo gritamos al mismo tiempo.

—¡Por Dios! Me duele la cabeza, no griten así. —Sostuvo su cabeza, haciendo una mueca.

—No puedes entrar —dije, bloqueando la puerta—. Es que... hay... una fuga.

—¿Una fuga? —Jason comenzaba a sospechar más.

Dios, ¿por qué no soy buena para mentir?

Helen abrió la boca.

—Rompimos el inodoro. Es asqueroso.

Jason arqueó las cejas.

—¿Rompieron el inodoro? ¿Cómo?

Hablé antes de que ella pudiera.

—Tenemos nuestros períodos, así que se puso muy feo allí dentro con toda la sangre y...

—¡Oh, cielos, Jules! —dijo Jason, mostrando asco—. Demasiada información. Iré al de abajo.

Se alejó y encontré mi aliento de nuevo.

Eso estuvo cerca.

Pero entonces, Jason se detuvo en la parte superior de las escaleras y volteó hacia nosotras otra vez.

—Esperen un momento. Helen no tiene su periodo. Y ustedes dos están nerviosas y sudorosas. Están mintiendo.

Antes de que pudiera alcanzarnos, arrastré a Helen dentro del baño, entré tras ella y cerré la puerta. Jason tocó.

—¿¡Qué esconden ahí!?

—¡Vete! —le grité en respuesta.

—¡No iré a ninguna parte!

Volteé hacia Helen.

—¡Tenemos que deshacernos de la evidencia!

Helen caminó de un lado a otro, llena de pánico.

—¿Cómo?

—¡Tírala por el inodoro!

Helen tomó la prueba de embarazo y comenzó a reír histéricamente.

—¿Qué?

¡Oh, mierda! ¡El resultado!

Se inclinó, sosteniendo su barriga y riendo.

—¡Helen! ¿Por qué te ríes?

Ella me mostró la prueba.

Oh.

Dos rayas azules: Positivo.

Se estaba riendo del susto o tal vez se estaba riendo para no llorar.

—¡Jules! —La voz de Jason resonó al otro lado de la puerta.

No tenía idea de por qué las lágrimas brotaron de mis ojos. Inexplicablemente, me llenó un extraño sentimiento de felicidad e incertidumbre. Empecé a reírme como una loca con lágrimas en los ojos.

Helen dejó de reírse y me miró extrañada.

—¿Jules?

Caminé hacia ella y la abracé con fuerza.

—Cuenta conmigo para lo que desees hacer, Helen.

Rompimos nuestro abrazo y Helen me sonrió. Esta vez, la felicidad llegó a sus ojos y le dio un brillo.

—Voy a ser mamá. —Se tocó el vientre y puso mi mano sobre la suya.

—Sí, quiero decir, si tú quieres, apoyaré la decisión que tomes.

—¡Abran la puerta! —La voz de Jason nos sacó de nuestro momento.

Me sequé las lágrimas.

—Escondámosla en el botiquín. Rápido.

Escondimos la evidencia y respiramos hondo. Antes de abrir la puerta, la miré.

—¿Le vas a decir?

Ella negó con la cabeza.

—No.

—¿No como «No hoy» o como «Nunca»?

—Aún no lo sé.

—Está bien, ya lo resolverás —mencioné las mismas palabras que ella me dijo esa mañana.

Abrimos la puerta para ver a un Jason muy nervioso, pasó junto a nosotras en el baño para comprobar lo que pasaba. Por supuesto, no encontró nada.

Tomando su mano, bajé las escaleras con Helen. Compartimos una sonrisa genuina.

Era el primer día del año y ya se había llenado de un momento inolvidable.

ELLOS SON MIS MEDIOS HERMANOS

«Quiero crecer». ¿Alguna vez lo dijiste cuando eras niño? Yo sí. ¿En algún momento de tu vida te arrepentiste de crecer? ¿Has deseado volver a ser un niño despreocupado? Sé que sí. Todos lo han hecho.

Mientras más creces, mayores serán los desafíos, los obstáculos, el dolor. La vida se pone seria. Tú te pones serio. Olvidas sonreír al sol de la mañana que brilla en tu rostro. Tus problemas te absorben tanto como para notar el hermoso mundo que te rodea.

Y cuando la vida se pone difícil, deseas más que nada que el tiempo retroceda y vuelvas a ser ese niño pequeño que no sabía nada cuando deseaba ser grande.

Sin embargo, no todo es malo. A medida que avanzas en la vida, todo se vuelve más intenso. Experimentas cosas nuevas, siempre estás aprendiendo algo. Se supone que ese es el camino. Crecer puede ser duro y doloroso, pero nunca olvides que... crecer es necesario.

Terminé la página y dejé escapar un largo suspiro. Era apenas el comienzo. Tenía mucho que escribir después de todo lo que me había pasado el año anterior.

—¡Jules! ¡La cena está lista!

—¡Ya voy! —grité, mientras me ponía de pie,

Mamá me esperaba en la mesa, me senté frente a ella. La miré servir la comida. Se veía muy bien hoy, parecía descansada. Temía tener esa plática con ella. No quería arruinar su apetito, así que comimos en paz. Hablamos sobre cosas triviales hasta que terminamos, y antes de que ella se pusiera de pie para recoger los platos, hablé.

—Mamá, tenemos que hablar. —Jugué con mis dedos en mi regazo.

Ella se puso de pie, mientras recogía los platos.

—¿Sí, cariño? Dime mientras lavo los platos.

—No, mamá, siéntate. Es... —No sabía cómo decirlo—. Es importante.

Ella notó mi expresión seria.

—Okey, me estás asustando.

Dejé escapar un largo suspiro.

—¿Recuerdas a los gemelos Sullivan?

—Sí, vinieron a cenar hace unas semanas. ¿Qué hay con ellos?

—Ellos son mis medios hermanos.

Los ojos de mamá se abrieron.

—¿Qué?

—Ellos y yo tenemos el mismo papá. —Mamá parecía petrificada—. Mi padre apareció y quiere verme.

El color se drenó del rostro de mi madre.

—¿Él... él...? Guau... Yo... ¿Lo has visto?

—No, aún no, al parecer está enfermo y quiere verme.

—¿Enfermo? ¿Qué tan enfermo?

Sacudí la cabeza.

—No lo sé.

—¿Qué edad tienen los gemelos?

Sabía que cuestionaría eso, y por lo mismo, ya les había preguntado.

—Tienen mi edad, son tres o cuatro meses mayores.

—Vaya. —Las lágrimas se formaron en sus ojos—. Él me engañó. —Asentí. Hubo una pausa—. ¿Vive con la madre de los gemelos? —Asentí de nuevo. Mamá se rompió en sollozos, lo que me rompió el corazón.

Me levanté, caminé alrededor de la mesa y la abracé por detrás.

—Lo siento.

—Vaya... Otra mujer, eso es...

—Lo siento, mamá. —Besé su cabeza, abrazándola contra mí—. Estarás bien. Al menos, por fin, obtuviste un cierre.

Escuchar sus sollozos hizo que me doliera el corazón. Lloré con ella, grandes lágrimas cayeron de mis ojos mientras la abrazaba en silencio. Podía entender lo que sentía, la sensación de ser abandonada era algo que ella y yo siempre compartíamos.

No podía negar cómo me hizo sentir la aparición repentina de mi padre después de tanto tiempo. En el fondo de mi mente, traté de pensar que tenía una razón justa para dejarnos o que tal vez estaba muerto. Pero no, sólo tenía otra familia. ¿Eran mejores que nosotros? No tenía idea. Sin embargo, mi resentimiento comenzaba y terminaba con mi padre. No sentía nada malo por los gemelos, no era su culpa.

Lloré con ella y la consolé hasta que lloró lo suficiente, hasta que tuvo suficiente. Después de todo, únicamente éramos ella y yo, siempre.

Eran las seis de la tarde y no tenía nada que hacer. Me acosté en mi cama, con mi pijama de sirena, mirando hacia el techo. Después miré a mi lado y vi los Minions que Shane me había dado por mi cumpleaños.

Shane...

Sonreí como una tonta, mientras tomaba uno. Era el que se suponía que lo representaba. Tenía una playera universitaria y una gran sonrisa; de verdad se parecía a él. Ese exmujeriego loco. Me preguntaba cómo le estaba yendo en la universidad. Dijo que estaba muy bien, pero eso es algo difícil de creer después de sus cuestionables calificaciones en la preparatoria. Su universidad estaba a dos horas de nuestra ciudad, venía a casa todos los fines de semana y cada que había vacaciones.

Me vino a la mente su clásica sonrisa de superioridad, lo que me robó una sonrisa. Shane había crecido y se había puesto aún más atractivo. Sin mencionar que era más maduro. Apuesto a que era un éxito entre las chicas de su universidad. Una sensación agridulce me invadió... ¿Celos? Una parte de mí quería que siguiera adelante, que fuera feliz, pero la parte egoísta de mí quería seguirle gustando para siempre. ¿Por qué? ¿Para qué?

No tenía idea. Gustarle a Shane me validaba de alguna manera. Es difícil de explicar. Nunca había tenido una gran autoestima, y que el chico más guapo y popular en la preparatoria estuviera loco por mí, alimentaba mi ego. Sé que sonaba loco, pero así era como me sentía.

Hice su Minion a un lado y decidí leer una historia en Wattpad.

Había pasado un tiempo desde la última vez que entré a Wattpad; mi vida había estado tan loca últimamente. Terminé la historia y mi dedo bailó a través de mi teléfono para ir a su perfil. Simplemente no pude evitarlo. Era un hábito, a pesar de que había pasado tanto tiempo. Miré la misma foto de perfil vacía y sonreí, recordando esos días en que me moría por saber qué escondía detrás de esa imagen vacía.

Ahora ya sé lo que esconde.

Un hombre hermoso con un pasado terrible.

Un hombre con heridas y cicatrices.

Un hombre que afirma que lo salvé.

Su perfil no tenía mensajes nuevos, sólo una publicación de hacía una semana:

«Y en la hora más oscura,
ella vendrá vestida de luz y lo inspirará,
porque si no lo hace
el tiburón no sobrevivirá».

El mensaje publicado tenía ciento y tantos comentarios, me desplacé hacia abajo, y vi a todas estas chicas que lo seguían y le dejaban mensajes reconfortantes y coquetos:

«Seré tu luz cualquier día, poeta».

«¿Cuándo vas a poner una foto en tu perfil?».

«¡Ni siquiera he visto tu rostro y ya te deseo!».

Revisé cada uno de los comentarios para ver si había respondido a alguno y dejé escapar un largo suspiro cuando vi que no.

¿Qué estoy haciendo?

¿Por qué me estoy poniendo celosa cuando fui yo quien lo alejé?

Guardé mi teléfono y me froté el rostro. La escuela había comenzado de nuevo y la primera semana había sido una locura. Era viernes por la noche, lo que significaba que tenía que verlo al día siguiente en el parque, para tener la conversación que decidiría nuestro destino.

El tiempo había curado ciertas heridas, habían pasado casi dos meses desde el «incidente de Jane» y, de alguna manera, había disminuido esa ira que sentía hacia él, ya no me sentía tan abrumada. Estaba agradecida por las vacaciones de Navidad, me habían dado suficiente tiempo para relajarme y resolver las cosas. Después de hablar con Evan al día siguiente, lo único que faltaba era averiguar la situación de mi padre.

En lugar de enviarle a Evan un mensaje de texto para confirmar la reunión del día siguiente, decidí hacerlo a la antigua y le envié un mensaje en Wattpad. No tenía idea de si revisaba su perfil, pero esperaba que lo hiciera. Después de todo, publicó ese poema corto hace aproximadamente una semana, y supuse que esperaba que yo lo viera.

Hola, poeta oscuro.

La nostalgia se apoderó de mí después de que di clic en enviar. Su respuesta llegó tan rápido como de costumbre.

Hola, señorita fresa.

Eso me reconfortó el corazón, pero lo ignoré.

Sí vamos a vernos mañana, ¿cierto?

Miré la pantalla, esperando.

Tal vez.

¿Tal vez?

Hay una advertencia de tormenta de nieve.

Vaya.

Oh, no lo sabía.

No tengo ningún problema en ir de todos modos, pero no quiero que estés en peligro.

¡Ay! ¡No seas lindo! ¡No te preocupes por mí!

Bueno, entonces, dependiendo de cómo amanezca mañana, decidiremos.

Podría ir a tu casa esta noche. Si quieres.

Tragué, considerándolo. ¿Cuál era el punto de prolongar esto? Tarde o temprano, tendríamos esa conversación.

Un golpe en la puerta me impidió responder. ¿Quién podría ser en este momento?

—Adelante. —Miré la puerta mientras se abría.

Shane asomó la cabeza con una sonrisa astuta.

—Hola.

Le devolví la sonrisa.

—¿Tocando en lugar de aparecer en la habitación? Eso es nuevo.

Se permitió entrar por completo. Usaba *jeans*, botas negras y un suéter de lana. Su cabello castaño también estaba cubierto con un gorro de lana. Debía hacer mucho frío afuera.

—Estoy en la universidad ahora, es mejor que tenga buenos modales. —La mirada de Shane se detuvo a mi lado—. ¿Interrumpí algo?

Miré al Minion a mi lado y lo escondí.

—No, nada.

Shane me sonrió.

—Ambos sabemos que sí.

Puse los ojos en blanco.

—Tan egocéntrico como siempre. ¿Qué estás haciendo aquí? —Crucé las piernas para ponerlas cómodas en la cama—. ¿No se supone que debes estar en la universidad?

—Se supone que habrá una tormenta de nieve mañana, así que decidí venir a casa hoy.

Oh, claro, es viernes.

—Tu nueva habitación es muy femenina. —Señaló mis coloridas decoraciones.

Me encogí de hombros.

—Soy una chica, ya sabes.

Me miró.

—Oh, sé que lo eres.

Fruncí el ceño.

—¿Qué se supone que significa eso?

Selló sus labios con los dedos y cruzó mi habitación hasta mi ventana.

—Puedes ver la ventana de Lau desde aquí. Qué divertido, ¿no?

Mi teléfono vibró a mi lado y lo tomé.

¡Diablos, Evan!

Escribí una respuesta:

Esta noche no es buena idea. Te enviaré un mensaje de texto mañana.

Está bien.

Miré a Shane de nuevo. Parecía haber algo interesante afuera de esa ventana o tal vez tenía un pensamiento profundo. Estiré las piernas para levantarme y caminar hacia él. Me paré junto a él frente a la ventana. Árboles, techos y aceras cubiertas de nieve; era una buena vista.

—No es que me importe, pero ¿por qué estás aquí? —Tuve que preguntar. Esta era una visita inesperada. Creo que la última vez que Shane vino solo a verme fue cuando vivía en la antigua casa.

—¿Necesito una razón? —Volteó hacia mí.

—No, sólo que...

—Estoy bromeando, sí tengo una razón para estar aquí. —Me miró a los ojos con su sonrisa típica que luego desapareció.

La expresión de Shane Mason se puso seria y eso me tomó desprevenida.

—¿Qué pasa?

—Vas a perdonarlo, ¿no?

No necesitaba ser un genio para saber que se refería a Evan. Desvié la mirada.

—No lo sé.

—Mentira.

—Shane...

—Te conozco. Eres tan amable, que eres casi tonta.

Mi mandíbula cayó al suelo.

—¿Perdón?

—Lo que escuchaste. —Me desafió—. He estado pensando en esto durante toda la semana. Tan pronto como llegué aquí, no fui a casa, vine aquí porque necesitaba esto. Necesitaba decirte esto.

—¿Necesitabas decirme que soy una tonta?

—No, necesito decirte que no tienes que perdonar todo, Jules. No eres un saco de box que tiene que aguantar todo. —Alzó un poco la voz—. Y te digo esto como un amigo, no como el tipo que está locamente enamorado de ti. Te mereces algo mejor. Mereces citas impresionantes, gestos románticos, respeto, comprensión, todo. Te mereces todo el paquete. No tienes que conformarte con tan poco, con migas de amor. ¿Por qué no puedes ver eso?

Fruncí los labios.

—¿Y con eso te refieres a ti?

—No, como dije, estoy aquí como amigo —comentó con calma.

—Tú no sabes nada de él.

—Sé lo suficiente —respondió Shane—. Sí, tuvo un pasado terrible, pero ¿por cuánto tiempo se va a escudar detrás de eso para lastimarte?

—No lo entiendes.

Shane sacudió la cabeza y sonrió.

—Eres terca. Cielos, mereces mucho más que eso.

—De verdad no lo entiendes.

—¿Qué tengo que entender? —Se acercó—. Dime algo, Jules, después de arruinar las cosas, ¿qué ha hecho para recuperarte?

Eso me dolió porque yo también lo había pensado, pero levanté la barbilla.

—Le pedí tiempo y él ha respetado mi decisión.

—¿Te ha enviado flores? —Su pregunta me devastó—. ¿Ha hecho algún tipo de gesto para ganar tu corazón? No necesita verte para tener un gesto romántico contigo. Podría enviarlo, ¿cierto?

—No, no es así. Él es...

—¿Un imbécil frío?

—Shane...

—Te diré por qué no ha hecho nada para recuperarte —comenzó—. Porque sabe que no lo necesita. Sabe que lo perdonarás, está seguro y cuenta con tu buen corazón.

—No, no lo hace.

—Entonces, ¿por qué no lucha por ti? —Me mordí el labio

inferior—. ¿Por qué no está buscando millones de formas para recuperarte? ¿Por qué sólo está esperando?

—¡Porque le dije que me esperara!

—Ambos sabemos que también querías que luchara por ti, pero no lo hizo.

Mis ojos se llenaron de lágrimas.

—¡Detente! ¡Basta de esta tontería!

—La verdad duele, ¿no?

Le di la espalda.

—Creo que deberías irte.

—¿Para siempre?

Me limpié las lágrimas con enojo.

—¿Qué?

—¿Quieres que me vaya de tu vida para siempre?

—No, eres mi amigo.

Shane se acercó.

—No lo seré si vuelves con él.

—¿De qué hablas?

—No puedo ver a la chica que amo ser destruida una y otra vez bajo la excusa de un pasado duro. Ya no puedo con eso.

—Estás diciendo que... ¿Me estás obligando a elegir?

Se pasó las manos por el cabello.

—No, te estoy informando mi decisión.

—Eso no es justo.

—Es justo para mí. Como dije, no puedo verte como el saco de box de otra persona. Me iré para siempre y finalmente podré seguir adelante y olvidarme de ti.

Eso dolió.

—Yo... Deberías ir a casa.

Shane asintió, caminando hacia la puerta.

—Cualquiera que sea la decisión que tomes, te deseo lo mejor, Minion, siempre lo mejor.

Y se fue.
¿Para siempre?
No tenía idea.

OH, JULES, ERES TAN... HERMOSA

PUEDES HACERLO, JULES.

Apreté las manos a mis costados.

La puerta frente a mí se veía grande y aterradora. Era una puerta normal, lo que me aterrorizaba era lo que había detrás. Durante toda mi vida estuve ignorando de manera consciente algo o más bien a alguien. Fingir que él no existía fue lo mejor que pude hacer para vivir una vida normal sin que me afectara el dolor del rechazo o el abandono.

Tenía una hermosa casa victoriana a sólo dos horas de nuestro pueblo. Me dolió saber que vivía tan cerca y que nunca se acercó a nosotras. Parecía que le había ido muy bien en la vida. Un gesto de enojo se formó en mis labios cuando recordé todo ese tiempo que mamá se sacrificó para mantener un techo sobre nuestras cabezas y llevar comida a nuestra mesa, mientras que este hombre nunca tuvo la decencia de contactarnos para ver si nos habíamos muerto de hambre. ¿Cómo puedes dejar así a tu hija de cinco años y a tu esposa?

Llamé a la puerta y Nadia me abrió, se veía nerviosa y un poco ansiosa.

—Hola. —Agité mi mano, tratando de actuar casual.

Nash apareció detrás de ella.

—Hola, pasa, por favor.

Entré a la casa, y esta era tan grande como parecía por fuera, había muebles muy modernos, escaleras grandes y una chimenea acogedora.

Es un hogar.

Puse las manos frente a mí; me sentía un poco incómoda. Nash tocó mi hombro.

—Gracias por venir, lo apreciamos mucho, él...

Levanté la mano para interrumpirlo.

—Terminemos con esto. ¿Dónde está? —No tenía la intención de sonar tan dura como lo hice, pero no pude evitarlo. Esa situación sacó un lado frío de mí que no sabía que tenía.

—Está por aquí, sígueme. —Nadia señaló un pasillo, al lado de las escaleras. La seguí en silencio. Nash iba detrás de nosotras.

Ella tocó una puerta de madera.

—Adelante.

Nadia me abrió la puerta y se hizo a un lado para que yo entrara. Lentamente, entré en una habitación iluminada.

Un hombre mayor estaba sentado en una gran cama tamaño *king size*. Estaba completamente calvo y muy delgado, le habían conectado una vía intravenosa en el brazo izquierdo. Se veía tan débil, que resultaba inquietante. Sus grandes ojos azules se encontraron con los míos, el parecido entre nosotros era increíble.

Él sonrió, con lágrimas en los ojos.

—¿Jules?

Tragué saliva y me quedé allí de pie.

—Hola.

Su mano temblorosa cubrió su boca.

—Oh, Jules, eres tan... hermosa.

—Gracias —dije fríamente, luchando contra las lágrimas que amenazaban con humedecer mis ojos.

Extendió su mano hacia mí.

—Acércate, Jules. Déjame verte.

Miré a Nadia y Nash detrás de mí y ellos asintieron, antes de salir de la habitación. Me acerqué hasta quedar frente a su cama. De cerca, su piel se veía seca y muy frágil. No esperaba que se viera tan enfermo, no lucía como si fuera a mejorar.

¿Se estaba muriendo? ¿Y por qué me dolía siquiera considerar esa pregunta?

Él no era nadie para mí.

—Eres tan hermosa como tu madre. —Apreté los dientes ante la mención de mi madre.

—Sí, crecí sana y bien. No gracias a ti, por cierto —espeté, y ni siquiera parecía verse herido por mis palabras.

—Tienes todo el derecho de estar molesta. Me odias y no te culpo —hablaba con una sonrisa triste en su rostro—. Lo siento mucho, Jules, por todo.

—¿Eso es todo? ¿Eso es todo por lo que pediste que viniera? ¿Para pedir perdón? —Las lágrimas rebeldes nadaban en mis ojos, nublando mi vista—. ¿Me abandonaste y eso es todo lo que tienes que decir?

Frunció los labios.

—No quería dejarte, Jules, tuve que hacerlo.

—¿Cuál fue tu excusa para dejarnos? Quiero escucharla.

Suspiró.

—Cometí un error. Estaba felizmente casado con tu madre cuando conocí a Tatiana, la madre de los gemelos, en un bar. Fue cosa de una noche, estaba completamente borracho. —Sus palabras me disgustaron—. Unas semanas después, Tatiana me dijo que estaba embarazada. Prometí ayudarla, pero manteniéndolo en secreto. Luego resultó que estaba esperando trillizos y que era un embarazo muy riesgoso. Ella necesitaba toda mi atención. Pero, aun así, no dejé a tu madre, pensé que podría manejarlo.

—¿Pensaste que podrías tener una doble vida?

Sacudió la cabeza.

—No, nunca fue de ese modo, Jules. Amaba a tu madre con todo mi corazón, ella siempre fue el amor de mi vida.

—Pero aun así la engañaste.

—Fui débil, lo admito. —Hizo una mueca y se movió en su cama—. Una noche, recibí una llamada del hospital. Tatiana había sido ingresada, perdió al tercer bebé y tenía una infección muy grave debido al bebé muerto que estaba dentro de ella, estaban en riesgo los otros dos y la vida de ella, el médico dijo que no iba a ser fácil salvarlos. Necesitaban un milagro, necesitaban amor.

Mi corazón se rompió.

—Así que tomaste una decisión.

Las lágrimas corrían por sus mejillas.

—Sí, elegí quedarme con ella, me necesitaban.

—Yo también —susurré.

—Lo sé. —Se secó las lágrimas—. Lo sé. Lo sé, pero tuviste a tu madre, y yo sabía que era una mujer maravillosa que te daría todo lo que necesitaras. Tatiana y los gemelos no tenían nada. Tuvieron un comienzo muy difícil, fueron muchas cirugías, horas y días en una sala de espera.

—¿Por qué simplemente no nos dijiste?

—Porque sabía que no era algo temporal, que me necesitarían durante mucho tiempo. No podía hacer pasar a tu madre por eso. Incluso después de que nacieron, tuvieron que pasar por muchas cosas. Nadia nació sin una parte de su intestino y sus riñones no funcionaban. Recuerdo haberme quedado con ella todas las noches, viéndola ponerse tan enferma. Es difícil ver a un bebé tan pequeño sufrir tanto. Cuando creció un poco, le doné uno de mis riñones.

—Vaya.

—Nash no habló hasta que cumplió alrededor de seis años, probablemente ya notaste que es diferente.

Guau, era demasiado para asimilar. Esa no era la imagen que tenía dentro de mi cabeza sobre cómo y por qué había hecho las cosas.

—Sé que todavía piensan que manejé todo mal, pero no me arrepiento. Tatiana cayó en una profunda depresión por la pérdida del bebé y por todo el dolor que sentían sus gemelos. No podía dejarla. Se convirtió en nuestra batalla, en nuestra guerra para salvarlos.

—Esto es mucho para asimilar.

—Lo sé —susurró—. No intento que me perdones, solamente creo que mereces saber la historia completa. No te dejé porque no te amara, elegí estar donde pensé que me necesitaban más.

—¿Por qué no me buscaste todos estos años?

—Porque fui un cobarde. —Soltó una risa triste—. Cuanto más tiempo pasaba, más pensaba que había sido un cobarde por no decirles la verdad a ti y a tu madre. No podía enfrentar el dolor en tus ojos, el resentimiento, no podía. Fui un padre terrible, lo sé.

—No fuiste un padre terrible, simplemente no fuiste un padre para mí —hice una pausa—, pero lo fuiste para ellos, me alegro de que te hayan tenido.

—Jules...

Una gruesa lágrima rodó por mi mejilla.

—Mamá y yo lo habríamos entendido, lo habríamos hecho e incluso habríamos ayudado. Tienes razón, no manejaste esto de la manera correcta. Yo también te necesitaba. —Me sequé las lágrimas con enojo—. Dios sabe cuánto te necesitaba, no porque fuera una niña sana significa que no te necesitara. —Dejé escapar un largo suspiro—. Podrías haber estado para los gemelos sin desaparecer de mi vida. Podrías haber aparecido en algún momento de todos estos últimos años y elegiste no hacerlo.

—Jules...

—No nos amabas. No te alejas de alguien a quien amas, simplemente no lo haces. Te quedas, y lo intentas. —Mi voz se quebró—. ¡Y buscas cómo resolver las cosas! ¡Porque de eso se trata el amor! No es perfecto, es difícil, pero vale la pena luchar por ello.

—Lo siento mucho, Jules.

—No lo sientas. Tomaste tu decisión. —No pude detener las lágrimas—. Vive con ello.

Le di la espalda, sollozando, limpiando más y más lágrimas, pero seguían saliendo.

—Y si es mi perdón lo que quieres para estar en paz. —Lo miré por encima del hombro—. Te perdono. —Caminé hacia la puerta.

—Te amo, Jules. —Escuché su voz detrás de mí y mi corazón cayó al suelo—. Siempre has sido y siempre serás mi primera hija.

—La hija que abandonaste —le respondí, sin mirarlo—. Adiós, señor.

Y con eso, salí.

ALGÚN DÍA SERÁS UN GRAN ESCRITOR

EVAN WOODS

Sábado, 7:30 p. m.

—¿Que está pasando? —pregunté por tercera vez en el día.

Helen y la tía Paula se paseaban sin parar por la sala. Me tenían sentado en el sofá, alegando que necesitaba estar así para esto. Habían pasado diez minutos y todo lo que habían hecho era compartir miradas de complicidad, morderse las uñas y caminar alrededor.

Suspiré con cansancio.

—¿Cuánto tiempo más harán esto?

La tía Paula se aclaró la garganta.

—Ten paciencia, cariño, esto no es fácil para ella.

Miré a Helen, quien se veía pálida, blanca como el papel.

—¿Qué pasa?

Empezaban a asustarme, parecía que era algo serio.

—Helen —la llamé, haciendo que se detuviera. Ella me

miró, succionando ambos labios y dejándolos salir de nuevo. Abrió la boca para hablar, pero la cerró.

La tía Paula agitó los brazos, exasperada.

—Oh, por el amor de Dios, Helen está...

—Estoy embarazada —la interrumpió Helen.

Mi primera reacción: reír. Me reí.

—Claro. —No se rieron conmigo—. Muy graciosas, les daré puntos por su actuación, lo hicieron muy bien.

La tía Paula me lanzó una mirada de lástima.

—Ella no está bromeando, Evan.

Helen agachó la cabeza.

—Tiene que estar bromeando —insistí, mientras la sonrisa desaparecía de mi rostro—. Ella no tiene novio, terminaron hace como tres meses. —Miré a Helen—. Tú me dijiste eso, no estabas mintiendo. No me mentirías, ¿verdad?

—No, nunca te mentiría. —Volví a sonreír. El gesto desapareció de mi rostro cuando Helen continuó—. Pero lo vi después de eso, en el cumpleaños de Jules... estábamos borrachos y...

—No —la interrumpí, poniéndome de pie de un salto—. ¿Estás hablando en serio?

Helen agachó la cabeza.

—Lo siento.

—¡Mierda! ¡Estás hablando en serio! ¡Mierda! —Era mi turno de dar vueltas—. ¡Lo mataré! ¡Mataré a ese bastardo! ¡Lo mataré! —Sostuve mi cabeza.

Helen hizo una mueca. La tía Paula se acercó a mí.

—Cálmate, Evan.

—¡Mierda! Mi hermanita está embarazada y ¿quieres que me calme? ¡Al diablo con eso, lo mataré! —Me dirigí a la puerta.

—¡No! —La tía Paula corrió detrás de mí, tomándome del brazo—. ¡No abras la puerta! ¡La nieve la bloquea!

Me liberé de su agarre, sabiendo que tenía razón. Comprender lo que estaba pasando me golpeó con fuerza.

—Este fue su plan todo el tiempo, decírmelo durante la tormenta de nieve para que no pudiera salir y matarlo.

La tía Paula parecía culpable.

—Pues sí.

—¡Ah! ¡Astutas! —me quejé, mientras caminaba hacia mi habitación—. ¡Lo mataré mañana! ¡O pasado mañana! ¡No lo duden!

Las dejé allí, necesitaba algo de tiempo a solas para digerir esto.

Domingo 8:06 p. m.

Dolor...

Escribí la palabra y luego, por un momento, puse el bolígrafo entre mis dientes y miré la taza de café en la mesa frente a mí, justo al lado de mi teclado.

La sonrisa de mamá me vino a la mente, y de repente estaba detrás de mí, colocando la taza en mi mesa, como un recuerdo que se desvanece.

—¿Escribiendo de nuevo? —susurró, poniendo su mano en mi hombro.

Casi podía sentir el peso de su mano.

—Sí.

—¿De qué se trata esta vez? —Sonaba genuinamente curiosa.

—Un niño, un niño que vive en las calles, que sobrevive.

Ella hizo un puchero.

—Suena deprimente. Eres demasiado joven para escribir historias tristes.

—Nos reflejamos en nuestra escritura —mencioné—. Tú me dijiste eso.

—Lo hice —admitió, apretando mi hombro—. Algún día serás un gran escritor.

Resoplé.

—No tengas tanta fe en mí.

Se inclinó y besó mi mejilla.

—Siempre tendré fe en ti.

Ella se fue y el recuerdo se desvaneció, dejándome solo en esa habitación.

¿Todavía tienes fe en mí, mamá?

¿Incluso después de que te traicioné?

¿Incluso cuando estás muerta por mi culpa?

Instintivamente, mi mano tocó el tatuaje en mi cuello. Me merecía ese tatuaje, me merecía su significado.

Escuché un golpe suave en la puerta. Sabía quién era. Le había tomado mucho tiempo reunir el coraje para venir y enfrentarme. Ya no estaba enojado, no como ayer. Ni siquiera estaba decepcionado. Ella no necesitaba que yo estuviera decepcionado. Ella estaba pasando por muchas cosas, sabía que estaba aterrorizada.

—Adelante.

Helen entró, con las manos detrás de la espalda y se sentó sobre mi cama.

—Hola.

Me giré en mi asiento para mirarla.

—Hola.

—Del uno al diez, ¿cuánto me odias? —preguntó, pasándose los dedos por el cabello.

Suspiré.

—No te odio.

—Lo siento mucho, Evan. Sé que esperabas que fuera más inteligente que esto, que yo...

—Para. —La interrumpí—. Esperaba que fueras tú misma, que cometieras errores, que cumplieras tus sueños.

Esperaba que vivieras, Helen. Eso es todo lo que espero de ti. Vive.

—Sé que estás decepcionado.

—No lo estoy.

—Sí lo estás, pero no quieres decirlo. No quieres hacerme sentir mal.

—Helen, enfadarme contigo no va a cambiar nada, ¿cierto? —Levantó los pies para sentarse con las piernas cruzadas. Me di cuenta de sus pies descalzos—. ¿Es en serio?

Ella me miró confundida.

—¿Qué?

—¿Estás caminando descalza con este frío? —Me levanté y busqué unos calcetines esponjosos en uno de mis cajones. Me arrodillé frente a ella y agarré sus pies para ponérselos.

—Está prendida la calefacción, cálmate.

—Aun así, hace frío. Él podría enfermarse o algo.

—¿Él? —Me sonrió.

—El bebé.

Ella desordenó mi cabello.

—Eres adorable, hermano mayor.

Me puse de pie.

—No lo soy, soy bastante malvado, deberías preguntarles a algunas personas.

—Claro.

Puse las manos en mis caderas.

—¿Él lo sabe?

—¿Jason?

Le dirigí una mirada cansada.

—No, el otro chico con el que te acostaste.

—No hay necesidad de ser sarcástico —replicó ella—. No, no lo sabe.

—Bueno, ¿se lo dirás?

Ella bajó la mirada.

—No quiero. ¿Puedo hacer eso? ¿Puedo quedarme con el bebé y criarlo sola?

—Sabes que muy pronto se va a enterar, ¿verdad? —Señalé su vientre.

—Podría quedarme en casa a estudiar.

—Helen...

—Podría decir que no es suyo.

—Él no es tan estúpido —le dije—. Una vez que se entere, hará los cálculos.

—Pude haberme acostado con dos chicos la misma noche. ¿Quién podría saberlo?

—Te conoce, sabe que estás enamorada de él y que nunca te fijarías en otro chico.

—¿Cómo puede saber eso?

Me encogí de hombros.

—A veces, simplemente lo sabemos.

Se frotó la cara.

—No quiero decírselo. Es mi bebé.

—También es su bebé, tiene derecho a saberlo. —Me senté a su lado—. Es lo correcto y lo sabes.

Dejó escapar un largo suspiro.

—Lo sé, lo sé.

Puse mi brazo alrededor de su hombro.

—Todo estará bien, no estás sola.

Se apoyó sobre mi hombro.

—Lo sé, pero estoy muy asustada.

Besé su cabello.

—No lo estés, yo te cuido. Tu seguridad siempre ha sido mi prioridad. —Mi mente viajó a un recuerdo rápido.

—¿Dónde está? ¡Esa mocosa! —gritó mi padre borracho por el pasillo. Caminé para ponerme justo frente a él.

—Ella no está aquí —mentí. Helen estaba durmiendo en su habitación.

—Entonces, ¿dónde diablos está? —Golpeó la pared, todavía mirando en dirección a su habitación.

—No lo sé... —Empujé su pecho, yo era tan pequeño frente a él—. Idiota.

—¿¡Cómo diablos acabas de llamarme!?

Corrí escaleras abajo y él me persiguió. Sabía que me golpearía hasta perder la consciencia, pero al menos se olvidaría de Helen.

—Gracias por cuidarme siempre.

—Es un placer.

Lunes 9:40 p. m.

Odiaba el alcohol. Odiaba cómo convertía a las personas en otras diferentes. Odiaba ver cómo se desorientaban sus ojos, que se tropezaran, que arrastraran las palabras. Odiaba todo sobre el alcohol. Especialmente, por la persona a la que me recordaba.

Mi padre...

Ese monstruo alcohólico que me lo había quitado todo.

Negué con la cabeza, alejando esos pensamientos. No era el momento para pensar en él.

A pesar de mi odio hacia el alcohol, levanté la mano con el trago y lo bebí. El tequila nadó por mi garganta, quemando todo a su paso. La sensación me refrescó porque tan sólo un segundo, mi mente y cuerpo se enfocaron en esa sensación de ardor y me dio un segundo de paz.

Un segundo de olvido.

«Soy un hipócrita».

Me sonreí a mí mismo. ¿Cómo podía beber después de lo que pasó? ¿Cómo podía? ¿Por qué lo haría?

Para olvidar.

Otro trago.

Otro segundo de olvido.

Pero tan pronto como pasó esa sensación de ardor, su

rostro volvió a mí. Y por alguna razón, no fue su rostro sonriente lo que me vino a la mente, era ella llorando: el dolor y la decepción en su expresión, ese dolor que había robado el brillo de sus impresionantes ojos azules. Esos labios que amaba, fruncidos, temblorosos. Esa voz encantadora quebrada y cautelosa.

La había lastimado.

La había lastimado tanto.

Era un milagro que no me hubiera sacado de su vida para siempre.

¿Podría vivir sin ella? Estaba en un lugar tan oscuro cuando ella me encontró. Ella me devolvió a la luz, sin ella todo se había ido: la esperanza, el amor, la felicidad. Todo desapareció junto con ella. No podía culparla. Ella se defendió, tenía todo el derecho de hacerlo y no me necesitaba. Podría encontrar a alguien en un abrir y cerrar de ojos. Era dulce, cariñosa, amable y tan increíblemente hermosa.

La idea de ella con otra persona me hizo apretar el pequeño vaso en mis manos. Mía.

«No, tuya no, ya no».

Relajé mi mano y lamí mis labios. Tenía la boca seca y el pequeño bar con botellas frente a mí se veía borroso. Guau, el tequila hizo su trabajo bastante rápido. Bien.

Levanté la mano para tomar otro trago cuando una mano delicada agarró mi muñeca.

—Beber no es la solución. —Su voz era calmada, serena—. Deberías saberlo.

Apreté la mandíbula.

—¿Qué estás haciendo aquí, Jane?

Se sentó en el banco que estaba junto al mío, mientras me quitaba el vaso.

—Vine a salvarte, aparentemente.

Dejé escapar una risa sarcástica, mirándola.

—¿Me destruiste para poder salvarme? ¿Es eso lo que haces?

Ella bajó la mirada.

—Yo... lo siento mucho, Evan. Yo...

—No —dije con los dientes apretados—. No lo hagas. Ahórratelo.

Ojos azules adoloridos...

Labios temblorosos...

Jules...

—Vete. —Le quité el vaso, me lo bebí todo y lo estrellé contra la barra.

—Puedes tratar de echarme la culpa de todo. Ódiame —comenzó ella—. Pero tú le mentiste, Evan. No todo es culpa mía.

La miré.

—Ni siquiera consideraste darme la oportunidad de decírselo, ¿verdad?

Ella frunció los labios.

—Lo hice, te di suficiente tiempo para decírselo. Incluso le di pistas.

Fruncí el ceño.

—¿Hiciste qué? —Cerró la boca como si hubiera dicho algo que no debió decir—. ¿De qué hablas?

—Nada. —Ella miró hacia otro lado.

—Jane. —Sostuve su barbilla, haciendo que me mirara—. Será mejor que me digas la verdad.

—Él se ofreció a hacerlo y yo estaba débil. —Solté su barbilla. ¿Qué diablos estaba pasando?—. Charles, yo... él la siguió por un tiempo y le envió algunos mensajes de texto. Era sólo...

—Oh, por Dios. —No podía creerlo—. ¿Enviaste a Charles, al chico del grupo de adictos, a seguir a mi novia? ¿¡Qué diablos te pasa!?

—Baja la voz —se apresuró a decir, mirando a nuestro alrededor—. Ha estado sobrio durante años, lo sabes.

—¡Oh, cielos! —Agarré mi cabello, jalándolo con ira—. Estás loca, estás jodidamente loca.

Me puse de pie, sintiendo la necesidad de alejarme de ella. No podía creer que me hubiera gustado esta chica antes, que habíamos sido amigos. Ella era una psicópata.

—No me llames así, sabes cuánto odio eso.

—Es la verdad. Me largo de aquí. —Me alejé de ella y de la barra. Después de tomar mi abrigo, me tambaleé hacia la salida, tropezándome un poco. Afuera hacía más frío de lo que creía, pero nada que no pudiera soportar.

Caminé con enojo por la acera.

—¡Evan! ¡Evan! ¡Espera! —Me agarró del brazo, pero le di una palmada en la mano y seguí caminando, todavía balanceándome un poco—. ¡Por favor! ¡Espera! ¡Evan, por favor! —Ella apareció frente a mí para detenerme.

—Quítate de mi camino, Jane —amenacé.

—No, no puedes irte así. Vamos a hablar, ¿quieres? Por favor, hazlo por nosotros.

Apreté los dientes.

—No hay un nosotros.

Las lágrimas rodaron libremente por sus mejillas, pero eso no me afectó, no de la forma en que me afectó cuando Jules lloró frente a mí. Jane se aferró a mi pecho.

—Cometí errores, pero estaba desesperada. Yo... —Hizo una pausa, sosteniendo mi rostro con ambas manos—. Te amo. Te amo tanto. Siempre te he amado.

La miré directamente a los ojos, quitando sus manos de mi cara.

—Yo nunca te he amado.

Parecía como si la hubiera abofeteado. Continué:

—Nunca te amé, Jane, y me alegro de no haberlo hecho. Estaba ciego y no pude ver el tipo de persona que eres.

Se aferró a mi pecho.

—No, no digas eso. Tú me conoces.

Tomé sus manos y las aparté de mi pecho.

—Que tengas una buena vida.

Caminé alrededor de ella y avancé. Podía escuchar sus sollozos detrás de mí, pero ni siquiera me estremecí. Había puesto en peligro a la chica que amaba. Ella había tratado de arruinar la oportunidad que tenía de ser feliz. Ella estaba fuera de mi vida para siempre.

Caminé un rato, dejando que el frío calmara mi ira.

Subconscientemente, mi cuerpo me llevó a casa de Jules. Me paré frente a la casa de dos pisos con las manos dentro de los bolsillos de mi abrigo y aliento blanco saliendo de mi boca. Las luces estaban encendidas. ¿Qué hora era?

Se sentía como si hubiera pasado una eternidad desde la última vez que la vi. Anhelaba verla, sostenerla entre mis brazos, sentirla contra mí. Pero me conformaría con verla de lejos.

«Sueno como un acosador».

Era lunes por la noche. No pudimos reunirnos el sábado pasado por esa estúpida tormenta de nieve y lo habíamos pospuesto para el martes.

Mañana...

Parecía tan lejano. Se sentía como si la vida disfrutara prolongar mi miseria. Saqué mi teléfono y busqué su contacto. Necesitaba escuchar su voz sólo por un segundo.

Ella respondió al tercer tono de llamada:

—Hola.

Su dulce voz angelical llenó mis oídos y cerré los ojos para disfrutarla.

—Hola.

Silencio.

—Evan, ¿qué estás haciendo?

—Habla conmigo —supliqué—. Dime cualquier cosa. Necesito escuchar tu voz.

—Suenas... ¿Estás borracho?

Me reí un poco.

—No, sólo un poquito ebrio.

—¿Dónde estás?

Dudé.

—Realmente no quieres saberlo.

—Evan, ¿dónde estás? —insistió ella.

—Frente a tu casa.

—¿Qué? —Escuché algunos ruidos y luego ella apareció en la ventana de su sala. Tenía su cabello en un chongo desordenado. Mi corazón se detuvo en un latido. Dios, la extrañé tanto—. ¿Estás loco? ¡Hace mucho frío afuera!

—No sería la primera vez que arriesgo mi vida por ti.

Ella me miró y, en lugar de verse asustada, se veía adorable.

—No es momento para bromas. Por el amor de Dios, Evan —colgó.

La miré confundido. Desapareció de la ventana y, un minuto después, salió furiosa de la casa. A medida que se acercaba, pude ver el ceño fruncido ligeramente en su frente. No se veía feliz. ¿No estaba feliz de verme? Porque yo sí, no pude evitar que una sonrisa se formara en mis labios.

—Hola, hermosa —susurré, sonriendo como un idiota.

Ella se sacudió, frotándose los brazos.

—Estás loco.

De cerca, su cara estaba un poco roja por el repentino frío y sus labios...

«No mires sus labios, Evan. Ahora no es el momento».

Todavía tenía ese ligero ceño fruncido en la frente, ¿estaba enojada conmigo?

—No fue mi intención aparecer así... —Me detuve—. Yo... quería verte por un segundo.

«Y abrazarte y besarte y escuchar tu voz hasta dormirme».

—¿En qué estabas pensando? ¿Beber y caminar con este clima? Entra. Te pediré un Uber —dijo ella, dándose la vuelta.

Extendí la mano y sostuve la suya para detenerla. Se giró levemente para mirar nuestras manos unidas.

—Espera, por favor. —Me aclaré la garganta, organizando mis pensamientos—. Sé que no debería estar aquí. Yo... —Apreté su mano con cariño—. Te extraño mucho. —Su ceño desapareció y pude ver ese color, que me parecía adorable, llenando sus mejillas—. Extraño quien soy cuando estoy contigo.

—¿Y quién eres cuando estás conmigo?

—Un hombre feliz.

Ella sonrió, haciendo que mi corazón se acelerara en mi pecho.

—Estás borracho.

—Borracho de amor —canté, acercándola hacia mí.

No debió sonreír así, me hizo olvidar todo. Me hizo sentir como si me permitiera entrar a su corazón de nuevo. Ella tropezó, estrellándose contra mí. Me miró con esos profundos ojos azules.

—Vamos adentro, hace frío. —Empujó mi pecho para alejarse y eso me dolió. Pero dejé que lo hiciera, rompiendo todo contacto entre nosotros.

No estaba siendo justo con ella. Ella pidió tiempo. Tendríamos todo el tiempo del mundo para charlar al día siguiente. No debería presionarla así, especialmente después de haber bebido tanto.

Levanté las manos en el aire.

—Me iré ahora. Gracias por dejarme ver tu lindo rostro.

Se sonrojó de nuevo.

—No te irás así, Evan. —Le lancé un beso y me tambaleé hacia la acera—. ¡Evan!

Me detuve y la miré por un segundo.

—Tienes razón —dije, y el alivio se apoderó de su rostro.

—¡Gracias a Dios! ¡Vamos! Vamos a pedirte un Uber.

—No debería irme así. —Recordé sus palabras tan claras como el agua. Me acerqué a ella y sostuve su rostro con ambas manos—. Debería ser valiente y besarte.

Presioné mis labios contra los de ella suavemente, dándole suficiente tiempo y espacio para alejarme, pero no lo hizo, la besé con toda mi alma. Nuestros labios se frotaron, se sintieron, se rozaron uno contra el otro, lo que aturdió mi corazón. Sus manos se arrastraron hasta mi cabello y me atrajo hacia ella, besándome con tanta pasión que me dejó sin aliento. Acaricié su rostro suavemente y rompí el beso. Nuestra respiración pesada se mezclaba.

—Sólo recuerda lo que tenemos cuando tomes una decisión mañana. —Le di un último beso breve antes de retroceder y marcharme.

«Sólo recuérdalo, Jules».

EL CHICO DE LOS OJOS TRISTES

JULES

El parque seguía igual.

Justo como lo recordaba, la única diferencia era que la nieve cubría lo que solía ser pasto verde y los árboles altos no tenían rastro de sus hojas. El lago estaba congelado en la orilla. Parecía un universo paralelo lo que recordaba. Me abracé, caminando por el mismo sendero por el que caminé el día que lo conocí.

A él...

A Evan...

Al poeta oscuro.

El chico de los ojos tristes.

Recordé claramente lo nerviosa y sudorosa que estaba ese día, temía desmayarme. Desde el principio me hizo sentir muchas cosas. Llegué al final del camino y miré hacia adelante, y allí estaba él.

Como la primera vez.

Se apoyó en el mismo árbol, al otro lado del lago, con los brazos cruzados sobre su pecho. Usaba sus habituales pantalones oscuros, su abrigo azul oscuro y un gorro azul de invierno, su cabello oscuro se escapaba desordenadamente.

Poeta oscuro… Por siempre guapo.

El viento frío sopló a mi lado, mi cabello bailaba con él. Nos miramos un rato, saboreando el silencio, la distancia.

Te amo, Melocotón.

Señorita fresa.

Tú y yo somos uno.

La chica y el tiburón.

Mirarnos el uno al otro desde la distancia me daba algo de paz. No necesitábamos decir nada ni tomar alguna decisión. Ojalá pudiéramos quedarnos así por mucho tiempo, pero esa no era una opción. Metí las manos en mi abrigo y él se apoyó en el árbol. Tenía en la mano una charola con dos cafés.

Empezamos a caminar uno hacia el otro.

No más esperas.

No más tiempo.

Cada paso que daba se sentía ligero, como si estuviera caminando sobre el agua. Por alguna razón no me sentía abrumada, me sentía tranquila. Cada paso me llevaba al chico que amo. El primer hombre al que había amado y el que más me había lastimado también. Es contradictorio cómo el amor y el dolor podían ir de la mano; el amor puede lastimarnos muy fácilmente. Ya podía entender a todos los que nunca quisieron amar o dejar entrar a nadie. Es aterrador. Darle a alguien ese poder para lastimarte, da miedo. Algunas personas no tienen miedo de adentrarse en el amor. Lo quieren, luchan por él incluso cuando las lastiman, como yo.

Pero otras no quieren ser vulnerables, no quieren salir lastimadas. Evan era así. Se protegía, alejando a todos de él. Temía ser expuesto y herido. Él conoció el dolor durante tantos años de su vida. Eran las cicatrices no visibles a simple vista las que lo perseguían.

Cuando lo conocí, su escudo de autoprotección era muy fuerte. Me lastimó tanto al principio, que era como caminar en un campo minado para llegar a él, para que me dejara entrar a su corazón. Luché por eso porque ese era el tipo de persona que yo era. Me lastimó para alejarme porque así era él. Y quién era él, no era su culpa. Todo lo que pasó para convertirse en la persona que era, no fue y nunca sería su culpa.

Al principio lo perdoné porque lo entendía. Sabía lo que le había costado dejarme entrar. Necesitaba a alguien que luchara por él. Sin embargo, él tenía que trabajar en sí mismo y eso ya no era responsabilidad mía.

Nos detuvimos uno frente al otro. Apreté mis manos dentro del bolsillo de mi chamarra, sintiendo lo sudorosas que estaban.

—Hola. —Su *sexy* voz llenó el aire, poniéndome la piel de gallina.

Le sonreí.

—Hola.

Se lamió los labios.

—Aquí estamos de nuevo.

—Sí. —Asentí—. Se siente como si hubiera pasado mucho tiempo.

—Pasó mucho tiempo para mí. —Desvió la mirada—. Me temo que esta vez no podemos sentarnos en el pasto.

No había pasto, sólo nieve. Señalé la banca que estaba detrás de nosotros.

—Podemos sentarnos allí.

Caminamos hacia ella y ambos nos sentamos. Me ofreció una bebida.

—Te traje café caliente, un *caramel macchiato.*

Me sorprendió.

—Lo recuerdas.

Hace tiempo tuvimos una conversación sobre el café en

Wattpad. El hecho de que lo recordara abrigó mi corazón. Me dirigió una sonrisa torcida.

—Recuerdo todo sobre ti.

Los dragones en mi estómago estiraron sus alas, despertando por un momento, Evan me miró antes de tomar un sorbo de su café.

—Gracias. —Levanté el vaso y bebí del mío también. El café calentó mis entrañas, los dragones lo disfrutaban. Observé el lago frente a nosotros, los árboles cubiertos de nieve a su alrededor y sus orillas heladas. Era una vista tan melancólica. No hablamos por un rato, sólo disfrutábamos nuestros cafés.

Él rompió el silencio.

—Lamento lo de anoche, no debí aparecer en tu puerta así.

—Está bien. —Me sonrojé al recordar el beso—. Está bien —repetí.

Sabía que tenía que decir algo, sabía que tenía que hablar. Él esperó a que yo hablara. Era yo quien tenía que tomar la decisión, no él. Tenía nuestro futuro en las manos y no se sentía bien tener este poder. Podría hacerlo feliz o completamente miserable. Odiaba estar en esta posición, pero él me metió en esto, no yo.

Dejé escapar un largo suspiro.

—Esto es difícil. —No dijo nada—. ¿Por qué me mentiste, Evan? —Lo miré. Necesitaba ver esto. Necesitaba ver la expresión de su rostro mientras me explicaba.

No me miró, sus ojos estaban en el horizonte.

—Tenía miedo. Sé que suena como una excusa tonta, pero estaba aterrorizado. Tú... —Sus ojos se encontraron con los míos—. Eres lo mejor que me ha pasado en un buen tiempo. No quería estropear las cosas. Era parte de mi pasado. —El dolor en su mirada me incomodó—. Lo siento mucho, Jules. Mi miedo de estropear las cosas terminó empeorando todo. Yo sólo... lo manejé de una manera equivocada. No estoy seguro de saber cómo manejar muchas cosas. Todo esto es tan nuevo para mí.

—Lo sé, pero aun así me dolió, Evan. —Tenía que ser honesta. Lo entendía, pero eso no significaba que todavía me lastimara mucho al mentirme. No parecía gran cosa, pero lo era.

«Confiar en alguien es más difícil que amarlo».

Evan colocó su vaso de Starbucks en el banco junto a él y movió su cuerpo hacia mí. Estaba tan cerca que podía ver cada detalle de su hermoso rostro.

—Lamento mucho haberte lastimado, Jules. Probablemente no tenga derecho a pedirte perdón, pero tengo que hacerlo. Si hay una pequeña oportunidad para nosotros, tengo que luchar por ella.

—¿Luchar? —Esa palabra me recordó a Shane—. ¿Llamas a esto luchar? —Levantó las cejas sorprendido—. Tú no luchaste por mí. Simplemente esperaste.

Parecía desconcertado.

—Porque tú me dijiste que te esperara.

¿Por qué me estaba enfadando? Negué con la cabeza.

—Sé lo que dije, pero quería que... esperaba... más.

Él arrugó las cejas confundido.

—Yo... no entiendo.

Me froté el rostro.

—Es que... nunca luchaste por mí, ni siquiera cuando me lastimaste tanto al principio. Nunca hiciste nada para recuperarme. Solamente esperaste. Se siente como si supieras que siempre estaré aquí para ti, que regresaré a ti sin importar lo que hagas.

—¿Estás diciendo que no aprecio todo lo que haces por mí?

—Yo... —Hice una pausa para no lastimarlo—. Supongo... sólo lo siento... no sé.

Apretó mucho los labios, no se veía feliz.

—Ya veo.

—¿Eso es todo?

Dejó escapar una breve risa triste.

—No, no puedo creer que estés diciendo eso. Eres lo más valioso que tengo, ¿cómo podría no apreciarlo?

—Pero eso es lo que me demostraste.

—Porque no puedes saber qué hay dentro de mi cabeza. No tienes idea de todas las batallas internas que tuve por tu culpa. Fui en contra de todo lo que era, por ti. —Me señaló a mí y luego a su pecho—. Luchar contra mis demonios internos, mis cicatrices, todo. Luché por ti. No fue una pelea que pudieras ver, pero fue una lucha constante.

—No es suficiente. —Las palabras salieron de mi boca antes de que pudiera detenerlas.

Parecía desconcertado.

—¿Qué?

—Sé por lo que has pasado. Lo sé...

—¿Lo sabes? —replicó con una sonrisa sarcástica que llenó sus labios—. No sabes nada de lo que he pasado.

—Lo siento, no quise decir eso. —Miró hacia otro lado, quitándose el gorro y desordenando su cabello. Continué—: Es que no sabía que quería más, que necesitaba más. Yo también he pasado por cosas. —Recordé toda la situación de mi padre—. Sé que no es lo mismo, no se puede comparar con lo que tú pasaste, pero, aun así, no dejé que esas cosas malas me afectaran. No dejé que te lastimaran. Ni siquiera sé lo que estoy diciendo.

Él asintió.

—Te dije que no era lo suficientemente bueno para ti, ¿no?

—No empecemos con eso. Tú sabes que eso no es lo que quiero decir —comenté rápidamente—. Simplemente esperaba más de ti, eso es todo. Sé que es egoísta, pero tengo derecho a ser un poco egoísta después de que me lastimaste y me mentiste.

Me miró.

—No me vas a perdonar, ¿verdad?

Sus ojos se veían un poco rojos, con una fina capa de lágrimas en ellos, pero luchó por contenerlas, parpadeando una y otra vez. Parecía roto, vulnerable y tan ridículamente asustado de perderme.

—Te amo —susurré con una voz suave y quebrada. Un destello de esperanza llenó sus ojos—. Pero no confío en ti. —Sostuve mi pecho como si eso ayudara a mantener unidas las piezas de mi corazón—. No confío en que no me mientas de nuevo. No confío en que no me lastimes de nuevo y no puedo estar con alguien en quien no confío.

El dolor en su expresión rompió mi corazón.

—¿Estás...? —Su voz se quebró antes de que pudiera terminar—. ¿Cómo puedes decir que me amas y romper mi corazón justo después de eso? —Él se levantó.

Lo imité y también me puse de pie.

—Espera. Escúchame.

—No, no dejaré que rompas conmigo. No. Me niego. —Sacudió la cabeza repetidamente, con lágrimas visibles en sus ojos—. Si no lo escucho, entonces no es oficial. No es real.

—Evan...

Me miró directamente a los ojos.

—Yo te amo. Te amo tanto que no podía imaginarme viviendo sin ti durante toda esta espera. No podía. —Las lágrimas escaparon de sus ojos y se las secó con enojo—. No puedo perderte a ti también. No puedo.

Sostuve su rostro con ambas manos.

—No me vas a perder.

Sus ojos se abrieron.

—¿Qué?

—No puedo estar contigo en este momento, pero eso no significa que no lo haré. —Acaricié su rostro—. Podemos empezar de nuevo, desde la primera cita. Te voy a dar la oportunidad de recuperar mi confianza, de recuperarme, de luchar por mí.

—¿Lo harás? —Más lágrimas rodaron por sus mejillas—. ¿Por qué? No me lo merezco.

—Sí lo mereces, Evan Woods. —Presioné mi frente contra la suya—. Te mereces una última oportunidad. No la arruines.

Colocó sus brazos alrededor de mi cintura.

—No lo haré. Lo juro por Dios, no lo haré. Gracias, gracias. —Él me abrazó. No sé cuánto tiempo estuvimos así. Su corazón latía tan rápido que podía sentirlo contra mi propio pecho.

Cuando nos alejamos, se inclinó para besarme, pero puse mi mano en su boca.

—Oye, no tan rápido. Ni siquiera hemos tenido nuestra primera cita. —Bajé mi mano. Se secó los restos de lágrimas.

Me sonrió, luciendo como un niño que abría un regalo.

—Esto se puede considerar como una primera cita.

Él arqueó una ceja.

—¿Vas a hacerte la difícil?

Sonreí.

—No tienes idea.

—Creo que tengo una forma de persuadirte. —Me sonrió.

—¿Y cuál es? —Crucé los brazos sobre mi pecho.

—Un poema.

—El viejo truco, ¿eh?

—No, ahora mismo voy a pensar en un poema para ti, como si fuera nuestra primera cita.

Me reí.

—¿Puedes hacer eso?

Me guiñó un ojo, recordándome ese estúpido emoji que usaba en Wattpad cuando hablábamos.

—Por supuesto que puedo.

—Está bien. Impresióname, poeta oscuro.

Se aclaró la garganta, una expresión profunda invadió su rostro mientras hablaba:

«Vine aquí con el corazón en llamas,
la angustia quemaba mi alma
después de pasar días grises
sin la compañía de mi eterna dama.

Ojos azules llenos de tristeza,
cazando, persiguiendo mi mente,
haciéndome imposible respirar,
culpa y autodesprecio, siempre presente.

Nunca nada se había sentido tan mal,
como lastimar al amor de mi vida,
la única chica que me hace olvidar
el dolor de mi alma perdida.

Una oportunidad dice que me da,
acabando con mi agonía,
trayendo luz a mi oscuridad,
esperanza y alegría.

No soy un príncipe encantador,
ni un caballero de brillante armadura,
pero seré tuyo para siempre,
tu poeta de alma oscura».

—Qué lindo —dije honestamente.

Se sonrojó, lo que hizo que luciera adorable.

—No hay manera de que de repente se te haya ocurrido eso.

—Tenía una idea, pero simplemente fluyó aquí contigo.

—Le sonreí—. Parece que los poemas fluyen muy fácilmente cuando estoy contigo. —Extendió su mano hacia mí.

La sostuve suavemente, recordando sus palabras.

—Tú y yo...

Me dirigió una sonrisa honesta.

—Somos uno —terminó por mí.

Apreté su mano, mirándolo a los ojos.

—¿Por la eternidad?

—Y más allá.

EPÍLOGO

CUATRO AÑOS DESPUÉS

¿Qué es el amor?

Es una pregunta difícil de responder.

Miles de definiciones, descripciones y explicaciones pueden responder a esa pregunta. Sin embargo, olvidamos que todos somos individuos, con percepciones y creencias completamente diferentes. Olvidamos que experimentamos y sentimos de manera diferente.

Simplifiquemos mi pregunta a: ¿Qué es el amor para mí?

Ahora eso es demasiado general, amo muchas cosas y a muchas personas, así que especifiquemos más mi pregunta.

¿Qué es el amor «romántico» para mí?

Después de todo, no me siento una experta en el área, sólo me he enamorado una vez en mi vida, pero el amor es eso, amor. Sé que esperabas la gran definición poética, oh, estoy segura de que podría encontrar millones de definiciones hermosas. Aun así, experimentamos las cosas de diferentes maneras, por lo tanto, siguiendo eso, el amor es esa sensación de plenitud que compartes con otro ser humano. El amor es el puente entre una persona y la felicidad.

¿El amor es fácil? Por supuesto que no; es duro, doloroso y cuesta mucho construirlo, pero vale la pena. Después de todo, es el sentimiento que permite alcanzar la felicidad con las cosas más sencillas, como simplemente sentarme a su lado y ver Netflix.

O verlo quejarse porque está perdiendo en un juego de mesa en contra de mis amigos. Verlo cómo frunce los labios, pero luego sonríe, y pequeños agujeros aparecen en sus mejillas. Aprendí que su cabello oscuro siempre estará desordenado de una manera única y perfecta.

Mi poeta oscuro...

Siempre guapo.

Levanto mi copa de vino hacia mis labios y veo toda la escena desarrollarse frente a mí. Por alguna razón, el vino me hace sentir elegante y es la única bebida alcohólica que realmente me gusta y no me hace arrugar la cara.

Son vacaciones de verano y, como es tradición, estamos todos reunidos en la casa de playa de los Sullivan. Nadia y Nash la heredaron después de que su padre falleciera unas semanas después de que lo conocí. Lo visité de nuevo y conversé con él. Nunca lo vi como padre, pero no merecía morir pensando que lo odiaba. Nadie merece morir así.

Laura se ríe de algo que Jordan leyó en las tarjetas y yo les sonrío. Se ven adorables juntos, siempre lo han hecho y probablemente siempre lo harán. Nunca han tenido una pelea durante toda su relación, ¿no es increíble? Se casaron el verano pasado y tuvimos una gran fiesta en esta casa. Este lugar se ha convertido en nuestro lugar favorito, ahora está lleno de muchos recuerdos.

Nash frunce el ceño confundido.

—Las cosas escritas en estas tarjetas son horribles.

Jordan le da palmaditas en la espalda.

—Ese es el objetivo del juego.

Evan se queja, rebuscando entre sus tarjetas.

—Nunca consigo que me toquen tarjetas buenas.

Interrumpí.

—Quieres decir que nunca consigues tarjetas malas.

Evan me mira y sonríe.

—Tú me conoces.

Laura me lanza una mirada.

—De nuevo, ¿por qué no estás jugando?

Jordan contesta.

—Ella es demasiado elegante para este juego. Mírala con su vino y sus piernas cruzadas.

Levanto una ceja.

—Eso no es cierto.

Jordan está a punto de replicar cuando una niña pequeña viene de la cocina, sosteniendo una bolsa de Ruffles, su cabello rubio ondea en el aire mientras corre.

—¡Emily! —La voz de Helen resuena por todo el lugar mientras persigue a su hija.

Emily corre en medio de todos y salta al regazo de Evan para envolver sus pequeñas manos alrededor de su cuello.

—Hola. —La voz de Evan se vuelve más suave.

Helen se detiene con las manos en la cintura.

—Oh, no, no te escondas detrás de tu tío otra vez.

Evan sonríe.

—¿Qué pasó?

Helen me mira.

—Otra vez robó las Ruffles, esto es tu culpa, Jules.

Finjo sorpresa.

—¿Cómo que mi culpa?

—La dejaste probarlas por primera vez, ¿recuerdas?

Niego con la cabeza.

—No tengo idea de lo que dices.

Helen suspira.

—Dámela, Evan.

Evan finge tratar de quitársela de encima.

—Ella no quiere. Lo siento, hermana.

Helen entrecierra los ojos.

—La estás mimando demasiado, lo sabes, ¿no?

Estoy de acuerdo.

—Eso es típico de él.

Helen nos dirige una mirada cansada.

—Bien, le voy a preparar la cena, si no se la come porque prefiere esas Ruffles, es por su culpa. —Se da la vuelta para volver a la cocina.

Laura nos mira preocupada.

—¿Creen que yo seré así? —Señala su enorme barriga.

Sí, Laura está embarazada, se encuentra en los últimos meses.

Le lanzo una mirada tranquilizadora.

—No, ella sólo se preocupa.

Nadia interviene:

—¿Sabes qué estaba pensando? Ya que tendrás un niño, Laura, ¿te imaginas si Emily y él se enamoran? ¿No sería genial?

—¿Otra vez estás viendo esas telenovelas? —pregunto a sabiendas.

Nash interrumpe:

—Sí, eso hace. Y nos obliga a verlas. Shane y yo hemos considerado cortar el servicio de cable.

—Hablando de Shane —comienza Jordan—, ¿dónde está?

Nadia revisa su teléfono.

—Dijo que vendría pronto. Salió muy tarde de la universidad y es un viaje largo.

Shane.

Shane me superó después de perder el contacto durante casi dos años, y cuando volvió a mi vida, seguimos siendo amigos y empezó a salir con Nadia. Fue incómodo al principio, pero con el paso del tiempo, mejoró. Ahora es como éramos antes de que todo se complicara. Somos mejores amigos.

Nadia está loca por él y su relación ha sido una montaña rusa. Son lo opuesto a Jordan y Lau, se pelean mucho. Ambos tienen personalidades muy fuertes y, bueno, Shane se pone cada vez más *sexy*, por lo que atrae a muchas mujeres. No creo que la haya engañado, pero a veces sigue siendo inmaduro con respecto a las decisiones que toma.

Emily desenreda los brazos del cuello de Evan para intentar abrir la bolsa de Ruffles. Evan la mira con tanto amor que hace que mi corazón lata más rápido.

Oigo que alguien baja las escaleras y volteo a ver. Jason bosteza, estirando los brazos, no trae camisa, sólo unos *shorts* y no puedo culparlo, este verano ha sido muy caluroso.

—Despertó la Bella Durmiente —se burla Jordan.

—¡Papá! —Emily salta del regazo de Evan para correr hacia él.

Jason la levanta.

—Hola, princesa.

Evan finge dolor.

—Ella me cambia tan fácilmente.

Jordan resopla:

—Papá siempre le gana al tío.

—Pero soy un tío genial —responde Evan—. Sólo espera a que sea una adolescente y papá no la deje hacer cosas, y el supertío llegará al rescate.

Helen sale de la cocina con un plato en las manos, parece tan aliviada de ver a Jason.

—Estoy tan contenta de que estés despierto. Me siento agotada, Emily ha estado corriendo por todas partes.

Jason le da un besito.

—Ve a sentarte, yo le doy de cenar.

—Yo necesito un poco de aire fresco. —Me levanto, siento mis oídos calientes, lo que sucede cuando he bebido demasiado vino.

Salgo, y cierro la puerta detrás de mí. La brisa cálida golpea mi piel, haciéndome cerrar los ojos con deleite. Desde el porche trasero, la vista de la playa es impresionante, hay una hermosa luna que se refleja en el agua oscura. Miro hacia la ventana detrás de mí, observo a las personas que amo, riendo y hablando.

Felicidad.

Plenitud.

Así es como el amor sirve de puente a esta increíble sensación que invade mi cuerpo en este momento.

Escucho el motor de un auto apagarse a un lado de la casa y, segundos después, por el rabillo de mi ojo veo a Shane. Da la vuelta hacia los escalones del porche, y guarda las llaves de su auto dentro de los bolsillos de sus *shorts*. ¿Cómo es que madurar le sienta tan bien? Supongo que es algo genético.

Sus ojos se encuentran con los míos.

—Oh, hola, Jules.

Lo saludo con la mano.

—Hola.

Se detiene en el último escalón y voltea hacia mí.

—¿Qué haces aquí? ¿Tomaste demasiado vino otra vez?

Asiento con la cabeza.

—Sí, mis oídos están a punto de explotar.

Se ríe un poco.

—Sigo sin entender por qué se te calientan los oídos.

—Yo tampoco entiendo. —Suspiro, mirando el océano frente a nosotros.

Shane se para junto a mí, colocando sus codos en el barandal del porche, se inclina hacia adelante.

—Qué gran vista.

Observo su perfil, sus rasgos faciales han madurado, ha desarrollado algunos músculos, gracias al equipo de futbol de su universidad. Al parecer hace mucho ejercicio, siempre le ha gustado estar en forma. Recordé esa noche de cumpleaños cuando me hizo contar sus abdominales, bastardo arrogante.

—Sí. —Miro hacia el océano—. Una gran vista.

—Se siente como si fuera ayer cuando andábamos sin rumbo en la secundaria, siendo unos idiotas.

—Sí, aunque la parte de ser idiota sólo aplica para ti.

Shane resopla.

—Hiciste que reprobara matemáticas.

—Eso no me convierte en una idiota. Además, te lo ganaste.

Él suspira.

—Siempre es mi culpa.

Lo miro.

—Sí, Idiópido.

Sus ojos se encuentran con los míos.

—No me habías llamado así en mucho tiempo.

Sonrío, levantando mi copa de vino.

—Lo guardo para ocasiones especiales.

Sacude la cabeza.

—Todavía tengo esa playera.

—¿Ah?

—La que me diste, que dice «Idiópido» al frente.

Me río, recordando.

—Ese fue uno de mis momentos más orgullosos.

—Fue inteligente, te daré crédito por eso.

Silencio. Nos miramos a los ojos por un segundo y tengo que mirar hacia otro lado, concentrándome en el paisaje.

—Sigues haciendo eso —señala Shane.

Tomo un sorbo de mi vino.

—¿Qué?

—Mirar hacia otro lado. —Trago saliva—. Nunca has sido capaz de sostener mi mirada.

Resoplé.

—Y con ustedes, el arrogante.

Mi sonrisa juguetona se desvanece cuando noto su expresión seria.

—¿Por qué?

—¿Cómo que por qué?

—¿Por qué siempre miras hacia otro lado?

Me encojo de hombros.

—No lo sé. Tienes una mirada intensa, supongo. —Finjo estar tranquila—. Recuérdame nunca hacer un concurso de miradas contigo.

Shane se chupa el labio inferior y me sonríe.

—Buena respuesta. —Abro la boca, pero él continúa—: Bueno, ¿iremos todos a nadar esta noche?

—Apuesto a que sí, tan pronto como el alcohol nos haga efecto. —Me froto la oreja con mi mano libre.

—¿Hace calor? —Shane extiende sus manos y ahueca mis orejas. Me sorprende por el toque repentino, puedo ver sus bíceps que se flexionan, pues lleva una camiseta ajustada—. Sí, sí hace. Qué locura.

Doy un paso atrás, rompiendo el contacto.

—Deberías entrar, Nadia te espera.

—Seguro, esa mujer no tiene paciencia.

—Es un poco impaciente, pero te adora.

—Lo sé. —Sus ojos no dejan los míos, y lucho por no apartar la mirada, pero fallo, y la desvío—. Mirar hacia otro lado no va a funcionar para siempre, Jules.

Lo miro.

—¿Qué?

Sacude la cabeza, sonriendo y retrocediendo.

—Te veo adentro.

Mientras cruza la puerta, Evan sale.

—Hola, hombre. —Se dan la mano y Shane entra, gritando algo sobre la llegada del rey de la fiesta. Pongo los ojos en blanco, típico de él.

Evan se acerca a mí, con las manos dentro de los bolsillos de sus *shorts*.

—Hola, Melocotón.

—Hola, poeta oscuro. —Coloco mi copa vacía en el barandal del porche—. ¿Ganaste?

—Nunca ganaré ese juego.

—Con esa actitud, no lo harás. —Se acerca, juego con su cabello entreverando mis dedos.

—Y, ¿qué fue eso?

Lo miro confundida.

—¿Qué?

—Shane.

—Oh, hablábamos.

—Te agarró la cara, lo vi.

—Evan, no empieces de nuevo con esto.

—No quiero que te toque, eso es todo.

—Sólo comprobó si mis orejas estaban calientes —le explico—. Es mi amigo y el novio de mi hermana.

—Él no te mira como lo haría un amigo y probablemente nunca lo hará, lo sabes, ¿verdad?

Pongo los ojos en blanco.

—¿En serio? ¿Otra vez vamos a tener esta conversación?

—Yo...

—Evan, lo que sea que sintiera por mí es historia. Ya quedó atrás.

—¿Cómo sabes eso?

—Sólo lo sé.

Evan arquea una ceja.

—Qué convincente.

—Confías en mí, ¿no?

Él asiente.

—Sí.

—Ahora —paso junto a él y bajo los escalones del porche. La arena se encuentra con mis pies descalzos—, voy a nadar, ¿vienes?

Me sigue por la arena. Me muevo rápido para mantener una distancia prudente entre nosotros, me quito los *shorts* y se los aviento. Los atrapa en el aire y levanta una ceja.

—Oh, así que jugaremos a esto, ¿eh?

Me muerdo el labio inferior y me quito la playera para aventársela también, me quedo en mi traje de baño de dos piezas.

—Tienes demasiada ropa puesta.

Llego al agua, sintiéndola fresca en mis pies. Evan se quita la playera, mostrando esa piel pálida que he aprendido a amar. Mirándolo, no puedo evitar preguntarme cómo sería mi vida sin él. Se siente como en el momento en que entró en mi vida, puso todo en acción, las cosas comenzaron a suceder, a cambiar.

Las cuatro palabras con las que todo comenzó vienen a mi mente.

«Comparte tu propia historia».

¿Qué habría pasado si nunca hubiera entrado a Wattpad? ¿Si no hubiera publicado esa historia? ¿Si no lo hubiera encontrado? No puedo evitar preguntarme, ¿si no hubiéramos hablado por Wattpad, el destino haría que nos encontráramos de otra manera? Porque parece que él y yo estamos destinados a estar juntos.

Volviendo a esas cuatro palabras, fueron el comienzo de todo, pero llevaron a una pregunta de cuatro palabras hace unos meses:

«¿Te quieres casar conmigo?».

Evan me lo preguntó en medio de las montañas, donde íbamos a pasar las vacaciones de primavera. Juego con el anillo de compromiso en mi dedo, recordando. Es curioso cómo empezó todo y cómo resultó.

@Poeta_oscuro001 te envió un mensaje.

Sonrío como una idiota. Evan me alcanza porque ya no me muevo. El agua roza mis pies, es fresca.

—¿Por qué estás sonriendo? —Envuelve sus brazos alrededor de mi cintura desnuda.

Pongo mis brazos alrededor de su cuello.

—Por nada, señor poeta oscuro.

Levanta una ceja.

—Oh, volvimos a eso, ¿eh?

—En ese entonces eras un idiota. No sé qué vi en ti.

Esos profundos ojos oscuros me miraron.

—Tal vez sentiste cuánto te necesitaba.

Me pongo de puntitas y lo beso lentamente, nuestros labios no luchan por el dominio, sólo siguen el ritmo. Mi corazón late fuera de control, mi respiración se acelera. Él me acerca, asegurando el beso. Su boca se puso un poco más intensa que la mía, su lengua invadió, insistió, haciendo que mis rodillas temblaran.

Él detiene el beso.

—¿Tienes idea de cuánto te amo?

Me lamo los labios.

—Sí, un poco.

Me besa de nuevo, todo rastro de lentitud se ha ido. Esta vez el beso es apasionado, exigente, húmedo y excitante. Dejé escapar un suave gemido, sintiendo sus manos apretar mis caderas. Esta vez soy yo quien rompe el beso para tomar aire.

—Será mejor que paremos antes de que terminemos como la última vez.

Muerde mi labio inferior.

—La última vez fue divertido.

—Tú no eras el que tenía arena por todas partes.

Hace un gesto señalando el agua.

—Podríamos entrar.

No puedo creer que realmente lo esté considerando. Estoy a punto de hablar cuando escucho la voz de Jason.

—¡Vamos a hacerlo apto para menores, con supervisión adulta!

Me recuerda a esa vez en la piscina de Evan cuando les grité eso a Jordan y Lau, fue hace tanto tiempo.

Retiro mis manos del cuello de Evan para mirar detrás de él. Jason se dirige hacia nosotros, carga a Emily, y Helen está a su lado. Nash viene detrás de ellos, murmurando algo acerca de no entender cómo la gente disfruta tener arena en todas partes. A la distancia, Jordan sostiene los brazos de Lau mientras la ayuda a caminar por la arena.

Shane pasa corriendo junto a nosotros, cargando a Nadia sobre su hombro. El recuerdo de aquella vez que me cargó así se precipita hacia mí, haciéndome sonreír.

—¡¿Qué haces?! ¡Bájame! —Le di puñetazos en la espalda, para tratar de hacerlo reaccionar—. ¡Shane Mason! Más te vale que...

—Compórtate, pequeña Minion.

Ahora somos mayores, pero él todavía actúa tan juguetonamente. Shane es el tipo de persona que alegra el día con sus locuras.

Nadia grita:

—¡Shane! ¡Bájame! ¡No te atrevas!

—No estás hecha de azúcar, ¿o sí? —Se ríe maliciosamente—. No te derretirás con un poco de agua.

—¡Shane! ¡Acabo de peinarme! ¡No lo hagas!

Todos nos reímos al verlos meterse en el agua. Shane la lanza, y tan pronto como Nadia emerge del agua, golpea su pecho una y otra vez, insultándolo.

—¡Evan! —grita Jason— ¡Ahí va Emily!

Evan se da la vuelta y se pone de rodillas para recibir a Emily, quien corre hacia nosotros. Ella toma sus manos y lo obliga a caminar hacia el agua.

—¡Ten cuidado! —dice Helen, parándose a mi lado.

Jason duda.

—Iré con ellos, por si acaso.

Coloco mi mano sobre su hombro.

—Relájate, está en buenas manos.

Helen se sienta, luce exhausta.

—Nunca pensé que tener una hija de tres años podría ser tan agotador.

Me siento junto a ella y Jason, a mi lado, dejándome en medio de los dos, suspiro.

—Sin embargo, vale la pena. Ella es increíble.

—¡Estoy bien! —Oigo a Lau discutir detrás de nosotros. Todos miramos por encima de nuestros hombros para encontrarla mirando a Jordan—. ¿Pueden decirle que puedo caminar sola?

Jordan ha sido extremadamente sobreprotector con ella estos últimos meses. Lau se une a nosotros, se sienta junto a Jason, y Jordan junto a ella. Todos vemos a Evan jugando con Emily, fingiendo perseguirla y haciendo voces monstruosas cuando la atrapa. Nadia sigue atacando a Shane en el agua.

Me invade una sensación de paz y plenitud.

Esto es amor para mí. Este momento, con estas personas, esta felicidad. Como dije, el amor es el puente a la felicidad. Todos estamos al otro lado del puente ahora. ¿Había sido fácil? No. ¿Nos lastimamos en el camino? Sí. ¿Valió la pena? Absolutamente.

¿Ya comenzaste a construir tu puente? Espero que sí, y recuerda que cada caída no es un fracaso, sigue construyendo, haciéndote más fuerte para que puedas terminarlo.

Soy Jules, la chica aficionada a las Ruffles,
y si algo aprendes de mi historia,
que sea a no rendirte y a seguir luchando.
Disfruta del viaje en toda su gloria.